KB152355

러브 어페어

Love Affair

1

러브 어페어 1

1판 1쇄 인쇄 2024년 7월 1일
1판 1쇄 발행 2024년 7월 16일

지은이 이유진

펴낸이 박대일
교정 김효선
편집 이문영 · 임유리 · 이지영 · 김하랑 · 임지원
마케팅 임유미 · 윤수양

디자인 디자인그룹 헌드레드
조판 송새연

펴낸곳 파란미디어
출판등록 2004년 9월 14일 제313-2004-00214호

주소 03992 서울시 마포구 동교로23길 14 국제빌딩 6층
전화 02.3141.5589 영업부 070.4616.2012 편집부
팩스 02.6499.5589
전자우편 paranbook@gmail.com
카페 http://cafe.naver.com/paranmedia
인스타그램 @paranmedia

ISBN 979-11-7259-001-7(04810)
979-11-7259-000-0(전4권)

러브 어페어

이유진 장편소설

Love Affair

1

파란

Love Affair

목차

1. 제우스

클럽은 삼성로에 있었다.

4성급 호텔 지하에 위치한 클럽에 붙어 있는 간판이라곤 영어 대문자 'Z'가 전부였다. 문도는 안주머니에서 담배를 꺼내 물었다. 찰칵, 불을 붙인 뒤 첫 모금을 깊게 마셨다. 공복의 담배가 잠깐의 아찔함을 선사하며 속을 훑는다.

후우, 내뱉는 하얀 연기 사이로 클럽의 입구가 보였다. 문도는 무심한 눈으로 클럽을 바라보며 담배를 깊이 빨아 마셨다가 길게 내뱉었다. 그때마다 빨간 불이 타올랐다가 사그라들었다.

담배의 길이가 반으로 줄었을 때, 하늘에서 먼지 같은 눈이 휘날리기 시작했다. 얼마 지나지 않아 안경을 쓴 보통 체격의 남자가 클럽 정문 쪽으로 걸어오는 모습이 보였다. 문도는 반으로 줄어든 담배를 끄고 걸음을 옮겼다. 그를 발견한 남자가 묵례를 했다. 고개를 끄덕여 인사를 받은 문도는 클럽의 정문 입구를 지나쳐 걸었다. 남자도 합류하며 같이 걸었다. 두 사람은 건물을 돌아 뒤편의 VIP 전용 입구로 향했다.

"수고가 많으십니다."

문도의 말에 미리 연락을 받았던 보안 팀장이 아닙니다, 깍듯이 대답하며 문을 열었다. 열린 문 안으로 내부로 향하는 회색 계단이 보였다.

쿵, 쿵, 쿵, 쿵 진동이 울리는 계단을 내려가며 문도는 자신을 깨웠던 전화를 떠올렸다.

반쯤 잠에 걸쳐 있는 느낌이었다. 간혹 그런 날이 있긴 했다. 피곤이 어깨를 짓누르는 것 같은 날.

꿈도 상념도 아닌 어지러운 어딘가를 헤매고 있던 찰나에 벨 소리를 들었다. 어둠을 날카롭게 가르는 벨 소리에도 쉽게 잠에서 벗어나지지가 않아 한참 눈을 감고 있다가 전화를 받았다. 아버지였다.

— 박소영한테 전화가 왔구나.

박소영은 아흔을 목전에 둔 조부의 애인이시다. 서명구 회장이 협심증으로 쓰러져 입원을 하자 마음이 힘들고 우울하다며 여동생이 사는 미국으로 건너갔다. 이제 한 달쯤 되었나.

'그런데요.'

— 유라한테 문제가 생겼단다.

문도는 눈을 감은 채 잠시 웃었다. 서유라는 박소영이 낳은 회장의 막내딸이다. 그에게는 세 살 어린 고모님이기도 했다. 문도는 느리게 눈을 문지르며 물었다.

'죽었대요?'

— 그런 건 아닌 것 같고. 약을 좀 한 모양이야. 어미 된 죄라며 사정사정을 하는데, 한번 들여다봐야 하지 않겠나. 배는 다르다만 어쨌든 내 동생이고 서씨 집안 핏줄인데 회장님 건강 생각해서라도 챙겨야지.

문도는 감고 있던 눈을 떴다. 천장에 길쭉한 마름모 모양의 달빛이 어룽거렸다. 희미한 빛을 바라보다가 입을 열었다.

'케미컬 1분기 실적 발표 며칠 안 남은 거 아시죠.'

— 알지.

'제이엔 바이오 인수 추진 중인 것도 아시구요.'

— 그래.

'솔루션 상장 준비 중인 것도 아시고.'

— 그래서, 가기 싫다는 거냐.

문도는 피식 웃으며 대답했다.

'그냥 알고 계시라구요.'

그 말에 서중호가 다시 웃었다. 알지, 알지, 우리 서 전무가 고생이 많아. 조금만 참아라. 얼마 안 남았다. 부드럽게 말하면서.

'서유라, 어디래요.'

— 삼성동에 있는 클럽이란다.

그곳이 어딘지 자신이 이미 알고 있다는 게 웃겼다. 개미굴 같은 밀실들이 벽 너머에 숨어 있는 곳.

반년 전쯤인가 아버지의 연락을 받고 의식을 잃은 서유라를 처리하러 다녀온 적이 있다. 그날 이후 몇 달 잠잠하다 했더니, 쯧.

— 많이 피곤하냐. 내가 갈까.

굳이 깨워 놓고는 뒤늦게 입에 발린 소리 하시기는.

'제가 갑니다. 주무세요.'

4시 14분.

협탁 위에 놓인 디지털시계의 숫자를 확인하며 문도는 몸을 일으켰다.

클럽 '제우스'는 두 개의 지하층으로 이루어져 있다.

지하 2층에 메인 스테이지와 테이블이, 위층인 지하 1층에 스테이지가 보이는 VIP룸이 있다. 원형 경기장과 비슷했다. 좌석 대신 VIP룸이 있을 뿐.

건물 뒤편의 후문은 VIP 회원 전용 출입구였다. 스테이지를 지나지 않고 지상에서 VIP룸으로 바로 이어진다. 빠르고, 쉽게, 그리고 아무도 모르게 드나들 수 있도록.

좁은 계단도 아닌데 내려갈수록 특유의 탁한 냄새가 물씬 풍겨 왔다. 소음을 막는 두터운 문을 밀고 들어가니 공간이 확 트이며 귀가 터질 것 같은 음악 소리가 덮쳐 왔다.

어둠을 번쩍번쩍 가르는 강렬한 조명. 어지럽게 도는 레이저빔. 몸을 흔드는 DJ와 환호하며 머리를 흔드는 관객들. 아래층의 관객들이 단체로 접신이라도 한 듯 들썩거렸다. 몇 걸음을 걷자 보안 요원이 지키고 있는 아치형 입구가 바로 나타났다. 특정 회원이 아니면 예약할 수 없다는 VVIP 전용 룸의 입구였다.

"레드룸에 계십니다."

CCTV도 달지 않은 곳. 문도는 어두한 복도 안으로 뚜벅뚜벅 걸었다. 안경을 쓴 남자도 문도의 뒤를 따랐다. 창문 하나 없이 꽉꽉 닫혀 있는 문들을 지나며 명패를 훑어본다. 블랙, 화이트, 블루를 지나 레드.

손잡이를 돌리자 문이 열렸다.

룸의 내부는 호화스러웠다. 푹신한 소파와 대리석 테이블. 맞은편 벽은 전부 거울이고 천장에는 조명 핀이 돌고 있다. 바깥과 같은 음악이 내부를 울린다.

퇴폐의 냄새가 나는 룸에는 아무도 보이지 않았다. 서문도는 커다란 룸을 가로질렀다. 2층으로 올라가는 안쪽의 계단을 밟았다. 좁고 가파른 계단이 끝나는 곳에 2층의 홀이 나왔다. 아래층과 비슷하게 소파와 테이블이 있고, 역시 빈 술병과 먹다 남은 안주들이 보였다. 문도는 무심히 계속 걸었다. 가장 안쪽, 벽처럼 보이는 비밀의 문이 나올 때까지.

쿵쿵.

문을 두드렸지만 안쪽에서는 기척이 없다. 손잡이를 돌려 보았다. 잠겨 있었다. 문도는 안주머니에서 핸드폰을 꺼내 서유라에게 전화를 걸었다.

뚜르르르, 뚜르르르, 뚜르르르.

세 번의 통화음이 울리자 안쪽에서 희미하게 벨 소리가 들려왔다. 같이 온 남자가 귀를 기울여 벨 소리를 듣더니 고개를 끄덕였다. 쥐구멍에 숨은 것처럼 웅크리고 있을 서유라의 모습이 눈에 선했다. 문이 열리기를 기다려 줄 인내심 따위, 문도에게는 남아 있지 않았다.

햄드폰을 쥔 채, 문도는 발을 들어 그대로 문을 걷어찼다. 쿵 소리와 함께 얇은 합판에 불과한 문짝이 우지끈 소리를 내며 비틀렸다. 안에서 들려오는 서유라의 비명 소리에 아랑곳하지 않고 한 번 더 발을 내리꽂는다. 반쯤 비틀린 문이 활짝 열리며 안쪽의 풍경이 보였다. 눈앞에 펼쳐진 광경을 바라보던 문도는 하아, 탄식을 뱉으며 말 그대로 뒷목을 쥐었다.

씨발.

욕설을 뱉으며 눈을 꾹 감았다 떠 보았지만 보이는 장면은 똑같았다. 바닥에 두 명의 남자가 누워 있었다. 한 명은 똑바로, 또 한 명은 엎드린 채로.

그 옆으로 깨진 샴페인 병도 보였다. 나직하게 욕을 씹으며 눈을 들자 커다란 침대 구석에 웅크려 있는 서유라가 보였다. 불안한 얼굴로 손톱을 물어뜯고 있었다. 침대 발치의 베드 벤치에 앉아 긴장한 얼굴로 그를 보는 또 다른 남자도 보였다. 서유라가 끼고 노는 남자인 듯했다.

뚜벅뚜벅 걸어간 문도는 바닥에 누워 있는 남자들 앞에 멈추어 섰다. 이제 막 스물이나 넘겼을까. 새파랗게 어린 남자애들이었다.

"장 변호사님, 확인해 주시죠."

문도가 말하자, 함께 룸으로 들어온 남자가 무릎을 굽혀 앉아 두 사람의 숨을 확인했다.

"죽었습니까?"

"네."

남자가 문도를 올려다보며 고개를 끄덕였다. 바깥에선 쿵, 쿵, 쿵, 쿵 요란한 음악이 울리는데, 룸에는 기묘한 침묵이 흘렀다. 문도의 움직임을 물끄러미 바라보던 서유라가 입을 틀어막았다.

킥.

웃는 소리에 문도는 눈을 들었다. 눈이 풀린 서유라가 킥킥 웃고 있었다. 문도와 눈이 마주치자 웃는 듯 우는 듯 일그러진 얼굴로 몸을 떨며 말했다.

"대박이지? 존나 웃긴 게 먼 줄 알아? 자기들끼리 처 싸우더니 그냥 뒤졌어. 그으냥. 끽— 하구."

목이 잘리는 손동작을 하며 유라가 낄낄 웃었다. 숨이 넘어가게 웃더니 뚝 그치고는 부르르 고개를 털며 몸을 흔들었다.

"완전 무섭드라, 와씨, 내 인생 다 조지면 어떡하지? 응? 문도야, 서문도, 쉬잇. 아빠한테 비밀. 우리 아빠 죽으면 어뜨케? 그럼 안 되지, 그지? 그러니까 우리만의 약쪽. 오케이?"

서유라가 새끼손가락을 흔들며 중얼거렸다. 침대 위에는 빈 주사기가 뒹굴고 있었다.

"약속은 씨발."

문도는 어이가 없어 헛웃음을 웃으며 고개를 돌렸다. 서유라와 엮여 인생 골로 가게 생긴 남자의 얼굴이 보인다.

"제가 도착했을 땐 이미……. 이미, 이렇게 되어 있었습니다. 정말이에요."

"어, 정말이야. 이 새끼들 지들끼리 약 찌르고 싸우다가 저렇게 된 거야. 우린 아무 상관 없어. 지짜야. 앤 지짜 방금 왔거든. 아무 상관없어. 재들이 서로 나랑 자겠다구 그러다가 막 싸우고."

서유라가 횡설수설 중얼거렸다. 귀담아들을 필요는 없었다. 조사는 경찰이 할 테니. 그의 역할은 조용히 서유라를 병원에 보내 버리는 일이다. 시선을 돌리니 장 변호사가 허리를 굽혀 남자들의 핸드폰을 수거하고 있었다. 문도는 장 변호사에게 말했다.

"일단 신고부터 하시죠."

장현성 변호사는 알려지면 곤란한 일들이 발생할 때 서중호가 뒷수습을 위해 종종 부르는 남자였다. 장 변호사가 일어서서 찬찬히 비밀의 공간을 훑어보더니 잠시 생각을 한 뒤에 말했다.

"예. 그게 낫겠습니다. 어쨌든 사람이 죽었으니까요."

고개를 끄덕인 문도는 서유라를 향해 걸었다. 서유라가 시선을 피하며 주춤주춤 뒤로 물러났다. 문도는 아래로 수그러드는 유라의 턱을 한 손으로 잡았다.

"고모님."

악력에 서유라의 입이 으, 소리를 내며 벌어졌다. 유라는 고개를 비틀어 빼려 했지만 빠져나올 수 없었다.

"정신을 차려야지."

서문도가 다른 손으로 툭툭 뺨을 치자 벌어진 유라의 입가에선 침이 흘러내렸다.

"그래야 집에 가지."

부드럽게 말하는 문도의 눈에는 조금의 웃음기도 없었다. 미친 새끼. 그렇지만 유라는 서문도가 무서웠다. 눈알을 굴리며 시선을 피하자 서문도는 그녀의 턱을 놓고서 몸을 바로 세웠다. 눈앞의 미친놈이 사라졌다고 안심하던 찰나, 유라의 뒷목이 잡혔다. 그대로 몸이 딸려 간다.

"놔, 이 씹새끼야, 놔, 안 놔?"

질질 끌려가던 서유라는 테이블 뒤의 소파에 던져졌다.

"너."

침대 발치에 있던 남자에게 말하며 문도가 저리 서라는 듯 손가락을 까딱거렸다. 남자는 주춤주춤 걸어 서유라의 근처에 섰다. 두 사람을 한곳에 모아 놓은 문도는 핸드폰을 꺼냈다.

"뭐, 뭘 하려는……."

남자가 말을 하기도 전에 문도가 말했다.

"기념 촬영."

찰칵. 핸드폰 소리와 함께 밝은 빛이 터졌다. 산 사람 둘과 죽은 사람 둘이 사진 안에 같이 담겼다. 남자의 눈동자가 경악으로 크게 떠지는 순간, 문도는 건조한 눈으로 버튼을 한 번 더 눌렀다.

쿵, 쿵, 쿵, 쿵 울리는 것이 바닥의 진동인지, 자신의 심장 소리인지 남자는 구별할 수 없었다.

2. 선우

이태원동 27길

선우는 핸드폰에 메모해 두었던 주소를 들고 고개를 돌렸다. 택시 기사가 바로 여기라며 내려 주었는데, 한참을 걸어도 주소가 적힌 집은 나타나지 않았다. 높이가 3미터는 족히 넘을 것 같은 벽은 골목을 따라 이어졌지만 걸어도 걸어도 대문은 보이지 않았다. 한참을 따라 걷다 보니, 안으로 쑥 파인 문이 보였다. 대문인가 보다. 선우는 발걸음을 재촉했다.

"아……."

문 앞에 선 선우는 작게 탄식을 했다. 커다란 대문처럼 보였던 입구는 주차장 출입구였다. 철옹성 같은 셔터가 입을 딱 다물고 있었다. 선우는 걸음을 뒤로 물러 고개를 들고 벽을 올려다보았다. 적고벽돌로 된 까마득히 높은 담 위로 정원수의 머리 부분이 보일 뿐이다. 재벌가 저택이라 그런가. 맞은편의 다른 집들도 저택 수준이었지만, 이 집 같은 곳은 없었다. 거짓말 조금 보태서 동네를 한 바퀴 도는 기분이었다.

얼마를 더 가야 대문이 나올까.

맞게 찾고 있는 건가 생각을 하는데 몇 미터 앞에서 덜컹 소리가 나더니 작은 쪽문이 열렸다. 단발머리의 아주머니가 지갑을 쥐고서 문을 닫는다. 선우는 목소리를 높여 아주머니를 불렀다.

"저기, 말씀 좀 여쭐게요."

선우의 말에 아주머니가 뒤를 돌았다.

"실례지만 여기가 서명구 회장님 댁이 맞을까요?"

아주머니의 의심스러운 눈초리에 선우는 말을 이었다.

"11시에 뵙기로 약속을 했는데, 잘못 찾은 건가 해서요."

"오늘 회장님 손님 스케줄 없는 걸로 아는데, 누구 찾아오셨어요?"

"아, 그게……."

선우는 핸드폰 연락처를 열어 며칠 전에 저장했던 이름을 찾았다.

"녕규진 실장님과 통화했어요."

"아, 전무님 손님이시구나. 저 아래로 내려가면 큰 길가에 대문 있어요. 여긴 뒤쪽이라 한참 멀지. 벨 누르고 약속 잡았다고 하면 열어 줄 거예요."

아주머니가 길 아래를 가리켰다. 선우는 고개를 숙여 인사를 하고 담을 따라 마저 걸었다. 한참을 내려가니 대로에서 멀지 않은 곳에 거대한 대문이 있었다.

처음부터 이쪽 길에서 내렸으면 좋았을 것을. 한숨 쉬며 대문 앞의 주소를 다시 한번 확인한 선우는 벨을 눌렀다. 양옆으로 달린 CCTV가 선우를 따라 조용히 움직였다.

— 네, 말씀하세요.

"이선우라고 합니다. 11시에 명규진 실장님 뵙기로 했습니다."

지잉— 소리와 함께 문이 열렸다. 문이 열렸지만 보이는 것은 잿빛 계단뿐이었다. 현무암 재질의 폭넓은 계단이 선우의 눈높이만큼 이어져 있었다. 계단을 오르자 정원이 모습을 드러내기 시작했다. 거짓말 조금 보태 운동장만 하다고 할 수 있을 정도로 드넓은 정원이었다. 그 넓은 정원의 절반은 잔디였고, 절반은 검은색에 가까운 현무암 데크였다. 시야를 가리는 것은 아무것도 없었다. 키가 큰 정원수는 담을 따라서만 심겨 있었다.

정원 건너편으로 직사각형의 2층 저택이 보였다. 얼룩 한 점 없을 것 같은 흰색의 외벽과 커다란 창. 차가울 정도로 깔끔하고 군더더기가 없는 느낌이었다.

선우는 계단에서부터 이어진 현무암 길을 걸었다. 정원을 지나 현관문 앞에 닿을 때까지, 그 넓은 공간에 움직이는 존재는 선우뿐이었다. 현관문 앞에 서서 벨을 누르려는 찰나, 기다렸다는 듯이 안쪽에서 문이 열렸다.

"이선우 씨? 통화했던 명규진입니다. 들어오세요."

규진의 뒤를 따라 실내로 들어가자 탁 트인 넓은 공간이 나타났다. 인상적인 것은 햇빛이었다. 2층 천장에서부터 1층 바닥까지 건물의 전면부 전체를 차지한 거대한 유리창으로 햇살이 들이치고 있었다. 공간의 중앙에 놓인 소파에서부터 벽에 걸린 액자까지 들이치는 햇빛을 피할 수 있는 곳은 없었다. 선룸이라고 보아도 좋을 정도였다.

"이쪽으로 앉으세요. 서류 먼저 검토하고 계시면 전무님 곧 내려오실 겁니다."

규진이 소파 쪽으로 선우를 안내하며 말했다. 비어 있는 자리와 선우의 자리 앞에 각각 작은 생수 한 병과 유리컵, 서류 한 부와 펜이 놓여 있었다. 자리에 앉은 선우는 자신의 앞에 놓인 서류를 열어 보았다. 제일 먼저 계약 당사자의 이름이 눈에 띄었다.

갑 서문도, 을 이선우.

이어지는 항목들을 하나씩 읽어 내리는 선우의 머릿속에 선배 은정의 목소리가 울려 퍼지기 시작했다.

'말도 마. 서유라 완전 미친년이래. 자세한 건 말 안 하는데, 개차반도 그런 개차반이 없나 봐. 돈을 그렇게 많이 주는데도 2주 동안 세 명이나 그만뒀단다.'

입주를 조건으로 한 서유라의 개인 트레이너.

은정은 분명 그렇게 말했었다. 그런데 급여에 관한 조항, 비밀 유지 조항, 개인 정보 활용 동의 조항 등의 서류를 훑어보았지만 어디에도 서유라의 이름은 없었다.

'하기야, 서도가 원래 콩가루 집안이잖아. 회장부터 자기 딸보다

어린 여자를 세컨드로 들였는데, 뭐.'

은정은 핸드폰을 두드려 무언가를 찾더니 화면을 돌려 선우에게 보여 주었다.

'서유라 SNS. 한참 뜸하더니 다시 올리더라. 예쁘장하지? 엄마 닮긴 했어.'

사진을 훌훌 넘기며 보여 주던 은정이 잠시 화면을 멈추었다.

'이번에 본가 들어갔다더니, 진짠가 봐. 여기 지나가는 남자가 서도 부회장 아들.'

은정이 손가락으로 톡 누르자 화면 안에서 영상이 재생되었다.

'어머나, 우리 문도 조카님 퇴근했나 봐요. 궁금해하시는 친구님들 위해서 자암깐 보여 드리겠습니다. 잘 보이시나요?'

화면을 돌리며 서유라가 말했다.

'이 영상 떠서 한동안 난리 났었잖아. 그냥 지나가는 건데도 장난 아니지?'

앵글에 잡힌 남자는 카메라를 치우라는 듯 손을 저으며 쓱 지나갔다. 무심한 얼굴, 무심한 손짓. 그게 전부였다.

선우는 서류를 한 번 더 내려다보았다. 그때 잠깐 들었던 남자의 이름이 계약의 당사자로 서류 위에 쓰여 있었다. 해야 하는 일과는 크게 상관없겠지. 그렇게 생각하며 서류를 덮는데 옆에 서 있던 명규진이 선우에게 말했다.

"고용 계약 서류에 최종 사인을 하시게 되면, 저희 측 변호사가 몇 가지 간단한 사실 확인을 할 수 있다는 점 유념해 주시구요. 전무님 내려오시네요."

선우는 고개를 들었다. 장신의 남자가 햇볕으로 얼룩진 계단을 내려오고 있었다. 자리에서 일어서려던 선우와 눈이 마주친 남자가 말했다.

"앉아요."

남자는 거침없이 계단을 내려왔다. 그저 멈추지 않고 내려온 것이니 거침없다는 표현은 이상할 수도 있지만, 선우의 느낌이 그랬다. 강렬한 햇빛을 태연히 맞으며 걸어오는 남자는 키가 크고 어깨가 넓었다. 군살 하나 없이 쭉 뻗은 몸이 매끄러웠다.

"매번 명 실장님께 신세를 지네요. 고생하셨습니다."

남자가 선우의 맞은편에 앉으며 말했다. 짧게 웃는 모습은 어느 배우를 닮은 것 같기도 했다.

"아닙니다."

"어디 보자……."

명 실장의 대답이 남자의 목소리에 가려졌다. 남자는 팔을 뻗어 테이블 위의 서류를 집었다.

"이선우 씨."

이름을 확인한 남자가 선우를 서류 너머로 흘깃 보았다. 눈이 마주치자 슬쩍 웃어 주기도 했다. 친절하게 대할 테니 안심하라는 듯이.

"발레 전공하셨고……."

"네."

"좋네요."

뭐가 좋다는 건지. 남자의 눈은 건성으로 그녀의 이력을 건너뛰고 있었다. 뒷장은 넘겨 보지도 않고 남자는 펜을 들었다. 제일 마지막 장을 펼치고 거침없이 사인을 하며 말했다.

"자세한 건 명 실장님께 들으시고, 내일부터……."

사인을 하는 동안 말을 끌다가 마지막 점 위에 펜을 세운 채, 선우의 눈을 보며 물었다.

"괜찮죠?"

오늘이 토요일, 내일은 일요일.

면접을 통과해서 입주를 하게 된다면 막연히 월요일부터일 거라 생각했던 선우는 잠시 대답을 하지 못했다. 빤히 자신을 보는 서문도의 눈빛에 선우는 정신을 차리고 대답했다.

"네, 가능합니다."

남자가 매끄럽게 웃으며 펜을 내려놓았다.

서문도.

남자의 이름이었다.

공란에 또박또박 이름을 쓰고 있는 여자의 목덜미가 희고 가늘었다.

"이쪽에도 사인을 하시면 됩니다. 여기도 체크해 주시고요."

명 실장이 말했다. 여자가 서류를 작성하는 동안 문도는 생수병의 마개를 돌려 땄다. 앞에 놓여 있는 유리컵에 따르자 꼴꼴꼴꼴— 소리를 내며 물이 컵 안으로 흘러들었다. 문도는 컵을 들어 물을 마시다가 잠깐 웃었다.

왜, 그런 여자들 있지 않나. 저 몸 안에 오장육부가 들어 있긴 한가 싶은. 저 가냘픈 목쯤은 한 손으로도 으스러트릴 수 있을 것만 같은.

필라테스 강사가 한 명, 헬스 트레이너가 두 명, 요가 강사도 한 명.

3일을 채우지 못했던 전임자만 네 명이고 면접 당일에 포기를 선언한 사람이 두 명이다. 눈앞의 여자가 하루 만에 눈물 흘리며 그만둔다 해도 문도는 너른 마음으로 이해할 수 있었다.

하루도 길지. 반나절이면 녹다운하지 않을까. 사실 하루든 반나절이든 상관없었다. 아니, 빨리 그만둘수록 좋았다. 저 비실비실한 여자는 서유라가 모르는 서유라의 마지막 기회였다. 일곱 번이나 기회를 주었으니 병원으로 보내 버릴 명분은 충분했다. 서유라가 거품 물고 까무러친다 해도 다음은 다시 재활원이 될 것이다. 이번에 보내면 회장이 퇴원을 할 때나 꺼내 줄 생각이었다.

"그럼 먼저."

물로 목을 축인 뒤, 문도는 자리에서 일어섰다. 점심 약속이 1시였던가. 손목시계를 볼 때였다. 쾅, 하고 안쪽의 침실 문이 열리는 소리가 났다. 헝클어진 머리의 서유라가 복도 건너편의 문도를 보더니 욕설부터 내뱉었다.

"아, 씨바, 진짜. 블라인드 달으라고오! 미친놈아! 이게 사람 사는 집이야? 잠을 잘 수가 없다고! 내 얼굴 다 타면 책임질 거야? 어? 책임질 거냐고?"

쿵쾅거리며 거실로 나온 서유라가 소파에 앉은 여자와 명규진 실장을 보고는 인상을 팍 썼다.

"이건 또 뭔데? 너 또 새로운 애 데려왔어? 내가 구한다고 했지? 왜 내 트레이너를 니가 구하고 지랄인데? 그게 트레이너야, 감시인이지?"

"조카 된 도리 아니겠습니까."

문도는 담담히 말했다. 유라가 코웃음을 쳤다.

"도리는 지랄."

쿵쾅 소리를 내며 소파로 다가간 서유라가 생수병을 들었다. 문도를 보며 우두둑 돌려 따더니 그대로 여자의 머리 위로 쏟아부었다.

콸콸 쏟아진 투명한 물줄기가 이선우의 몸을 타고 거침없이 흘러내렸다. 거실은 잠시 정적에 휩싸였다. 정수리 위로 마지막 한 방울이 툭 떨어지자, 서유라는 생수병을 아무렇게나 내던졌다. 명 실장이 한숨을 삼키고는 자리에서 일어났다. 문도는 서유라를 빤히 쳐다보았다.

"뭐! 왜!"

서유라가 턱을 쳐들며 어쩔 거냐는 표정을 지었다. 눈알을 굴리는 걸 보니 겁은 나나 보지. 일을 저질렀으면 밀어붙일 배짱이라도 있든가.

문도는 물끄러미 서유라를 보았다. 몇 초 지나지 않아 서유라는 불안한 눈빛으로 문도의 시선을 피하더니 몸을 휙 돌렸다. 쫄기는. 문도는 피식 웃으며 입가를 쓸었다.

"아아아악!"

울컥 치솟는 분노. 그보다 더 큰 두려움. 제 맘대로 할 수 있는 것이 아무것도 없다는 좌절. 그 모든 것에 대한 짜증을 못 이긴 서유라가 머리를 쥐어뜯으며 제 방으로 퇴장했다.

서유라가 퇴장한 뒤, 문도는 물벼락을 맞은 여자에게로 시선을 돌렸다. 여자의 볼을 타고 흘러내린 물방울이 서류 위로 뚝뚝 떨어지고 있었다. 희게 질린 여자의 얼굴을 보아하니 오늘이 마지막이지 싶다.

"이런. 손수건이……."

있을 턱이 있나.

평소에도 가지고 다니지 않는 손수건이 집에서 입는 팬츠 주머니에 있을 리 만무했지만, 문도는 미안하다는 듯한 미소를 지으며 손수건 찾는 시늉을 했다.

그사이 여자는 정신이 들었는지, 손을 들어 얼굴로 흘러내린 물을 닦아 내기 시작했다. 마침 욕실에서 수건 몇 장을 급히 들고나온 명 실장이 보였다. 문도는 명 실장을 향해 손을 까딱였다. 새하얀 수건을 받아 맨손으로 물기를 닦고 있는 여자에게로 다가갔다.

여자의 모습은 가까이서 보니 더 처참했다. 머리카락은 볼에 들러붙었고, 젖은 블라우스엔 속옷이 비쳤다. 말없이 물기를 닦아 내는 모습이 애처로울 정도였다. 문도는 여자에게 수건을 내밀며 말했다.

"죄송하게 됐습니다."

"아니요, 괜찮습니다."

대답을 하는 여자의 목소리가 의외로 침착했다. 문도는 여자가 수건을 꾹꾹 눌러 물기를 닦아 내는 모습을 바라보았다.

얼굴, 목덜미, 블라우스, 핸드백과 스커트까지. 대강의 물기를 훔쳐 낸 여자가 자리에서 일어났다. 문도는 여자 앞에 마주 섰다. 세탁비, 옷값, 진심 어린 사과와 넉넉한 위로금으로 오늘의 마무리를 할 차례였다.

통상의 절차가 그러했다. 서유라는 전임자들에게 욕설을 퍼부었고 커피도 들이부었다. 이선우 앞에 생수병만 놓인 이유기도 했다. 그 외에도 일일이 열거할 수 없는 유치하고도 치졸한 일들이 있었지만, 깍듯한 사과와 넉넉한 위로금이면 무사히 마무리되었으니 그나마 다행일까.

"저희 고모님의 결례에 대해 진심으로 사과를 드립니다."

사죄의 말은 청산유수처럼 흘러나왔다. 오늘 일에 대해선 따로 충분한 보상을 해 드리겠노라 말할 차례였다. 문도가 막 입을 떼려던 순간, 여자가 담담한 목소리로 말했다.

"정말 괜찮습니다."

조금 오래, 문도의 시선이 여자에게 머물렀다.

"괜찮을 리가요."

가늘게 웃으며 말하는 문도를 여자가 마주 보았다. 서로의 시선이 허공에서 만났다. 예쁜 얼굴이었다. 가련하리만치 곱고도 어여쁜 얼굴.

타고난 분위기 따위 있을 리 없는 서유라가 제일 싫어하는 스타일이기도 했다. 얼마나 괴롭혀 댈지 눈에 선했다. 이쯤에서 그만두는 게 본인에게도 좋은 일이라는 걸 깨달아야 할 텐데.

"그럼 내일 뵙겠습니다."

여자가 고개를 깊이 숙이며 인사를 한다. 서유라는 알까. 이 여자가 자신의 자유를 하루 더 연장해 주었다는 걸.

쯧, 문도는 진심으로 안타까웠다.

새벽 6시, 선우는 감고만 있던 눈을 떴다. 조용히 몸을 일으켜 알람이 울리기 전에 알람을 해제했다. 작게 켜 놓은 수면등이 밝히고 있는 공간은 낯선 집의 낯선 방.

저녁 어스름이 깔리는 시간에 트렁크 하나를 들고 들어온 곳은 직원용 숙소 동이었다. 방의 내부는 비즈니스호텔과 비슷했다. 싱글 침대와 책상, 옷장이 있고 욕실이 있었다.

선우는 샤워를 한 뒤 별채로 건너갈 준비를 했다. 수업용으로 가져온 레오타드와 발레 슈즈를 챙기고 스트레칭용 매트를 챙겨 아래층으로 내려갔다.

"일찍 일어났네요?"

환하게 불이 밝혀진 주방의 테이블에 앉아 있던 장영순 여사가 먼저 선우에게 인사를 건네 왔다.

어제 알게 된 사실인데 이곳은 세 채의 집을 하나로 묶어 놓은 곳이었다. 원래는 본관만이 회장의 자택이었는데, 부회장 내외가 들어오면서 옆집 두 채를 매입해 하나의 필지를 통째로 쓰고 있다고 했다. 길고 길었던 담은 그 세 채의 건물을 하나로 묶어 놓은 울타리였고, 서문도 전무와 서유라가 쓰는 흰 건물이 별채였다.

"네. 안녕히 주무셨어요?"

선우는 장 여사에게 인사를 건네며 정수기에서 물을 받았다. 텀블러에 따뜻한 물을 담고 있는데 장 여사가 커피를 홀짝이며 말했다.

"그 밑에 보이는 수납장에 차 종류 있으니까 편하게 먹어요."

"감사합니다."

선우는 인사를 하고 수납장 안에서 옥수수차 티백을 꺼내 텀블러 안에 넣었다. 조리대에서는 아주머니 두 분이 부지런히 요리를 하고 있었다.

"아침 먹을 거죠?"

"네. 조금만요."

"그쪽으로 앉아요."

밑반찬이 차려진 테이블 앞에 앉자, 아주머니 한 분이 따뜻한 밥과 국을 선우의 앞에 놓아 주었다. 선우는 밥을 국에 말아서 천천히 씹었다. 입이 깔깔했지만 억지로 먹었다. 이곳에서 하루를 보내려면 속이라도 든든해야 할 것 같았기 때문이다.

"막내 아가씨 일어나면 이쪽으로 인터폰 해요. 별채는 주방에서 불 안 쓰거든. 그때그때 인터폰 하면 이쪽에서 가져다줄 테니까, 챙겨만 줘요."

"네."

선우의 업무는 단순했다.

평일 아침 7시부터 밤 10시까지 서유라의 식사와 건강을 책임진다. 매일 서문도 전무에게 하루 일과에 대해 빠짐없이 보고한다. 토요일은 6시까지. 일요일은 휴무. 다시 말하자면 서유라의 관리인이자 감시인인 셈이다.

"잘 먹었습니다."

선우가 자신이 먹었던 밥그릇과 국그릇을 모아 개수대에 넣었다. 장 여사는 잠시 선우를 바라보다 이내 시선을 거두었다. 관심이나 친절도 한두 번이지. 하도 여러 명이 오가서 이제는 오면 오는가 보다, 가면 가는가 보다 심드렁하게 여길 뿐이다. 어차피 하루 이틀일 거, 이제는 시시콜콜한 설명이나 안내도 생략하는 편이었다.

"다녀오겠습니다."

선우가 가만히 인사를 건네고 주방을 나섰다. 별채로 향하는 선우의 뒷모습을 보며 장 여사는 남은 커피를 후루룩 마셨다.

'언제든 그만두고 싶어지면 연락 주세요.'

별채의 단단한 현관문 앞에 선 선우는 명 실장이 마지막으로 했던 말을 생각했다. 이곳에서 만난 모든 사람들이 선우를 그만둘 사람 취급을 하고 있었다. 그것이 당연하고 마땅히 그래야 한다는 듯이.

선우는 가볍게 심호흡을 하고 카드 키를 댔다. 삐릭 소리를 내며 잠금장치가 풀렸다. 문을 열고 들어간 선우는 현관에 신발을 가지런히 벗어 두고 안으로 들어갔다. 옅은 아침 햇살이 길게 들어오는 넓은 거실에는 아무도 없었다. 안쪽으로 걸어가자 은은하게 클래식 음악 소리가 들려왔다.

이끌리듯 음악 소리가 들리는 곳으로 향하자 커다란 주방과 주방에서 이어진 다이닝 룸이 나왔다. 색이 짙은 원목 식탁이 놓인 다이닝 룸에서 서문도가 홀로 아침 식사를 하고 있었다.

"안녕하세요."

선우가 인사를 하자 서문도가 가볍게 고개를 끄덕이며 받았다. 깨끗하고도 무심한 얼굴이었다. 그리곤 이내 시선을 테이블 위에 올려 둔 태블릿 위로 돌렸다. 선우는 어디에서 서유라를 기다려야 하는지 고민하며 주위를 둘러보았다. 주방 아일랜드에 놓인 스툴과 거실의 소파 중에서 어디가 더 어색하지 않을지 고민을 할 때였다.

"편히 있어요."

목소리가 들려와 선우는 고개를 돌렸다. 서문도가 의자에서 일어서고 있었다. 태블릿을 한 손에 들고 재킷을 팔에 걸치며 말했다.

"긴 하루가 될 테니까."

그러고는 유유히 선우를 스쳐 지나갔다.

"네, 감사합니다."

선우가 대답을 했지만 듣는 사람은 아무도 없었다. 다이닝 룸을 나가는 서문도의 무심한 뒷모습이 그 증거였다.

마치 투명인간이 된 것 같다고, 선우는 생각했다.

남자가 틀렸다.

선우는 들이치는 햇빛을 고스란히 맞으며 생각했다. 하루가 긴

게 아니었다. 오전부터 길었다. 출근을 한 6시 40분부터 정오를 조금 넘긴 지금까지, 선우는 거의 여섯 시간을 생으로 기다리는 중이었다.

그동안 한 일이라고는 망설이다 서문도가 먹고 간 그릇을 치운 일뿐이었다. 그마저도 8시쯤 들른 조리사 아주머니가 자신의 일이니 다음부터 손대지 말고 그대로 두라고 했다.

또 다른 아주머니가 9시쯤 건너와 두어 시간가량 2층과 지하를 오가며 청소를 하고 세탁물을 거두어 물러간 뒤부터 선우는 오롯이 혼자였다. 계약상 별채에는 핸드폰도 들고 올 수 없었기에 시간은 더욱 길고 지루했다. 정물처럼 앉아 있기를 몇 시간째. 복도 너머 침실 문이 열리는 소리가 들렸다. 선우는 자리에서 일어났다.

"하아암."

서유라가 크게 하품을 하며 복도로 나오다가 우뚝 멈췄다. 그 자리에 서서 한참 선우를 노려보더니 어이가 없다는 듯이 웃고는, 다시 기지개를 켜며 크게 하품을 했다.

"안녕하세요. 이선우입니다."

서유라는 인사가 들리지 않는다는 듯이 선우를 지나쳐 어슬렁거리며 주방으로 향했다. 냉장고 홈바를 열고는 오렌지 주스를 커다란 컵 가득 따랐다. 그 뒤를 따르던 선우는 아침에 장 여사가 했던 말을 떠올렸다. 서유라가 깨어나면 식사를 차릴 수 있게 알람을 달라고 했었다.

인터폰이 어디 있더라. 주위를 둘러보던 선우는 거실 벽에 패널로 붙어 있는 인터폰을 발견했다. 수화기를 들어 숙소 동에 전화를 걸자 조리사 아주머니가 받았다.

"네, 별채인데요."

서유라 씨라고 해야 하나, 장 여사처럼 막내 아가씨라고 해야 하나 잠깐 고민을 하는데 다이닝 룸 쪽에서 소리가 들렸다.

"야."

잠시만요, 선우는 인터폰을 내려놓고 뒤를 돌았다.

"그래, 너."

서유라가 이리 오라고 손짓을 했다. 의미심장한 미소와 커다란 컵 가득 들어 있는 오렌지 주스가 선우의 미래를 알려 주었지만 가지 않을 수가 없었다. 한 걸음 앞에 섰을 때, 서유라는 선우에게 조금 더 가까이 오라고 손을 까딱였다. 선우가 한 걸음 앞으로 나아가자 서유라가 싱글싱글 웃으며 컵을 높이 들었다.

"꺼지라고, 미친년아."

주르륵, 샛노란색의 오렌지 주스가 선우의 머리 위로 부어졌다. 선우는 자신도 모르게 눈을 질끈 감았다. 두 번째 물벼락이었다.

서문도 전무가 선우에게 전화를 거는 시간은 보통 밤 11시에서 자정 사이였다. 선우는 벨이 울리는 핸드폰을 들고 통화 버튼을 눌렀다.

"네. 이선우입니다."

— 건너오세요.

언제나처럼 무심한 목소리였다. 네, 대답을 한 선우는 전화를 끊고서 정원을 건너 별채로 향했다. 주방 쪽 뒷문을 열고 거실 끝, 벽을 따라 길게 이어진 계단을 오르면 2층이 나왔다. 긴 복도를 따라 걷다 보면 확 트인 거실이 나오고, 한쪽으로 커다란 중문이 있었다. 선우는 반 뼘 정도 열려 있는 중문에 노크를 했다.

"전무님, 이선우입니다."

"들어오세요."

대답을 들은 뒤 선우는 양쪽으로 열리는 짙은 녹색의 중문을 열었다. 중문 뒤엔 어지간한 50평대 아파트 같은 공간이 나온다. 서문도 전무의 공간이었다.

선우를 기준으로 왼쪽으로는 넓은 거실이, 오른쪽에는 보통의 아파트에서는 주방으로 쓸 법한 커다란 공간이 있었는데, 서문도는 그 공간 전체를 드레스 룸으로 쓰고 있었다. 6인용 식탁과 크기가 비슷한 커다란 원목 진열장을 가운데 두고, 벽을 따라 빙 둘러서 시스템 옷장이 설치되어 있는 오픈형 드레스 룸이었다.

"보고해요."

진열장 앞에 선 서문도 전무가 시계를 풀며 말했다. 어느 날은 어깨를 비틀어 재킷을 벗을 때도 있었고, 어느 날은 타이의 매듭을 끌어 내릴 때도 있었다. 보고의 내용은 간단했다. 서유라가 일어난 시간, 먹은 것들, 빈둥거리며 한 일들을 알려 주면 되었다. 선우는 차분한 목소리로 말했다.

"서유라 씨는 12시 반에 기상하셔서, 3시쯤 떡볶이와 핫도그 드셨습니다. 핸드폰으로 영상 찍으셨고, 10분 정도 라이브 방송도 하셨습니다."

남자는 뒤에 서 있는 선우를 전혀 의식하지 않는 건조한 표정으로 커프스 링크를 풀며 보고를 듣고 있었다.

"이후에 방에서 전화 통화를 하셨고, 낮잠을 주무셨습니다. 저녁에 TV 보셨구요. 야식으로 무뼈 닭발이랑 주먹밥 시키셨습니다. 반주로 소주 한 병 드셨습니다."

그때그때 먹는 메뉴만이 달라질 뿐, 매일 비슷한 하루를 보내는 서유라였다. 선우가 보고를 마치자 서문도가 짧게 감상을 날렸다.

"닭발에 소주."

남자는 피식 웃었다. 아주 제대로 드셨네. 조소를 하고는 선우를 보며 말했다.

"그게 전부입니까?"

물론 아니었다. 서유라는 오늘도 선우에게 아이스커피를 듬뿍 부었다. 그녀가 선물로 가져온 레오타드를 가위로 갈기갈기 찢었고, 주기적으로 입에 담지 못할 욕을 퍼부었다. 괴롭힘은 나날이 심해졌지만 스스로 견뎌 내야 하는 일일 뿐, 서문도 전무에게 보고할 일은 아니었기에 선우는 답을 했다.

"네. 그게 전부입니다."

서문도가 알았다는 듯 가볍게 고개를 끄덕이며 말했다.

"나가 보세요."

허리를 숙여 인사를 하자 답인사 대신 남자는 피곤한 표정으로 셔츠의 단추를 툭툭 끌렀다. 선우는 중문을 닫고 나왔다. 계단을 내려오며 서문도 전무에게 자신은 아마 담벼락에 심긴 정원수 한 그루만도 못한 존재일 거라 생각했다. 존재가 아닌 존재이며, 사람이 아닌 사람이 아닐까. 존재하기는 하되, 존중해야 할 가치는 전혀 없는 그런 사람.

그러니 철저히 자신의 편의에 따른 밤늦은 시간에 전화 한 통으로 불러내 옷을 벗는 동안 보고를 듣는 거였다. 다 합쳐 3분도 안 되는 시간을 따로 내어 줄 가치조차 없다는 듯.

그렇다 해서 불만이 있는 건 아니다. 쓸데없는 관심과 친절보다 차라리 이편이 나았다. 선우에게도 남자는 그저 별채의 주인이며 자신을 고용한 고용주, 그 이상도 이하도 아니었으니까. 서유라의 괴롭힘도, 서문도의 무관심도 선우에겐 문제 되지 않았다. 서유라 곁에 있을 수 있다는 게 중요할 뿐이었다.

샤워를 마친 문도는 아래층으로 내려왔다. 컵을 꺼내 냉장고의 디스펜서에 댔다. 투둑투둑 얼음이 떨어지는 소리를 들으며 피식 웃었다.

'말도 마, 매일 난리도 아니에요. 주스, 커피, 물 아주 돌아가면서 퍼붓지를 않나, 막말은 기본이고, 옷도 찢었다 하고.'

오늘도 장 여사는 그에게 이야기를 전해 주었다. 서유라의 트레이너가 별채에서 어떻게 지내는지, 어떤 일들을 당하고 있는지. 문도는 지극히 건조하고 차분하게 보고를 하던 트레이너를 떠올렸다. 제게 벌어진 일들에 대해선 한마디 언급도 하지 않고 간략하게 보고를 마쳤던 여자는 색다르긴 했다.

똑똑한 걸까. 미련한 걸까.

보고를 해도 그가 막아 줄 리 없다는 걸 알아서 그런 거라면 똑똑한 거고, 참고 견디다 보면 나아지겠지, 희망을 갖는 거라면 미련한 거고.

문도는 얼음이 차오른 컵에 물을 받았다. 절반 정도를 마신 뒤 다시 물을 가득 받았다. 2층으로 가지고 올라가려는데 복도를 살금살금 기어 나오던 서유라와 눈이 마주쳤다.

"으악!"

놀란 서유라가 균형을 잃고 기우뚱거렸다.

"뭐야, 썅!"

욕설을 문장부호쯤으로 생각하는 서유라를 보며 문도는 웃었다.

"가능하면 내 눈에 띄지 말라고 했을 텐데요."

"무, 물 마시러 나왔어!"

서유라가 더듬거리며 말했다.

"닭발에 소주는 맛있게 드셨고?"

"네가 그걸 어떻게 알아?"

서유라가 눈을 크게 뜨며 물었다. 어떻게 알긴. 매일 보고를 들으니까 알지. 매일 밤 여자가 자신에게 보고를 하러 올라온다는 걸 알고 있으면서도, 그가 어떻게 아는 것인지 단번에 캐치하지 못하는 멍청한 서유라가 뒤늦게 깨닫고 욕을 했다.

"아 씹……. 그년이."

"고모님."

문도는 무감한 눈으로 서유라를 내려다보았다.

"똑바로 살자고 하지 않았던가요. 제가."

웃으며 말을 했는데도, 유라의 눈동자가 좌우로 흔들렸다. 그날의 기억이 생생하게 되살아나는 순간이었다.

그날 아침, 대강의 진술을 하고 경찰서를 나온 유라의 눈에 불이 꺼진 사설 구급차가 보였다. 끌려가지 않으려 온갖 저항을 다 했지만 상대는 서문도였다.

유라는 가만두지 않겠다고 악을 썼다. 온갖 욕을 퍼부었고, 손톱으로 아무 데나 할퀴었다.

'핸드폰 내놔! 나 아빠한테 전화할 거야! 강 비서 불러! 울 아빠 부르라고 해! 아빠가 알면 너 그냥 둘 것 같아? 내가 전부 다 이를 거야! 내가 니 고모야!'

반항은 무의미했다. 유라는 문도에게 목덜미를 잡힌 개처럼 끌려가 구급차 안으로 던져졌다. 바닥에 엎어지며 유라는 간이침대의 받침대에 머리를 박았다. 아찔한 통증에 아프다고 울부짖는 유라를 문도는 무표정한 얼굴로 바라볼 뿐이었다.

'나 멀쩡하다구! 멀쩡한데 왜 자꾸 병원엘 가래! 내가 뭘 잘못했는데?'

유라의 말에 문도가 훌쩍 구급차 안으로 뛰어올랐다. 그녀가 어, 하는 소리를 낼 겨를도 없이 서문도가 유라의 머리채를 잡아 뒤로 젖혔다.

'잘못한 게 없어?'

'그깟 약 좀 한 거 그게 뭐? 그 새끼들 뒤진 거? 누가 뒤지래? 재수 없어서 그렇게 된 걸 어쩌라구!'

한껏 뒤로 젖혀졌던 유라의 고개가 순식간에 앞으로 처박혔다. 쾅 소리와 함께 쇠로 된 지지대에 머리가 부딪쳤다.

'사람이.'

유라의 머리를 짓이기듯 누르며 문도가 말했다.

'둘이나 죽었는데.'

문도가 꾸욱 힘을 주었다.

'상황 파악이 그렇게 안 되나?'

침대에 고개를 처박힌 채 유라는 나직한 문도의 목소리를 들었다.

'여기서 끝내 줄까? 응?'

유라의 고개가 다시 들어 올려지며 문도의 섬뜩하리만치 낮게 가라앉은 눈동자와 마주 보게 되었다.

'가, 갈게. 가, 간다구. 가면 되잖아.'

유라는 깨진 이마를 하고서 빌었다. 병원에 갈 테니 제발 놓아 달라고 빌며 제 발로 침대 위로 올라가 누웠다. 비참함에 눈물을 뚝뚝 흘렸다. 문도가 후우, 한숨을 내쉬며 고개를 뒤로 젖혔다가 바로 했다.

'유라야.'

툭, 툭 옷매무새를 정리한 서문도가 풀린 소매의 단추를 잠그며 유라를 불렀다.

'똑바로 살자. 응?'

옷깃을 바로 하며 태연히 자신을 보던 그 얼굴을, 유라는 꿈에서도 잊지 못한다.

고모님, 하고 문도가 유라를 불렀다.

"똑바로 사시고, 트레이너 말 잘 들으시고. 쉽잖아요?"

그 쉬운 걸 못 하겠지. 문도는 알고 있었다. 서유라는 너무나 예상 가능한 인간이었다. 그래서 조종하기도 어렵지 않은 건 장점이려나.

"아, 괴롭히지도 말고요."

참을성이 없는 서유라는 재깍 반응을 보였다.

"걔가 그래? 내가 괴롭혔다고?"

문도는 대답을 늦추었다. 서유라의 미간이 꿈틀거렸다. 가만두지 않겠지. 어떻게 드잡이를 할지 머리를 팽팽 굴리고 있는 게 훤히 보였다.

"아니요. 안 했습니다."

서유라가 그의 말은 듣지도 않고 쿵쿵거리며 게스트 룸으로 돌아갔다. 문도는 가볍게 웃었다. 늦은 대답은 서유라의 의심에 확신을 더할 것을 안다. 그렇게 서유라는 일곱 번째 트레이너가 두 손을 들고 포기하게 만들어 줄 것이다.

한 달, 일곱 명.

고모님을 갱생시켜 보려는 눈물겨운 노력을 입증하기에 이 정도면 훌륭한 수치 아닌가.

'유라가 너는 무서워하잖니. 사람답게 만들어 놓아야 회장님 볼

낯이 서지. 유라 인간답게 만들어 놓을 수 있는 건 문도 너밖에 없으니 이제 그만 퇴원시켜서 잠시만 데리고 있어 보거라.'

약에 취해 사고를 친 서유라를 병원에 던져 넣는 것으로 임무를 다했다고 생각한 그에게 한 달 전, 아버지 서중호가 했던 말이었다. 아주 틀린 말은 아니다. 회장은 오냐오냐 받아 주기만 하고, 어미인 박소영은 이리저리 끌려다니기만 했으니.

회장에게 잘 보이고 싶은 아버지는 어린 막내 여동생에게 너그러운 오빠의 역할을 수행하는 중이라 손을 대지 못했다. 하지만 그렇다 해서 그가 덜된 인간의 뒤치다꺼리를 도맡을 수는 없었다. 회장이 퇴원할 때까지라고 했지만, 아흔이 목전인 양반이 언제 퇴원할 줄 알고.

한 달이면 넘치도록 충분했지.

자신이 참을 만큼 참아 주고 있다는 건 아버지도 이미 알고 있으니, 이제 서유라의 트레이너가 나가 주기만 하면 되었다.

'네, 그게 전부입니다.'

문도는 담담히 말했던 여자의 얼굴을 떠올렸다. 다른 식으로 만났더라면, 그러니까 회사에서 부하 직원으로 만나게 되었더라면 눈여겨보았을지도 모르지. 딱 그가 선호하는 스타일이었다. 성실하고 변명 없고 일 잘하는. 아, 거기에 인내심도 추가.

하지만 불행히도 그녀는 서유라의 트레이너였고, 짧은 인연은 곧 끝날 터였다. 안타깝게 되었다고 생각하며 문도는 2층으로 올라갔다.

3. 마지막 기회

웬일인지 오늘은 서유라가 심술을 부리지 않았다. 거실 테이블 위에 음식을 차려 놓으라 명령하더니, 선우에게 핸드폰을 던지며 사진을 찍으라 할 뿐이었다.

"야, 똑바로 찍어."

선우는 열심히 서유라의 사진을 찍어 주었다. 그린 스무디를 마시는 척 컵에 입을 대는 모습도 찍고, 주스를 입가에 묻힌 채 눈웃음을 짓는 모습도 찍었다.

"됐어."

어느 정도 찍고는 핸드폰을 가져간 서유라가 말했다. 한참이 지나도 남은 음식을 먹을 생각은 없어 보여, 선우는 확인차 서유라에게 물었다.

"식사는 어떻게 할까요?"

"응. 그거? 너 먹어."

서유라가 싱글싱글 웃으며 말했다. 선우는 서유라를 바라보았다. 서유라가 어서 먹으라며 손짓을 한다. 오후 1시가 넘도록 식사를 못 하긴 했지만, 서유라가 손으로 주물러 놓은 음식을 먹을 기분은 아니어서 선우는 가능한 부드러운 목소리로 말했다.

"저는 이따 숙소 건너가서 먹을게요."

"가증 떨지 말구 얼른 처먹으라고. 왜, 이것도 서문도에게 일러보지 그래?"

선우는 망설이다가 포크를 쥐었다. 바로 앞에 놓인 오믈렛을 잘라 입에 넣었다. 서유라가 잔뜩 짓이겨 놓은 음식 중 하나였다.

"근데 넌 여기 뭐 하러 왔어?"

선우는 오믈렛을 꿀꺽 삼켰다. 서유라가 자신에게 하는 첫 질문이었다. 대답이 없자 서유라가 샐러드 위의 방울토마토를 쥐고서 다시 묻는다.

"뭐 하러 왔냐고. 어? 대답 안 해?"

휙 날아온 방울토마토가 선우의 어깨를 맞췄다. 아프지는 않았다. 그저 또 시작이구나 할 뿐.

"그냥……. 돈 벌러 왔어요."

"돈?"

"네. 많이 준다고 하셔서요."

"아아, 돈. 돈 좋지. 너 같은 애들 많아. 돈 주면 뭐든지 하는 애들."

푭, 하고 웃은 유라가 접시 위의 샐러드를 한 줌 가득 쥐었다.

"이렇게."

양상추와 로메인 레터스가 선우를 향해 휙휙 날아왔다.

"쓰레기 취급당해도 좋다고. 그치?"

서유라는 킥킥 웃으며 연어도 하나씩 던졌다. 입고 있는 티셔츠에 연어가 철썩 붙었다가 기름기를 남기며 아래로 떨어졌다.

"이건 뭐, 밸도 없고요."

히죽히죽 웃은 서유라가 이번에는 시럽에 절은 팬케이크를 던졌다.

"자존심도 없고요."

팬케이크는 선우의 얼굴을 정통으로 맞췄다. 뺨에 붙었던 팬케이크는 중력을 못 이기고 바닥으로 떨어졌지만, 끈적한 시럽이 볼에 묻었다. 선우는 손을 들어 뺨을 닦았다.

"이런 꼴 당해도 좋다고 버티면서 안 가요."

킥킥 웃은 서유라가 팬케이크를 던지고 또 던졌다.

"아, 혹시 너 서문도 노리니? 그런 거야? 야, 진짜 너 야망 크다?"

여기서 아니라고 말한들 믿지도 않을 거여서 선우는 팬케이크를 맞으며 가만히 있었다. 그저 이 시간이 끝나기를 바랄 뿐이다.

"그 새끼가 밤에 부를 때마다 아주 심장이 벌렁벌렁하겠어? 개한테 잘 보이고 싶어서 그렇게 내가 뭘 하고 다니는지 나발나발 불어 대는구나?"

얼굴이 온통 끈적해졌을 때, 서유라가 샐러드 접시를 들고 자리에서 일어났다. 샐러드가 선우의 머리 위로 우수수 쏟아졌다. 통째로 선우의 머리 위에 샐러드를 들이부은 서유라가 웃는다.

"재미없네. 이따 저녁에 보자."

의미심장하게 웃으며 서유라가 퇴장했다. 선우는 천천히 포크를 내려놓고 싱크대로 향했다. 쏴아아— 쏟아지는 차가운 물줄기에 손을 헹구며 가만히 숨을 골랐다. 서유라를 만난 지 닷새째 되는 날이었다.

저녁을 먹으러 식당으로 건너갔을 땐, 장 여사와 조리사 아주머니 한 분, 별채에서 보았던 옥수댁 아주머니가 커피를 마시고 있었다. 선우와 눈이 마주친 옥수댁이 먼저 말을 건네 왔다.

"선우 씨, 커피 한 잔 내려 줄까?"

엉거주춤 일어나려는 옥수댁에게 선우는 살짝 웃으며 답했다.

"제가 할게요. 커피 드세요."

머그잔을 꺼내 캡슐 커피 머신으로 향하는데 옥수댁 아주머니와 장 여사의 눈길이 따라붙는 것이 느껴졌다. 전기 포트의 전원을 켜자 불빛이 들어오며 부그르르 물이 들썩거렸다. 선우의 등장으로 잠깐 끊겼던 대화가 다시 이어지기 시작했다.

"아니 그런데 전무님은 대체 어쩌실 생각이시래? 막내 아가씨 저렇게 계속 두실 건가? 언제까지 데리고 있을 생각이신 거야?"

옥수댁이 지긋지긋하다는 얼굴로 장 여사에게 물었다.

"내 이런 말까지는 안 하려고 했는데……."

장 여사는 말을 하다 말고 선우를 다시 보았다.

가녀린 몸에 고운 얼굴. 사정이 딱하다 듣긴 했어도, 무엇 하러 이 고생을 하고 있나 싶었다. 어차피 오래가지 못할 텐데. 장 여사는 잠깐 고민하다가 기왕 이렇게 된 거 말해 주기로 했다. 그래야 마음의 준비라도 하지.

"전무님은 선우 씨만 그만두면 막내 아가씨 바로 병원 보내실 거야. 처음부터 막내 아가씨를 오래 거둘 생각 없으셨던 거지. 그러니까 그만 애쓰고, 더는 못 하겠다고 해요. 그게 두루두루 나아."

모두의 시선이 선우를 향했다. 선우는 그저 당황한 얼굴로 입술을 깨물 뿐이었다.

"전무님, 도착했습니다."

박 기사의 목소리에 문도는 눈을 떴다. 유럽 출장을 간 아버지를 대신해 산업통상자원부 장관을 모시고 오송 공장 시찰을 하고 온 날이었다. 뻔한 설명과 뻔한 칭찬, 뻔한 기대를 받은 뒤 뻔한 사진을 찍고 마무리로 뻔한 술자리를 가졌다.

정종을 한 병쯤 마셨나.

어지간히 마셔서는 취하지 않는 주량을 가진 덕분에 정신은 멀쩡했다. 목구멍에서 화하게 흘러나오는 술 냄새만 빼면 몸도 멀쩡하고. 다만 어딘가 조금 느슨해진 기분이 들 뿐이다.

"수고하셨습니다. 박 기사님도 올라가서 쉬세요."

박 기사에게 수고했다 인사를 하고 문도는 별채로 올라가는 엘리베이터 앞에 섰다. 습관처럼 시간을 보니 11시가 조금 넘어 있었다. 문도는 트레이너의 이름을 찾아 통화 버튼을 누르며 엘리베이터 안으로 들어갔다.

뚜르르르, 뚜르르르.

보통 서너 번의 신호음 전에 전화를 받던 여자인데 여섯 번이 울리도록 전화를 받지 않았다.

잠이 들었나.

비록 며칠이긴 하지만 매일 성실하게 하루를 마무리하던 여자였다. 별일이라 생각하면서 문도는 1층 버튼을 눌렀다. 그날이 그날인 보고야 내일 들어도 되고, 하루쯤 건너뛰어도 되었다. 사실 안 들어도 그만이긴 했다. 별채에서 벌어지는 일에 대해선 장 여사로부터 넘치게 듣고 있으니.

매일 밤 굳이 여자를 불러들여 보고를 받는 건, 서유라를 긴장시키려는 형식적인 쇼였다. 내가 매일 너를 확인하고 있다는 것을 보여 주기 위한 쇼.

술도 마셨겠다, 호출하기도 귀찮고, 그날이 그날인 이야기를 듣는 건 더 귀찮고……. 오늘은 패스.

엘리베이터에서 내리며 결론을 지은 문도는 미등만 켜 놓은 주방으로 향했다. 한 병도 술이라고 꽤 갈증이 일었다. 냉장고 앞에 선 문도는 얼음을 가득 내리고 물을 받았다. 아일랜드에 반쯤 기대서서 단숨에 꿀꺽꿀꺽 마셨다.

흐릿한 소리가 들린 건, 탁, 하고 유리잔을 아일랜드 위에 내려놓았을 때였다. 똑똑 문을 두드리는 노크 소리 같기도 하고, 쿵쿵 벽을 치는 소리 같기도 한 소리를 들은 것 같았다. 잘못 들었나 싶어 가만히 서서 소리를 기다렸다.

똑똑. 똑똑똑.

저기, 저기요.

소리가 들리는 방향을 향해 문도는 걸음을 옮겼다. 게스트 룸으로 가는 길고 좁은 복도에 가까워질수록 소리는 선명해졌다. 화장실 문을 열지 못하도록 놓인 의자 두 개를 본 순간 문도는 헛웃음을 웃었다.

똑똑.

안에서 문을 두드리는 소리가 들린다. 손잡이가 덜컥덜컥 움직이기도 했다. 복도의 폭에 맞추어 딱 끼워 놓은 의자 때문에 열리지 않는 문을 붙잡고 여자는 말했다.

"저기요. 혹시 누구 계신가요? 문이 열리지 않아서요."

지친 목소리였다. 문도는 목을 뒤로 젖혔다. 하……. 이런 건 또 말을 너무 잘 듣네, 서유라가. 한숨을 내쉰 문도는 끼어 있던 의자를 빼냈다. 문을 열자 여자의 얼굴이 바로 보였다.

"얼마나 이러고 있었습니까."

문도의 질문에 여자는 손목에 걸린 시계를 한 번 보고는 머뭇거리며 대답했다.

"8시 조금 넘어서부터요. 열어 주셔서 감사합니다."

자신이 부추긴 일인 줄 꿈에도 모르는 여자는 그만두겠다는 말을 하기는커녕, 고개 숙여 고맙다고 인사를 했다. 기분이 묘하게 더러워진 문도는 선우를 빤히 바라보았다.

이대로 내버려 두면 서유라는 더 심하게 괴롭힐 테고, 그럼 이런 얼굴을 며칠 더 봐야겠지. 달갑지 않은 일이다. 그냥 이쯤에서 마침표를 찍어야겠다고 문도는 생각했다. 어차피 그만둘 여자, 며칠 이르게 해고한다고 달라질 것은 없으니.

"이선우 씨, 여기까지만 합시다. 내일부터 나오지 말아요. 그동안 고생하셨습니다."

여자의 눈망울이 잘게 흔들리는 것이 보였다. 여태껏 온갖 괴롭힘도 말없이 참아 내더니, 해고 통보에 당황을 하나.

"저는……. 저는 괜찮습니다."

여자가 당황한 목소리로 말했다. 네 시간이나 갇혀 있었으면서도, 괜찮다고 말하는 여자를 내려다보다 문도는 피식 웃었다.

"내가 안 괜찮아서 그래요. 고생하신 거 생각해서 위로금 넉넉히 챙겨 드릴 테니, 짐 싸세요."

마지막 통보를 한 뒤 문도는 몸을 돌렸다. 내일 아침 병원에 연락을 해야겠다고 생각하면서.

새벽의 정원에서는 풀 냄새가 짙게 났다. 동이 막 트는 시간, 문도는 별채의 뒤뜰을 지나 본관으로 이어진 길을 걸었다. 현관문을 열고 다이닝 룸 쪽으로 걸음을 옮기자 멸치 육수로 끓인 김칫국 냄새가 물씬 밀려들었다. 다이닝 룸에는 불이 환하게 켜져 있고, 막 샤워를 마친 듯한 모습의 서중호 부회장이 식탁 상석에 앉아 있었다.

"잠은 좀 주무셨어요?"

문도는 아버지를 향해 가볍게 인사를 건넸다. 약 보름간의 유럽 지사 순회를 마치고 돌아온 서중호는 평소보다 푸석한 얼굴을 하고 있었다. 서중호가 문도에게 앉으라 손짓을 했다.

"잠이야 뭐, 죽으면 실컷 잘 거. 그나저나 수술을 좀 할까 봐."

반찬으로 깔려 있는 멸치볶음에서 아몬드를 집어 먹으며 서중호가 말했다. 실없는 농담하기로는 일등인 사람이라 문도는 대답하지 않고 의자를 빼서 앉았다.

"쌍꺼풀 수술을 해야겠어. 이 눈 처지는 거. 이거 이거, 이걸 좀 들어 올렸으면 좋겠는데. 날이 갈수록 내려오는 것 같아. 이러다 붙겠어."

피곤으로 두툼하게 부어 있는 자신의 눈꺼풀을 집어 올리면서 서중호가 말했다. 우스운 모양새를 하고 있지만, 그 안의 눈빛은 노련한 독사를 연상케 했다.

"아유, 또 그러신다. 지금이 딱 잘생기셨다니까요."

마침 트레이를 밀고 들어오던 장 여사가 손사래를 치며 말했다.

"왜요, 장 여사님은 내가 잘생겨지는 게 싫으신가?"

"잘생겨지셔서 뭘 하시려고요."

장 여사의 말에 서중호가 낄낄 웃었다. 갱시기국이 펄펄 끓고 있는 뚝배기가 앞에 놓이자 후후 불어 한술 입에 넣는다.

"크, 바로 이거거든. 이 맛이거든. 이야, 기똥차네 기똥차. 문도 너도 한술 떠라. 국물이 끝내주누만."

서중호가 연신 감탄사를 내뱉으며 말했다. 멸치 육수에 콩나물과 김치를 넣고 찬밥과 얇게 뜬 수제비를 넣어 끓여 낸 갱시기국은 서중호가 귀국 후에 꼭 찾는 음식이었다.

"어머니는요?"

문도는 수저로 수제비를 뜨면서 물었다.

"곧 내려온단다."

칼칼한 게 당긴다며 청양고추 다진 것을 갱시기국 안으로 털어 넣으며 서중호가 말했다. 국을 몇 술 뜨고 있자니 슈트 정장을 차려입은 우현희가 다이닝 룸으로 들어오며 주방 쪽을 향해 말했다.

"여사님, 나는 커피 한 잔만 내려 줘요. 뜨겁게."

서중호의 옆자리에 앉은 우현희는 자리에 놓여 있던 신문 중 하나를 펼쳤다. 기사를 훑는 우현희의 앞에 장 여사가 뜨겁게 내린 커피와 자그마한 쿠키 하나를 내려놓고 물러나자 세 식구만이 다이닝 룸에 남았다.

"서유라는 어때, 잘 지내고 있나?"

무심한 표정으로 질문을 던진 서중호가 동치미 국물을 후루룩 마셨다. 문도는 담담하게 대답했다.

"잘 지냈죠. 트레이너를 한 일곱 명 갈아 치웠나. 이만하면 병원 보내도 될 정도로 잘하고 있습니다."

문도의 말에 서중호가 고개를 들었다. 문도는 국을 뜨며 태연히 말을 이었다.

"그래서 오늘 다시 병원으로 보내려고요."

문도의 말에 음, 하고 서중호가 생각하는 듯한 소리를 내더니 말을 했다.

"조금 더 데리고 있어야겠다."

문도는 눈을 들었다. 아버지와 시선이 마주친다. 빤히 바라보자 서중호가 반찬을 집어 먹으면서 말했다.

"회장님 퇴원하신단다."

문도는 속으로 욕설을 씹으며 짧게 웃었다. 우현희가 신문을 읽던 눈을 들어 서중호를 보았다.

"언제요?"

"이것저것 체크하고 나면 월요일쯤?"

타이밍 한번 기막히네. 문도는 실소를 했다.

"박소영이도 불러들여야겠고, 간병인도 구해야겠고. 우리 대표님 신경 쓸 일이 많아져서 어떡하나. 살살해요, 무리하지 말고."

서중호가 우현희에게 말하며 웃었다. 우현희가 덤덤한 표정으로 커피 잔을 내려놓으며 답했다.

"오랜만에 사람 사는 집다워지겠네요."

그렇겠지요? 서중호가 웃으며 답했다. 얼핏, 사이 좋아 보이는 가족의 아침 시간이었다.

식사를 마치고 나왔을 땐 새벽의 푸른 기가 완전히 걷힌 아침이었다. 문도는 본관에서 별채로 향하는 아치형의 문 앞에서 핸드폰을 들었다.

뚜르르르. 뚜르르르.

두 번의 신호음이 울리자 이선우가 전화를 받았다.

— 네, 전무님.

부드럽지만 어딘가 건조하게 느껴지는 여자의 목소리가 수화기를 울렸다.

"잠깐 뵙죠. 지금 괜찮은가요?"

— 네. 건너가겠습니다.

전화를 끊고 문도는 담을 따라 걸었다. 애초에 서로 다른 집이었던 세 채의 집은 여전히 각자의 담을 가지고 있었다. 집 안팎으로 공사를 하면서 담은 그대로 살려 두었기 때문이었다. 담을 따라 걷다 보면 또 다른 아치형의 문이 나온다. 숙소 동에서 별채로 오는 길에 지나야 하는 문이었다.

7월이면 능소화가 흐드러지게 피어나는 벽에 기대어 서자 숙소 동 정원을 건너오는 여자의 모습이 보였다. 문도는 담배를 빼물며 여자를 바라보았다. 여자는 원피스에 카디건 차림이었다. 걸음걸음마다 원피스 자락이 물결처럼 일렁인다.

곧은 자세, 우아한 걸음걸이. 흩날리는 머리카락과 말갛고 연한 얼굴. 그런 것들을 바라보다 불을 당겼다. 불이 닿은 담배의 끝에서 하얗게 연기가 피어났다.

"안녕하세요."

문도를 발견한 여자가 몇 미터 앞에서 먼저 인사를 건네 왔다. 문도는 여자에게 미소를 지어 주었다.

"끌까요?"

두 손가락 사이에 끼운 담배를 까딱이며 말했다.

"아니요, 괜찮습니다."

잠시 웃으며 여자를 보다가 대수롭지 않은 질문이라는 듯이 물어보았다.

"짐 쌌어요?"

"이제 싸려고요."

선우는 대답하며 남자를 바라보았다. 담배를 손가락에 끼운 채 남자가 싱긋 웃는다.

"다행이네요."

뭐가 다행이라는 걸까. 선우는 생각했다. 남자는 웃고 있는데 전혀 웃는 것처럼 보이지 않았다. 오히려 화가 난 듯 보였다. 무슨 생각을 하고 있는 건지 가늠이 되지 않았다.

"이선우 씨만 괜찮으면 계속 일해 달라고 부탁을 드릴까 하는데."

"아……."

하루 만에 뭔가 바뀐 걸까. 선우가 생각하는데 서문도가 물었다.

"괜찮겠어요?"

"예, 저는……."

갑작스러운 말에 놀랐지만 선우의 대답은 정해져 있었다. 더 일하고 싶습니다. 괜찮습니다. 어느 대답이 나올지 몰라 잠깐의 사이를 띄우는데 문도가 말했다.

"회장님 퇴원하시면 서유라 보고 싶어 할 거거든."

퇴원을 한다는 건, 서명구 회장이 이 집으로 돌아온다는 뜻일까. 회장이 거의 환갑에 본 막내딸 서유라를 예뻐한다고 여러 매체가 비슷하게 말하곤 했었다. 대답을 고르는 선우의 눈에 남자의 손에 걸린 담배가 보였다. 하얗게 타들어 간 재가 아슬아슬하게 매달려 있었다.

"저는 괜찮습니다."

대답이 마음에 든다는 듯이 서문도가 싱긋 웃었다. 눈이 휘어지며 옆으로 작게 주름이 잡혔다. 순간 선우는 마른 입술을 축이며 입을 열었다.

"열심히 하겠습니다."

그 말에 서문도가 눈썹을 치켜뜨며 선우를 바라보았다. 입꼬리에 엷은 웃음을 매달고서 묻는다.

"열심히요? 뭘 얼마나 더 열심히 하시려고요?"

어딘가 모르게 비웃음이 느껴지는 말투였다. 화장실에 무력하게 갇혀 있던 모습을 떠올리고 있는 걸까. 길게 매달려 있던 담뱃재가 툭, 하고 바닥에 떨어진다. 여전히 빨간 불은 타고 있었다. 두 사람 사이에 하얀 연기를 피우면서.

두 번째 기회였다. 마지막 기회이기도 했다. 이번엔 정말 잘 해내야 했다. 선우는 고개를 들고 남자를 바라보며 말했다.

"조금 더 적극적으로 서유라 씨 건강을 챙겨 보겠습니다. 가벼운 운동도 하고, 식단 조절도 하면서요."

남자가 빙그레 웃었다.

"그래요 그럼. 힘들겠지만 수고 좀 해 줘요."

"네. 감사합니다."

선우가 인사를 하자, 남자는 툭, 담뱃재를 털고 필터를 입으로 가져다 댔다. 선우를 보며 깊이 연기를 들이마신다. 하얀 담배 연기가 아지랑이처럼 피어오르는 모습을, 선우는 홀린 듯 바라보았다.

점심을 먹고 왔는데도 서유라는 자고 있었다. 소파에 앉은 선우는 무료함을 달래기 위해 가지고 온 소설책을 꺼내 펼쳤다. 커다란 창을 통과한 햇살이 책장 위에 내려앉는다. 몇 장을 읽다 무심코 고개를 들자, 통창 너머로 푸르른 정원이 가득이었다.

짙은 회색의 현무암 데크, 드넓은 정원을 차지한 푸른 잔디, 멀리 보이는 높은 담과 정원수. 선우는 자신의 앞에서 담배를 피우던 남자를 생각했다. 후우, 자신을 보며 가만히 내뱉던 숨과 그 숨을 따라 피어난 하얀 연기도.

연기에 갇힌 선우를 보면서 싱긋 웃은 남자는 그 한 모금을 위해 불을 붙였다는 듯, 미련 없이 담배를 비벼 껐다. 흰색의 회벽에 까만 그을음이 생기고 불똥은 잔디 위로 떨어졌다. 구둣발로 지그시 불씨를 꺼트린 남자는 꽁초를 바닥에 놓인 작은 그릇에 버리고 몸을 돌렸다.

후우.

선우는 엷게 한숨을 쉬었다. 가능하면 마주치고 싶지 않은 사람이었다. 직선의 눈빛은 선우의 속을 뚫어 볼 것만 같았고, 매끄러운 웃음은 잘 벼린 칼날 같았다. 언젠가 모든 것이 들통난다면, 서문도 전무 때문일지도 모르겠다는 생각을 한다.

"뭐야, 너 또 왔니?"

햇볕을 마주한 선우의 상념은 유라의 목소리로 인해 깨졌다. 인상을 찌푸리며 복도를 걸어오는 유라를 향해 선우는 고개를 돌렸다.

"작년에 왔던 각설이야 뭐야. 죽지도 않고 또 왔네?"

주방으로 향하며 유라가 비아냥거렸다. 선우는 자리에서 일어나 인터폰으로 유라가 기상했음을 알렸다. 물을 마시던 유라가 그런 선우의 모습을 보며 비웃음을 던졌다.

"이번엔 어디다 가둬 줄까. 화장실이 너무 넓었지? 옷장은 어때?"

인터폰을 내려놓은 선우는 각오를 다지듯 숨을 길게 들이마셨다. 남자에게 잘해 보겠다고 했다. 열심히 하겠다고. 또다시 잘리지 않으려면 무엇이라도 해야 했다. 선우는 소파에 옆에 놓아두었던 에코 백을 들고 주방으로 향했다.

"오늘은 가볍게 운동을 해 볼까 해요. 스트레칭을 하고, 발레 기초 동작도 몇 가지 해 보고요. 레오타드는."

선물로 가져온 것이니 입으셔도 좋고, 안 입어도 괜찮다는 말을 하려고 할 때였다. 선우가 꺼내 드는 레오타드를 유라가 바닥으로 내팽개치며 말했다.

"꺼지라고. 병신아. 내 트레이너는 내가 구한다고."

선우는 허리를 굽혔다. 바닥에 던져진 레오타드를 주워 아일랜드 위에 올려놓고, 스툴에 앉는 유라를 바라보았다. 묵묵히 참아주는 건 여기까지만 해야겠다.

"마지막 기회예요."

"뭐?"

선우의 말에 유라는 눈썹을 치켜떴다. 뭐라는 거야 저 병신이.

"제가 서유라 씨 마지막 기회라구요."

유라는 코웃음을 쳤다. 하룻밤 갇혀 있더니 처돌았나. 미쳤냐고 말을 하려는데, 뭔가 이상했다. 이제껏 꿀 먹은 벙어리처럼 가만히 있던 이선우가 고개를 똑바로 들고서 유라의 눈을 바라보며 말하고 있었다.

"저 그만두면 전무님이 바로 서유라 씨 병원으로 보내신다고 하셨대요."

웃기는 소리 하지 말라고 하고 싶지만 병원이라는 단어가 목구멍을 콱 틀어막은 것 같았다. 유라는 침을 꿀꺽 삼키면서 목소리를 높였다.

"누가 그래? 이게 어디서 헛소리를 지껄여? 야, 너 그렇게 잘리기 싫냐? 아직 서문도 포기 안 했어?"

신경질적으로 머리를 벅벅 긁는 유라의 눈에 식사를 가지고 들어오는 옥수댁이 보였다.

"아줌마!"

"예?"

"진짜야? 서문도 그 새끼가 나 병원 보낸댔어? 진짜로 그랬어?"

어찌 대답을 해야 하나 이리저리 눈치를 보던 옥수댁은 선우와 눈이 마주쳤다.

"아줌마도 뭐 들은 말 있을 거 아니야! 장씨가 뭐래? 진짜래?"

저도 여기서 살아남아 보겠다고 말을 했겠지. 옥수댁은 작게 한숨을 쉬었다.

"아니 어즈껜가……. 그제였나……. 선우 씨 그만하라구 말하면서 그러더라구요. 그래야지 막내 아가씨 병원 보낸다나……."

와씨. 유라는 황당함과 당황스러움을 동시에 느끼며 머리를 감싸 쥐었다. 그러니까 뭐야, 저년이 그만두기만 기다리고 있었다는 거야? 이제껏 그러려고 계속 트레이너를 보낸 거고? 유라는 계단을 오르며 비스듬히 자신을 내려다보던 서문도를 떠올렸다. 피식 쪼개는 그 미소가 그런 뜻이었을까. 한 명 한 명 그만둘 때마다 속으로는 카운트다운을 하고 있었던 걸까?

서문도가 쳐 놓은 덫에 제대로 걸렸다고 생각하니 머리가 하얗게 비워졌다. 씨발 이럴 땐 뭘 어떻게 해야 해. 초조하게 손톱을 물어뜯으며 유라는 핸드폰을 들었다. 이럴 때 생각나는 사람은 하나뿐이었다.

— 응, 유라야. 잘 있지? 엄마는 지금…….

태평한 박소영의 목소리에 울컥 짜증이 치솟은 유라는 크게 소리를 질렀다.

"엄만 대체 언제 들어오는 건데? 내가 빨리 들어오라고 몇 번을 말해? 어? 서문도 그 새끼가 나 병원 처넣으려고 하는 거 알아 몰라? 언제 오냐고!"

— 아유, 왜 이렇게 소리를 지르고 그래. 넌 그 성질 좀 죽여. 엄마 지금 짐 싸고 있잖아. 이제 곧 비행기 탈 건데 뭐가 그렇게 급해.

어? 유라는 고개를 번쩍 들었다. 이게 무슨 소리야. 비행기를 탄다고? 며칠 전만 해도 언제 올지 모르겠다고 했었는데?

"엄마 들어와?"

— 들어가야지, 그럼. 회장님 퇴원하시는데 내가 없으면 얼마나 기운 빠지시겠니. 얘, 끊어. 엄마 바빠.

"잠깐만. 아빠 퇴원해?"

— 응. 너 몰랐어?

하……. 유라는 비식 웃으며 전화를 끊었다. 이제 무서울 것 없었다. 앞에서 알랑거리면서 애교를 떨면 그저 예쁘다 하는 아버지였다. 최대의 우군이 돌아오니, 일단 숨통은 트이겠지만…….

서문도 이 새끼를 어쩌지.

아무리 생각해도 그날의 비밀을 쥐고 있는 서문도의 힘이 너무 강력했다. 아우씨. 그날 핸드폰만 안 뺏겼어도 어떻게 해 볼 수 있을 텐데. 머리를 감싸 쥐고 고민하던 유라는 고개를 돌려 거실을 보았다. 어디 가지도 못하고 소파에 앉아 있는 이선우의 뒷모습이 보였다.

"야, 너 이리 와 봐!"

선우가 퍼뜩 고개를 돌렸다. 가까이 오라 손짓을 한 뒤, 유라는 선우를 똑바로 응시했다.

"너 말이야."

말을 꺼낸 유라는 입술을 씹었다. 욕을 하고 물을 퍼붓는 건 쉬웠다. 개만도 못한 취급을 하다가 갑자기 사람대접을 해 주려니 괜히 자존심이 상했다.

핸드폰만 뺏기지 않았어도. 아니, 사진만이라도 찍히지 않았어도. 후회를 해 봤자 늦은 일이었다. 자신이 가진 마지막 기회는 눈앞에 있는 이선우뿐이다. 이걸 어쨌든 내 편으로 만들어 놔야 할 텐데. 좀 잘해 줄 걸 그랬네. 유라는 욕을 씹어서 삼킨 뒤 선우를 보며 히죽 억지웃음을 웃었다. 선우가 왜 이러느냐는 듯한 눈으로 유라를 보았다.

"그……. 머냐. 그……. 아, 그게……. 에이씨. 야, 너는 어? 그런 중요한 얘기는 진작 했어야 하는 거 아니야? 내가 어? 그걸 알았으면 어?"

어? 를 세 번쯤 말하는 유라를 보며 선우가 말했다.

"저도 어제 알아서요. 알았으면 말씀드렸을 거예요."

"니가?"

"저도 잘리기는 싫으니까요."

아. 맞다. 돈. 돈이 필요하다고 했었지. 모르긴 몰라도 서문도가 인심은 후하게 썼을 거였다. 그러니 여섯 명이 줄줄이 잘리고도 뒤탈이 없는 거겠지. 여러모로 참 치밀한 새끼였다.

"그럼 골라. 서문도야, 나야."

유라는 퉁명스럽게 말했다. 선우의 눈이 커졌다. 무슨 뜻인지 알고 싶다는 표정을 지으며 말했다.

"무슨 말씀이신지 잘 모르겠어요."

"서문도랑 나 둘 중에 고르라고. 누구 편 할 건지."

유치원 꼬마 아이들이나 할 법한 멘트를 던져 놓고도 서유라는 당당한 표정을 지었다.

"앞으로 내 편 들어준다고 하면 계속하게 하고, 서문도 편들 거면 병원이고 뭐고 확 잘라 버릴 거고. 무슨 뜻인지 알지?"

유라가 확, 하고 손을 쳐드는 시늉을 했다. 이런 말을 눈앞에서 듣고 누가 서문도 편을 들겠다고 대답을 할 수 있을까. 선우는 물끄러미 유라를 바라보다가 입을 열었다.

"저에게는 당연히 유라 씨가 최우선이에요. 처음부터 그랬고, 지금도 그렇고, 앞으로도 그럴 거예요."

담담한 말투였다. 유라는 선우를 아래위로 훑어보았다. 다른 건 잘 모르겠지만, 이 대답에 있어서만큼은 어째서인지 믿음이 갔다.

"잘해라. 어?"

유라는 마지막으로 선우를 을러대며 의자에서 내려왔다. 엄마도 들어오겠다, 아버지도 퇴원하겠다, 서문도가 붙여 놓은 감시인은 제 편으로 돌려놨겠다……. 조만간 이 집에서 탈출할 수 있을 것 같은 예감이 들었다. 유라는 만족스러운 표정으로 다이닝 룸을 나왔다.

4. 잔상

회장의 퇴원을 준비하는 이틀간 저택은 어느 때보다 분주하게 돌아갔다.

회장이 머무는 1층은 안전장치 공사를 싹 마쳤을 뿐 아니라, 정원에는 디딤돌을 들어내고 휠체어로 다닐 수 있는 산책로 데크를 새로 깔았다. 몸보신을 위한 식재료들이 속속들이 도착했고, 회장이 특별히 좋아하는 밑반찬들이 손 빠르게 만들어졌다. 장 여사가 섭외한 간호사 경력의 간병인과 식단 관리를 위한 영양사가 새로 들어왔고, 박소영도 서둘러 귀국을 했다.

"문을 열어 볼까요."

우현희는 손목시계로 시간을 체크하며 말했다. 조금 전 병원에서 출발한 회장의 차량이 도착할 시간이었다. 양 실장이 스위치를 올리자 차고의 거대한 문이 옆으로 밀리며 넓게 개방이 되었다.

"날이 많이 풀렸네요."

우현희는 골목길을 내려다보며 말했다. 초저녁에 가까운 시간, 주차장의 문을 열어도 많이 쌀쌀하지 않았다. 3월도 벌써 끝나 간다. 회장이 협심증으로 쓰러지며 수술을 받은 게 벌써 두 달 전의 일이다. 시간이 참 빠르다고 생각하는 찰나, 핸드폰으로 메시지가 들어왔다.

5분 정도? 곧 도착합니다. 당신이 고생이 많아요♡

애인인 '희연'의 송 사장에게도 이렇게 곰살맞게 굴려나. 그런 생각을 하다가 현희는 피식 웃었다. 듣자 하니 손가락 하나 까딱 않는 권위적인 남자란다. 수저만 비뚤게 놓여도 상을 뒤엎는다고 했던가. 하기야 거기서라도 그렇게 지내야 속이 좀 풀리겠지. 현희는 알겠다고 답장을 보낸 후 양 집사에게 말했다.

"곧 도착하신답니다. 내려들 오시라고 전해 주세요. 장 여사님한테도 언질 주시고요."

맞은편 저택의 담장 너머로 산수유 노란 꽃이 보였다. 이른 봄이다. 정기 주주 총회가 열리는 계절. 멀리서 검은색 세단이 줄을 지어 올라오는 모습이 보였다.

"에……."

회장의 입에서 가느다란 목소리가 흘러나왔다. 아흔을 목전에 둔 서 회장은 본관 다이닝 룸에 놓인 긴 식탁의 상석에 앉아 있었다. 앉았다기보다 기댔다는 표현이 더 어울리는 상태로 회장은 마른 입술을 달싹거렸다. 최고의 의료진이 붙어 막힌 혈관을 뚫어 주는 수술로 살려 놓긴 했으나, 목숨을 이어 준 대신 기력을 모두 앗아 가 버린 느낌이었다.

"에……. 오느흘……. 이 애비……. 본다고……. 다드흘……. 모이느라……. 고오생이……. 마안핬고……."

공기 반 소리 반이 이런 거였나.

문도는 비스듬한 시선으로 상석을 바라보며 생각했다. 회장은 바들바들 떨리는 목소리로 기념사를 하려고 노력 중이었다. 쌕쌕거리는 숨소리가 절반인 기념사가 모기 소리처럼 가느다랗게 공간을 떠돌았다. 퇴원 기념사를 들으며 문도는 자리에 앉아 있는 면면을 훑어보았다.

자리는 회장을 꼭짓점으로 하여 우 소영 좌 유라를 시작으로 배치되어 있다. 서유라 모녀의 옆자리에 서중호 부회장 내외와 문도, 그다음으로 서용호 건설 중공업 사장 내외와 사촌인 서창도와 서준도. 마지막 끝자리에는 서미경 관장과 그 남편인 구장현 교수가 앉아 있다.

가족 순서대로 늘어놓았다고 보기엔 차남이 상석에 앉았고, 그룹에서의 지위 순서로 보기엔 문도가 서용호 사장보다 상석에 앉았다. 이 자리 배치가 누구의 머릿속에서 나온 것인지는 뻔했다. 회장의 기념사가 끝나면 한마디 얹고 싶어 눈썹을 들썩거리고 있는 아버지가 지시했을 것이다.

문도는 맞은편에 앉은 서용호 사장을 무심히 바라보았다. 이 집에 들어오는 순간부터 내내 못마땅한 표정을 짓고 있던 서용호는 아래위로 눈동자를 굴리며 어딜 똑바로 쳐다보고 있냐는 표정을 지었다. 그때 서중호가 직원에게 무언가 가져오라고 손짓을 하며 자리에서 일어났다.

"사랑하는 우리 회장님, 건강을 회복하신 것을 감축드리면서 한잔 따르겠습니다. 에, 또, 회장님의 보석 같은 인연, 우리 작은어머니. 오래오래 회장님 잘 모셔 주십사 부탁을 드리면서 한잔 올리겠습니다."

서중호가 팔을 걷어붙이며 금빛 산삼주를 작은 크리스털 잔에 조르륵 따랐다. 어머, 내가 이걸 받아도 될까, 박소영이 환한 복사꽃 같은 미소를 지으며 잔을 들었다.

"자자, 좋은 날에 축배부터 듭시다. 우리 서명구 회장님의 만수무강을 위하여!"

건배.

술을 한입에 털어 넣으며 문도는 미소를 지었다.

"임자……. 옥돔은……. 고만……."

서명구 회장이 고개를 저었다. 박소영은 서 회장의 입 가까이에 가져갔던 숟가락을 도로 물리며 살갑게 물었다.

"옥돔 질리세요? 그럼 뭐 올릴까요? 시금치 연하게 무친 거 너무 맛있는데, 시금치 올릴까?"

박소영은 소화가 잘되도록 질게 지은 찰밥을 올려놓은 숟가락에서 얼른 옥돔구이의 살을 내렸다. 그리고는 회장의 눈치를 살피며 젓가락을 요리조리로 가져갔다. 아기처럼 턱받이를 하고 입만 벌려 밥을 받아먹던 회장이 기력이 없다는 듯이 고개를 가로젓기만 했다.

"잘 드셔야지 얼른 기력을 차리실 텐데. 회장님 아프시면 내가 정말 너무 속상하잖아. 딱 한 숟갈만 더 드셔요. 오래오래 사셔야잖아요. 나랑 우리 유라 생각해서라두. 응? 이번엔 우리 뭐 먹을까……. 명란젓이랑 드릴까아? 요 갈비찜에 들어 있는 무우로 드릴까?"

회장의 눈빛이 무우로 향하니, 박소영이 재빨리 푹 익힌 무를 집었다. 먹기 좋은 크기로 잘라서 숟가락 위에 예쁘게 올려놓고 아아, 소리를 내면서 회장의 입가로 가져갔다. 회장이 입을 벌려 받아먹은 뒤, 막 씹어 넘기려 할 때였다.

"쿨럭, 쿨럭! 쿠울럭!"

목으로 넘기다 사레가 들렸는지 식탁 위로 밥알을 흩뿌리며 회장이 기침을 크게 했다.

"어머, 회장님! 어떡해!"

깜짝 놀란 박소영이 벌떡 일어나 회장의 입으로 냅킨을 가져갔다.

"장 여사님, 여기 따뜻한 물 한 잔 가져와요!"

서중호도 벌떡 일어나 회장의 곁에서 등을 쓸며 난리를 피울 때였다. 생각이 없는 서유라가 잔여물이 튄 식탁 위가 더럽다는 듯이 인상을 찌푸리며 고개를 돌렸고, 마침 그 모습을 본 회장이 박소영의 손을 매몰차게 쳐내면서 노한 목소리로 말했다.

"그르게 내 이제 쿨럭! 그만, 쿨럭, 먹는다고! 쿨럭!"

수치심으로 귀 끝이 빨개진 회장이 쌕쌕 큰 숨소리를 내면서 씨

근거렸다. 자식들 앞에서 추태를 부린 것이 몹시 자존심이 상한 모양이었다.

"죄송해요, 회장님. 죄송해서 어떡해요."

연신 사과를 하던 박소영이 노여움으로 붉어진 회장의 얼굴을 보더니 갑자기 눈물을 뚝뚝 떨구기 시작했다.

"나는 이래서 안 되나 봐요. 내가, 흑, 내가 이러니까 회장님이 못 미더워하시는 거지. 내가 이래서 우리 유라까지 천대를 받고……. 밥 한술도 제대로 못 떠 드리는 등신 천치라서 내가 이 모양 이 꼴로 살고……."

기가 막힌 웃음을 삼키느라 여러 개의 콧구멍이 벌렁거리며 커졌다가 작아졌다. 하지만 같잖은 연극에도 눈물 흘려 주는 사람이 있는 법.

"아니야……. 내 말은 그것이 아니고……."

회장이 조금 안절부절못한 표정을 지었다. 박소영의 나이가 쉰셋. 고모인 서미경의 나이가 쉰일곱이니 자신의 막내딸보다 어린 여자애를 첩으로 삼은 셈이다. 갓 스물을 넘긴 여자애를 데려다가 살림을 차리고 피임도 제대로 못 해 아이까지 낳게 한 뒤 기어이 집에 들여앉힌 그 추태는 부끄럽지 않고, 밥풀 튀긴 추태는 그토록 수치스러운가.

문도는 이해가 되지 않았지만 애초에 노인네의 추잡스런 성욕이란 논리나 이성으로 이해되는 영역이 아니었다. 그 와중에 다행이라면 노련한 너구리 같은 서 회장이 박소영 앞으로는 재산 한 줌을 쥐여 주지 않으며 헛된 희망만 심어 주는 것이랄까.

"아이구, 우리 작은어머님 왜 또 말씀을 그렇게 하시나. 회장님이 피곤하셔서 그러신 것을, 너무 섭섭하게 생각 마소. 아버님, 이제 그만 식사 물리고 작은어머님이랑 오붓하게 쉬시는 게 어떠세요?"

서중호의 제안에 냉큼 그러겠다고 대답하지 못하는 회장이 큼, 하고 헛기침만 했다. 서중호는 손짓으로 식사 시중을 들던 직원을 부르며 말했다.

"여기, 간병인 호출하고 상은 다시 차려요. 회장님 방으로 후식 준비하고. 빨리."

직원들이 재빠른 손길로 상을 다시 차려 냈지만, 모처럼 삼 남매와 그 배우자가 모두 모인 서도 오너가의 저녁 식사는 회장이 퇴장하면서 끝이 난 것과 다름없었다. 회장이 목소리가 들리지 않을 만큼 멀어지자 서용호가 숟가락을 딱 소리가 나도록 테이블 위에 내려놓으며 입을 열었다.

"너 이 새끼야, 너는 돌아가신 어머님께 부끄러운 줄 알아. 어디서 저런 창녀 같은 년한테 어머님 운운이야."

그 말에 서중호가 냅킨으로 입을 닦으며 서용호를 보았다.

"아니, 형님 말을 참 이상하게 하시네. 여생도 얼마 남지 않은 아버님께 최선을 다해 효도를 해 드리는 마음을 헤아리지는 못할 망정, 왜 욕지거리를 하실까."

슬슬 웃으며 말을 하던 서중호가 눈빛을 바꾸었다.

"형님이 그래서 안 되는 거예요. 만날 그 돌아가신 어머니의 헛된 망상이나 붙잡고선 똥 씹은 얼굴을 하고 있으니까, 중공업이 그 모양 그 꼬라지가 된 것을."

"야 이 새끼야, 여기서 왜 그 얘기가 나와? 뭐, 네 녀석이 도와줘서 살려 놨다, 그 말을 하고픈 거냐? 그런 거야? 그깟 도움 안 받고 만다고 내가 몇 번이나……."

서용호가 고개를 쳐들고 빳빳하게 핏대를 세울 때였다.

"그러면 받지를 말았어야지!"

단전에서 우렁차게 뿜어져 나오는 서중호의 커다란 목소리가 다이닝 룸을 우렁우렁 울렸다. 그 소리에 찬물을 한 바가지 끼얹은 것처럼 고요해지며 눈동자만 굴러다녔다.

"그지 새끼처럼 도움 받아먹을 땐 언제고, 이제 와 지랄이야, 지랄이."

낮게 읊조린 서중호가 쯥, 소리를 내며 이 사이에 낀 고춧가루를 빼 냅킨 위에 퉷, 하고 뱉었다.

"아니, 이 새끼가 그래도……."

한순간 제 동생에게 주눅이 들었던 것이 창피해진 서용호가 얼굴이 빨개져서 뭐라고 입을 열려 할 때였다. 제 몫의 식사를 마친 문도가 의자를 뒤로 밀며 일어섰다.

"말씀 중에 죄송한데, 이만 가 봐야 할 것 같습니다. 야간 회의가 있어서요."

서용호의 째진 눈꼬리가 문도를 향했다. 문도는 무표정한 얼굴로 슈트의 단추를 잠근 뒤 서용호에게 고개를 숙여 인사를 했다.

"먼저 가 보겠습니다. 살펴 가세요."

"뭐 이런 새끼가 다 있어, 어른이 말씀하시는데……."

서용호의 얼굴이 일그러진다. 드라마 감독들은 뭐 하나. 여기에 카메라만 세워 놓으면 그게 막장 드라마인 것을. 뒤에서 터져 나오는 욕설을 들으며 문도는 뚜벅뚜벅 걸었다.

별채의 밤은 고요했다.

1층 게스트 룸에 머무는 서유라가 새벽까지 깨어 있는 일이 많아도 2층으로 올라오면 소음은 뚝 끊긴 것처럼 사라지곤 했다. 애초에 시끄러울 수 있는 공간들은 2층 메인 침실과 서로 가장 먼 대각선으로 설계를 해 두어서 그런지 소리가 전달되는 일은 거의 없었다. 그럼에도 오늘따라 유난히 적막하게 느껴지는 건, 밤이 깊을 대로 깊었기 때문일까.

새벽 3시가 가까워져서야 퇴근을 한 문도는 불도 켜지 않은 채 슈트 차림 그대로 거실 소파에 앉았다. IR팀과의 회의는 평소에도 한번 시작했다 하면 밤늦게까지 이어지곤 했는데, 오늘은 중간에 집으로 돌아와 식사까지 하느라 회의는 자정 너머까지 이어졌다. 거기에 따로 자료와 보고서를 살펴보느라 3시를 넘겨서야 퇴근을 할 수 있었다.

소파에 등을 깊게 묻은 문도는 테이블 위에 발을 올렸다. 천천히 고개를 뒤로 젖혀 천장을 본다. 어둠 속에 달빛만이 고요했다. 천장에 일정한 간격으로 박혀 있는 조명을 멍하니 응시하다 피곤한 눈을 감았다.

'아…….'

짧은 소리를 내며 눈을 크게 떴던 여자의 얼굴이 감긴 눈꺼풀 위로 떠올랐다. 화장실 문을 벌컥 열었을 때 보았던 놀란 표정이었다. 여자의 놀랐던 표정은 이내 당황한 표정이 되었다. 그만두라는 말에 흔들렸던 갈색 눈동자가 클로즈업되었다가 안개처럼 흩어졌다.

하다 하다 별.

어이가 없어 기가 찬 웃음을 웃으며 문도는 눈을 떴다. 피곤하면 이런저런 상념들이 떠다니는 건 하루 이틀 일이 아니지만, 돈이 급해 비굴할 정도로 버티고 있는 직원에게까지 닿을 일인가.

문도는 뒷목을 지그시 누르며 생각의 물꼬를 돌렸다. 이번에 불쑥 떠오른 건, 바닥에 엎어진 젊은 남자 둘의 뒷모습이다. 그 앞에서 창백하게 질려 있던 최지상의 얼굴이 요즘 부쩍 TV에 자주 보였다.

이것도 그리 바람직한 상념은 아닐 테니.

문도는 고개를 바로 하고 시선을 창밖으로 돌렸다. 건물의 불이 모두 꺼지는 것이 마땅한 시간에 불빛이 보였다. 숙소 동 2층 제일 끝 방이었다. 이 늦은 시간에 누가, 라고 무심히 생각을 할 때였다. 방 앞쪽에 난 자그마한 테라스 공간에 서 있는 여자의 모습이 보였다. 실루엣만으로도 구별이 되는 여자였다.

이선우는 허공을 보고 있었다.

별이 보이지 않는 밤하늘도, 이슬이 내려앉은 정원의 나무도 아닌, 아득히 먼 곳. 혹은 신기루처럼 사라질 곳을, 여자는 머리카락을 날리며 보고 있었다. 2층 테라스에 서 있을 뿐인데 눈을 뗄 수 없는 건, 여자가 아무것도 남겨 놓지 않고 소리 없이 흩어져 버릴 것 같기 때문일까. 문도가 자신도 모르게 소파에서 등을 떼며 몸을 세울 때였다.

바람이 불어오는가. 여자가 움직인다.

팔을 들어 올리다 말았고, 발끝을 세우는 듯하다 다시 내렸다. 머리를 돌리려다 말고 손끝을 부드럽게 움직이다 말았다. 불 듯 말 듯 살랑이는 바람처럼, 손을 대면 아스라이 흩어질 것만 같은 안개처럼 여자가 움직였다.

춤이었다.

완전하지 않은. 그럼에도 물결 같은 멜로디를 들려주는, 흐린 달빛 같은 춤.

그러다 여자는 움직임을 멈추며 두 손으로 얼굴을 가렸다. 마치 울기라도 하는 것처럼 한참을 그렇게 있다가 천천히 귀에서 이어폰을 빼내더니 테라스 너머로 퇴장을 하였다.

한 편의 꿈인가 싶은, 몹시도 비현실적인 장면이었다.

선우는 천천히 눈을 떴다. 아침이었다. 해가 뜨기 시작하는.

숙소 방의 벽 한쪽에는 전에 쓰던 사람이 걸어 놓은 엽서 크기의 액자가 있었는데, 눈을 뜰 때마다 제일 먼저 보였다.

밤의 강가 풍경을 담은 자그마한 그림엽서는 여기가 서도 회장가의 숙소라고 알려 주곤 했다. 또 다른 하루가 시작되었으니 일어나 정신을 차리라고.

선우는 일어나서 손바닥으로 눈을 꾹꾹 눌렀다. 평소보다 부은 눈꺼풀 때문에 눈을 반만 뜬 기분이었다. 서너 번 꾹 눌러 지압을 한 뒤에 수건을 챙겨 욕실로 향했다. 샤워를 하고 서유라와의 수업에 쓸 물건들을 챙겼다.

방문을 열고 나서니 계단에서부터 밥 냄새가 풍겨 왔다. 조리사 아주머니가 챙겨 주는 따뜻한 국과 밥으로 식사를 한 뒤 숙소 동을 나섰다. 별채로 건너와 현관문을 열었을 때, 엘리베이터 앞에서 있는 서문도의 모습이 보였다.

"안녕하세요."

인사를 하는 선우에게 문도는 가볍게 고개를 끄덕이며 답을 했다. 하던 대로 거실 소파에서 유라를 기다리려고 걸음을 떼는데, 서문도의 시선이 선우를 따라왔다. 뭐지. 얼굴에 뭐가 묻었나. 어색한 기분에 선우가 괜히 에코 백의 끈을 힘주어 쥐었을 때였다.

"혹시 울었습니까?"

서문도가 물었다. 빤한 시선을 선우의 눈동자 위에 맞추고서.

울었다니. 내가?

별채에서 서유라에게 숱한 괴롭힘을 당했지만 운 기억은 없었다. 그런 정도로 울 거였으면 애초에 이곳에 들어오지도 않았을 테니.

"아니요."

선우의 대답에 문도가 알았다는 듯이 고개를 끄덕였다. 그런데 그건 왜 물어본 거지? 라고 선우가 생각할 때였다. 문도가 빙그레 웃으며 말했다.

"눈이 부었길래."

아.

그제야 어젯밤 생각이 났다. 그렇게 많이 부었나. 선우는 눈가를 더듬어 보았다. 눈이 부을 정도로 오래 울지는 않았는데.

눈물을 흘리긴 했지만 잠깐이었다. 연습을 하며 수백 번, 수천 번을 들었던 곡이 새벽의 라디오에서 흘러나오는 바람에 자신도 모르게 몸을 움직이고 말았다. 선율이 끝나 갈 때 기억이 밀려왔다. 입단 후 첫 번째 공연이었고, 부모님이 아주 커다란 꽃다발을 들고서 응원을 왔었다. 마지막 가족사진을 찍은 날이었다.

"아뇨. 울지 않았습니다."

대답을 했지만, 남자는 이미 엘리베이터를 타고 내려가 버린 뒤였다.

울지 않아요. 나는.

선우는 들어주는 사람이 없는 대답을 꿀꺽 삼켰다. 눈물은 지겹도록 쏟았다. 아직도 어느 순간 눈물이 흘러나올 때가 있지만, 그건 어젯밤처럼 방심했을 때의 이야기였다.

이 집에서 나는 울지 않아.

여기에서 무엇을 해야 하는지 아직 막막했지만 하나는 알았다. 우는 건 제일 마지막에 할 일이었다. 여기서 일을 할 수 있도록, 서유라의 곁에 남아 있을 수 있도록 일단은 살아남자. 선우는 다시 한번 다짐하며 소파에 에코 백을 내려놓았다. 책을 꺼내는 대신, 머리를 단단히 동여매고 가볍게 몸을 풀었다. 오늘은 첫 수업을 하기로 한 날이었다.

통통 부은 모습으로 일어난 서유라가 샐러드를 끼적거렸다. 포크로 이리 휘적 저리 휘적거리더니 식욕이 없다는 듯이 밀어내 버렸다.

"컨디션이 존나 바닥이야. 나 물 한 잔만."

머리를 감싸 쥐며 서유라가 말했다. 선우는 물을 떠서 식탁 위에 내려 주며 유라에게 물었다.

"머리 지압 좀 해 드릴까요?"

"어. 그래."

유라가 고개를 뒤로 젖혔다. 선우는 유라의 머리카락 사이에 손가락을 집어넣고 꾹꾹 눌렀다.

"으. 시원해. 어, 거기. 거기."

눈을 지그시 감고 마사지를 받고 있는 서유라는 확실히 지난 금요일 이후로 심술이 많이 줄었다.

"엄마 졸라서 스파나 다녀올까."

유라가 느릿느릿 말을 할 때였다. 식탁 위에 놓인 서유라의 핸드폰이 울렸다. 액정에 '울 쟈기'라는 글씨가 떴다. 유라가 뒤로 젖혔던 고개를 바로 하면서 통화 버튼을 눌렀다.

"무슨 촬영을 밤새서 하냐? 기다리다 잠들었잖아."

영상 통화가 시작되자마자 유라가 짜증스런 목소리로 말을 했다.

—에이, 그러게 기다리지 말고 자라 그랬잖아요. 끝나면 바로 전

화한다고. 기다리지 말고 자요. 뭐 하러 기다려. 피곤하기만 하지.

눈웃음을 생긋 치며 화면을 보는 남자는 배우 최지상이었다.

최지상.

선우가 그렇게 여러 번 연락해 달라고 부탁을 했었던, 그 최지상.

유라가 선우의 손을 털어 내며 자리에서 일어났다. 핸드폰을 얼굴에 맞추어 높이 들고 화면 안의 남자를 보며 걸었다. 화면 안의 남자가 얼굴을 가까이 가져다 대더니 눈을 좁히며 유라에게 물었다.

— 뒤에 누구?

"아, 재? 나 요즘 발~레 하잖아."

— 응?

"발~레~ 재는 내 발레 쌤. 입주 트레이너야. 신경 안 써도 돼."

유라가 낄낄 웃으며 말하고는 선우에게 따라올 필요 없이 거기 있으라는 듯이 손짓을 했다. 거실 소파에 털썩 누워 핸드폰을 높이 들며 말했다.

"하, 나가고 싶다. 자기 만난 지 너무 오래된 것 같아."

상대방 남자가 하하 웃는 소리가 들렸다. 거리가 멀어져서 그런지 소리가 정확하게 들리지 않았다. 잠시 망설이던 선우는 천천히 소파 쪽으로 걸어갔다.

— 누나가 나와야지 만날 수 있을 텐데. 아직도 외출 금지?

"몰라. 서문도 그 새끼는 노답이라. 그래도 엄마 아빠 다 돌아왔으니까 어떻게든 나가 봐야지. 아빠한테 좀 살랑거리면 어떻게 될 것 같기도 하고."

서유라가 다리를 소파에 걸치며 한숨을 쉬었다. 선우는 일부러 느리게 소파 뒤를 지났다.

— 나와요, 빨리. 그래야 같이 있지.

"나듀 그러구 시포. 울 쟈기 넘 보구 싶당."

서유라가 손가락으로 머리카락을 비비 꼬면서 남자에게 투덜거리다 말고 머리를 세워 선우를 빤히 보았다. 그러다 화장실로 쪽으로 향하는 선우를 보고는 다시 소파에 풀썩 누웠다.

— 그런데 우리 통화하는 거 들어도 괜찮은가?

"뭐, 서문도가 붙여 놓은 애긴 한데, 괜찮아. 내 편 하기로 했어. 그리고 잰 짤릴까 봐 무서워서 아무것도 못 해."

대화를 조금이라도 더 듣기 위해 천천히 걸었지만, 화장실까지는 금방이었다. 문을 열고 안으로 들어오자 통화 소리는 거의 들리지 않았다. 선우가 괜히 물을 한 번 내리고 나오니 통화는 벌써 끊겨 있었다.

"야, 나 언박싱 영상 찍어야 하거든? 드레스 룸 가서 엄마가 사온 거 가져오고, 거기 옷장 옆에 반사판도 가지고 와 봐."

최지상은 무엇을 알고 있을까. 그날 밤 서유라와 함께 있었던 게 분명한데.

"네. 가져올게요."

선우는 억지로 미소를 지으며 대답을 했다. 첫 수업은 아무래도 요원한 것 같았지만 상관없었다. 지푸라기라도 잡을 수 있다면, 무엇이든 할 수 있었다.

딱, 소리를 내며 슬레이트를 친 막내 작가가 큰 소리로 촬영 중단을 알렸다.

"쉬셨다가 4시에 촬영 시작하겠습니다."

스태프들이 우르르 나와서 점심 먹은 자리를 정리하기 시작했다. 보름에 한 번씩 있는 예능 프로그램의 촬영은 보통 2박 3일로 진행이 된다.

전국 각지의 시골을 돌아다니며 허름해진 집을 간단히 수리해 주는 프로그램이었는데, 출연진은 최지상을 포함해서 세 명이었다. 미니시리즈 조연으로 인기를 끌기 시작한 배우 최지상, 유튜브로 화제가 된 개그맨 오주혁, 아이돌 선발 프로그램에서 준우승을 하며 데뷔한 이강.

라이징 스타들이 오지 산간을 캠핑카를 타고 떠돌아다니며 허름한 집을 수리해 주고, 그 기간 동안 앞마당에서 캠핑을 하며 지내는 것이 프로그램의 내용이었는데, 눈에 띄는 스타가 없어서인지 시청률은 그리 좋지 않았다.

오주혁은 심드렁한 표정으로 밴으로 향했고, 강 역시 자신의 차량으로 자리를 옮겼다. 지상도 자신의 차량으로 돌아왔다.

"성원아, 나 잠깐 통화 좀 할게. 쉬는데 미안하다."

지상은 털털한 미소를 지으며 운전석의 매니저에게 말했다. 의자를 한껏 젖힌 상태로 핸드폰을 보고 있던 성원이 자리에서 일어나며 말했다.

"아니에요, 형."

"강이 팬클럽에서 보낸 커피 차 왔더라. 가서 한잔 마시고 와."

매니저가 알았다고 대답을 하며 커피 차를 향해 뛰어갔다. 지상은 뒷자리에 앉아 주변을 확인하고 창문을 가릴 수 있는 커튼을 쳤다.

어디서 봤더라. 분명 어디서 본 얼굴인데.

서유라와 영상 통화를 했을 때 잠깐 보였던 여자의 모습이 어딘가 눈에 익었다. 눈썰미가 좋은 편이라 직접 만났던 사람의 얼굴은 잘 잊지 않는 편이었다. 분명 만난 적은 없는데, 어딘가 눈에 익는 건 무슨 까닭일까.

발레 강사. 발레. 분명, 어딘가에서.

누구였더라. 떠오를 듯 떠오르지 않는 어떤 여자를 생각하면서 지상은 가방 안쪽에 넣어 두었던 서유라 전용 핸드폰을 꺼냈다. 본가에 감금된 이후로 하루에도 수십 번씩 전화를 해 대며 심심하다고 노래를 부르는 서유라였다. 틀림없이 부재중 전화가 찍혔을 것이다. 그 지랄맞은 성격을 일일이 맞춰 주는 게 피곤하고 귀찮아 죽겠지만, 자신의 알리바이를 대 준 여자였다.

'네가 룸에 들어왔을 때 애들은 이미 쓰러져 있던 걸로 해. 들어왔더니 둘이 쓰러져 있어서 바로 나갔다고 말하면 돼. 죽기 전에 나갔다고. 나머지는 내가 알아서 할 테니까.'

서유라의 한마디에 그는 혐의를 벗었다.

어떻게 벗어나긴 해야 할 텐데. 서문도에게 핸드폰을 빼앗긴 지금, 그는 서유라에게 목줄이 꽉 잡힌 신세가 되고 말았다. 빨라면 빨고, 죽으라면 죽는 시늉까지 해야 할 수밖에. 지상이 긴 한숨을 쉬며 핸드폰을 확인하려던 순간이었다.

"어?"

지상은 의자에 기댔던 상체를 벌떡 세웠다. 갑자기 무언가가 퍼뜩 떠올랐다. 서문도. 핸드폰. 서유라. 엎어져 있던 시체. 김영재와…….

그럼 그 여자가 설마?

지상은 들고 있던 핸드폰을 던지고 배우 최지상의 공식 핸드폰을 주머니 안쪽에서 꺼냈다. SNS 어플을 열고 훌훌 넘겼다. 한 달 전쯤이다. 그래, 이거.

> 안녕하세요, 며칠 전 클럽에서 사망한 이민우 누나 되는 이선우라고 합니다. 동생의 사망일에 있었던 일에 대해 여쭤보고 싶은 게 있어서 실례를 무릅쓰고 연락드렸습니다. 디엠, 전화, 이메일 모두 괜찮습니다. 연락 부탁드립니다. 제 번호는 000—0000—0000입니다.

> 안녕하세요, 며칠 전 클럽에서 사망한 이민우 누나 되는 이선우입니다. 답이 없으셔서 디엠 보냅니다. 꼭 연락 부탁드립니다. 디엠이나 메시지, 모두 가능합니다. 제 번호는 000—0000—0000입니다.

비슷한 내용의 메시지는 그 뒤로도 여러 번 더 왔었다. 지상은 다이렉트 메시지 앞에 붙은 프로필 사진을 눌렀다. 여자의 SNS 계정이 떴다. 계정 주인의 이름은 'Seonwoo'.

최근에 올라온 게시물은 하나도 없었다. 업로드는 오래전에 멈춘 듯 보였지만, 예전에 올려 둔 사진이 몇 장 있었다. 발레 공연 후에 찍은 단체 사진. 팸플릿을 찍은 사진. 발레단 연습실에서 찍은 사진. 그리고…….

환하게 웃는 얼굴로 꽃다발을 들고 남동생과 찍은 사진.

지상은 남동생이 나온 사진을 클릭했다. 키가 크고 선하게 생긴 젊은 남자와 꽃다발을 들고 환히 웃고 있는 여자. 날짜를 보니 4년 전 여름이다. 사진을 옆으로 넘기니 부모님으로 보이는 사람들과 넷이 함께 찍은 사진이 나왔다. 단란한 가정의 전형적인 모습이었다. 사진 아래는 '첫 공연 끝내고. 가족들과 함께'라고 쓰여 있었다.

서유라의 집에 있는 여자가 이 여자가 맞다면……. 그런 거라면……. 하, 씨발. 잠깐만.

지상의 머리가 바쁘게 돌아갈 때였다.

자기 뭐 해? 나 지금 라방 할 건데 시간 되면 들어와~

던져 놓은 세컨드 폰이 진동하며 서유라에게서 메시지가 왔다. 일단 저 여자가 맞는지 확실하게 확인부터 해야겠지. 지상은 다시 핸드폰을 바꿔 잡았다. 그리고 유라의 라이브 방송이 시작하기를 기다렸다.

똑똑.

노크 소리가 들려왔다. 소파에 길게 누워 서류를 보고 있던 문도는 잠깐 시선을 들어 벽시계를 보았다. 11시 52분. 자정에 가까운 시간이었다.

"네, 들어오세요."

문도는 보고 있던 서류를 테이블 위에 내려놓으며 몸을 일으켜 앉았다. 두툼한 묶음으로 이루어진 서류는 4월로 예정된 서도 솔루션의 상장 이슈에 대한 예상 질문과 그에 대한 대답들을 정리한 것이다. 제대로 정리되어 있는지 최종 체크만 해 볼 생각이었는데, 읽다 보니 시간이 또 훌쩍 흘러 버렸다.

"전무님, 시간이 늦었습니다."

전략부문장인 문도를 보좌하는 전략본부1팀의 송정태 팀장이 문을 열고 들어오며 말했다.

"차 한 잔 들일까요?"

송 팀장의 질문에 문도는 피식 웃었다. 잘 마시지도 않는 차를 마시겠냐고 물어 오는 건, 그의 퇴근이 자정을 넘길 것인지를 체크하는 것이었다. 다시 말하면 이제 그만하고 퇴근하면 안 되겠니, 라고 에둘러 말하는 것이기도 했다.

"아뇨, 이제 퇴근해야죠."

문도는 소파에서 일어나며 대답했다. 뻐근한 목을 뒤로 젖혔다가 양옆으로 한 번씩 꺾는데, 송 팀장이 말했다.

"많이 피곤하시죠? 목요일이 얼른 왔으면 좋겠습니다."

문도를 위하는 것처럼 말을 했지만 사실은 송 팀장 자신의 간절한 바람이 깃든 말이었다.

정기 주총이 이렇게까지 할 일인가. 스스로 질문을 던졌다가 송 팀장은 자신도 모르게 고개를 끄덕였다. 이렇게까지 할 일이긴 하지. 보통은 형식적인 질의응답이 오갔던 정기 주총이지만 올해는 달랐다.

서도 케미컬의 핵심 사업 분야인 전지 부문을 통째로 들어내서 상장을 하는 것이기에, 이번 정기 주총에서는 그 어느 때보다 질문이 많이 쏟아질 것으로 예상이 되었다.

거기다 부회장은 서 전무를 앞세우기를 좋아했다. 특히나 기자들이 모이는 자리나 카메라가 돌아가는 장소에서는 어김없었다. 원래 사람을 쪽쪽 빨아먹는 게 부회장 특기다. 그런 사람이 훤칠하게 잘생긴 자기 자식을 그냥 두고 볼 리 있나.

이번 정기 주총에서도 서문도 전무를 서도의 '얼굴'로 야무지게 활용을 하며, 갖은 질문이 오는 자리에 세워 둘 터였다. 서 전무도 그걸 알기에 야근을 거듭해 가며 빈틈없이 준비를 하는 거고.

"울 아버지는 참 좋을 거예요. 그죠?"

송 팀장은 눈만 동그랗게 떴다. 문도는 피곤한 웃음을 지으며 말했다.

"나 같은 아들 둬서 좋을 거야."

그리고 느슨하게 내려 두었던 넥타이의 매듭을 위로 올리며 말했다.

"잘생겼지, 일 잘하지, 출근은 일찍 해, 퇴근은 늦게 해."

송정태 팀장은 조금 난감했다. 대답을 바라는 말인지 혼자 중얼거리는 말인지 구별하기가 애매하기 때문이었다. 그때 문도가 후, 하고 크게 숨을 뱉고는 한 손으로 목덜미를 문지르며 말했다.

"씨발, 더럽게 피곤하네."

순식간에 서늘해진 눈빛에 정태는 잠시 움찔했다. 자신에게 하는 말이 아님에도 그랬다. 묵묵히 재킷의 앞단추를 채운 서문도가 허리를 반듯하게 펴고는 송 팀장을 보며 슬쩍 웃었다.

"송 팀장님도 퇴근 준비해야죠."

그 와중에 웃는 얼굴은 기막히게도 잘생겨서 다정한 느낌까지 주었다. 냉탕과 온탕을 아무렇지 않게 드나드니, 정신을 못 차리겠네. 송 팀장은 잠깐 멍해지는 기분을 느꼈다가 이내 정신을 차리고 대답을 했다.

"네, 저도 바로 퇴근하겠습니다."

문도가 고개를 끄덕이고는 말했다.

"오늘도 고생하셨습니다. 내일 뵙죠."

매끄러운 미소에 적당히 무심한 눈빛이 만들어 내는 조화가 매력적이다. 바늘 한끝도 안 들어갈 것 같은 철벽같은 미소임에도 사람을 홀리는 데가 있었다. 저러니 부회장님이 대놓고 앞에 세우는 거겠지. 정태는 그렇게 생각하며 문도에게 목례를 하였다.

서도 케미컬 본사는 광화문 사거리에 있었다. 원래는 서도 그룹의 본사였는데, 그룹의 규모가 커짐에 따라 그룹 본사는 신사옥으로 이전을 하고, 보라매에 있던 케미컬 본사가 광화문으로 이전을 했다.

아버지는 그것을 두고 본사 자리를 물려받았다, 고 표현을 했다. 큰아버지가 중공업의 반토막을 날려 먹은 직후였다. 물려주신 본사 자리를 잘 지켜 내겠노라고 카메라 플래시를 팡팡 받으며 겸손하게 말씀하셨지. 그러나 본사 자리를 두고 아버지가 얼마나 침을 흘렸는지는 문도가 제일 잘 알았다. 이순신 장군이 칼을 차고 있는 저 넓은 광장이 쭉 뻗은 16차선 대로였을 때부터 서중호는 광화문 본사를 탐욕스러운 눈으로 쳐다보곤 했으니까.

서 부회장에게 광화문 본사는 일종의 상징 같은 거였다. 정통성을 이어받는다는 어떤 상징 같은 것.

아버지의 야망은 현실이 되었고, 덕분에 출퇴근하는 시간은 점점 늘어나는 중이다. 광화문 앞의 대로는 광장에게 점점 그 자리를 내어 주더니 지금은 처음의 반쪽도 안 되는 홀쭉한 모습을 하고 있었다.

문도는 뒷좌석 시트 깊숙이 몸을 묻고 창밖의 풍경을 흘려보냈다. 새로울 것 없는 풍경들이 느리게 스쳐 간다. 반의반이 되어 버린 도로. 자정에도 사람들이 제법 보이는 광화문 광장. 공사 중이라 써 붙인 현수막과 안내 표지판들. 생각 없이 그런 것들을 보고 있는데 신호에 걸린 차가 천천히 속력을 줄였다. 문도의 시선이 건너편의 세종문화회관에 무심히 닿았다.

지젤. 상트페테르부르크 내한 공연

커다란 현수막이 바람을 따라 펄럭였다. 목을 한쪽으로 기울인 발레리나가 우아한 손동작을 하고 있는 모습이 보인다. 여자가 연상되는 순간, 문도는 나직이 욕설을 씹었다. 하루 종일 눌러 두었던 장면이 기어코 튀어나온다. 나 여기 있는데 왜 무시하고 있냐는 듯이.

'울었습니까.'

왜 튀어나왔는지 스스로도 이해할 수 없는 질문과 둥그렇게 눈을 뜨고 자신을 보는 여자의 얼굴. 이해하지 못하겠다는 표정을 지으며 그런 걸 왜 묻냐는 얼굴로 자신을 보던, 그 고요한 눈빛.

왜는, 씨발. 우는 것처럼 얼굴을 파묻었으니까 물었지.

문도는 미간을 문지르며 길게 한숨을 쉬었다. 어떤 장면이 자꾸만 재생이 된다. 머릿속에서 누군가 빔 프로젝트를 허락 없이 틀어 버리는 것만 같았다.

밤, 달빛을 받은 가는 실루엣과 여자의 선율 같은 움직임.

숨이라도 크게 쉬었다가는 흔적도 없이 흩어져 버릴 것 같았던 그 밤의 순간들. 눈을 뜨고 꿈을 꾼 것 같은 기분이었다. 그것도 잔상이 아주 오래 남는 꿈을.

순도 높게 정제된 것들이 마음을 건드리는 경우가 있다는 것을 안다. 한 편의 시가 그렇고, 한 장의 그림이 그랬고, 몇 분에 불과한 음악이 그랬다. 그러니까, 사람들이 흔히 예술이라 일컫는 것들. 순간에 응축된 감정의 정수들이 사람의 마음을 관통하는 순간들이 있음을 알고 있었다. 그것들을 감동이라 부른다는 것도.

문도는 느리게 눈을 감았다 떴다.

바람에 현수막이 펄럭이며 마치 춤을 추는 것처럼 보였다. 생각해 보니 발레든 한국 무용이든 현대 무용이든 춤에 관련한 공연은 본 적이 없었다. 굳이 취향을 따지자면 클래식 음악 공연을 선호하는 편이었다. 한자리에 앉아 귀만 열어 두면 되었기에. 그나마도 딱 필요한 만큼만 참석하는 편이고.

펄럭이는 현수막을 보며 문도는 반성을 했다.

콘텐츠 사업이니 OTT 사업이니 기획사를 차리네 마네 수백 억을 쏟아부어 남의 배만 불려 주는 멍청한 사촌들이나 공연을 쫓아다니다 감동에 젖어 브라보를 외치는 줄 알았더니. 발레 문외한이 춤 같지도 않은 춤에 홀려서는, 울었네 말았네 쓸데없는 소리를 했다.

문도는 이선우를 머릿속에 제대로 띄워 보았다.

선이 가는 몸. 맑은 느낌을 주는 얼굴. 특유의 차분한 분위기. 국립 발레단의 이력이 있었으니 여자는 뛰어난 무용수였을 것이다. 거기다 밤, 바람과 봄. 그딴 것들을 끼얹어 놓았으니 예술 점수는 10점 만점에 10점.

생각해 보면 별것도 아니었다. 음악을 듣던 여자가 잠깐잠깐 몸을 움직였을 뿐이다. 춤이라도 부르기에도 민망할 정도의 작은 움직임에 홀려 버린 건 아마도 너무 피곤했기 때문에.

차라리 박수를 칠 걸 그랬지. 그 밤에 창문을 열고, 브라보를 외치며 박수를 쳐 줄 것을. 거기까지 생각한 문도는 웃었다. 화들짝 놀라 낯 뜨거워하는 모습의 여자가 그려졌기 때문이었다.

그래. 그랬어야 했다.

박수를 치며 휘파람을 불어 줄 것을. 훌륭한 공연이었다고, 엄지를 치켜세워 줄 것을. 그랬더라면 이렇게까지 짜증이 나지는 않았을 텐데.

신호가 바뀌었는지 차가 다시 천천히 속력을 냈다. 문도는 헤드레스트에 머리를 기대며 눈을 감았다. 왠지 오늘 밤 여자를 보게 되면 몹시 거슬릴 것 같은 예감이 들었다.

그러니, 불러야지.

거슬림을 마주하고 똑바로 쳐다볼 것이다. 마침내 그것이 사라져 아무것도 아닌 것이 되어 버릴 때까지. 지금 시간이 00시 15분. 집에 도착하면 30분이 넘을 테지. 몇 시가 되었든 문도는 여자를 불러낼 생각이었다.

선우의 퇴근 시간은 밤 10시였다. 그때쯤이면 방에 들어가 TV를 보고 있는 유라에게 이만 가 보겠다고 인사를 한 뒤 별채를 나오는 게 평소의 패턴이다.

'아, 맞다. 옷장 정리 좀 하고 가.'

퇴근을 알리는 선우에게 유라가 아무렇지 않게 말을 했다. 그러고는 TV에서 하는 예능 프로그램을 보며 깔깔 웃었다. 선우는 한 시간 남짓 다시 차곡차곡 드레스 룸 정리를 했다.

미등이 켜진 정원을 가로지르는 시간은 11시를 넘긴 시간. 그쯤에는 숙소 동의 불빛도 하나둘 꺼지기 시작하는 시간이었다. 배추 절인 것만 건져 놓고 자러 가야겠다는 장 여사에게 인사를 하고, 2층의 방에 돌아와 짐을 정리한 뒤 샤워를 했다. 기본적인 속옷을 빨고, 내일 아침에 내어놓을 세탁물을 정리하고 나니 12시.

자정을 넘긴 시간이 되어서야 선우는 편한 원피스 차림으로 책상 앞에 앉았다. 서문도에게서 언제 호출이 올지 모르기에, 핸드폰을 옆에 두고 스킨과 로션을 발랐다. 얼굴에 로션을 바르던 선우의 손이 느려졌다.

'누나, 내가 비밀 하나 알려 줄까?'

귓가에 민우의 목소리가 울려 퍼진다. 부모님의 기일을 맞아, 간단하게 제사 음식을 준비하던 날이었다. 나란히 앉아 TV를 보며 꼬치에 맛살과 파를 끼우던 중에 민우가 은근한 표정을 지으며 말했었다.

'저기 인터뷰에서 여자친구 없다고 손을 내젓는 저 배우 있잖아, 재벌집 딸이랑 사귀는 중이다? 서유라라고, 좀 유명한 사람인데 누나도 알아? 암튼 비밀 연애 중이래. 어디 가서 말하면 안 되는 거 알지?'

TV 화면 안에는 한 남자 배우가 있었다. 리포터가 요즘 화제의 남자라며 소개한 배우는 새까만 바둑알 같은 눈을 하고 있었다.

'영재가 그러는데, 놀 땐 장난 아니래.'

그때 실없는 소리 하지 말라며 말을 자르지 않았더라면. 헛바람 든 영재랑 어울리지 말라고 간곡히 부탁을 했더라면. 하다못해 저 배우에 대해서 조금이라도 더 들어 두었더라면. 그랬더라면 달라졌을까.

민우가 죽은 지 두 달이 다 되어 가는데, 아무것도 이해되는 것이 없었다. 등록금을 벌겠다고 아르바이트를 하던 민우는 왜 싸늘한 시체가 되었을까. 어째서 친했던 영재와 약에 취해 싸웠을까. 머리의 상처는 정말로 영재가 만든 것일까.

대리운전 아르바이트를 하고 있었다던 너는 왜 난잡한 클럽의 VVIP 룸에 있었니. 왜 겁도 없이 약을 했니. 정말로 영재와 다툼이 있었니. 손에서 떼지 않았던 핸드폰은 왜 아무 데서도 보이지 않는 거니.

거대한 벽 앞에 서 있는 기분이었다. 그럴 리 없다는 선우의 말은 아무도 믿지 않았다. 그 밤, 그 방에서 무슨 일이 있었는지 알아보려 해도 사방이 막혀 있었다. 최지상은 답을 주지 않았고, 서유라에게는 연락을 할 방법도 없었다. 서도 그룹이라는 높고도 단단한 벽이 서유라를 보호하고 있었기에.

사망 시간, 원인, 목격자와 진술들.

형사가 알려 준 사건의 정황은 마치 누군가 짜 맞춘 것처럼 들어맞았다. 단 한 가지, 어디에서도 죽은 두 사람의 핸드폰이 나오지 않았다는 것을 빼고.

그날, 여러 개의 핸드폰이 분실되었다고 했다. 서유라는 강박증이 있어 룸에 들어오는 사람들의 핸드폰을 모두 걷어 한자리에 두는데, 그중 여러 개가 사라졌다고 했다. 하필 사건이 벌어진 날에 우연의 일치로.

내가 너를 아는데. 민우야, 누나가 너를 아는데.

모두들 이제 그만 미련을 버리라는데, 선우 혼자만이 이러고 있었다. 그저 핸드폰이 없어졌다는 사실과 민우는 그럴 아이가 아니라는 믿음만으로.

길게 한숨을 내쉰 선우는 핸드폰을 들었다. 어플을 열어 배우 최지상의 계정을 찾았다. 밝게 웃고 있는 사진이 가득하다. 사진 밑에 달린 팬들의 댓글에도 한 번씩 센스 있게 답을 하는 모습이 보였다. 스태프며 동료들과 찍은 사진들엔 칭찬만이 가득했다.

선우는 한쪽으로 보이는 다이렉트 메시지 탭을 열었다. 평소 예의가 바르기로 유명한 배우는 선우의 메시지에 여전히 아무런 답을 주지 않았다. 한숨을 쉬는데 벨 소리가 울리며 화면이 바뀌었다. 까만 화면 위로 '서문도 전무님'이라는 글자가 떴다.

"네. 이선우입니다."

선우는 기계적으로 전화를 받으며 시계를 보았다. 00시 49분. 엄밀히 말해, 내일이 되어 버린 시간이었다.

— 건너오시죠.

남자는 시간 같은 건 개의치 않는다는 듯이 말했고, 통화는 그것으로 끝이었다. 선우는 카디건을 입고 숙소 동을 나섰다.

주방으로 통하는 뒷문에 카드를 대자 삐리릭 소리와 함께 문이 열렸다. 아무도 없을 줄 알았던 주방 아일랜드에 불이 켜져 있고, 서유라가 귀신 같은 얼굴로 앉아 술을 마시고 있었다.

"왔냐."

살짝 꼬인 발음으로 유라가 말했다. 선우는 고개를 잠깐 숙이며 인사를 했다.

"시간이 이렇게 늦었는데, 기어코 오래? 도칸 새끼."

유라가 떡볶이에서 넓적한 당면을 건져 먹으며 말했다. 커다란 유리잔에 따라 놓은 소주를 꿀꺽 마시더니 푸, 하고 숨을 내쉬었다.

"가서 말 잘해라. 나 운동 졸라 열심히 한다고 하고, 지랄도 안 한다구. 아, 맞다. 남친이랑 통화한 얘기는 빼궁."

유라가 질겅질겅 당면을 씹으며 말했다. 네, 하고 대답한 선우는 유라가 끄윽, 트림을 뱉는 소리를 들으며 계단으로 향했다.

똑똑.

선우는 반쯤 열려 있는 문에 대고 노크를 했다.

"들어오세요."

거실은 어두웠고 드레스 룸만 불이 밝혀 있었다. 여느 때처럼 커프스 링크를 빼고 있는 서문도 전무의 모습이 보인다. 선우는 보고를 시작했다.

"서유라 씨는 오늘 9시에 기상하셨습니다. 아침으로 샐러드 드셨고, 친구분과 통화를 하셨습니다. 언박싱 영상을 찍으셨고, 저녁으로 곤약 젤리 드셨습니다. 지금은 소주에 떡볶이 드시고 계시고요."

선우의 보고에도 문도는 묵묵히 소매의 단추만을 풀 뿐이었다. 철저한 무관심이 무엇인지 저 남자를 통해 배운다는 생각을 할 때였다.

"이선우 씨는요."

서문도가 커프스 링크를 진열대 위에 올려놓으며 말했다.

"네?"

"이선우 씨는, 하루 종일 무엇을 했습니까?"

서문도가 몸을 틀어 선우를 바라보았다. 칼날같이 서늘한 눈빛이 선우를 향했다. 서문도가 싱긋 웃는다. 무엇을 알고 하는 말일까. 선우는 자신도 모르게 마른침을 넘기며 입술을 뗐다.

"저는……."

선우의 마른 입술이 떨어졌다가 다시 붙었다. 나는 무엇을 했었지. 생각을 더듬는데 괜히 심장이 뛰었다. 웃으며 자신을 보는 남자의 눈빛이 자신을 꿰뚫는 것 같았기에.

"서유라 씨를 도와서, 촬영을……. 아, 그 전에 머리가 아프시다고 해서."

서유라의 일과에 대해서 보고할 땐 줄줄 나왔던 말들이 두서없이 뒤섞였다. 하루 종일 한 일은, 서유라의 통화를 엿들은 일. 최지상이 남자친구인 것을 확인한 일. 서유라의 하루와 이선우의 하루가 뒤섞이며 선우의 대답이 흐려졌을 때였다.

"아프다고 해서?"

서문도가 재촉하듯이 말했다. 선우는 머리를 잘게 흔들어 정신을 차렸다. 서문도를 바라보면서 하나씩 기억을 정리해 본다.

"지압을 해 드렸습니다. 커피를 타 드렸고, 방송 촬영을 도왔습니다. 옷장 정리를 해 드렸고."

"발레."

서문도가 선우의 말을 끊으며 말했다.

"왜 그만두었습니까?"

다른 의미로 당황스러워진 선우는 다시 한번 마른침을 삼켰다.

"아……. 그건, 그러니까."

보통의 사람들은 선우에게 발레를 그만두었다고 표현하지 않았다. 발레단을 그만두긴 했지만 생업으로 발레 학원에서 아이들을 가르치고 있었기 때문에, 어쩌다 발레단을 그만두었냐고 물을 뿐이었다.

"부상이 있었습니다."

"부상이 있다고 다 그만두진 않을 텐데요."

시계를 풀면서 서문도가 말했다. 관심이 왜 이쪽으로 기울었는지 모르겠지만 제대로 된 대답을 듣기 전에는 물러서지 않을 것처럼 느껴졌다. 선우는 숨을 깊이 마신 뒤에 입을 열었다.

"부상이 있었고, 재활 중에 부모님이 돌아가셨습니다. 그래서."

"두 분 다요."

선우의 설명이 끝나기 전에 서문도가 맥을 짚듯이 되새김질을 했다. 차분해 보이는 눈빛이 왜 이렇게 서늘하게 느껴지는지.

"네. 두 분 다요."

"유감입니다."

서문도가 담담히 말했다.

"아니에요."

선우는 고개를 저으며 말했다. 그것밖에 할 수 있는 말이 없기도 했다. 시계를 풀고, 커프스 링크를 풀고, 넥타이까지 풀어 내린 남자는 이제 하얀 셔츠에 짙은 네이비색의 슬랙스 차림이었다.

호기심은 여기까지일까. 이젠 내려가도 되는 건가. 선우가 서문도의 눈치를 살필 때였다. 남자가 성큼 걸어왔다. 선우가 서 있는 거실까지 내려와 테이블 위에 올려진 생수를 집었다. 우두둑, 뚜껑을 돌려 따면서 다시 묻는다.

“그만둔 지는 얼마나 되었나요.”

그런 게 왜 궁금한 건데요. 왜 그렇게 빤히 쳐다보는 건데요. 선우는 되묻고 싶어지는 마음을 꾹 누르며 대답했다.

“4년쯤 되었습니다.”

남자가 고개를 끄덕인다. 물을 마시고는 너무나 아무렇지 않게 선우를 보며 말했다.

“그런 것치곤, 잘 추던데.”

“네?”

“어젯밤에요, 테라스에서.”

남자가 턱짓으로 유리창 너머를 가리켰다. 당황한 선우의 얼굴이 삽시간에 뜨거워졌다. 서문도가 아무렇지 않게 말을 잇는다.

“안타깝네요. 공연장에서 계셔야 할 분이 이런 데서.”

“괜찮습니다. 저는…….”

목이 메었다. 말을 잇지 못하고 있는 선우에게 서문도가 빙그레 웃으며 말했다.

“괜찮을 리가요.”

언제였더라. 똑같은 말을 들은 적이 있다. 저것과 똑같은 표정으로 남자가 웃었던 날이 있었다. 처음 물벼락을 맞은 날이었나.

그래. 그때였던 것 같다.

차라리 물을 뿌리지.

그때는 아무렇지 않았던 마음이 조각조각으로 갈라지고 있었다. 선우는 욱신거리는 마음을 감추며 서문도에게 인사를 건넸다. 한시라도 빨리 이 공간에서 나가고 싶은 마음뿐이었다.

5. 샴푸 냄새

"사람이 있는 듯 없는 듯 해. 조용하고 얌전하고. 가정 교육은 잘 받은 거 같아요. 밥 먹으면 꼭 그릇 가져다 담가 두고, 속옷 빨래는 본인이 다 하고."

장 여사가 문도의 앞에 딸기와 오렌지가 정갈하게 담긴 접시를 내려놓으며 말했다.

"김장한다, 음식 재료 손질한다, 주말에 바쁠 때는 와서 돕기도 잘해요. 오늘도 일찍 일어났다면서 콩나물 다듬는 거 돕는다고."

오늘 아침 메뉴는 쑥국에 봄동 샐러드, 버섯전이었다. 장 여사는 일주일에 한 번은 꼭 본인의 손으로 아침상을 차려 주곤 했다. 그런 날이면 별채를 휘휘 둘러보기도 하고, 들어도 그만 안 들어도 그만인 이야기들을 양념처럼 착착 뿌려 주기도 했다. 오늘은, 공교롭게도 이선우에 대해 말을 해 주고 있었다.

"막내 아가씨를 어떻게 잘 달래 놓은 건지, 이젠 행패도 안 부리는 것 같고. 이게 좋은 건지 나쁜 건지 모르겠네요, 저는."

장 여사가 행주로 아일랜드를 훔치며 말했다. 문도는 자신의 앞에 놓인 수저를 들었다. 깔깔한 목을 국으로 축인 뒤 밥을 떴다.

"어린 나이에 조실부모하고, 남의 집 더부살이하는 게 그게 얼마나 힘든 일이야. 그이도 그 집에선 귀한 딸이었을 텐데. 아버지가 빚을 많이 지고 죽었나 본데."

이선우의 처지에 장 여사 본인의 과거를 겹쳐 보고 있는 것을 알지만, 더는 듣고 싶지 않았다. 문도는 숟가락을 내려놓고 비 맞은 중처럼 중얼거리고 있는 장 여사를 바라보며 말했다.

"여사님. 그만."

무표정한 문도의 얼굴에 장 여사가 아차 싶었는지 얼른 말을 돌렸다.

"출근하는 사람 두고 내가 괜한 소리를 했네. 어서 드세요. 전 이만 건너갈게요."

문도는 묵묵히 다시 숟가락을 들었다. 장 여사가 나가는 소리가 들리고, 공간은 다시 조용해졌다. 이따금 수저와 그릇이 부딪치는 소리 말고는 들리는 소리가 없었다. 그릇이 깨끗하게 비워졌을 때, 문도는 숟가락을 내려놓았다. 애초에 아침을 많이 먹지 않는 그를 위해 서너 숟갈 정도 담긴 밥이었다.

마지막으로는 포크를 들어 딸기 두 알과 오렌지 한 조각을 먹었다. 맛이 있건 없건 주어진 양을 깨끗하게 비운다는 건, 그의 몸에 밴 식사 예절이었다. 밥을 먹으면 그릇을 가져다준다는 여자가 받은 가정 교육처럼.

상큼한 오렌지를 목으로 넘기며 문도는 여자를 생각했다. 정확하게는 여자와 나누었던 대화와 그 대화 끝에 보았던 여자의 표정을. 춤을 보았노라 말했다. 제법 잘 추더라고. 무대에 계실 분이 왜 여기서 이러고 있느냐고. 안타깝다고.

여린 목소리로 겨우 한 대답이 괜찮다는 말이었다. 사정없이 후려치는 말에 목덜미까지 희미하게 붉어져서는, 마른침만 삼키며 괜찮다는 말만 겨우.

그때 보았던 여자의 표정이 밤새 그를 쫓아다녔다.

울 것 같은 표정이었나. 아니다. 자존심이 상한 얼굴이었던가. 그것도 아니었다. 수치심에 물든 얼굴이었나. 그것도 아니었다. 그 표정은……. 그래, 상처 입은 표정이었다.

콩나물을 다듬고 있다고.

문도는 시계를 보았다. 6시 51분. 여자의 출근 시간까지는 9분이 남았다. 평소 남는 게 시간이라는 듯, 대중없이 건너오던 여자였다. 이른 출근을 하면서도 얼굴을 본 게 몇 번은 되었으니까.

오늘은 몇 시에 건너오려나.

문도는 핸드폰을 들어 뉴스 섹션을 열었다. 9분 정도 늦게 출근을 할 생각이었다.

문이 열리는 소리가 들린 것은 예상대로 7시 정각이었다. 고요한 공간에 삐리릭, 현관문이 열리는 소리가 들렸다. 문도는 재킷을 팔에 걸치고 핸드폰을 들었다. 거실로 나가자 조심스럽게 안으로 들어오던 여자의 눈동자가 커다래졌다.

"잘 잤어요?"

문도가 묻자, 바로 대답을 찾지 못한 여자의 입이 작게 벌어졌다. 그러다 한 박자 늦게 대답을 한다.

"네. 안녕히 주무셨어요?"

"7시 정각이네요."

문도는 손목에 걸린 시계를 보고 선우를 보았다. 그리고 웃으며 물었다.

"아침에 콩나물 다듬었다면서요."

"아……."

말을 잇지 못하는 이선우에게 틈을 주지 않고 바로 다시 물었다.

"나랑 마주치기 싫어서?"

당혹스런 표정의 여자는 귀가 빨갛게 익었다.

"아니에요, 그런 건 아니고."

이번에 문도는 말을 자르지 않았다. 다음에 이어질 말을 기다리고 있으니, 여자가 도리어 말을 잇지 못했다. 빤히 바라보자 방황하던 여자의 눈동자가 문도를 향해 고정이 되었다. 대답을 잃어버린 눈동자는 깊은 갈색이었다.

"이따 보죠."

문도는 여자에게서 시선을 거두며 말했다. 네, 하고 대답하는 여자를 스치는데 짙은 꽃 냄새가 났다. 독한 향수 냄새에 문도는 자신도 모르게 미간을 찌푸리며 엘리베이터 버튼을 눌렀다. 문이 닫히자 망연히 서 있는 여자의 모습도 사라졌다.

향수를 얼마나 뿌렸기에.

여자의 모습이 시야에서 사라졌음에도 문도는 찌푸린 미간을 펴지 못했다. 불쾌할 정도로 짙은 꽃 냄새가 코끝을 맴돌았기 때문이었다.

“우리는 어제 만들어 두었던 동치미 국물에 시원하게 국수 말아 먹으려 하는데, 선우 씨도 한 그릇 할래?”

점심시간이 되도록 일어나지 않는 서유라를 두고 식사를 하러 건너온 선우에게 조리사 아주머니가 물었다.

“네. 반 그릇만 먹을게요.”

서 회장의 변덕스런 입맛에 직원들만 호강을 하는 중이었다. 하루는 전복죽을, 하루는 소고기 육회를, 또 다른 날에는 진하게 내린 양지 국물과 동치미 국물을 섞은 메밀국수를, 회장은 골고루 돌아가면서 찾았다.

“지금 바로 내줄까?”

“네. 방에 가서 핸드폰만 가지고 내려올게요.”

“요즘 사람들은 핸드폰 없이 못 산다는데, 매번 불편하겠어.”

“괜찮아요. 이렇게 틈틈이 확인하면 돼요.”

조리사 아주머니의 말에 선우는 웃으며 대답을 하고 2층으로 올라왔다. 책상 위에 놓아둔 핸드폰에는 스팸 메시지만 한 통 와 있을 뿐이었다.

새로운 증거든 무엇이든 밝혀지는 게 있다면 꼭 좀 연락을 해 달라고 담당 형사에게 부탁을 해 두었지만, 아직까지 한 통의 연락도 없었다. 성의 없는 표정으로 사건을 빨리 마무리 짓기만을 원했던 형사가 연락을 해 줄 리 없다는 걸 알지만 혹시 몰라서 꼬박꼬박 확인은 하고 있었다.

"제가 뭐 도와 드릴 거 있을까요?"

핸드폰을 가지고 내려온 선우는 국수를 삶기 위해 커다란 냄비에 물을 받는 조리사 아주머니에게 물었다.

"응, 별일 없으면 저기 삶은 계란 좀 까 주면 고맙지."

테이블 위에 올려 둔 그릇 안에 삶은 달걀이 소복하게 들어 있었다. 선우는 쟁반과 빈 그릇을 꺼내 식탁에 앉았다. 톡톡, 삶은 달걀을 그릇의 가장자리에 부딪은 뒤 금이 간 부분부터 벗겨 냈다.

'콩나물 다듬었다면서요.'

뾰족하게 각이 진 부분을 들추며 껍데기를 벗기는데 남자의 목소리가 귓가에 울렸다. 쓱 훑어보는 눈에 서린 희미한 웃음기도 떠올랐다. 선우는 한숨을 삼켰다. 서유라가 깨어나기를 기다리던 오전 내내 생각났던 건 창피한 자신의 모습들이었다.

아, 네……, 하고 쪼그라든 대답을 했던 것. 묻는 말에 제대로 답도 못 했던 것.

'나랑 마주치기 싫어서?'

에둘러 말하는 법을 모르는 사람인가. 아니면 애초에 그럴 필요가 없이 자란 사람인가. 타인의 감정을 배려할 필요가 없는 삶을 살면 서문도라는 남자처럼 되는 걸까.

남자의 앞에만 서면 꼭 이렇게 삶은 달걀이 된 것 같았다. 얄팍하게 두르고 있던 껍데기들이 파삭파삭 깨지는 기분이었다. 남자는 몇 마디 말로 단단하다고 생각했던 껍데기를 가차 없이 깨트리고 함부로 벗겨 냈다. 그리고 애써 숨겨 놓은 마음을 쿡쿡 찔렀다.

옅은 한숨과 함께 삶은 달걀 껍데기가 차곡차곡 쌓여 갔다. 하얗고 매끈한 살갗을 드러낸 달걀이 그릇에 소복하게 담겼을 때, 조리사 아주머니가 선우를 불렀다.

"자, 선우 씨 먼저."

살얼음이 언 동치미 육수 속에 얌전히 말린 메밀국수가 앉아 있었다. 고명으로 올라온 얇게 썬 동치미 무와 소고기 양지까지, 꼭 식당에서 파는 것 같았다.

"잘 먹겠습니다. 맛있겠어요."

선우는 젓가락을 들었다. 동그랗게 말린 메밀국수를 흩뜨려 국물과 함께 잘 섞은 뒤 면을 들었다. 톡 쏘는 맛이 도는 시원한 국물과 메밀 특유의 투박한 면이 선우의 입속으로 빨려 들어갔다.

"어때? 맛이 괜찮아?"

"맛있어요."

살짝 긴장한 표정으로 묻는 조리사 아주머니에게 선우는 활짝 웃으며 대답을 했다. 시원하고 청량한 맛이 텁텁했던 기분까지 씻어 내려 주는 것 같았다.

"아유, 꽃 피는 것 좀 봐. 이제 조금 봄 같고 그렇다. 그치?"

조리사 아주머니 두 분이 국수를 들고 식탁으로 다가왔다. 식탁 너머 유리창으로 숙소 동 담벼락을 따라 피어난 개나리가 보였다. 양지바른 쪽의 나무에는 벌써 벚꽃이 꽃망울을 터트리고 있었다.

“선우 씨, 삶은 계란도 더 얹어서 먹어. 단백질을 먹어야 힘을 쓰지.”

“네.”

맛있게 먹던 선우가 대답을 하면서 반으로 잘린 삶은 달걀을 집으려 할 때였다. 주머니 안에서 핸드폰이 진동을 했다. 또 스팸 메시지려나. 대수롭지 않게 여기며 젓가락을 내려놓고 핸드폰을 들어 올린 선우의 표정이 그대로 굳어졌다.

민우 핸드폰 서문도가 가져갔습니다.

낯선 번호로부터 도착한 메시지의 내용이었다. 선우는 몇 번이나 눈을 깜빡이며 메시지를 읽고, 또 읽었다. 글자들은 눈에 읽히는데 무슨 말인지 머릿속에서 해석이 되지 않았다. 앉아 있는 선우를 중심으로 집이 한 바퀴 빙그르르 도는 것만 같았다.

민우 핸드폰을 서문도 전무가 가지고 갔다고?

커다란 둔기로 뒤통수를 얻어맞은 기분이었다. 머릿속이 까맣게 암전이 되며 심장이 쿵쿵 뛰었다. 선우는 하얗게 질린 얼굴로 자리에서 일어났다.

“왜, 벌써 배가 불러? 그만 먹으려고?”

“그렇게 새 모이만큼만 먹으니까 살이 붙질 않잖아. 막내 아가씨 상대하려면 많이 먹어야 해. 조금만 더 먹어 봐."

걱정하는 얼굴로 보는 조리사 아주머니들에게 선우는 간신히 웃어 보였다.

"아침부터 속이 조금 안 좋았었는데, 더 먹으면 체할 것 같아요. 올라가서 쉬었다가 건너갈게요."

아주머니들이 뭐라 말을 하고, 선우도 다시 대답을 했지만 무슨 말을 했는지 기억이 나지 않았다.

기억나는 건 오직 하나.

민우 핸드폰이 서문도에게 있다는 메시지의 내용뿐이었다.

2층 자신의 방으로 올라온 선우는 멍한 표정으로 침대에 앉았다.

서문도라고? 서유라가 아니라?

선우는 옷장 안에서 핸드백을 꺼내 자그마한 다이어리를 꺼내 펼쳤다. 서유라, 최지상, 김영재, 이민우. 이름들이 쓰여 있고 동그라미가 쳐져 있는 페이지를 열었다. 뒤로 넘기면 서유라에 대해 정리했던 것과 최지상에 대해 알아보았던 것들이 적혀 있다.

다음 장에는 경찰이 알려 준 것들과 그날 밤의 타임라인이, 그 다음 장에는 조금이라도 관련이 있는 사람들의 연락처와 진술했던 내용들이 있었다.

마지막으로, 민우 핸드폰.

여러 번 동그라미를 쳤던 글자였다. 떨리는 손으로 그 옆에 선을 긋고 서문도라는 이름을 썼다. 그리고 그 옆에 물음표를 그렸다. 수첩을 덮어 다시 핸드백 깊은 곳에 넣은 뒤 선우는 핸드폰을 들었다. 메시지를 보낸 사람에게 확인할 것이 있었다. 마음은 떨리지만, 또박또박 자판을 누르고 있을 때였다.

"선우 씨!"

아래층의 조리사 아주머니가 크게 선우를 불렀다. 누구세요, 까지 자판을 누른 선우는 크게 대답을 했다.

"네!"

"별채 건너가 봐야겠어! 막내 아가씨 일어나셨나 봐!"

"네에, 내려갈게요!"

선우는 나머지 내용을 빠르게 쓴 뒤, 메시지를 보냈다. 혹시 몰라 핸드폰을 베개 밑으로 밀어 넣고 방문을 닫았다.

서둘러 별채로 건너가니, 박소영이 거실 소파에 비스듬히 앉아 있었다. 한국에 갓 도착했을 때는 얼굴에서 반짝반짝 광이 나던 사람이었는데, 며칠 사이 얼굴은 누렇게 뜨고 볼은 홀쭉해져 있었다.

"여기, 커피 좀 시원하게 내려와 봐."

소파에 반쯤 드러누운 박소영이 선우에게 말했다. 얼음을 가득 넣으라는 주문을 하며 큰 목소리로 유라를 불렀다. 화장실에서 나오던 서유라가 주방으로 향하는 선우를 보더니 눈썹을 치켜올렸다.

"야, 너는 내가 일어나지도 않았는데 밥을 잘도 처먹으러 간다?"

"죄송해요."

"됐고, 나도 커피나 한 잔 내려 줘. 아이스로."

귀찮다는 표정으로 손을 휘휘 저으며 서유라가 말했다. 선우는 네, 하고 대답을 하며 그릇장에서 컵을 꺼냈다. 커피머신의 버튼을 누르자 위잉— 소리가 나며 커피가 갈렸다. 진하게 퍼지는 커피 향기를 맡으며 디스펜서에서 얼음을 가득 받는데, 박소영의 목소리가 거실을 넘어 주방까지 들려왔다.

"아주 상전도 이런 상전이 따로 없어. 이랬다저랬다, 이거 먹고 싶댔다가 저거 먹고 싶댔다가."

선우가 커피를 날라다 주자 박소영이 목이 탔다는 듯이 꿀떡꿀떡 마셨다. 손등으로 입을 닦으며 후, 하고 살 것 같다는 소리를 내고는 서유라에게 말했다.

"담배 있으면 좀 내놔 봐."

서유라가 투덜거리며 선우를 돌아봤다.

"내 방 창가에 담배랑 소주병 있어. 그거 들고 와."

선우는 서유라의 침실로 향했다. 다양하게도 어질러 놓은 방의 창가에서 담배와 꽁초가 반 정도 들어 있는 소주병을 찾았다. 들고 거실로 나가니, 창 앞에 앉은 박소영이 이쪽으로 가지고 오라고 손짓을 했다. 담뱃갑을 툭툭 쳐서 라이터와 담배 한 개비를 뽑아낸 박소영이 고개를 기울여 불을 붙였다. 크게 숨을 마시며 눈을 지그시 감는다.

"미국에서 실컷 피다가 끊으려니까 죽겠지?"

서유라가 킥킥 웃으며 말했다. 잠시 황홀한 표정을 짓고 있던 박소영이 가늘게 눈을 흘겼다. 후우— 하고 길게 연기를 뱉으며 박소영이 다시 하소연을 시작했다.

"대체 어느 장단에 춤을 추라는 건지 알 수가 없다니까. 나이 먹으면 애 된다더니, 아주 상애기 짓을 해요. 인생은 말년이 편안해야 하는데 이게 뭐니."

매캐한 연기가 열린 창문 틈 사이로 빠져나간다. 선우는 조용히 주방 쪽으로 걸음을 옮겼다.

"아빠 죽다 살았는데 그럼, 그 정도도 못 들어줘? 솔직히 엄마가 하는 게 뭐 있어? 밥이나 떠 주고 손이나 주물렀지."

서유라가 빈정거리며 유리잔을 들었다. 주방 아일랜드의 스툴에 앉은 선우는 부스스한 머리를 하고 커피를 마시는 서유라를 바라보았다. 아직도 한 번씩 실감이 나지 않을 때가 있다. 인터넷에 떠도는 사진으로만 보았던 사람이 살아 움직여 자신의 앞에 있다는 것이.

처음 은정 선배에게서 서유라의 이름을 들었을 때가 생각난다. 어디로 가야 하는지 모르겠는 허허벌판에서 선명한 이정표를 발견한 느낌이었던 그때를, 선우는 생생하게 기억하고 있었다.

'정말? 선우 네가 하겠다고?'

'네.'

'왜? 돈 필요해서? 그럼 꼬맹이들 그만 가르치고 입시반 맡으라니까.'

'돈 모아서 이모 계신 세종으로 내려가려구요.'

'서울 있기 힘들어서?'

'네. 이모 옆에서 작게 학원 차리면 어떨까 생각하고 있어요.'

깊은 속사정까지는 말하지 않았기에 은정은 선우가 동생의 죽음으로 힘들어하는 줄로만 알고 있었다. 그래도 처음으로 무언가를 해 보겠다고 해서였을까. 늘 선우에게 마음이 후했던 은정은 힘들 거라 예고를 하면서도 사람을 소개시켜 주었다.

충동적인 결정이었지만 서유라의 이름 하나만으로도 선택의 여지가 없는 일이었다. 무언가를 알고 있는 사람이 있다면, 다른 누구도 아닌 서유라일 것이라 생각을 하고 있었기 때문에.

서유라.

그 밤, 룸을 빌려 파티를 열었던 클럽 제우스의 VVIP 고객. 민우와 영재의 죽음을 목격한 여자. 서도 그룹의 보호 아래 변호사를 통해 모든 것을 처리했던 사람. 그 여자를 만나겠다는 일념으로 여기까지 왔는데.

서문도라고.

민우의 핸드폰을 가진 사람이, 서문도라고.

"애, 넌 무슨 얘기를 그렇게 하니? 하는 게 없다니? 내가 지금 누구 좋으라고 영감 비위를 맞추는 건데? 내가 너 하나 호적에 올리려고 일본으로 쫓겨나기까지 했는데, 응?"

선우가 상념에 빠진 사이 거실에서는 박소영이 억울한 목소리를 높이고 있었다.

"웃기네. 엄마, 입은 비뚤어졌어도 말은 바로 해야지. 팔자 고쳐 보겠다고 아빠 만난 거 아니야. 애도 몰래 가진 거고."

선우의 귓가에 서유라와 박소영의 목소리가 웅웅 울렸다. 선우는 높아지는 두 사람의 목소리를 들으며 기억을 더듬어 보았다.

그날 밤, 클럽의 룸을 출입했던 사람들의 명단에는 서문도의 이름이 없었다. 최지상도, 서유라도, 파티에 참석했던 모델 에이전시의 멤버들도, 사망한 김영재와 이민우도 있었지만 서문도는 없었다.

누나분 안타까운 마음은 알겠는데, 라고 담당 형사는 건성으로 말했었다.

'거 뭐냐, 약 좀 하고 놀았던 모양이지. 유명해, 서유라. 근데 이제 와 검사해 봤자 흔적도 없다니까? 그리고 일단 약 하고 논 거랑 사망 사건이랑은 관련이 없어요.'

'여기, 김영재 지문 묻은 샴페인 병 있고, 동생분 머리에 상처 있고. 넘어지면서 대리석 테이블에 부딪혔고, 뇌출혈 있었고. 김영재 사인은 약물 부작용, 동생분 사인은 약물 과다에 뇌출혈.'

'봐봐요, 최지상은 두 사람 죽기 전에 나갔고요. 아, 서유라 혼자 장정 둘을 어떻게 죽여. 이거느은, 그냥 사망 사건이라서 기소가 안 된다니까.'

관련이 없다니까요. 솔직히 말해서 서유라 쪽도 재수 없게 얽힌 거지. 서유라야말로 무슨 고생이야, 라고 덧붙이기도 했었다.

그날 서문도 전무도 그곳에 있었던 걸까. 그곳에 있었다면 무엇을 했던 걸까. 무엇보다, 정말로 서문도 전무가 민우의 핸드폰을 가지고 있을까. 가지고 있다면, 왜 가지고 있는 걸까.

생각은 헝클어진 실타래처럼 엉켜들었다. 일단, 의문의 번호로부터 답이 오기를 기다려 보자고 생각하며 선우는 길게 숨을 내쉬었다.

늦은 밤, 숙소 동으로 돌아오는 선우의 발걸음이 급해졌다. 핸드폰을 볼 수 없다는 게 이렇게 마음을 태우는 일이 될 줄은 몰랐다. 이제나저제나 숙소 동으로 돌아갈 시간만 기다리고 있었던 선우는 거실에 모여 TV를 보고 있는 직원들에게 간단한 인사를 한 뒤, 2층 방으로 올라왔다.

베개를 치우고 핸드폰을 들었다. 떨리는 마음으로 화면을 켜 보았지만, 선우가 점심에 보냈던 답 메시지가 마지막이었다.

> 누구세요? 민우를 아시나요? 그 말을 제가 어떻게 믿을 수 있을까요. 증거를 가지고 계신가요?

알 수 없는 발신인으로부터 온 문자 한 통을 가지고 무턱대고 서문도 전무를 의심할 수는 없는 일이었다. 누군가 자신을 이용하려 하는 것일 수도 있고, 단순히 골리려고 하는 것일 수도 있었다. 일단 모든 것들은 돌아오는 대답을 보고 판단해 보자고 생각을 했는데, 종일 아무런 답이 없다니.

"하아."

선우는 침대 위에 털썩 주저앉았다.

누구일까. 장난 문자였나. 장난이라면 누가 이렇게 못된 장난을 했을까. 누구인지 추측해 보고 싶어도 할 수가 없었다. 선우의 번호를 알고 있는 사람들은 셀 수 없이 많았기에.

민우의 친구들, 영재가 소속되었던 에이전시의 직원들, 영재의 지인들, 클럽 직원들, 변호사와 형사들.

그날 밤에 대한 아주 작은 이야기라도 좋으니 무엇이 되었든 꼭 좀 알려 달라는 메시지를 선우는 숱하게 뿌리고 다녔었다. 직접 만나서 적어 주기도 했고, 전화로 부탁하기도 했고, 메시지로 남겨 놓기도 했었다.

몇 시간이 지나도록 아무런 답이 없다는 건 장난이라는 결론밖에 나오지 않았다. 온몸의 기운이 쭉 빠지는 것 같았지만, 선우는 흩어지려는 마음을 다잡았다.

이런 일들이 없지 않았다. 한번 만나 보자는 연락도 받았었고, 대뜸 돈부터 요구하기도 했었다. 이번에도 장난이었나 보다. 한숨을 쉬며 허탈한 마음으로 충전기에 핸드폰을 연결할 때였다.

로열 크라운 호텔 주차장입니다.

새로운 메시지였다.

선우는 떨리는 손으로 화면을 아래로 내렸다. 흑백 사진 여러 장이 보였다. 여러 대의 차가 주차된 주차장으로 서문도 전무가 걸어오고 있는 모습이 담긴 사진이었다. 차로 다가와 문을 열고, 안에 탑승을 하고, 차를 몰아 자리를 뜨는 연속된 사진이 이어진다.

로열 크라운 호텔.

클럽 제우스의 바로 옆에 있는 4성급 호텔의 이름이었다. 화면 안에 찍혀 있는 시간은 2월 5일, 오전 5시 8분. 민우가 죽은 날이다. 사진을 다시 보려고 손가락으로 화면을 올리는데, 핸드폰에서 갑작스런 소리가 터져 나오며 화면이 까맣게 변했다. 깜짝 놀라 바라본 화면에는 여섯 글자가 떠 있었다.

서문도 전무님

"네."

— 건너오시죠.

전화가 끊기는 소리가 들렸다. 선우의 심장이 크게 뛰기 시작했다.

별채로 건너가는 길은 어제와 다를 것이 없었다.

밤이 내린 정원, 센서 등이 들어오는 별채의 뒷문, 달빛이 스민 고요한 거실, 벽을 따라 길게 뻗은 계단.

모두가 그대로인데 계단을 오르는 선우의 심장만이 크게 뛰고 있었다. 가까이 다가갈수록 흑백의 사진이 자꾸만 생각났다. 차에 오르는 서문도의 모습이, 그 싸늘하고도 무심한 얼굴이 자꾸만.

왜 그 밤에 호텔 주차장에 갔던 거지? 정말 서문도 전무가 민우 핸드폰을 가져갔을까? 왜? 어떻게? 클럽에 갔었을까? 민우를 만났을까? 서로 아는 사이였나. 우리 민우…….

걷잡을 수 없이 흘러가는 생각에 마음이 출렁거렸다. 선우는 잠시 현기증이 일어 벽을 짚으며 걸음을 멈추었다. 아니야. 모두 너무 섣부른 생각들이야.

선우는 눈을 지그시 감으며 크게 숨을 들이마셨다. 알고 있다. 이 모든 게 너무나 말도 안 된다는 것을. 몇 장의 사진에, 누구인지도 모를 사람이 보낸 메시지 하나에 이렇게 감정적으로 휘둘려서는 안 된다는 것도.

호텔 주차장에 주차했다는 이유만으로, 새벽에 그 근처에 있었다는 이유만으로 민우의 핸드폰을 가져갔다고 단정 지을 수 없었다. 더구나 서유라도, 최지상도, 그곳에서 놀다가 떠났던 많은 남자들도 아닌 서문도 전무라니. 논리적으로는 말도 안 된다고 생각을 하는데도 떨림이 멈추지 않았다.

침착해야 해.

스스로에게 주문을 걸면서 눈을 떴다. 난간을 잡고서 나머지 계단을 올랐다. 알아서 들어오라는 듯, 한 뼘 정도 열려 있는 문을 똑똑 두드렸다.

“들어오세요.”

평소와 다르지 않은 목소리였다. 밤이 되어 살짝 나른해진, 그럼에도 단단함이 느껴지는 목소리. 선우는 자신의 목소리도 평소와 다르지 않기를 바라며 문을 열었다.

안으로 들어서며 선우는 2층의 절반을 차지하고 있는 서문도 전무의 공간을 새삼스럽게 눈여겨보았다. 거실, 맞은편의 커다란 드레스 룸, 거실 안쪽으로 마스터 베드룸.

공간을 훑어본 것은 짧은 순간이지만 생각을 안 할 수가 없었다. 핸드폰이 있다면 어디에 있는 걸까. 이 공간 어딘가일까. 안쪽의 침실에 있을까.

생각을 한 것은 정말 잠깐이었는데, 서문도가 고개를 돌려 선우를 보았다. 보고를 하지 않고 뭐 하고 있냐는 눈빛이었다.

“오늘 서유라 씨는.”

무엇을 했더라.

메시지를 보고 놀란 상태로 갑작스럽게 건너오는 바람에 보고를 할 내용에 대해 생각해 보지 못했다. 선우는 잠깐 사이를 띄우며 기억을 더듬었다. 그리고 다시 말을 잇기 시작했다.

“오후 1시 반 정도에 기상하셨습니다. 오후에는 박소영 씨가 건너오셨고, 인터넷 쇼핑을 하셨습니다. 저녁으로…….”

계속 이어 가려던 순간, 베스트의 단추를 풀고 있던 서문도와 눈이 마주쳤다. 선우는 자신도 모르게 말을 멈추고 남자를 바라보았다. 눈앞의 남자가 민우의 핸드폰을 가지고 갔을지도 모른다고 생각하니, 어쩐지 현실감이 느껴지지 않았다.

“뭐죠? 오늘 어디 아픕니까? 왜 자꾸 멈추지?”

서문도의 목소리에 옅은 짜증이 묻어 있었다. 선우가 퍼뜩 정신을 차리고 어디까지 말을 했었는지 다시 기억을 더듬을 때였다.

“저녁으로.”

서문도가 끊어졌던 부분을 짚었다.

“저녁으로, 훈제 오리 샐러드와 호밀빵, 그린 스무디를 드셨습니다. 혼자 드시기 싫다고 하셔서 같이 먹었고요, 밤에는 SNS에 올릴 영상을 찍으셨습니다.”

선우가 보고를 하는 사이 서문도가 베스트를 벗었다. 진열대 위에 올려 두고 목덜미를 한 손으로 주무르며 잠깐 천장을 본다. 그리고 짧게 한숨을 내쉬며 고개를 내려 선우를 보았다.

“이선우 씨.”

“네.”

“실례되는 말인 줄 아는데, 하나만 부탁할게요.”

갑작스런 말에 눈만 깜빡이고 있는 선우에게, 문도는 눈살을 찌푸리며 말했다.

"향수가 너무 독합니다. 별채 건너올 때는 안 뿌렸으면 좋겠는데."

"네?"

생각지도 못했던 이야기에 선우는 어안이 벙벙해져서 되물었다.

"향수요?"

향수를 뿌린 적이 없는데 향수라니.

"꽃 냄새가 머리가 아플 정도로 짙어서."

꽃 냄새라면 혹시 샴푸 냄새를 말하는 걸까. 숙소 동 욕실에 기본으로 제공되는 샴푸에 알록달록한 꽃그림이 그려져 있던 것이 기억난다. 퍼퓸 샴푸라고 쓰여 있었던 것도.

"아, 이게. 향수가 아니고 샴푸 냄새라서요."

더듬거리며 설명하는 선우를 보며 서문도가 눈썹을 치켜떴다. 그럴 리 없을 텐데, 라는 표정이었다. 그리고는 성큼성큼 선우를 향해 걸어왔다. 선우는 자신도 모르게 한 발을 뒤로 물렀다.

"숙소 동에 있는 샴푸가……."

향이 짙은 거였다고 말을 하려던 찰나에 남자가 고개를 숙였다. 남자의 그림자가 커다랗게 내려오며 옷깃이 스칠 듯이 가까워졌다. 자신의 위로 고개를 숙인 남자의 그림자 속에서 선우는 어깨를 움츠렸다. 확인이라도 하듯 남자가 숨을 들이마셨고, 선우는 그대로 얼음이 되었다. 얼어붙은 채로 가만히 있던 선우는 남자가 쓱 몸을 세우고 나서야 고개를 들 수 있었다. 뭐가 못마땅한 건지, 서문도는 여전히 미간을 찌푸리고 있었다.

"이제까지 계속 이 샴푸를 썼다고요?"

한 번 더 확인을 하듯 서문도가 물었다.

"네……."

그렇게 심한가. 선우는 자신의 머리카락을 잡아 코끝에 대어 보았다. 희미한 꽃향기가 났다. 이곳에 들어와 계속 쓰던 샴푸의 잔향이었다. 향이 진한 편이긴 했지만 익숙해져서인지, 시간이 지나며 휘발되어서인지 크게 의식하지 못하고 있었다. 머리가 아플 정도로 불쾌하다면 바꾸면 되지 않을까.

"샴푸를 바꿀까요?"

선우는 서문도를 올려다보며 말했다. 선우를 내려다보는 서문도의 눈매가 가늘게 좁아졌다. 짜증과 못마땅함, 불쾌감이 뒤섞인 시선이 선우의 얼굴 위에 머무르다가 서서히 거두어진다.

"됐어요. 그럴 필요까진 없습니다. 이만 내려가 보세요."

선우는 고개를 숙여 인사를 한 뒤 걸음을 옮겼다. 밖으로 나와 중문을 닫는데 미친 새끼, 탄식처럼 중얼거리는 남자의 목소리가 들렸다. 왠지 모르게 뒤를 돌아볼 수 없게 만드는 목소리였다.

여자가 정원을 걷는다.

뒷마당을 지난 여자가 숙소 동과 별채 사이의 담벼락에서 잠시 걸음을 멈추는 모습을, 문도는 2층의 거실에서 내려다보았다.

이선우는 아치형의 입구를 통과하려다 말고 머뭇거리며 뒤를 돌았다. 그리고 문도가 서 있는 방향으로 고개를 들었다. 특수 유리를 썼으니 밖에서 보일 리 없다는 걸 아는데도 눈이 마주친 기분이었다.

이미 머리카락 냄새를 맡는 미친놈 같은 짓을 저질러 놓았는데, 눈이 마주친다 한들 무슨 소용일까.

담벼락 아래에 선 여자의 얼굴을 보고 있자니 조금 전의 일이 생생히 되살아났다. 움츠러든 어깨와 놀란 듯 굳은 눈동자. 샴푸의 잔향이 지난 뒤에 맡아졌던 여자의 희미한 살내음.

잠깐 뒤를 돌아 별채를 보던 여자는 이내 고개를 돌렸다. 그리고 숙소 동의 작은 정원을 일정한 속도로 걷는다. 곧은 자세, 곧은 발걸음으로 흔들림 없이 걸어 숙소 동의 문을 열고, 그 안으로 사라졌다.

미친놈이라고 생각을 하겠지.

문도는 창가에 서서 피식 웃었다. 그래. 차라리 아침에 맡았던 샴푸 냄새에 발작 버튼이 눌려선 밤이 되어 지랄을 하는 미친놈이라 생각해 주기를 바란다.

그렇게 생각했는데도 한숨만 나왔다.

하루 종일, 짙었던 꽃 냄새가 역류하듯이 올라왔었다. 화장실에 걸어 놓은 특유의 방향제 냄새, 스치는 여직원들의 옅은 화장품 냄새, 늘상 맡아 왔던 어머니의 향수 냄새까지. 그를 스치는 모든 향들이 다디달았던 인공적인 꽃 냄새로 변해서 코를 찔러 댔다.

그렇게 하루를 지나는 동안 싸구려 꽃향기는 점점 그 농도가 진해졌다. 상상 속에서 독해지고 짙어진 꽃 냄새는 하루 종일 그를 따라다녔다. 나중에는 생각만으로도 머리가 아플 지경이었다. 멀찌감치 서 있는 여자에게 참지 못하고 굳이 말을 했던 이유는 그 때문이었다. 멀리에서도 그 냄새가 맡아지는 것만 같아서. 자꾸만 그 냄새가 짙어져서. 다시 맡고 싶지 않아서.

너에게서 나는 싸구려 향이 하루 종일 나를 쫓아다녔다고. 덕분에 하루에 몇 번이나 인상을 써야 했다고. 그러니 역할 정도로 지독한 그 향수, 최소한 내 앞에 설 때만큼은 뿌리지 좀 말라고.

하여 여자가 어리둥절한 얼굴로 자신을 보았을 때 조금 어이가 없었다. 향수가 아닌 샴푸 냄새라 했을 땐 말도 안 된다고 생각을 했었다. 그럴 리가 없다고 생각했다. 기어코 확인을 하는 유치함을 보인 건 차라리 나았지. 문도는 허탈한 웃음을 웃었다. 여자의 머리 위로 고개를 숙이는 순간 상상 속의 냄새가 산산이 부서지는 경험을 하였다.

하루 종일 환상 속의 냄새에 시달렸다는 건가.

기가 막힌 심정으로 서 있는 그에게 여자의 살내음이 스며들었다. 샴푸의 잔향이 지난 뒤에 맡아지는 연하고 순한 냄새가.

제 머리카락을 쥐어 냄새를 맡아 보고는 그렇게 짙은가? 의아해하며 그를 보는 여자와 눈이 마주치는 순간, 목으로 뜨거운 덩어리가 삼켜지는 기분이었다.

'샴푸를 바꿀까요?'

조심스러운 목소리로 물어 오던 이선우는 영문을 모르겠다는 얼굴을 하고 있었다.

모르겠지. 씨발 나도 모르겠는데, 너라고 알겠냐.

문도는 짜증스러운 얼굴로 머리카락을 쓸어 넘겼다. 창가에 앉아 담배를 물었다. 불은 붙이지 않고 끝을 잘근잘근 씹다가 비스듬하게 웃었다.

모르긴 뭘 몰라. 눈 가리고 아웅을 해도 유분수지.

머리카락 냄새까지 킁킁거리면서 맡아 놓곤 뭘 모르겠다고. 어디서 누굴 속이려 들어. 다른 사람은 다 속여도, 스스로를 속이는 건 우스운 일이지 않나.

한숨이 나오는 일이다. 샴푸를 바꿀 게 아니라, 서유라의 트레이너를 바꾸어야 할 때였다.

선우는 눈을 떴다. 어둠 속에서 천장을 보다가 다시 감았다. 버석버석해진 눈꺼풀이 시야를 덮었다. 눈을 감은 채로 한참을 그렇게 있었지만 그래도 잠은 오지 않았다.

메시지에, 사진에, 마음이 심란해서 그런지 거의 뜬눈으로 밤을 보냈다. 새벽녘, 동이 틀 때쯤 자신도 모르게 눈을 감았던 게 마지막인 것 같은데 그마저도 얼마 되지 않아 이렇게 눈이 떠져 버렸다.

숙면을 취한 게 언제였을까.

잘 생각이 나지 않았다. 민우가 죽은 이후로 잠을 제대로 잘 수 없었다. 눈을 감아도, 잠이 들어도, 꿈을 꾸어도, 어느 한 부분은 늘 깨어 있는 기분이었다.

이선우가 불면증이라니. 민우가 들었으면 웃을 일이었다. 누나처럼 단순한 사람이? 라며 크게 웃었을 테지.

여러모로 상반되는 성격의 남매였다. 민우가 활달하고 잠시도 가만히 있지 못했다면 선우는 조용하고 차분한 편이었다. 민우가 산만할 정도로 이런저런 일을 동시에 벌였다면, 선우는 오로지 하나에만 집중했다. 성격이 살가워 친구가 많은 것도, 엄마와 드라마를 보면서 울고 웃었던 것도 모두 민우였다.

그런 민우가 부모님이 돌아가시고 난 뒤로 잠을 잘 자지 못했다. 선우도 뒤척이는 날이 많았지만 민우는 방에 불을 환하게 켜 놓고 우두커니 앉아 있곤 했었다. 그런 날이면 선우는 이부자리를 들고 민우의 방으로 건너갔다.

민우야, 잠을 자야지.

제법 큰누나처럼 다 큰 민우를 타이르며 마주 보고 누웠다. 엄마 아빠 이야기를, 쫓겨나듯 이사 오기 전에 살았던 동네 구석구석에 서린 추억에 대한 이야기를 나누었다. 그래도 잠이 오지 않으면 오늘 하루를 지낸 이야기와 내일 해야 할 일들에 대한 이야기를 나누다가 가물가물 잠이 들었다.

민우야. 나는 그때, 내가 널 재웠다고 생각했었거든.

아니었다. 재워야 하는 민우가 있어 자신도 잘 수 있는 거였다. 민우와 같이 살기 위해 돈을 벌어야 했고, 민우가 있어서 어떻게든 생활을 이어 가야 했다. 두 사람의 삶이 자신의 손에 달려 있다고 생각했기에, 재활 치료를 포기했을 때도, 발레단을 그만두었을 때도 후회하지 않았다.

선우는 한숨을 내쉬며 자리에서 일어났다. 피곤했지만 이럴 때는 억지로 잠을 자려고 노력하는 것보다 차라리 몸을 움직이는 것이 나았다.

선우는 바닥에 매트를 깔고 천천히 스트레칭을 하기 시작했다.

혹독한 훈련을 그만둔 뒤로 몸은 둥글어지고 부드러워졌다. 굳은 살도 사라지고 달고 살았던 멍도 없어졌다. 4년의 시간이 흐른 지금, 그때의 섬세한 근육들은 이제 안으로 숨었지만, 오래된 습관은 여전히 남아 있었다. 특히 지금처럼 머리를 비우고 싶을 때는 일부러라도 이렇게 몸을 움직이곤 했다. 발끝부터 천천히 풀어 주면서 선우는 이제까지의 일들을 정리해 보았다.

익명의 누군가로부터 메시지와 사진을 받았고, 그 내용은 민우의 핸드폰이 서문도 전무에게 있다는 것이었다.

호흡을 따라 몸을 풀어 주며 선우는 잡생각들을 하나씩 비웠다. 당황스러웠던 감정도 비우고, 두서없이 튀어 올랐던 의문들도 지웠다.

처음부터 다시.

시야를 흐리는 것들을 지우고 집중해야 하는 것 하나만 남겨 놓아야 한다면, 알고 싶은 것은 하나였다.

그날 밤의 진실.

그러기 위해서 찾아야 하는 것이 있었다. 흔적도 없이 사라져 버린, 민우의 핸드폰.

그렇다면 찾아보면 될 일이다. 이 집에 들어와 있는 지금이 아니면 할 수 없는 일이다. 메시지를 보낸 사람이 진실을 말하는 것인지 거짓을 말하는 것인지, 그것부터 따지고 있기엔 시간적 여유가 없었다. 내일 당장 잘릴 수도 있는 일인데.

메시지가 사실이라면 서문도 전무에게 민우의 핸드폰 있을 것이고, 거짓이라면……. 막막한 그 뒤는 생각이 나지 않았다. 그래도 부딪쳐서 찾다 보면 뭐라도 나오지 않을까.

모든 게 술술 풀릴 거라는 생각은 애초부터 하지 않았었다. 눈앞에 놓인 단서부터 따라가다 보면. 그러다 보면 민우야.

선우는 긴 호흡을 내쉬었다.

호흡 끝에, 서문도 전무를 떠올렸다. 그가 머무는 공간에 들어가는 것이 선우가 해야 할 일이었다.

서유라가 깨어나기를 기다리던 아침 시간은, 2층으로 올라갈 틈을 노리는 시간이 되었다.

생각으로는 혼자 있었던 시간이 길었던 것 같은데, 유심히 틈을 노리다 보니 의외로 사람들이 드나들 때가 많았다. 아침에 건너왔을 때는 상을 치워야 한다고 조리사 아주머니가 왔다 갔고, 눈치를 보며 2층 계단을 보는데 청소를 해야 한다며 옥수댁 아주머니가 들어왔다.

"아휴, 전무님은 언제까지 블라인드를 안 다시려는가 몰라."

2층 청소를 하고 내려온 옥수댁 아주머니가 소파에 앉아 있는 선우를 보며 말했다.

"블라인드가 원래부터 없었어요?"

"나야 모르지. 전에 여기 살던 사람이 유명한 건축가였다는데, 거의 손본 데 없이 그냥 들어왔다지 아마?"

"특이한 것 같긴 해요. 집이 이렇게 큰데, 방은 별로 없는 것 같구요."

선우는 새삼스럽게 커다란 공간을 둘러보았다.

"여길 매일 청소하시려면 힘드시겠어요."

아주머니를 따라 주방으로 향하며 말했다. 아일랜드에 놓인 스툴도 빼 주고 괜히 물도 한 잔 내렸다.

"그래서 돌아가며 하잖아. 어차피 전무님이 여기 다 쓰시는 것도 아니니까, 주로 쓰시는 공간은 매일 하고, 나머진 돌아가면서 하고. 막내 아가씨 방은……."

옥수댁이 쓰윽 몸을 낮추고 목소리의 볼륨을 줄여서 말했다.

"드러워 죽겠는데 청소한다고 들어가면 지랄 난리가 나서, 시킬 때만 하잖아."

선우는 물 한 잔을 들고 자리로 돌아와 서유라가 머무는 공간 쪽을 돌아보았다. 현관에서 왼쪽으로 난 좁고 긴 복도 끝에 서유라의 방이 있고, 맞은편에 서유라가 쓰는 드레스 룸이 있었다.

반대편으로 고개를 돌렸다. 거실의 끝, 벽면을 따라 길게 내려온 대리석 계단이 보였다. 서유라가 깨어나기 전에 올라가 봐야 할 텐데. 마음이 조금씩 급해지려 했다.

시간이 흐르기만을 기다리고 있는데 옥수댁 아주머니가 앞치마를 탁탁 털면서 거실 쪽으로 나왔다. 그리고는 콧노래를 부르며 뒷문으로 향했다.

"건너가시게요?"

선우의 질문에 옥수댁이 돌아보지 않고서 손만 흔들었다. 선우는 뒷문을 열고 나가는 옥수댁을 지켜보았다. 숙소 동 쪽으로 사라지는 모습을 본 뒤에 조심스럽게 발걸음을 옮겼다.

햇빛이 내려온 계단에 선우의 그림자가 드리워졌다. 숨을 죽여

2층까지 올라간 선우는 혹시 몰라 1층을 내려다보며 복도를 지났다. 조금 걷자 2층의 메인 홀이 나왔다. 오른쪽으로 보이는 중문 안쪽이 서문도의 개인 공간이고, 반대편 왼쪽으로는 방문 세 개가 보였다.

발소리를 죽여 홀을 건너간 선우는 제일 오른쪽의 방문을 열었다. 벽을 둘러싼 커다란 책장과 긴 테이블, 그 위에 놓인 노트북이 보였다. 서문도 전무가 쓰고 있는 개인 서재 같았다.

살그머니 문을 닫은 뒤에 그 옆에 보이는 문을 열었다. 널찍한 욕실이었다. 마지막 문을 열자 벽 쪽으로 커다란 소파가 보이고 맞은편에 하얀 벽이 보였다. 천장에는 빔 프로젝트가 달려 있었다.

선우는 방문을 닫으며 숨을 깊이 마셨다. 뒤를 돌아 건너편에 보이는 짙은 녹색의 중문을 바라보았다. 불투명한 유리 너머의 공간을 그려 보고 천천히 걸음을 옮길 때였다.

딩동.

엘리베이터가 도착했다는 알림 음이 울리며, 문이 활짝 열렸다. 선우는 숨도 쉬지 못한 채 그대로 굳었다. 침대 시트를 품에 안은 채 엘리베이터에서 나오던 옥수댁 아주머니가 선우를 보고는 깜짝 놀랐다.

"엄마 깜짝이야. 선우 씨가 왜 여기 있어?"

쿵쾅쿵쾅 심장이 마구 뛰었지만, 선우는 최대한 침착한 표정을 지으려 노력했다. 무슨 소리가 들린 것 같아서 올라왔다고 말하려던 찰나, 옥수댁 아주머니가 먼저 무슨 일인지 알 것 같다는 표정으로 눈을 가늘게 뜨며 말을 건넸다.

"막내 아가씨가 올라가 보래? 서 전무님 어떻게 지내는지 궁금하다고 가서 보고 오래? 아님 뭐라도 좀 찾아오래?"

선우는 마른침을 삼키며 고개를 저었다.

"아뇨, 그게 아니라 무슨 소리가 들린 것 같아서요."

옥수댁이 능청맞은 미소를 보이며 선우의 어깨를 자신의 어깨로 툭 밀었다.

"응, 그래. 그랬겠지. 무슨 소리가 들렸을 거야. 아유, 그럼. 막내 아가씨가 시킨 거 그런 거 나는 모르지."

우리끼리의 비밀이라는 듯이 눈을 찡긋거리고는 옥수댁이 중문 쪽으로 향하며 말했다.

"그래도 선우 씨, 확실히 알아 둬야 해. 선우 씨 월급 주는 사람은 서문도 전무야. 막내 아가씨가 뭐라고 해도 휘둘리지 마. 그거 다 들어주고 그러다 자기부터 잘리는 수가 있어."

"네. 조심할게요."

선우는 옥수댁을 따라 걸으며 알겠다고 고개를 끄덕였다.

"서 전무님이 그렇게 호락호락하지가 않아요. 여기 흐트러지면 바로 아셔. 막내 아가씨가 여기 들어오고서 얼마 안 되었을 때, 여기 뒤졌잖아."

옥수댁의 말에 선우의 귀가 열렸다.

"유라 씨가요?"

"으응. 깽판을 치고 싶었는지, 뭘 찾으려 했던 건지 자기 나름 정리는 해 놔서 나는 몰랐는데, 밤에 돌아온 전무님이 장 여사님 호출했어."

서유라는 무엇을 찾으려 했을까.

"아휴, 아침에 출근해서 얘기 듣는데 등에서 땀나더라고. 전무님이 부리는 사람들한테 까탈스럽지는 않은데, 칼같이 정확한 데가 있거든."

선우는 옥수댁을 위해 중문을 열어 주었다. 시트를 안아 든 옥수댁이 고맙다는 말을 하며 안으로 들어갔다. 선우는 머뭇거리며 옥수댁에게 물었다.

"시트 가는 거 도와 드릴까요?"

"아냐, 요령이 있어서 혼자 해야 편해. 내 말 명심하고. 응?"

옥수댁이 안쪽으로 들어가면서 한 번 더 강조하듯이 말했다.

"막내 아가씨가 시키는 대로 다 받아 주지 말라구. 알았지?"

"네."

선우는 애써 미소를 보였다. 콧노래를 흥얼거리며 중문 안쪽으로 들어간 옥수댁이 마스터 룸의 문을 열고 안으로 들어갔다.

저 안으로 들어가려면 무엇을 해야 할까.

선우는 막막한 심정으로 다시 계단을 내려왔다.

'보다 나은 환경, 보다 나은 사회, 보다 나은 미래를 위해 서도케미컬은 본격적인 ESG 경영을 선언하는 바입니다. 사회적 환경적 책임을 다하는 기업이 될 것을 약속드리며…….'

광화문 사거리가 훤히 내려다보이는 서도 케미컬 본사, 그 꼭대기 층에 위치한 부회장실 안에 문도의 목소리가 울려 퍼졌다.

온라인 생중계까지 동원해 역대 최대의 규모로 치러진 정기 주총이었다. 서중호는 문도의 모습이 담긴 태블릿의 화면을 조금 더 가까이 당겼다.

화면 속의 문도는 의연한 모습으로 쏟아지는 질문에도 매끄럽게 대답을 했으며, 시의적절한 순간에 카메라를 똑바로 바라보았다.

지금 이 순간에도 강하고 단단한 문도의 눈빛이 화면을 뚫고 서중호를 보고 있었다. 서중호는 그 모습을 웃음기를 머금고 바라보았다. 내일 아침이면 홍보실에서 잘 다듬은 버전으로 각종 뉴스 사이트에도 올라갈 테지. 다음 달 사보에도 대문짝만하게 실어야겠다. 이거야말로 돈 한 푼 안 들인 광고가 아니고 무엇인가. 참으로 쓸모 있는 아들이 아닐 수 없었다.

"오늘은 이만 퇴근하겠습니다."

문도는 화면으로 손을 뻗어 정지 버튼을 누르며 말했다. 화면 안의 서문도가 움직임을 멈추었다.

"왜 벌써. 행사도 잘 마쳤겠다, 조촐하게 저녁이나 같이할까 했는데."

조촐한 저녁.

이희철 전지 부문 총괄대표이사, 최윤창 첨단 소재 부문 대표이사, 서형규 큐셀 부문 대표이사를 포함한 열댓 명의 임원들과 함께하는 저녁이 퍽이나 조촐하겠다. 문도는 자리에서 일어서며 말했다.

"고생한 저희 팀원들도 밥 한 끼 사 먹여야죠. 다음에 같이하겠습니다."

"그렇긴 하다만."

서중호가 아쉬운 표정으로 문도를 보았다. 이만하면 자신이 할 몫은 다 하지 않았냐는 표정을 지으며 문도는 서중호의 대답을 기다리지 않고 자리에서 일어섰다.

"먼저 들어가겠습니다."

퇴근 시간이 다 되었으니, 이미 송 팀장이 입가를 실룩이며 회식 장소를 정했을 터였다. 문도는 서중호와 김 실장을 향해 고개를 숙였다.

전무님, 명가 참치로 오시면 됩니다.

부회장실을 나와 확인한 핸드폰에는 지도가 첨부된 송 팀장의 메시지가 있었다. 임원들 회식 자리도 중요하지만, 지금은 손발 맞추며 고생했던 부원들을 우선으로 생각해야 할 때였다.

곧 출발하겠습니다.

송 팀장에게 메시지를 보내고 문도는 엘리베이터 버튼을 눌렀다. 내일부터는 다시 더럽게 바쁜 스케줄을 따라 움직여야 하겠지만.

누적된 피로로 눈이 뻐근했다. 문도는 이후의 일정들을 생각지 않기로 했다. 술과 밤이 기다리고 있으니, 취하기만 하면 될 일이었다.

선우는 샤워기를 틀어 머리를 적셨다.

하루 종일 서유라와 붙어 있다 보니 다른 샴푸를 사러 나갈 틈이 없었다. 무심결에 아침에 머리를 감고 나서 별채로 건너갔을 땐 서문도 전무는 이미 출근을 한 뒤여서 상관이 없었다지만, 밤에는 얘기가 달랐다. 굳이 지적할 정도로 싫은 냄새를 보란 듯이 풍기며 들어가면 안 되니까. 거기다 다른 사람도 아닌 서문도 전무였다. 민우 핸드폰을 찾아보지도 못했는데 괜히 밉보였다가 잘리기라도 하면 큰일이었다.

선우는 손을 뻗어서 비누를 집었다. 하루면 배송을 받을 수 있다는 인터넷 쇼핑몰에서 샴푸를 주문해 두었으니 내일 아침에는 새 샴푸로 머리를 감을 수 있을 거였다.

거품을 낸 뒤에는 따뜻한 물을 틀어서 뻑뻑한 머리카락을 여러 번 헹구었다. 습관적으로 샴푸와 똑같이 생긴 린스통을 집었다가 다시 내려놓았다. 샤워를 마치고 나와서는 평소보다 뻣뻣해진 머리카락을 말리며 핸드폰을 들여다보았다.

저에게 왜 이런 메시지를 보내는 거죠?

'A'라고 저장해 둔 의문의 번호와 나눈 대화의 마지막이었다.

사진을 여러 장 보내온 A는 선우의 질문에 답이 없었다. 혹시 몰라서 검색 포털에서 핸드폰 번호를 검색도 해 보았지만, 아무것도 나오지 않았다.

선우는 메시지 창을 닫으며 생각에 잠겼다. 2층에 들어갈 방법을 찾아야 했다. 낮에 몰래 2층을 둘러보는 건 거의 불가능했다. 오후에는 서유라가 깨어 있었고, 오전에는 일하는 아주머니들이 수시로 왔다 갔다 했다. 잠깐씩 방문을 열어 보는 거야 어떻게 해 볼 수 있겠지만, 방 하나하나를 꼼꼼히 뒤질 만큼의 시간은 절대로 가질 수 없을 것 같았다. 한숨을 쉬면서 멍하니 천장을 올려다볼 때였다. 핸드폰에서 메시지가 왔다는 알람이 울렸다.

언니, 잘 지내고 계시죠?

아현이었다. 선우도 오래 알고 지낸 민우의 동네 친구이자 첫 번째 여자친구였던.

응. 잘 지내. 아현이 너도 잘 지내지?

선우는 답을 보냈다.

발레 학원 앞에 지나다가 잠깐 들렸는데, 그만두셨다고 해서요. 잘 지내시는지 걱정돼서 연락드려 봤어요.

나는 잘 지내. 아현이 너도 잘 지내야 해. 알았지?

선우가 또박또박 답장을 적고 있을 때였다. 화면이 바뀌며 벨소리가 울렸다. 서유라였다.

"네."

— 야, 와서 나 좀 찍어 봐.

전화가 뚝 끊겼다. 낮에 서명구 회장에게 건너갔던 서유라는 싱글벙글하며 별채로 돌아왔었다. 아빠가 외출도 나갈 수 있게 해 주고 새집도 알아봐 준다고 했다며 신나게 최지상과 통화를 했었다. 그리고는 무슨 쇼핑몰에서 협찬으로 마스크 팩을 받았다고 했다. 그걸 찍어서 올려야 하네 마네 둘이 떠드는 소리를 들었는데, 한밤이 되어서야 찍을 마음이 든 모양이었다.

선우는 아현에게 답장을 마저 써서 보냈다. 보고를 하려면 어차피 건너가야 하는 별채였다. 주머니 안에 핸드폰을 넣은 선우는 카디건을 챙겨 입었다.

딩, 하고 엘리베이터가 도착한 소리가 들렸다. 서유라가 고무팩을 바르고 눕는 모습을 찍어 준 뒤 게스트 룸의 문을 닫고 나오던 선우는 반사적으로 뒤를 돌았다. 엘리베이터 앞에 센서 등이 들어와 있고, 그 아래 서문도 전무가 서 있었다. 반쯤 고개를 숙인 채 묵묵히 눈을 감고서.

긴 그림자를 드리운 채로 몇 초쯤 그렇게 서 있던 남자는 후, 하는 짙은 한숨을 쉬고는 고개를 젖히며 천천히 머리카락을 쓸어 올렸다. 서서히 눈을 뜨던 서문도와 선우의 시선이 마주쳤다. 남자가 느리게 눈을 깜빡였다. 그리고 무표정한 얼굴로 선우를 바라보았다. 묵묵한 시선이 버거워질 때쯤 남자는 실금 같은 웃음을 웃었다. 그리고는 이내 다시 건조한 눈빛이 된다.

서문도는 아무 말 없이 뚜벅뚜벅 걸어 주방으로 향했다. 걸음엔 휘청거림이 없었고 얼굴도 딱히 붉어졌다 보기 어려웠지만 술을 마신 사람 특유의 분위기가 있었다. 왠지 말을 걸어서는 안 될 것 같은 분위기였지만, 기왕 만났으니 보고를 하는 게 맞을 것 같아서 선우는 천천히 문도의 뒤를 따랐다.

유리컵을 꺼낸 서문도는 얼음을 가득 받고, 그 위로 물을 가득 받았다. 곧바로 목을 뒤로 젖히며 단숨에 마셨다. 조용한 거실 위로 꿀꺽꿀꺽 물을 넘기는 소리만이 커다랗게 울렸다.

"저……."

선우는 얼음만 남은 컵을 아일랜드 위에 툭 내려놓는 서문도를 불렀다. 손목으로 입가를 닦던 남자가 눈을 들어 무슨 일이냐는 듯 선우를 바라보았다.

"오늘 서유라 씨는……."

"내가 전화를 했던가요."

선우의 말을 남자가 잘랐다. 희미한 술 냄새가 선우에게로 번져 왔다.

"네?"

"건너오라는 말, 한 적 없을 텐데."

"아, 그게. 서유라 씨가 호출을 해서 건너왔습니다. 전무님 뵌 김에 보고를 하려 했는데, 하지 말까요?"

서문도는 말없이 얼음이 든 컵을 다시 냉장고의 디스펜서에 가져다 댔다. 물이 조르륵 얼음 사이를 타고 흘러내리며 컵을 채웠다. 물이 거의 가득 찬 컵을 입으로 가져가며 서문도가 말했다.

잘라 버렸어야 했는데.

꿀꺽꿀꺽 크게 몇 모금을 마신 뒤에, 컵을 내려놓으며 선우를 보지도 않고서 말했다.

"해 봐요."

굳이 하겠다면 말리지 않겠다는 투였다.

"서유라 씨는 오늘……."

이렇게 여기서 해 버리면 안 되는데.

준비해 두었던 보고를 하려고 입을 열었지만, 선우는 목이 타는 기분이었다. 이 밤의 몇 분만이 2층에 올라가 서문도 전무의 공간으로 들어갈 수 있는 유일한 기회였는데, 이렇게 헛되게 흘러가고 있다니.

"11시에 기상을 하셨고, 아침으로 그린 스무디를 마셨습니다."

거기다 방금 전 스치듯이 들은 말이 선우의 등골을 서늘하게 했다.

잘라 버렸어야 했는데.

주어와 목적어가 생략된 문장에 선우의 심장이 쿵쿵 뛰었다. 누가 누구를 잘랐어야 했단 말일까. 자르는 사람은 서문도 전무일 테고, 잘리는 사람은…….

불길한 예감에 선우는 마른침을 삼켰다. 아직 아무것도 알아낸 것이 없었다. 이제 시작이었는데, 내쫓기면 어떡하지. 귓가에서 심장이 쿵쿵 뛰는 소리가 들렸다. 비스듬히 물컵을 내려다보고 있는 서문도는 지금 당장이라도 눈 한 번 깜빡이지 않고 자신을 자를 것만 같다.

방법은…….

2층으로 올라갈 수 있는 방법은.

지금 당장은 하나밖에 생각이 나지 않았다. 그나마도 가능성은 거의 없다고 보면 되는 방법이었다.

그래도, 이렇게라도…….

선우는 원피스 자락을 쥐었다 놓으며 입을 열었다.

"저……. 2층에 가서 마저 하면 안 될까요."

그 말에 서문도가 시선을 선우에게로 돌렸다. 네가 지금 무슨 말을 하는 건지 알고는 있냐는 눈빛이었다. 선우는 빤히 자신을 보는 눈빛을 피하지 않고 마주 보았다. 무거운 적막 끝에, 서문도가 짧게 웃는다.

"됐습니다. 보고는 들은 걸로 하죠."

서문도가 쥐고 있던 물컵을 놓았다. 몸을 돌려 주방을 나가려 했다. 선우는 무슨 말이라도 잇고 싶은 다급한 심정으로 말했다.

"샴푸."

문도의 걸음이 멎었다.

"샴푸 바꿨어요. 냄새가 싫다고 하셔서."

긴장되고 초조한 마음에 목소리가 가늘게 떨려 왔다. 두어 걸음 떨어진 자리에서 서문도가 선우를 내려다보았다. 한참 선우를 보던 서문도가 피식 웃었다.

"귀엽네."

그리고 그대로 스쳐 지났다. 선우는 2층 계단을 오르는 서문도를 그저 바라볼 수밖에 없었다. 짙은 술 냄새만이 홀로 남은 선우의 곁을 맴돌고 있었다.

6. 카모마일

창밖으로 새벽의 푸르스름한 하늘이 보였다. 문도는 드레스 룸의 진열장 앞에 서서 시계를 찼다. 딱 떨어지는 슈트를 입고, 흐트러짐 없이 머리를 넘긴 그의 모습에는 어젯밤 마셨던 술의 흔적 따윈 보이지 않았다.

슈트의 재킷을 집어 드는 것으로 출근 준비를 마친 문도는 중문을 열며 마스터 룸을 나왔다. 성큼성큼 계단을 내려와 주방 쪽의 뒷문을 열고 후원으로 나섰다. 청명하고도 쌀쌀한 공기가 문도를 맞이했다.

새벽 공기를 가르며 본관을 향해 걷는다. 별채의 짙은 현무암 길이 끝나자, 본관의 밝은 회색 디딤돌이 징검다리처럼 나타났다. 문도는 무심한 얼굴로 꽃이 활짝 피어난 벚나무를 지나고, 연둣빛 새잎을 뽐내는 배롱나무도 지났다.

잠겨 있지 않은 현관문을 열고 안으로 들어서자 진한 고깃국 냄새가 물씬 풍겨 왔다. 로퍼를 벗고 거실에 올라 다이닝 룸 쪽으로 걸음을 옮겼을 때였다.

"문도……."

힘없이 가는 목소리가 뒤에서 들려왔다. 몸을 돌리자 서 회장이 앉은 휠체어를 박소영이 밀고 있었다.

"일어나셨어요."

가볍게 허리를 숙이며 인사를 하자, 흘러내리고 있는 얇은 살거죽만 남은 것 같은 서명구 회장이 틀니를 보이며 웃었다.

"나이가, 드흘면으흔…… 눈이 기냥 뜨여……."

아침에 절로 눈이 떠진다는 이야기를 서명구 회장이 힘겹게 뱉어 냈다. 문도는 회장의 휠체어와 걸음을 맞추어 걸었다.

"어제…… 수고가아, 많았다고. 애비가, 영상…… 보여 주어서."

"주총 영상 보셨어요?"

"으흥……."

"제가 잘 나오던가요?"

"그으러험……."

문도는 기특하다는 듯이 자신의 등을 툭툭 치는 서명구 회장을 보며 미소 지었다. 옆에 있던 박소영도 그에게 말을 건넸다.

"그럼, 누구 손주인데. 서 전무가 울 회장님 판박이잖아. 넘넘 잘 나오드라. 요 미간 찌푸릴 때 줄 두 개 생기는 거, 그거 너무 똑같아. 호호호."

자신의 외모가 외조부의 물림이라고 굳게 믿고 있는 어머니가 들었으면 기함할 말이었지만, 문도는 빙그레 웃으며 답했다.

"회장님 젊은 시절만 할까요."

"아유, 참 우리 서 전무는 말도 예쁘게 해. 그렇죠?"

"흘흘흘……."

바람이 새는 것 같은 회장의 웃음소리를 들으면서 다이닝 룸으로 향했다. 앞치마에 머릿수건 차림의 장 여사가 웃는 낯으로 세 사람을 맞이했다.

"어떻게 같이들 오시네요? 회장님, 어제 드시고 싶으시다고 말씀하셨던 고깃국 준비했어요. 마치맞게 잘 익은 배추김치 하고 갓 무친 무생채 하고 올릴게요."

서 회장은 흡족한 미소를 보이며 고개를 끄덕였다.

"우리 때에는, 이밥에 고깃국이면흔, 최고, 남바완, 베슷흐."

회장이 마른 나뭇가지 같은 엄지손가락을 치켜들었다. 젊은 시절 미 군수 공장에서 일을 할 때 혀를 깨물어 가며 익혔다는 영어를 말미에 붙이는 건 서 회장의 오래된 습관이었다.

"회장님. 자리 괜찮으시죠?"

쌀밥에 고깃국이 최고라는 회장의 휠체어를 움직이지 않도록 고정하면서 박소영이 물었다. 장 여사가 회장의 취향에 맞추어 송송 썬 파를 얹고 후추를 톡톡 뿌린 맑은 국물을 유기그릇에 내어왔다. 윤기 자르르 흐르는 흰 쌀밥과 잘 익힌 배추김치, 맛깔스럽게 무쳐 낸 무생채도 각자의 자리에 정갈하게 놓였다.

"아이구, 다들 벌써 모이셨네. 좋은 아침입니다. 아버지, 잠은 푹 주무셨어요?"

상이 차려지는 중, 서중호가 다이닝 룸으로 들어오며 인사를 했다. 뒤이어 간단한 메이크업까지 마친 우현희도 1층으로 내려와 식탁에 앉았다.

"아버님, 몸은 좀 어떠세요?"

"좋아, 베리 굿드……."

회장의 대답을 시작으로 모두가 자리에 앉아 숟가락을 들었다. 고깃국에 밥을 말아 호호 불어 한 술씩 회장의 입에 넣어 주던 박소영이 살그머니 서명구의 옆구리를 콕콕 찔렀다. 왜 그러냐는 듯이 서 회장이 박소영을 보자, 그녀는 입을 동그랗게 모아 유라, 유라, 라고 작게 속삭였다. 아아, 회장이 알겠다는 표정을 지으며 씹던 밥알을 꿀떡 넘기고는 입을 열었다.

"에……. 유라……. 고만, 풀어 주어……."

아주 잠시 식탁에 정적이 흘렀다. 서중호가 잠깐 눈썹을 들어 올렸고, 문도는 소리 없이 웃었다. 그리고 이내 다시 식사가 아무렇지 않게 이어졌다. 무생채를 집어 든 서중호가 섬뜩할 정도로 친절한 미소를 지으며 박소영을 보면서 말했다.

"작은어머님, 유라 그 녀석이 나가고 싶답디까?"

"아니, 그게……. 부회장도 알잖아. 우리 유라 답답한 거 딱 질색인 거. 애를 너무 가둬 두니까, 우울증 오면 어떡하나 싶어서."

"이런, 이런. 회장님께서 오해를 하시겠어요. 작은어머니, 말이야 바른말로 가두긴 누가 가두었나요. 스스로 건강해진 모습으로 아버지 뵙고 싶다고 들어와 놓구선. 안 그러냐 문도야?"

대화는 자연스럽게 서 회장에게서 부회장으로, 부회장에게서 문도에게로 넘어왔다. 문도는 숟가락을 내려놓으며 태평하게 대답을 했다.

"나갈 때도 됐죠."

"그, 그래? 그래도 돼?"

박소영이 반색을 하며 물었다.

"예. 두 발 달린 사람을 언제까지 가둬 놓을 수도 없는 법이고. 저야 홀가분해지고 좋습니다."

"그치? 걔도 이제 정신 차렸어."

박소영이 환하게 미소를 지을 때였다. 문도는 박소영을 보며 담담히 말했다.

"이쯤에서 아버지도, 저도 오늘부로 완전히 손을 떼는 걸로 하죠. 고모님 관련해서 앞으로 다시 뵙는 일은 없는 줄 알겠습니다."

누군 좋아서 데리고 있었는 줄 아나.

10년 전쯤이었나. 흔히들 하는 말로 본처였던 할머니가 돌아가신 뒤, 회장은 20년을 끼고 살던 애첩을 본가 안방으로 들이겠다고 선포를 했다. 차기 후계자를 노리던 아버지 서중호는 자식들 중 유일하게 회장의 편에 서며 박소영 모녀를 끌어안았고, 그 뒤로 회장 보란 듯이 살뜰하게 챙기는 시늉을 하고 있는 중이다.

차기 회장이 되기 위한 아버지의 눈물겨운 노력은 그뿐이 아니었다. 건설과 중공업. 그 당시 서도의 알짜배기만 쏙쏙 가져간 서용호가 실시간으로 나락 길을 걸을 때, 아버지는 명동 큰손이었던 외가의 자금으로 금융 계열사를 번듯하게 세워 볼륨을 키웠다.

어머니가 총력을 기울여 키워 낸 금융 계열사의 자금력을 기반으로 천덕꾸러기 취급을 받던 화학을 소생시키는 데 성공을 했다.

때마침 불어온 시대의 바람이 날개를 달아 주었고, 화학은 이제 서도의 주력 사업이 되었다. 그럼에도 회장은 결정적인 서도의 지분을 넘기지 않았다. 정말로 숨이 간당간당해진 지금에서야 서중호 일가로 지분 승계 작업을 하는 중이었다.

아버지 서중호는 굴비가 매달린 밥상에 앉아 한시도 눈을 떼지 않으며 굴비가 한 칸 한 칸 내려올 때마다 침을 꿀떡꿀떡 삼키는 중이고, 밥상머리에서 밀려나 문간에 앉은 서용호와 서미경은 그 밥상이 뒤집히기를 기다리고 있는 중이다. 그 와중에 떨어지는 살점 하나라도 건져 보려고 주변을 빙빙 돌고 있는 이가 박소영이고, 그 옆에서 아직도 정신 못 차리고 있는 게 서유라였다.

회장의 건강도 괜찮겠다, 망나니 서유라 챙기는 시늉도 했겠다, 승계 작업도 절반 이상 진행 중이겠다, 이쯤에서 아량 있게 보내주는 것도 괜찮은 그림이 될 테지.

문도는 박소영에게 부드럽게 물었다.

"어떻게, 명 실장 불러 드릴까요?"

박소영은 태연하게 묻고 있는 서문도를 바라보았다. 명 실장을 부른다는 건 살 집을 알아보게 한다는 건데. 이참에 서유라에 관해서 완전히 손을 털겠다는 문도의 뜻을 읽은 박소영의 머리가 휙휙 돌아갔다.

정말 나가 살아도 된다고? 대신 앞으로 유라가 사고를 치는 족족 내 책임이 되는 거고?

그럼 수습해야 할 일이 생길 때마다 지금보다 훨씬 더 낮은 자세로 부탁을 해야 하는 거겠지?

박소영은 빠르게 표정을 바꾸었다. 생글생글 웃는 낯으로 회장의 손등을 살살 쓰다듬으며 말했다.

"아유, 아주 나가서 살고 싶다는 게 아니라 그냥 저 좋아하는 쇼핑 정도는 허락해도 되잖아. 그 정도만 해 달라는 거지, 누가 나가고 싶대? 유라한테도 여기가 좋지. 아직 건강 회복도 덜 됐고. 나도 있고 회장님도 있고. 그쵸?"

"으응……."

회장이 대충 고개를 끄떡였다. 잿빛에 가까운 눈동자는 이지를 잃고 이리저리 휘둘리는 것처럼 보였으나, 실은 누구보다 교활하다는 것을 모두가 알았다. 잠시 대화가 멈춘 것 같은 그때, 차분히 식사를 하는 것처럼 보였던 우현희가 고개를 들었다.

"아가씨도 생각이 있으면 조심해서 지내겠죠. 건강도 많이 회복했고 하니 외출 정도는 괜찮을 듯한데. 당신 생각은 어때요?"

"나야 당신 말에는 언제나 찬성이지요. 그러면 이렇게 하십시다. 나가서 사는 건 조금 더 지켜보고 결정을 하도록 하고, 작은어머님이 유라 외출은 책임지시는 걸로요. 회장님, 어떠세요? 이 정도면 괜찮으시지요?"

능구렁이 같은 미소를 지으며 서중호가 회장에게 물었다. 회장은 그만하면 된 것 같다는 표정을 지으며 고개를 끄덕였다. 그리고 어서 국물에 적신 밥이나 한 술 더 넣으라는 듯이 입을 벌렸다.

모두가 원하는 바를 적절히 이룬 자리였다.

회장은 박소영의 청을 들어주었고, 박소영은 서유라의 외출을 얻어 냈다. 서중호는 유라가 울타리 밖에서 저지를 짓에 대한 책임을 미루었다. 그렇게 서유라는 여전히 별채에 남게 되었고…….

생각은 자연스럽게 서유라에게 붙여 놓은 여자에게로 흘러갔다. 2층으로 올라가고 싶다며, 샴푸를 바꾸었다고 어필을 했었던 여자에게로.

문도는 숟가락을 든 채로 잠시 어이없는 웃음을 웃었다. 숱한 유혹을 받아 보았지만, 그런 앞뒤 맥락 없는 어필은 처음이었다. 이선우가 꼬리 아홉 개 달린 구미호인 건지, 쌍팔년도 버전의 숙맥 곰탱인 건지 모르겠지만.

귀엽긴 했지. 끌리기도 했고.

애꿎은 원피스만 쥐어짜던 모습이 생각나 피식, 하고 가벼운 웃음이 새어 나왔을 때였다. 식탁 아래로 박소영의 허벅지를 주물럭거리는 회장과 그 옆에서 살갑게 웃으며 밥을 떠먹이고 있는 박소영이 눈에 보였다.

아니, 밥은 먹고 좀 더듬지?

때와 장소 못 가리는 추접스런 행태에 미간을 찌푸리는 순간, 여자의 샴푸 냄새를 굳이 확인했던 자신의 모습이 뇌리를 스쳤다. 그리고 어설프기 짝이 없던 여자의 유혹까지 연달아 떠올라 버렸다.

젠장. 하필 회장과 박소영의 모습에 겹쳐 보일 것은 무엇인가. 기분이 더러워지는 건 순식간이었다.

"그럼 저는 먼저 출근하겠습니다."

밥맛이 뚝 떨어진 문도는 자리에서 일어나며 말했다. 불쾌한 아침의 시작이었다.

"뭐? 진짜?"

선우가 앉아 있는 거실까지 게스트 룸에서 외치는 서유라의 목소리가 들려왔다. 무슨 일인가 싶어 복도 쪽을 바라보는데, 게스트 룸의 문이 벌컥 열리더니 까치 머리를 한 서유라가 얼굴에 웃음을 가득 띠고 양팔을 벌리며 튀어나왔다.

"역시 울 아빠! 야, 나 드디어 나갈 수 있대! 와, 씨바 이게 몇 달 만이야. 가만있어 봐, 셀러 언니한테 전화부터 걸어서……."

기쁨의 춤을 추며 튀어나오던 서유라가 걸음을 멈추고 핸드폰을 뒤적거려 어딘가로 전화를 걸었다.

"아, 언니. 넘 오랜만이져어~ 네~ 저 유라에여~ 네~ 다른 게 아니구 저 요즘 컨디션 좀 괜찮아져서~ 오늘 잠깐 나가 볼까 하는데여~"

서유라가 시간을 확인한 뒤 다시 말을 이었다.

"네~ 음, 지금 준비하고 나가면 12시? 준비 좀 해 주시구여~ 네~ 그때 뵈여~"

한 톤 높은 상냥한 목소리로 통화를 마친 서유라는 전화번호를 훑어보더니 누군가에게로 다시 전화를 걸었다.

"오늘 쉰다고 했지? 웅웅. 유라 오늘 쇼핑 나갈 꼬예요. 잠깐 볼 수 있을까앙?"

상대방이 무어라 말하는 목소리가 들렸다. 아기처럼 볼에 바람을 넣고서 말을 하던 서유라가 한순간에 삐딱한 미소를 지었다.

"서문도 그 새끼? 걔 암것도 아니야. 울 아빠가 대장이거든. 야, 당연한 거 아니냐? 회장이 높지, 전무 나부랭이가 높을까. 아, 진짜 아빠 통할걸. 암튼 룸 잡고 대기 타고 있어. 룸 넘버는 톡으로 보내궁."

손톱 끝으로 톡 소리가 나게 통화 종료 버튼을 누른 서유라가 고개를 돌렸다.

"야. 너 운전하지?"

"네."

"잘해?"

선우는 서유라가 말하는 운전을 잘하는 기준이 무엇인지 알 수 없어서 음, 하고 생각 끝에 말을 이었다.

"학원에서 아이들 가르칠 때 차량 운행도 같이했었어요."

"그래? 그럼 너 오늘 내 기사 해라."

유라의 말에 선우는 갈등을 했다. 보아하니 외출을 허락받은 것 같은데, 그렇다는 건 오후 내내 혼자 있을 수 있는 기회가 주어진다는 거였다. 그런데 같이 외출을 하게 된다면.

선우의 눈길이 자연스럽게 2층으로 향했다.

참 이상한 일이었다. 민우의 핸드폰이 여기 있을 거라는 메시지를 받기 전에는 하루가 길기만 하더니 메시지를 받은 이후로는 시간이 야속할 정도로 빠르게 흐르는 것 같았다.

"운전은 직접 안 하세요?"

서유라 성격에 면허가 없을 것 같지는 않고, 음주나 교통 법규 위반으로 운전을 할 수 없는 사정이 있는 건가 싶어서 물어보았다.

"아, 나 면허 없잖아."

"아……."

뜻밖의 이야기였다. 분명히 영상에서도 사진에서도 차에 있었던 모습을 본 것 같은데 면허가 없다니. 과격하게 운전을 해서 주행 실기에서 떨어졌나, 하고 생각할 때였다.

"아니, 무슨 상식으로 풀면 필기는 다 통과한다며? 무슨 놈의 상식이 글케 어려워? 미친 거 아니야?"

필기에서 다섯 번을 떨어졌다고 서유라는 씩씩거렸다.

"그런데 저는 좋은 차는 몰아 본 적이 없어서요. 강 기사님께서 가시는 게 낫지 않을까요?"

자신을 두고 외출하기를 바라는 마음으로 선우가 물었다. 서유라가 냉장고를 열고 아래위로 살펴보면서 대답을 했다.

"운전은 강 기사가 잘하지. 근데 강 기사 보고 대기 타라고 하면 몰래 남친 만난 거 들키니깐. 넌 내 편이니까 입 다물고 있을 거잖아. 아니야?"

그 말에 선우는 방금 전 들었던 통화 내용을 떠올렸다. 룸을 잡으라고 했던 게 그런 의미였구나.

냉장고에서 딸기와 오렌지를 손질해 둔 통을 꺼낸 서유라가 뚜껑을 따고 딸기를 두 개 연속으로 입에 집어넣었다. 그리고 볼이 튀어나오도록 씹으면서 선우에게 말했다.

"아침은 됐고, 나 준비하고 나올 테니깐 엄마한테 가서 차 키 받아 놓구 카드도 받아 와."

꿀꺽, 하고 딸기를 넘기는 소리가 선우의 귀에까지 들려왔다.

딸기 두 알을 더 입에 밀어 넣은 서유라가 총총걸음으로 게스트 룸을 향해 걷는다. 선우는 아쉬운 마음으로 2층을 다시 올려다본 뒤 주방의 뒷문으로 향했다.

쇼핑을 빙자한 외출은 장장 아홉 시간이 걸렸다.

가방과 의류를 시작으로 구두와 벨트, 목걸이와 귀걸이, 향수와 모자까지 구입을 마쳤을 때는 오후 4시를 넘긴 시간이었다. 쇼핑한 물건들을 모두 차에 싣고 돌아온 선우에게 유라는 커피를 사 주겠다고 선심 쓰듯이 말했고, 백화점과 연결된 호텔의 라운지 카페에 선우를 앉혔다.

“나올 때 전화할게. 쉬고 있어라.”

커피 한 잔을 시켜 주고 엘리베이터 쪽으로 사라진 서유라는 그로부터 다섯 시간이 지났을 때 나타났다. 묘하게 나른한 표정과 초점이 흐려진 동공을 하고 나타난 서유라는 코를 훌쩍거리며 선우에게 말했다.

“덕분에 잘 놀았넹. 근데 알지? 서문도한테 보고하면 죽여 버릴 거야.”

그러고는 차에 쓰러져 잠이 들었다. 선우는 아주머니를 불러 잠에 취한 건지 약에 취한 건지 모를 서유라를 부축해서 별채로 옮겨 놓았다. 쇼핑했던 물건들까지 드레스 룸에 잘 넣어 두고 나니 시간은 벌써 9시 30분이 넘어가고 있었다.

선우는 불이 환하게 켜진 거실에 서서 2층을 바라보았다. 옥수댁 아주머니나 서유라가 있을 때는 괜히 의식이 되어서 마음 놓고 올려다보지도 못했던 2층이었다.

선우는 계단 앞에 섰다.

한 발을 올려놓아 본다. 그리고 다시 한 발을. 숨을 쉬었다가 다시 한 발을.

걸음걸음마다 심장이 두근두근 뛰었다. 그렇게 다섯 개의 계단을 오르다가 선우는 천천히 걸음을 멈추었다. 이렇게 올라갔다가 서문도 전무가 갑자기 들어오는 상상을 해 보았다. 2층 마스터 룸에 서 있다가 들켜서 말도 안 되는 변명을 하는 자신의 모습이 보였다. 서 전무가 뭐 하는 중이었냐고 묻는 모습도 보인다. 뭐라고 대답을 하기도 전에 더 들을 것도 없이 해고라고 통보하는 모습도 눈앞에 그려졌다.

이런 식으로는 아무것도 못 해.

계단을 내려오는 선우의 한숨이 길었다. 섣부른 행동은 오히려 독이 된다는 것을 머리로는 잘 알고 있었다. 그래도 저 위에 올라가기만 하면 금방이라도 핸드폰을 발견할 것 같은 미련은 쉽게 버려지지 않았다.

퇴근 시간인 10시까지는 20분 정도가 남았다. 서유라는 약에 취한 건지 많이 피곤해서인지 깊게 잠이 든 상태였다. 선우는 소파에 앉아 20분이 흐르기를 기다렸다. 이런 때조차 미련하게 시간을 지키는 자신이 싫기도 했다.

자신이 좀 더 영리한 사람이었더라면, 융통성이 많고 언변이 좋은 사람이었더라면 더 많은 것을 알아내지 않았을까.

'귀엽네.'

피식 웃으며 지났던 서문도 전무의 모습이 떠올랐다. 남자가 무심하게 2층을 올라간 뒤, 선우는 고개를 들지 못했었다.

하아.

선우의 한숨 소리가 허공을 맴돌 때였다. 주방의 뒷문이 열리는 소리가 들렸다. 뒤를 돌아보니 서문도 전무의 모습이 보였다. 누군가에게 전화를 거는 것인지 한 손에 쥔 핸드폰을 귀에 붙인 채였다.

"전화를."

선우와 시선이 마주친 서문도가 핸드폰을 아래로 내리면서 말했다.

"안 받는다 했더니."

"아, 네. 10시가 아직 안 되어서요."

핸드폰은 숙소 동에 있다. 시간을 이제야 인지한 듯이 남자는 고개를 끄덕였다. 그 뒤로 정적이 흘렀다. 선우는 대화를 이어 보려는 의지를 담아 나름 말을 건네 보았다.

"본관에서 건너오시는 건가 봐요."

돌아오는 대답이 없어 침묵만 고였다. 서문도의 얼굴은 무표정하다 못해 냉담하게 느껴졌다. 뭐라도 해 보자는 마음으로 선우는 어렵사리 다시 말을 건넸다.

"오늘은 퇴근이 빠르시네요."

뭐 하자는 거지.

딱 그런 눈으로 남자가 선우를 바라보았다. 선우는 어설프게 미소를 지었다. 남자의 시선이 무심하게 선우를 훑었다.

“유라 씨 일과 보고는 지금 할까요?”

말 한마디 한마디를 쥐어짜서 건넬 때마다 목이 말라붙는 느낌이었다. 조금 흐트러진 머리카락과 느슨하게 걸쳐진 타이가 어딘가 빈틈을 느끼게 할 법도 한데, 남자에게 피로한 기색은 있어도 빈틈은 없어 보였다.

“2층으로 올라가죠.”

툭 던지듯이 말을 한 남자가 엘리베이터 쪽으로 걸었다. 엘리베이터에서 내린 선우는 남자를 따라 중문 안으로 들어갔다.

“보고하세요.”

탁, 하고 불을 켜면서 남자가 말했다. 성큼 걸어 오픈 드레스 룸으로 간 남자는 평소처럼 시계를 풀고, 커프스 링크를 풀었다. 몇 걸음 안쪽으로 들어간 뒤 멈춰 선 선우는 눈만 돌려 주위를 둘러보았다.

커다란 TV가 걸린 벽. 그 아래 길고 낮은 AV장. 1인용 라운지체어, 3인용 소파. 그 가운데의 소파 테이블.

선우는 한 박자를 쉬었다가 보고를 시작했다.

“서유라 씨는 11시쯤 일어나셔서 백화점에서 쇼핑을 했습니다. 점심은 백화점에서 저와 함께 파스타를 드셨구요, 저녁은 호텔 라운지 카페에서 파니니 드셨습니다. 돌아와서는 피곤하시다고 바로 잠자리에 드셨습니다.”

최지상을 만난 이야기도, 다섯 시간이 넘도록 내려오지 않았던 이야기도, 아무래도 다시 약을 손댄 것 같다는 이야기도 하지 않았다. 건성으로 듣고 있던 서문도가 선우에겐 아무런 관심도 없다는 듯, 시선을 자신의 팔목에 둔 채로 말했다.

"수고하셨습니다. 내려가도 좋아요."

조금의 여지도 주지 않는 무심한 목소리가 공간을 울렸다. 선우는 떨어지지 않는 발걸음을 옮겼다. 황동색의 중문 손잡이를 잡고 머뭇거리다, 용기를 내어 뒤를 돌았다.

"전무님."

서문도가 고개를 들어 선우를 보았다. 직선의 강한 눈빛이 머뭇거리는 선우에게 닿는다. 선우는 입술을 깨물다 결심한 듯 문도에게 물었다.

"커피…… 한 잔 드릴까요?"

비웃음조차 없었다. 서늘한 눈빛을 하고, 무심히 중얼거릴 뿐이다.

"이 밤에, 커피를요."

그리고는 말없이 선우를 보았다. 남자의 눈에 서린 빛은 질책일까, 짜증일까. 선우가 애꿎은 입술만 깨물 때 서문도가 짧게 답했다.

"됐습니다."

"네, 알겠습니다."

마치 의도는 정말로 커피였다는 것처럼 고개를 끄덕이며 답했지만, 무딘 칼날에 베인 것처럼 속이 화끈거렸다. 더는 할 수 있는 말이 없으니 조용히 중문을 닫고 나올 수밖에.

선우는 막막한 심정으로 문을 닫았다.

"카모마일은 어떠세요?"

눈치를 보며 머뭇거리던 여자의 입에서 나온 말이었다. 그 순간 자신의 안에서 터져 나온 웃음이 어떤 종류인지, 문도는 스스로도 알 수 없다고 생각을 했다. 어이없어서인가, 재미있어서인가, 그것도 아니면 기대가 되어서인가.

문도는 진열장 위에 풀어 놓았던 손목시계를 들어 시간을 확인했다. 11시 28분. 자정을 30분 남긴 시간에, 서유라에 대한 보고를 마친 여자가 망설이며 건넨 말이 카모마일은 어떠냐는 것이었다.

어제는 커피, 오늘은 카모마일.

"카모마일이요."

말을 되짚는 순간에도 가느다란 웃음이 흘러나왔다.

"네. 카페인이 없어서 밤에 드시기에 괜찮을 것 같아서요……."

여자가 말끝을 흐렸다. 문도는 뒷목을 쓸면서 어이없는 웃음을 웃었다. 빤히 바라보자 여자의 얼굴이 옅게 붉어졌다. 수줍어 붉어진 것이 아니다. 창피하고 무안하여 입술을 깨물며 참아 내는 붉음이었다.

그래. 오늘 어떻게 나올지 궁금은 했었다.

순진하고도 무구한 얼굴로 다시 커피를 마시자고 할지, 그래도 자존심은 있어서 그런 일은 없었던 것처럼 보고만 하고 뒤로 물러설지.

그랬더니 카모마일이라고. 카페인이 없다고. 이걸 뭐라고 봐 줘야 할까.

어설퍼서 우스울 정도였지만, 분명 유혹이라 볼 수 있는 두 번의 제안이 있었고, 두 번의 거절이 있었다. 그럼에도 다시 시도하는 미련한 유혹이라니.

이성이 보내오는 은밀한 신호를 헷갈리는 법은 없었으나, 이쯤 되면 이 꿋꿋한 권유가 정말 유혹이기는 한지 의심이 될 지경이다. 남자와 여자로 주고받는 신호가 아닌, 고용인과 고용주 사이에 오가는 과잉된 충성이나 친절은 아닐지. 잘 보이려고 차 한 잔 올리겠다는 걸 이성 간의 유혹으로 잘못 해석한 것은 아닌지.

"그래요. 카모마일, 가져와 봐요."

문도는 애써 초조한 기색을 감추고 있는 여자에게 말했다. 의외의 대답이었는지 여자가 고개를 반짝 들었다. 자신을 향해 크게 열리는 맑은 눈동자를 보자 무언가가 꿀렁, 하고 목울대를 치는 기분이 들며 아래가 단단하게 일어섰다.

"아……. 네. 금방 가져다 드릴게요."

대답을 한 여자가 몸을 돌렸다. 중문을 열어 둔 채로 걸음을 빨리하여 시야에서 사라진다.

쉬운 새끼.

문도는 팽팽해진 자신의 아랫도리를 내려다보며 한심해서 웃었다.

1층의 주방으로 내려온 선우는 원목으로 된 트레이에 머그잔

두 개를 올렸다. 카모마일 꽃이 들어 있는 티백을 넣고 뜨거운 물을 부었다. 양손으로 트레이를 잡는데, 달달달 컵이 떨리는 소리가 난다. 선우는 잠시 트레이를 내려놓고 자신의 손목을 다른 손으로 잡아 눌렀다.

삼푸를 바꾸었다고, 커피를 마시겠냐고, 카모마일 차라도 마시겠냐고 여러 번에 걸쳐서 물어보면서도 실제로 이루어질 일이라고는 생각하지 않았었다. 무엇이라도 해야 해서, 방법이라고는 그런 것밖에 생각이 나지 않아서 무작정 두드리는 마음으로 던졌던 말이었는데. 생각지도 못한 대답을 들은 이후로 심장이 뛰며 정신이 없었다.

선우는 김이 오르는 찻잔을 바라보았다. 티백 안에서 작은 국화꽃이 피어나고 있었다.

후우.

긴장을 풀어 보려 심호흡을 했다. 차를 마시는 동안 무슨 말을 해야 할까. 산 넘어 산이었다.

자신에게 무슨 일이 벌어질지는 아직은 상상이 되지 않았다. 가차 없는 거절의 말을 듣게 될 것 같기도 하고, 허튼수작을 걸었다는 이유로 잘릴 것 같기도 했다.

어쨌든, 이제 와 뒤로 갈 수는 없으니까.

오래 지체하면 남자의 방문이 닫힐지도 몰랐다. 선우는 가볍게 숨을 들이마셨다. 눈을 꾹 감았다 뜬 뒤 다시 트레이를 들었다.

"전무님. 차 가져왔습니다."

선우는 중문 안쪽으로 들어가며 말했다. 서문도는 셔츠에 슬랙스만 입고 있었다. 남자의 시선이 트레이 위의 머그잔에 머물렀다. 두 개의 머그잔을 보고는 가볍게 웃더니 성큼 걸음을 걸으며 선우에게 말했다.

"앉아요."

앞서 걸어간 서문도가 거실의 1인용 소파에 앉았다. 선우도 뒤를 따랐다. 투명한 유리로 된 테이블에 트레이를 내려놓고 긴 소파의 끝자리에 앉았다. 머그잔을 들어 서문도의 앞에 놓고, 자신의 앞에 놓는데 서문도가 말했다.

"두 잔이네요."

선우는 고개를 들어 서문도를 보았다. 서문도가 머그잔 안의 티백을 위로 들었다가 아래로 내려놓기를 반복하며 선우를 본다.

"네."

"나랑 자고 싶어요?"

갑작스런 질문이었다. 선우는 잠시 할 말을 잃고 남자를 바라보았다. 차를 마시게 되면 무슨 말을 할까 생각을 안 했던 것은 아니었다.

좋아졌다는 거짓 고백을 하며 접근을 할까. 잠시라도 상대해 줄 수 있냐고 할까. 상상 속으로는 아무렇지 않게 나왔던 말들이 목에 걸려 아무런 말을 할 수가 없었다.

"아니면, 잘리고 싶나?"

아무렇지 않게 말을 이어 가는 남자의 눈빛이 선우의 척추를 서늘하게 만들었다.

"왜 이렇게 개기지? 내가 우스워요?"

남자의 갈색 눈동자가 선우를 향했다. 이상한 눈동자였다. 불이 타는 것 같은 밝음과 시리도록 차가운 어둠을 휘저어 놓은 것 같은 눈. 그 눈이 자신을 진득하게 바라보자 목구멍이 딱 달라붙는 기분이었다.

"아니요. 저는……."

선우는 말라붙은 목을 열었다. 남자의 타는 것 같은 눈동자가 자신을 뚫어 버릴 것처럼 보고 있었다. 비뚜름하게 비틀린 입술을 보는 순간, 왠지 모르겠지만 지금 이 순간이 시험대라는 생각이 들었다.

"궁금했어요."

뭐가, 라는 눈빛으로 서문도가 선우를 보았다.

"전무님 같은 분이랑, 자게…… 되면……."

선우의 낯이 활활 타는 것처럼 뜨거워졌다. 아무것도 아닌 말 한마디인데 뱉어 내는 것이 죽기보다 힘들었다. 남자가 짙은 웃음을 삼켰다. 이쯤에서 무슨 말이라도 해 주면 좋으련만, 남자는 선우가 어디까지 스스로 내뱉는지 지켜보고만 있었다.

"어떤 느낌일지 궁금했습니다."

남자가 웃었다. 재미있다는 듯이, 혹은 기대한다는 듯이 웃으며 선우에게 말했다.

"판 깔아 줄 테니까 해 봐요, 그럼."

문도는 조심스럽게 자신을 향해 다가오는 여자를 바라보았다.

하얗고 투명했던 여자의 뺨은 홍조가 뒤덮고 있었다. 곤란한, 난처한 심정을 고스란히 드러내는 두 눈동자에서 문도는 눈을 떼지 않았다.

"어떻, 게……."

떨리는 여자의 목소리가 아주 자그마했다. 소파에 앉아 있는 문도를 어찌해야 할지 모르겠다는 표정이었다.

"잘."

문도는 소파 깊이 등을 기대며 여자에게 말했다.

"잘해 봐야지 않겠어요?"

그 말에 이선우가 입술을 깨물었다. 그리고 막막한 눈으로 문도를 보았다. 남자를 먼저 유혹해 본 일이 없는 것처럼 구는 것이 나름의 수법인가. 그렇다면 제법 탁월한 방법이었다. 아무것도 하지 않았는데 붉게 물든 뺨이며, 물기 머금은 눈이며, 부끄러움 대신 씹고 있는 입술이 아랫배를 뻐근하게 하였다.

가까이 다가온 이선우가 엉거주춤 무릎을 굽혔다. 팔을 살짝 들었다가 내려놓기를 반복하더니 크게 숨을 들이마신다. 이쯤에서 여자를 당겨 키스를 리드하는 것은 어렵지 않으나, 문도는 움직이지 않았다. 조심스럽게 여자가 몸을 기울이며 다른 손으로 문도의 어깨를 잡았다.

애들 장난도 아니고.

헛웃음을 머금는 순간 선우가 다리를 벌려 문도의 무릎에 걸터앉았다.

"하."

맹랑한 구석이 있는 여자였다. 문도는 자신의 다리 위에 앉아 고개를 푹 숙이고 있는 여자의 턱을 가볍게 쥐었다. 고개를 들게 하자, 흔들리는 여자의 눈동자가 보였다.

잘게 흔들리는 눈동자를 훑듯이 바라본 문도는 여자의 턱을 잡아 자신에게로 당겼다. 입술이 맞붙은 순간 여자에게서 숨을 들이마시는 작은 소리가 난다.

문도는 맛을 보듯이 부드럽게 여자의 아랫입술을 빨았다. 가볍게 머금었다가 놓아주는데 여자의 뻣뻣하게 굳어 버린 상체가 느껴졌다. 내숭인 것을 알아도 흥분이 되었다.

문도는 여자의 얼굴을 두 손으로 감싸 쥐며 자신에게로 당겼다. 고개를 비틀어 입술을 포개자 여자가 움찔 몸을 떨었다. 입술을 빨면서 안으로 들어가려는데 굳어진 여자의 몸은 좀처럼 풀리질 않았다. 문도는 입술을 떼고서 말했다.

"키스 처음 하나? 이따위로 할 거면 내려가고."

여자의 얼굴이 당혹으로 물든다.

동그란 이마와 엷은 색깔의 잔머리. 선이 고운 콧대와 도톰하게 벌어진 입술. 무게감이 거의 느껴지지 않는 가는 몸. 숨결이 스칠 만큼 가까이에서 보는 여자는 처연할 정도로 예뻤다.

"……."

마주 보는 시간이 길어질 때였다. 여자가 천천히 몸을 기울였다. 뻣뻣하게 굳었던 팔을 들어 문도의 목에 감는다. 눈꺼풀을 파르르 떨며 고개를 기울여 입술을 먼저 포개어 왔다. 부드러운 입술을 벌리며 문도의 아랫입술을 가만히 머금었다. 잠시 그렇게 있다가 입술을 떼고는, 떨리는 목소리로 물었다.

"이렇게 하면 될까요."

눈앞이 뜨겁게 물드는 기분에 문도는 어처구니가 없어서 웃었다.

"되기는 뭐가 돼."

여자의 허리를 바짝 당겨 안으며 머리카락을 휘어 감았다. 놀란 듯 굳어진 여자의 입술을 깨물어 벌리고 깊게 혀를 넣었다. 뱀처럼 감아 아프도록 빨았다.

헐떡이는 달큰한 숨을 마시며 엉덩이를 쥐었다. 입술이 닫힐 틈을 주지 않으며 샅샅이 핥았다. 하아, 아, 여자에게서 나는 끊어진 신음 소리가 귓가를 울렸다. 가느다란 손가락이 아프도록 문도의 어깨를 움켜쥐었다. 달큰한 냄새가 여자에게서 물씬물씬 풍겨 왔다. 젠장. 뭐가 이렇게 야해.

문도는 몸을 비틀어 여자의 위로 올라탔다. 소파에 누운 선우의 원피스를 걷어 올리며 하얗고 매끈한 허벅지를 쓸어 허리 안으로 손을 밀어 넣었다. 납작한 배를 더듬어 브래지어에 손을 대는 순간, 여자의 팔이 그의 손을 붙잡았다.

"잠깐……. 잠깐만요."

움직임을 멈추자 흐트러진 여자의 얼굴이 눈에 들어왔다. 이선우는 구석으로 내몰린 사냥감처럼 떨고 있었다.

"그만할까."

여자가 대답을 하지 않았다. 짙은 숨을 내쉰 문도는 천천히 몸을 일으켰다.

"내키지 않으면 할 필요 없으니까, 내려가요."

문도의 말에 여자는 울듯이 얼굴을 일그러트렸다. 몇 번의 숨을 쉰 뒤에 끝이 갈라진 목소리로 말했다.

"오늘은……. 오늘은 여기까지만 하고 싶어요. 키스까지만."

황당한 제안이었지만, 거절할 수 없는 제안이기도 했다. 문도는 낮은 웃음을 웃었다.

"그러니까……. 끊어 가고 싶으시다."

여자가 가까스로 고개를 끄덕였다.

"싫다면?"

여자의 눈동자가 당황하며 흔들렸다. 이런 말을 들을 줄은 예상 못 했던가. 픽 웃음이 나왔다. 문도는 누워 있는 여자의 볼을 툭 건드리며 소파에서 일어섰다. 그리고 머리를 쓸어 올리며 화장실을 향해 걸었다.

차가운 샤워가 필요한 밤이었다.

7. 꽃의 그림자

일요일 오후의 카페에는 사람들이 많았다. 선우는 커피를 들고 2층으로 올라와 빈자리에 앉았다. 아현과의 만남을 위해 카페에 나온 참이었다. 아직 약속 시간이 남아 있어 핸드폰을 들었다.

어젯밤, 이모에게 부재중 전화가 왔는데 다시 답 전화를 하지 않았다. 핸드폰을 만지작거리던 선우는 통화 버튼을 눌렀다. 몇 번 신호음이 가고 이모가 반가운 목소리로 전화를 받았다.

— 선우야.

"이모, 어제는 바빠서 전화를 못 받았어요."

— 응. 그럴 거 같았어. 학원 일이 많이 바빠?

민우가 죽은 뒤 몇 번 세종으로 내려오는 건 어떠냐는 권유를 했던 이모였기에, 학원을 그만두었다는 이야기도 하지 않았다.

"네. 요즘 입시반 수업을 맡아서 많이 바빠요. 바쁜 일 지나면 세종으로 제가 한번 내려갈게요."

— 응. 그래, 바쁘게 살면 좋지, 뭐. 밥 잘 챙겨서 먹고, 아무 때나 또 전화하고. 알았지?

"네. 그럴게요."

아마 한동안은 전화를 못 할 거 같다는 생각을 하며 선우는 대답을 했다. 전화를 끊고, 선우는 꽃잎이 저물어 가는 창문 너머 벚나무를 바라보았다.

이야기를 나누는 사람들의 목소리. 달칵달칵 노트북 자판을 치는 소리. 창문 너머 바람에 흔들거리는 벚나무의 가지. 빨대로 얼음을 저으며 멍하니 창밖을 응시하다가 선우는 질끈 눈을 감았다. 새까만 어둠 속에서 한 번씩 번쩍이는 섬광처럼, 순간순간 어제의 일들이 생생하게 내리꽂혔다.

서문도의 강렬한 힘. 갇혀서 꼼짝을 할 수 없었던 그때의 순간. 사방에서 덮쳐 오는 감각의 파도.

사나운 파도에 휩쓸리면 그런 기분이 들까. 물에 처박혔다가 꺼내지면 이런 기분일까.

처음이었다.

입을 맞추는 것도, 혀를 빼앗기는 것도, 남자의 아래에서 함부로 옷이 들추어지는 것도 모두 처음이었다.

어젯밤 별채의 2층에서 벌어졌던 일들은 너무 강렬해서 도무지 자신에게 벌어졌던 일 같지 않았다. 그럼에도 이렇게 한 번씩 불시에 선우를 덮쳐 왔다.

"언니."

선우는 자신을 부르는 목소리에 퍼뜩 깨어나 뒤를 돌았다. 단정

한 단발머리에 펑퍼짐한 티셔츠를 입은 아현이 어색하게 미소를 짓고 있었다.

"아현아."

선우는 반갑게 아현을 불렀다. 아현이 조금 쑥스러운 미소를 지었다.

"앉아. 뭐 마실래? 아메리카노? 라떼?"

선우는 자리에서 일어나 지갑을 챙기며 물었다. 아현이 진동 벨을 보이며 말을 했다.

"아, 저 주문해 놓고 왔어요."

"내가 사 주려고 했는데."

"아니에요. 다음에 사 주세요."

이제 스물세 살. 초등교사 임용 시험 준비를 하는 아현의 얼굴은 선우의 눈에 아직도 어리기만 했다. 어릴 적부터 보았던 사이라 그런지, 아현은 선우에게 스물세 살의 대학생이 아닌 민우의 초등학교 친구로 보였다.

"잘 지내지?"

선우의 물음에 아현이 그냥 웃더니 진동 벨이 울린다며 커피를 가지러 카운터로 향했다. 선우는 그런 아현의 뒷모습을 바라보았다. 아현이 민우의 여자친구였다는 걸, 쓸쓸했던 장례식이 끝난 뒤에야 알았다. 3일을 꼬박 머물고 납골당까지 따라와 준 민우의 친구 중 한 명이었다.

'누나는 몰라도 된다니까.'

제대를 하고 유난히 핸드폰을 보며 히죽대는 날이 많길래, 여자친구라도 생긴 거냐고 물었더니 얼굴 붉히며 손을 휘휘 젓던 민우였다. 작은 집이었다. 옆방에서 통화만 해도 소리가 대충은 들리는. 한 시간씩, 두 시간씩 밤늦도록 이어지는 통화 소리를 들으면서 피식 웃었던 게 엊그제 같은데.

"학원 그만두셨다고 해서 걱정이 되더라구요."

커피를 한 모금 마신 뒤에 아현이 말했다.

"응. 새로 일자리를 구해서 지금은 그쪽에서 지내."

"다행이다."

아현이 안도하는 표정을 지었다. 아현이 무엇을 걱정했는지 선우는 알았다. 그건 선우가 아현을 걱정하는 마음과 같은 마음일 테니까.

민우의 자리를 메꾸지 못한 채로 기계적으로 살아가고 있지는 않을까. 그러다 마음이 아파 울지는 않을까. 잠은 제대로 자고 있을까. 누구 기댈 만한 사람은 있을까. 제자리걸음만 계속하다가 무너지면 어떡하나.

선우가 아는 아현은 말수가 별로 없는 아이였다. 장례가 끝난 뒤에 저기 언니, 하면서 핸드폰의 대화 내용을 보여 주기 전까지는 그저 묵묵히 옆을 지켜 준 민우의 친구라고 생각을 했을 정도였다.

"이거."

아현이 가방을 뒤적여 작은 상자를 꺼냈다. 민트색에 흰 리본이 둘린 상자는 주얼리 브랜드의 박스였다.

"저한테 전화가 왔었어요. 구매한 사람이 찾아가질 않는다고요. 연락을 해도 답이 없어서, 거기에 적어 놓은 두 번째 연락처에 연락을 한다구요."

선우는 박스를 열어 보았다. 아무런 장식이 없는 심플한 남자 반지 하나와 아주 작은 다이아가 박혀 있는 같은 디자인의 여자 반지였다.

'누나, 여자들은 저런 데 좋아하지?'

언제였을까. 백화점 근처를 지나다, 주얼리 숍을 가리키며 민우가 물었다. 그럼 좋아하지, 라고 대답을 했었다. 민우가 히히 웃었고, 선우는 왜 여자친구 사 주게? 라고 놀리듯이 물었다.

예고 없이 눈물이 뚝 떨어진다.

선우는 얼른 손등으로 눈물을 훔쳐 냈다. 그리고 아현을 보면서 애써 웃었다. 아현도 눈시울을 붉힌 채 웃고 있었다.

"민우가 이런 생각도 하고. 기특하네."

"그날 무슨 생각인지 제 번호를 적었대요. 혹시 자기가 연락이 안 되면 여기로 전화를 걸어 달라고. 보통은……."

아현이 눈을 질끈 감았다가 떴다. 눈물을 참으며 이야기를 이어 간다.

"여자친구한테는 비밀로 하잖아요. 맨날 깜짝 선물 줄 거 있다고, 기대하라고, 비밀이라고 해 놓고. 무슨 예감이라도 들었던 걸까요."

그러게. 민우는 뭔가를 예감했을까. 선우는 고개를 들어 초록의 나뭇잎을 바라보았다.

납골당에서 아현이 보여 준 메시지에는 두 사람이 사귄 이후로 나누었던 대화가 들어 있었다. 제대를 하고 복학을 앞둔 민우는 낮에는 카페에서 아르바이트를 하고, 밤에는 영재가 일하는 클럽의 호출을 받는 대리운전을 하고 있었다. 늦은 밤, 술에 취한 손님들을 대신해 운전하는 것을 걱정하는 아현에게 급하게 돈을 모아야 할 일이 있어서 그런 것뿐이라고, 오래 할 건 아니라고도 했었다. 연예인의 꿈을 버리지 못하는 영재를 걱정하기도 했고, 양아치 같아 보여도 애는 착한 애라고 두둔하기도 했다.

마지막 날에는.

클럽에서 알바를 하는 영재의 대타를 뛰게 되었고, 페이가 짭짤하니 다음 날 맛있는 것을 사 주겠다고 했었다.

민우야. 너는 돈을 모아서 커플링을 하려고 했었구나. 백일을 꼽아 가면서, 여자들은 어떤 걸 좋아하냐고 물어 가면서. 기특하네, 우리 민우.

"이거 언니가 가지셔야 할 것 같아서요."

아현이 반지 케이스를 선우의 앞으로 밀어 주면서 말했다.

"왜. 너 주려고 샀을 텐데. 가져가기 부담스러워?"

"아뇨. 민우 돈으로 산 거고……. 민우 반지는 어떻게 해야 할지……."

곤란한 표정을 짓는 아현을 보다가 선우는 빙그레 웃었다. 아무렇지 않은 척 말을 잇는다.

"그럼 이렇게 하자. 민우 반지는 내가 낄게. 아현이 네 반지는 가져가. 우리 하나씩 나누자. 그러면 너무 부담스러울까?"

선우의 말에 아현이 고개를 저었다. 그리고는 선우가 내미는 작은 반지를 가만히 손가락에 끼웠다. 선우도 민우의 반지를 들어 검지에 껴 보았다. 헐렁하게 돌아가는 반지를 아현에게 보여 주며 말했다.

"많이 크다. 목걸이를 하든가 해야겠다."

"그러게요."

아현이 흐릿하게 웃었다. 창문 너머 거리에는 벚꽃이 저물어 가고 있었다. 4월도 이제 끝나 가는구나, 선우는 흩날리는 벚꽃을 보며 반지를 만지작거렸다.

문도는 인천에서 있었던 '서도 데블스'의 시범 경기를 관람하고 올라오는 길이었다. 관람이 목적이라기보다는, 선수들의 사기를 북돋고 프런트의 이야기를 들어주며 고충을 헤아리겠다고 대답을 하는 것이 주요 일정이었다.

대동했던 그룹 홍보실과 함께 경기장을 둘러보고, 선수들과 사진을 찍었다. 그 뒤로 프런트와 간단한 면담을 진행하고 경기 초반을 관람했다. 야구장을 떠나 서울에 진입을 했을 때는 오후 4시를 넘어가고 있었다.

멀리서 붉은 등이 들어와 문도는 서서히 속력을 줄였다. 횡단보도의 녹색 신호등이 켜지자 길가에 서 있던 사람들이 일제히 길을 건너기 시작했다. 좌회전 신호가 들어오기를 기다리며 차창 앞을 스쳐 가는 사람들을 무심히 보고 있을 때였다. 길을 건너는 사람들 중에서 눈에 들어오는 여자가 있었다. 수수한 검은색 원피스를 입은 여자는 앞을 여미지 않은 트렌치코트를 입고서 다른 여자와 함께 길을 건너고 있었다.

바람에 트렌치코트의 앞섶이 날리고, 이선우의 머리카락도 흩날렸다. 문도의 시선이 여자를 따랐다. 웃는 얼굴이었다. 눈이 반달처럼 휘어지는 미소를 지으며 이선우는 같이 걷는 여자를 바라보고 있었다.

저렇게 웃을 줄도 알았던가.

다정함이 철철 넘치는 눈빛으로 옆에 있는 여자를 보던 이선우는 길을 건넌 뒤에는 손을 흔들어 작별 인사를 한다. 같이 걸었던 어린 여자는 지하철역을 향해 걷는데, 이선우는 그 자리에 서서 멀어지는 여자의 뒷모습을 하염없이 보고 있었다.

빠앙.

신호가 바뀌었는지 뒤에서 가벼운 경적 소리가 울렸다. 문도는 브레이크에서 발을 뗐다. 엑셀을 밟아 큰 호선을 그리며 좌회전을 하였다. 골목의 한쪽에 차를 세운 뒤 룸 미러를 통해 뒤쪽을 보았다. 골목을 올라오는 이선우의 모습이 보인다. 벌어졌던 트렌치코트의 앞섶을 여미면서 이선우가 걸었다. 꽃이 흐드러지게 핀 나무 아래를 지나는 여자는 더 이상 웃고 있지 않았다.

문도는 여자의 걸음걸음을 바라보았다.

틀어 놓은 라디오에서는 피아노 선율이 흘러나오고, 차창으로 스미는 오후의 봄볕은 금빛이 섞인 오렌지빛.

바람이 불고, 꽃가지가 흔들렸다. 여자가 고개를 들어 아름드리나무를 올려다보았다. 꽃의 그림자가 여자의 얼굴에 드리워진다. 어제 그의 밑에서 떨었던 여자라고는 생각되지 않는 고요한 표정이었다.

속도를 따라잡지 못해 가쁜 숨만 몰아쉬었던 이선우는 과연 다시 차를 권할 것인지. 권한다면 언제가 될 것인지. 이제 더 권하는 일은 없을 것인지.

자신이 그런 쓸데없는 생각을 하고 있다는 것을 깨달은 순간, 문도는 여자에게서 시선을 떼어 냈다. 천천히 차를 출발시키며 그림 같은 풍경을 스쳐 지났다.

룸 미러를 통해 이선우가 차를 바라보는 것이 보였다. 그러다 이내 멀어지고, 멀어진다. 문도는 문득 담배를 피고 싶다는 생각을 하며 액셀러레이터를 밟았다.

주말이 지난 뒤에 만난 서유라의 이마와 입술은 둥글게 부풀어 있었다. 선우를 보더니 하이, 하고 대충 손을 흔들고 하품을 크게 했다.

"아주머니께서 식사 뭘로 하시겠냐고 물어보셨어요. 토스트하고 샐러드 준비하신 거 있고, 단호박 영양밥도 준비되어 있다고요."

선우는 소파에 풀썩 눕는 서유라에게 말했다.

"으. 됐고. 입맛 없으니까 커피만 마실래. 야, 나 좀 팽팽해졌어?

입술 괜찮아? 어색하진 않구? 시술 잘된 것 같아?"

누워 있던 서유라가 몸을 일으켜 선우에게 얼굴을 들이밀었다.

"피부도 팽팽해진 것 같고, 입술도 볼륨 있어진 것 같아요."

"그치?"

"원래도 예쁘셨는데."

"머 그건 그렇지만."

선우의 칭찬에 서유라가 히히 웃으면서 대답을 했다. 선우는 인터폰으로 숙소 동에 아침 준비를 하지 않아도 된다고 알린 뒤, 커피를 내리기 위해 주방으로 향했다. 소파에 누워 있던 서유라가 핸드폰을 꺼내 거울처럼 화면을 만들더니 연신 이리저리 들여다보면서 선우에게 말했다.

"이따 나 좀 호텔에 데려다줘. 살 거 톡으로 보내 줄 테니까 쇼핑해 놓고 쉬고 있어."

"남자친구분 만나시게요?"

"응. 촬영 쉬는 날 만나야지. 프로그램 늘어났다고 자꾸 바쁜 척하드라. 실컷 키워 놨더니 엄한 년들만 좋은 일시키는 거 아닌가 몰라. 울 쟈기가 좀 생겼그든. 어휴, 스태프며 작가며 얼마나 꼬리를 쳐 대는지. 썅년들."

유라가 아무렇지 않게 욕설을 뱉었다. 선우는 커피머신의 전원을 누르고 에스프레소를 내리며 유라에게 물었다.

"아이스로 드릴까요?"

"응. 아, 나 담배 좀."

박소영이 거실에서 담배를 태우고 간 뒤로, 유라도 거실에서 데크로 나가는 커다란 창을 열어 놓고 담배를 피울 때가 종종 있었다. 선우는 내려진 커피를 유라에게 가져다준 뒤, 게스트 룸으로 가서 담배와 그 옆에 놓인 소주병을 들고나왔다.

거실의 창가에 앉은 서유라는 외부로 나가는 문을 열고, 담배에 불을 붙였다. 커피를 한 모금을 쭉 마신 뒤에 아구구구— 소리를 내었다.

"너 하는 거 그거."

창밖을 보며 담배를 태우다 말고 유라가 말했다. 선우가 바라보자 재를 톡톡 털면서 말했다.

"그거 있잖아. 발레인지 뭔지."

"네."

"그거 살은 빠져? 효과가 뭔데?"

서유라의 얼굴이 꼭 엄마 때문에 억지로 학원에 오게 된 어린아이 같았다. 운동 싫은데, 하기 싫은데, 연신 투덜거리며 부루퉁한 표정을 지으면서도 한편으로는 궁금해서 눈으로는 이리저리 살펴보는.

"아, 그게요."

선우는 상냥하게 설명을 시작했다.

"요즘엔 취미로 성인 발레 배우시는 분도 많으시거든요. 효과라면, 자세가 바로잡히는 거랑 탄탄하게 몸의 라인을 잡아 주는 근육이 생기는 건데, 유라 씨는 워낙 체형도 예쁘시고 자세도 곧은 편이시잖아요."

선우의 칭찬에 유라가 눈썹을 치켜들었다.

"내가?"

"네. 몸매가 워낙 예쁜 편이시니까, 가벼운 스트레칭부터 시작하면 좋을 것 같아요."

흠, 하고 유라가 선우를 아래위로 훑어보았다. 호기심도 생기고 흥미도 생겼는데 선뜻 하겠다고 나서기가 애매한 모양이었다.

"근데 나 필라테스도 좀 했고, 요가도 했거든? 너 나 가르칠 만한 실력은 되냐?"

"전공도 했고, 학원에서 수업도 했었어요."

선우는 차근하게 대답을 한 뒤에 다시 말을 이었다.

"부담스러우시면, 간단하게 영상만 찍는 건 어떠세요? 전에 방송하실 때 한번 올리시겠다고 하셨으니까."

"그렇게 말을 하긴 했는데……."

엉망인 식습관과 생활 패턴으로 사는 서유라는 운동과는 거리가 멀었다. 다이어트는 주로 절식을 위주로 하다가 입이 터지면 야식을 흡입하는 식이었다. 필라테스와 요가를 해 왔다고는 하지만, 쭉 이어서 했던 것은 아니었는지 유연성은 있어도 근육에 힘은 하나도 없었다.

수업은 유라를 위해서 좋은 일이기도 했지만, 선우도 바라던 바였다. 지금보다 조금 더 친밀해져야 할 필요가 있었다. 시키는 일만 하는 것으로는 서유라의 생활을 속속들이 알 수 없으니까.

"저게 그거야?"

"한번 보실래요?"

선우는 유라가 턱으로 가리키는 에코 백을 가까이 당겼다. 그 안에 있는 포인트 슈즈와 레오타드, 하늘거리는 연한 살굿빛의 스커트를 꺼냈다. 서유라의 눈에 이채가 돌았다.

“다 잘 어울리실 것 같긴 한데 그래도 이게 제일 예쁠 것 같아서 가져와 봤어요.”

“그, 뭐. 그렇긴 한데. 그거 다 나 줄라고?”

“네. 슈즈는 명 실장님께 사이즈만 여쭤보고 가져온 거라, 발에 안 맞으시면 새로 구해 드릴게요.”

유라가 담배를 끄고 선우의 곁으로 왔다. 준비해 왔던 레오타드와 스커트를 들추면서 뭐 별거 아니네, 라는 표정을 짓고 있었지만 눈빛에 어린 관심은 선우가 가르치던 아이들과 다를 것이 없었다.

“그럼 이따 저녁에 한번 해 볼까? 영상두 올려야 되구. 요즘 머 새로운 아이템 올린 게 없긴 했어. 그치?”

서유라가 풀어진 표정으로 웃으며 말했다. 그에 대답을 하듯이 선우도 미소를 지었다.

“나 씻고 준비할 테니까, 너도 준비하고 있어.”

“키는 지난번처럼 본관에서 받아 올까요?”

“아냐. 내 방에 있으니까, 그냥 준비나 해.”

그렇게 이야기를 한 뒤 욕실 쪽을 향해 걷던 서유라가 뒤를 돌았다.

“야, 근데 넌 좋겠다. 나같이 맘 좋은 애 만나서. 내 덕분에 쇼핑도 하고 호텔에서 커피도 마시구. 진짜 나 같은 고객 잡은 거 완전 횡재겠다, 너.”

진심으로 본인의 시중을 드는 것이 횡재에 가까운 일이라는 걸 믿어 의심치 않는 얼굴이었다.

"저야……. 유라 씨한테 감사하죠."

선우는 순순히 서유라가 원하는 대답을 해 주었다.

"그르게. 나 같아도 존나 고마울 거 같아. 그러니까 알아서 잘 해라."

"네."

선우는 웃었다. 웃는 것 말고 할 수 있는 대답이 없기도 했지만, 웃는 것이 마음을 감추는 제일 쉬운 방법이라는 걸 알게 되었기 때문이다. 서유라가 의심 없이 선우를 편하게 생각하는 날. 언젠가는 시시콜콜 이야기를 흘리게 되는 날. 그날까지 선우는 서유라에게 상냥하게 웃어 줄 생각이었다.

밤 11시. 퇴근을 했고, 건너오라 전화를 했고, 여자가 올라왔다.

"보고하세요."

문도는 드레스 룸 한가운데 있는 진열장 앞에 서서 말했다. 거실의 중간쯤에 서서 그를 보던 이선우가 입을 열었다.

"백화점으로 쇼핑을 다녀왔습니다. 운전은 제가 했고요, 함께 저녁을 먹고 돌아와서 영상을 찍었습니다."

흘깃 쳐다보았더니 여자가 말을 잊은 것처럼 가만히 있었다.

"계속하세요."

그가 말하자, 선우가 다시 말을 이었다.

"집에 돌아와서는 게임 하신다고 들어가셨고, 저는 퇴근을 했습니다."

정적이 흘렀다. 문도는 아무런 말을 하지 않았다. 묵묵히 커프스 링크를 풀고, 타이를 풀고, 벨트를 풀어 허리에서 빼내기만 했다. 진열대 위에 하나씩 물건이 놓일 때마다 달칵달칵 유리와 금속이 부딪치는 소리가 났다. 선우는 입술을 깨물며 머뭇거리다 어, 음, 하고 작게 소리를 냈다.

"그럼 저는."

그래 너는.

문도는 이선우를 빤히 쳐다보았다. 오늘 밤은 어떡할 건데.

"……이만 내려가 보겠습니다."

망설임 끝에 여자가 말했다. 문도는 피식 웃고 말았다. 그 소리를 들었는지 중문을 향하던 이선우가 멈칫거렸다. 그러더니 잠시 후에 달칵, 하고 문이 닫히는 소리가 들려왔다. 정말로 여자는 내려가 버렸다.

이거야 원.

다시 유혹을 해 와도 받아 줄까 말까 한 판에, 지레 겁먹은 얼굴로 제가 먼저 그만두겠다는 건 무엇인가. 어처구니가 없어서 웃음이 나왔다.

몇 번을 들이대 놓고 정작 기회가 왔을 때 멈춘 것은, 그래, 작전상 후퇴라고 여겨 줄 수 있었다. 하지만 다시 스텝을 밟아야 할 시기에 망설이다 결국 물러서는 것은 무엇인지. 이 정도에서 멈추려고 끈질기게 들이댔던 건가.

누가 억지로 시킨 것도 아닌데 주저하며 망설이는 모습을 보이는 것도 웃겼다. 순진한 여자를 연기하기 위함이라면 이미 늦지 않았나. 정말 순진한 사람이라면 애초에 고용주에게 자 보고 싶단 말을 안 했을 테니. 설마 누가 누구를 유혹하는 중인지 파악도 못 하고 내가 먼저 들이대기를 기다리는 중인가. 문도는 헛웃음을 웃으며 셔츠의 단추를 풀었다.

이쯤에서 끝.

신경을 긁어 대는 것도 마음에 안 들었는데 차라리 잘되었다. 거추장스럽기만 한 여자 따위 치워 버리면 그만이었다. 두 번의 기회는 주지 않을 생각을 하며 문도는 욕실로 들어갔다.

벨 소리가 울린 건 샤워를 마치고 나왔을 때였다. 소파 위에 던져두었던 핸드폰이 위잉위잉 진동을 하며 소리를 울리고 있었다.

이선우

액정 위에 뜬 세 글자가 보였다. 이제 와 무슨 소리를 하려고. 어쭙잖은 변명을 우물거릴 거라면 늦었다는 것도 모르나.

문도는 핸드폰을 들고 통화 버튼을 눌렀다. 스피커폰으로 바꾸어 놓은 뒤에 수건으로 머리의 물기를 닦으며 말했다.

"말씀하세요."

문도의 말에 이선우가 저어, 하고 조심스럽게 목소리를 냈다.

— 혹시 괜찮으시면.

괜찮으면, 뭐.

— 다시 올라가도 될까요?

헛웃음이 터져 나왔다. 뭘까, 이 여자는.

밀었다 감는 것도 어지간히 예상이 되는 범위가 있을진대, 이 여자는 놓을 것처럼 끝까지 풀었다가 한 번에 감아 버린다.

"지금 다시 올라오겠다고요."

— ……네.

문도는 대답을 하지 않고 천천히 걸어 거실의 창가에 섰다. 숙소 동 2층, 이선우의 방에 불이 들어와 있었다.

"다시 올라올 거면, 뭐 하러 갔어요?"

정말 궁금해서 묻는 거였다. 전화로 할 거였으면 눈앞에서 하는 게 낫지 않은가. 밤이었고, 둘이었고, 그 밤의 연속선이었다. 바로 목적을 달성할 수 있는 기회를 눈앞에 두고 눈치만 보다가 물러나더니, 이제 와서 올라오겠다고?

망설이는 것인지, 이유가 따로 없는 것인지 여자가 말을 잇지 못하고 있었다. 제멋대로 구는 것을 어디까지 받아 줘야 하나 고민을 할 때였다.

— ……씻고 가려고요.

웃음이 터졌다. 그리고 목덜미 어디쯤이 뜨끈해졌다.

"오늘은 가슴 만지게 해 주나?"

— …….

"내일은 넣게 해 주고?"

—…….

문도는 피식 웃으면서 말했다.

"됐습니다. 주무세요."

알겠습니다. 여자가 자그맣게 대답을 한다. 욕망을 부풀리는 목소리였다.

달칵.

서문도 전무가 통화를 끝내는 소리가 들려왔지만 선우는 붉은색의 통화 종료 버튼을 누르지 못했다. 차라리 욕을 먹었더라면 덜 창피했을까. 남자의 입에서 새어 나왔던 김 빠진 웃음소리가 귓가를 맴돈다.

'됐습니다, 주무세요.'

적선하듯 던져진 대답에 얼굴이 터져 나갈 것처럼 화끈거렸다. 우습지도 않았겠지. 도망치듯이 물러서 놓고, 뒤늦게 변덕을 부리며 올라가고 싶다고 했으니.

선우는 핸드폰을 들었다. 통화가 끊긴 화면을 넘기자 메시지 어플이 나왔다. 이 밤, 다시 전화를 걸게 만든 메시지가 보였다.

제가 왜 이선우 씨에게 이런 메시지를 보냈냐면

한 줄을 내렸다. 심장을 두근거리게 했던 문장이 나온다.

제 핸드폰도 서문도 전무가 가져갔기 때문입니다.

다시 한 줄을 내리면.

범인을 찍은 사진이 들어 있는 핸드폰입니다.

가슴이 터질 것 같은 메시지였다.

다시 한번 아득한 나락으로 떨어지는 느낌에 선우는 입술을 꽉 깨물었다. 눈시울이 뜨거워진다.

왜.

왜 나는.

이 사람은 왜.

왜 이제서야.

저기에 있을지도 모르는데. 민우 핸드폰도, 민우를 죽인 사람이 담긴 사진도, 모두 저기에 있을지도 모르는데, 기회를 놓쳤다. 이렇게 또다시 시간을 흘려보내야 하는 걸까? 내일은 기회가 주어질까? 그다음 날에는? 또 그다음 날에는?

선우는 자리에서 벌떡 일어났다. 오늘이 흘러가면 안 될 것 같은 절박한 마음이 출렁거렸다. 급한 마음에 카디건도 챙기지 않고 방문을 열어, 계단을 내려와 숙소 동을 나섰다.

아직 늦지 않았을지도 몰라. 다시 한번 더 기회를 줄지도 몰라. 어떻게든 이유를 대면 모르는 척 불러들여 줄지도 몰라.

비라도 올 것처럼 습기를 머금은 밤이었다. 발밑을 스치는 잔디가 축축했다. 선우는 밤의 정원을 헤치며 걸었다.

그깟 게 뭐라고. 죽을 생각도 했었는데, 남자랑 자는 게 뭐 그리

큰일이라고.

선우의 걸음은 자꾸만 빨라졌다. 별채에 닿을 즈음엔 뛰는 것과 다름없었다. 가쁜 숨소리를 내며 뒷문을 열자 불이 꺼진 1층 주방이 보였다. 텅 빈 어둠을 보며 선우는 숨을 몰아쉬었다. 꺾어 신고 있던 운동화를 벗고 그 안으로 성큼 들어갔다. 불이 꺼진 주방을 향해 발을 막 뻗을 때였다.

문이 벌컥 열리는 소리와 함께 거실에 등이 환하게 들어왔다. 움찔 놀라서 굳어 버린 선우의 귀에 서유라의 하품 소리가 들려왔다.

"하아암. 아오, 출출해."

배를 긁으며 주방으로 들어온 서유라와 정통으로 눈이 마주쳤다. 어? 하고 눈썹을 올린 서유라가 무슨 일이냐는 표정으로 물었다.

"뭐야, 왜 왔어?"

"……핸드폰."

숨을 몰아쉰 선우가 간신히 말을 했다. 눈썹을 치켜올린 서유라를 보는데 심장이 두근두근 뛰었다.

"핸드폰을 놓고 간 것 같아서요."

급하게 생각해 낸 핑계에 서유라가 아아, 하고 알아들었다는 표정을 지었다.

"그거 없음 안 되지. 찾아봐."

선우가 안도하는데 서유라가 고개를 갸웃하더니 다시 물었다.

"근데 너 핸드폰 여기 안 들고 오잖아?"

"그게. 아까 보고하러 올라갔을 때 들고 왔었거든요. 그러고 나서 안 보여서요."

"아, 그래? 그럼 2층에 있는 거 아니야? 올라가 봐."

그렇게 말을 하고는 아일랜드의 스툴에 앉아 핸드폰을 켜는 서유라였다. 뭐 시켜 먹지, 중얼거리는 모습을 보는데 뭐라고 설명할 수 없는 현실감이 훅 몰려들며 갑자기 정신이 들었다.

이렇게 올라가서 뭘 어떻게 하게. 잘리지나 않으면 다행이지.

이 밤, 이 선을 넘으면 정말로 잘릴 것이다. 짐작이 아닌 확신에 가까운 생각이었다. 다음의 기회는 영영 없이 모든 것은 수포로 돌아갈 것이다. 태풍처럼 휘몰아쳤던 감정들이 거짓말처럼 가라앉는다.

"생각해 보니까, 욕실에 둔 것 같아요. 다시 가 볼게요."

멍청하다고 비웃는 서유라에게 꾸벅 인사를 했다. 서유라가 대충 손을 저으며 인사를 한다.

숙소 동으로 돌아가는 길, 선우는 울고 싶기도 하고 웃고 싶기도 한 마음을 주체하지 못하여 두 손에 얼굴을 묻었다.

죽을 생각을 했던 날이 있었다. 진실을 알아보려 애를 쓰면 쓸수록 멀어져만 가는 것 같았을 때. 거짓된 제보와 이상한 장난으로 삶이 피폐해져만 갔을 때. 한없이 막막해서 전부 놓아 버리고 엄마와 아빠, 민우의 곁으로 가고 싶었더랬다.

목을 매는 법. 살충제 구하는 법. 수면제 구하는 법.

인터넷으로 그런 것들을 찾았었다. 최대한 남들에게 피해를 주지 않고서 죽으려면 어떻게 죽어야 하는지를 알아보는 것이 하루의 마지막 일과였던 날들이 있었다.

그러던 어느 날 민우가 오래전에 과제용으로 꾸며 놓았던 홈페이지를 발견했다. 즐겨찾기에 링크가 저장되어 있던 홈페이지에는 민우의 모습이 가득했다.

푸른 봄을 닮은 미소를 지으며 자신을 소개한 영상도 있고, 동네 길고양이 사진을 찍어 놓은 갤러리도 있었다. 즐겨 듣는 음악, 좋아하는 음식, 가고 싶은 여행지. 빛났던 민우의 삶이 거기에 있었다. 선우는 영상 속, 환하게 웃고 있는 민우의 모습을 몇 번이나 돌려 보다 엎드려 울고 말았다.

이렇게 환한 너를 어둠 속에 묻어 두고 내가 어떻게 갈 수 있을까. 의문은 하나도 풀리지가 않았는데.

그렇게 울다 다시 일어섰다. 죽더라도 진실을 알고 난 뒤에 죽어야겠다고 마음을 먹고서. 어차피 죽을 생각이라면 뭐든 해 보자고 생각하면서. 그래야 죽어서도 여한이 없을 것만 같았다.

그런데 무엇을 망설이고 무엇을 주저했을까. 진실을 알 수 있다면 목숨도 아깝지 않다고 생각을 했으면서, 그깟 잠자리가 뭐라고.

깊게 숨을 마신 선우는 천천히 얼굴에서 손을 떼었다. 아직 기회가 있을 것이다. 그러니 괜찮아. 조금만 진정을 하자. 아직 끝난 건 아니니까. 생각을 잘 하고, 마음도 잘 정리해서, 내일은…….

내일은.

선우는 뒤를 돌아보았다. 이제는 불이 꺼져 있는 별채의 2층이 하염없이 높아 보였다.

8. 처음도 아니면서

두 개의 머그잔 앞에서 선우는 심호흡을 했다. 무선 주전자에 올려 둔 물이 바글바글 끓었다. 카모마일 티백이 들어 있는 틴케이스를 열고서 머그잔에 하나씩 넣었다.

'올라오세요.'

다시 하루가 흘러 서문도 전무를 마주하러 가는 시간이다. 건조한 목소리는 늘 그렇듯 빈틈을 보이지 않았다. 후, 선우는 작게 한숨을 쉬었다. 얼마 전까지는 아무렇지 않았던 시간이었는데, 지금은 거대한 벽을 앞에 두고 있는 기분이었다.

이렇게 차를 들고 올라가면 서문도 전무는 어떤 표정을 지을까. 기가 막힌다는 듯이 바라볼까. 나는 두 번째 기회를 가질 수 있을까. 그러려면, 어떻게 이어 가야 할까.

막막하지만 한편으로는 담담하기도 했다. 망설임은 끝났고 이제는 행동에 옮기기만 하면 되니까.

아침에 약국에서 피임약을 샀을 때부터 마음은 정해져 있었다. 매일 같은 시간 하루도 빠짐없이 먹어야 한다는 주의 사항을 듣고 물과 함께 한 알을 삼키고 난 뒤에는 기이한 평온이 찾아왔다.

방해가 되는 잡생각은 하지 않기로 했다. 해야 하는 일이라면 그냥 하면 된다. 안 되면 될 때까지 최선을 다해서. 포기는 노력을 전부 해 본 다음에, 그다음에 하는 것이니까.

약국에서 돌아온 이후로는 평상시처럼 서유라와 시간을 보냈다. 퇴근을 한 뒤에는 샤워를 오래 했다. 새로 사 온 샴푸로 머리를 감고 그조차도 냄새가 역하다고 할까 봐 여러 번을 헹구었다. 새 속옷을 꺼내어 입고 머리도 물기 없이 말렸다.

이제 남은 일은……. 차를 들고 올라가는 일.

선우는 머그잔에 뜨거운 물을 부었다. 같은 높이로 두 잔을 채운 다음 트레이를 들었다. 짙은 녹색의 중문 앞에서 가볍게 문을 두드린 뒤, 기다리지 않고 문을 열었다.

타이의 매듭을 내리던 서문도가 눈을 들어 선우를 보고는 그대로 다시 시선을 거두어 갔다. 차를 우려서 올라왔으니 뭐라 말이라도 할 줄 알았는데 완전한 착각이었다.

남자는 무심하게 타이를 끌어 내릴 뿐 선우에게 한 줌의 관심도 주지 않았다. 선우는 떨리는 손으로 소파 테이블 위에 트레이를 올려놓았다.

"오늘 서유라 씨는."

선우는 일단 보고로 운을 띄웠다. 묵묵히 커프스 링크를 풀고 있는 남자의 모습이 오늘처럼 서늘하게 느껴진 적이 없었다.

"11시쯤 기상하셨습니다. 브런치로 아보카도 샌드위치 드셨고, 두 번째 수업을 했습니다. 영상도 찍어서 올렸고, 저녁은 본관에서 드셨습니다. 밤에는 게임 하신다고 들어가셨구요."

입술을 떼어 말을 하고 있는데도 투명한 공기가 된 느낌이었다. 피가 바짝바짝 마르는데, 상대는 무심히 입을 연다.

"수고했습니다. 내려가세요."

눈길 한 번을 주지 않았다. 남자는 거대한 벽 같았다. 안으로 들어가야 하는데, 입구도 계단도 보이지 않는 거대한 벽.

"전무님."

선우는 일단 남자를 불렀다. 달칵 소리가 나도록 커프스 링크를 진열장에 내려놓은 서문도가 고개를 틀어 선우를 보았다. 눈빛이 무감했다. 불렀으니 돌아는 보아 준 느낌.

이제 무슨 말을 해야 하나. 자신을 보는 냉담한 눈빛 앞에서 선우는 한없이 쪼그라드는 느낌이었다.

"죄송하지만……."

모르겠다. 그냥 솔직해질 수밖에.

"한 번만 기회를 더 주시면 안 될까요."

남자가 웃음을 웃었다.

"무슨 기회."

당신이랑 잘 수 있는 기회. 그리하여 내가 저 방 안으로 들어갈 수 있는 기회. 그 말을 어떻게 돌려서 해야 하는지 몰라 선우가 머뭇거릴 때였다.

"장난하나."

남자가 목 뒤를 감싸 쥐었다. 고개를 꺾어 천장을 보고는 피식 웃는다.

"차 한 잔 들고 달랑달랑 올라오면 얼씨구나 좋다고 할 줄 알았어요? 혹시 나하고 썸 탄다고 착각해요? 내가 언제 이선우 씨한테 그런 신호를 준 적이 있던가?"

일순간 서문도의 얼굴에서 웃음기가 싹 사라졌다. 실금 같았던 비웃음조차도 거두어져 버린 얼굴은 섬뜩할 정도로 차가웠다.

"저는."

선우는 벼랑 끝에 선 기분으로 입을 열었다. 어둠을 더듬어 길을 찾는 사람처럼, 남자에게 다다를 수 있는 길을 찾는다. 얄팍한 수는 들키고 말 거야. 선우는 진실 위에 거짓을 섞었다.

"처음이었습니다."

떨리는 목소리로 선우는 말을 이었다.

"제가 남자한테 먼저 그렇게 이야기를 한 것도 처음이었고, 진도가 너무 빨라서 당황하기도 했고요. 무엇보다 그런…… 느낌은 처음이어서……. 겁이 났어요."

하.

짧은 한숨을 쉰 남자가 커다란 손으로 제 얼굴을 쓸었다.

"기회를 달라고."

서문도가 중얼거렸다.

이게 뭐라고 이렇게까지 간절해질까. 선우는 입술을 씹으면서도 남자의 얼굴에서 눈을 떼지 않았다.

"내가 왜 그래야 하지?"

선우의 말문을 막히게 하는 질문이었다.

"왜 그래야 하는지 나는 모르겠는데, 이선우 씨는 알아요?"

모른다. 아무것도 모르지만 선우는 고개를 끄덕였다. 네가 알기는 뭘 아냐는 눈빛으로 남자가 입매를 비틀었다. 선우는 자신도 모르게 서문도를 향해 한 걸음을 걸었다. 남자의 눈빛이 낮게 가라앉는 것을 바라보면서 앞으로 나아갔다. 거리가 점점 좁혀졌다. 마침내 서문도의 앞에 서게 된 선우는 고개를 들어 남자를 바라보았다. 무슨 말을 하고 있는 건지 모르고서, 입을 연다.

"저는 알아요."

남자의 어깨에 손을 올렸다. 발꿈치를 들어 올리며 입을 맞추었다. 부드러운 입술이 닿는 순간 심장이 쿵쿵 뛰었고, 어깨를 잡은 손은 바르르 떨려 왔다. 몇 초의 시간이 흐른 뒤에 선우는 입술을 떼었다. 떨리는 눈을 들어 아무런 반응이 없었던 남자를 바라보았다. 남자의 갈색 눈이 찌를 듯이 자신을 보고 있었다.

"제발."

선우는 속삭이듯 말하며 다시 한번 발꿈치를 들었다. 입술을 꾹 누른 채로 남자의 목을 끌어안았다. 제발, 내게 한 번만 더 기회를 줘요. 나는 이제 물러설 곳이 없어.

얼마를 그렇게 있었을까. 남자가 선우의 얼굴을 쥐며 고개를 틀었다. 눌려 있기만 했던 아랫입술이 남자의 입속으로 빨려 들어가며 자연스럽게 벌어졌다. 벌어지는 입술 사이로 남자의 목소리가 흘러들었다.

"알긴 뭘 안다고 그래."

몸이 반짝 들어 올려졌다. 파고드는 남자를 위해 입을 벌려 주며, 선우는 문도의 목을 힘껏 안았다.

여자에게서 비누 냄새가 났다.

사실은 눈깔이 돌아가 있었지. 찻잔 두 개를 들고 올라온 말간 얼굴을 보았을 때부터. 머리부터 발끝까지 비누 냄새를 풍기며 씻고 온 티를 냈을 때부터. 뭐 저런 게 다 있나 싶으면서도.

몹시 꼴렸다.

그래도 어지간해선 얽히지 않을 생각이었다. 비누 냄새가, 그 밑에 숨겨진 여자의 살냄새가 코끝까지 다가오기 전까지는 그럭저럭 내칠 수 있을 정도였는데.

선우의 몸을 들어 진열대 위에 올려놓으며, 문도는 여자의 입술을 뜯을 것처럼 당겨 물었다. 날것의 혀를 깊이 쑤셔 넣어 샅샅이 여자를 탐했다. 질척이는 소리와 눌린 신음 소리가 귀를 뜨겁게 달구었다.

거침없는 속도를 따라잡지 못한 여자는 헐떡이며 입을 벌려 주기에 급급했다. 선우의 입에서 터져 나온 밭은 숨소리들은 전부 문도의 목구멍 안으로 흘러들었다.

깊은 입맞춤에 선우의 상체가 뒤로 한껏 기울어졌다. 혀가 노골적으로 움직일 때마다 벌어져 있던 선우의 허벅지가 긴장을 하며 문도의 허리를 조였다. 목을 감고 있는 선우의 팔에도 힘이 들어간다. 문도는 여자의 등을 손으로 받치며 입술을 살짝 떼었다.

“하아…….”

문도에게 매달리다시피 붙어 있었던 선우가 떨리는 숨을 내쉬었다. 붉게 부풀어 오른 입술이 타액으로 반질거렸다.

다시 금방이라도 입술을 겹칠 수 있는 가까운 거리. 속눈썹 하나까지 선명하게 보이는 거리에서 문도는 눈으로 선우의 얼굴을 쓸었다. 옅은 분홍색으로 상기된 뺨. 단내가 나는 숨. 반짝이는 갈색의 눈. 짙어진 스킨십에 바르르 떨고 있는 입술까지. 욕이 나오게 예뻤다.

어이없을 정도로 욕망이 치솟는다. 스커트를 걷고 속옷만 들춘 뒤 다리 사이를 그대로 파고들면 어떨까. 박아 넣을 때마다 매달리며 신음을 터트리겠지. 반짝이는 갈색 눈동자가 자신의 얼굴 위를 헤맬 것이다. 눈과 눈을 엮고서 깨트릴 듯이, 부수어 버릴 듯이 빠르게 밀어 넣으면 입술은 절로 벌어질 것이고, 달콤한 숨은 끊임없이 터져 나올 텐데.

상상만으로 목덜미가 뜨끈해졌다.

문도는 여자의 뺨을 감싸며 가볍게 입술을 눌렀다가 떼었다. 우르르 끓었던 머리도 식힐 겸, 샤워도 할 겸, 한발 물러서서 엄지로 여자의 입술을 닦아 주며 말했다.

"일단은 여기까지."

여자의 겨드랑이 사이로 손을 넣어 진열대 위에서 내려 주었다. 얼이 빠져 있던 이선우의 얼굴에 당황이 서렸다. 몸을 떼고 욕실로 들어가려는데, 이선우가 말했다.

"전무님. 저는……."

문도는 걸음을 멈추고 고개를 돌려 여자를 보았다. 짙게 뺨을 붉히며 여자가 말한다.

"아직, 더……."

웃음이 터졌다. 문도는 여자에게로 몸을 돌렸다.

"모자랐어요?"

그를 잡기라도 하는 것처럼 여자의 손가락이 벌어졌다가 이내 오므라들었다. 애꿎은 스커트만 쥐는 것이 지난번의 밤과 같았다. 문도는 몸을 숙이며 고개를 기울여 부풀어 오른 선우의 아랫입술을 제 안으로 빨아당겼다. 말캉이는 살덩이가 사탕처럼 달았다.

조금 더. 한 번 더. 다시, 또다시.

문도가 입술을 탐할 때마다 선우가 뒤로 조금씩 밀려났다. 가볍게 물었다가 놓을 요량이었는데 여자가 문도의 목에 팔을 감았다. 입을 벌리며 분홍색의 혀를 서툴게 맞대 오는 순간 뒷목이 뜨끈해지며 열기가 치솟았다.

이럴 걸 뭘 빼고 그래.

낮은 웃음을 웃으며 문도는 여자의 스커트를 들추어 올렸다. 서슴없이 허벅지를 쓸어 올려 동그란 엉덩이를 움켜쥐었다. 신음하는 여자의 가는 허리를 바짝 제 몸에 붙이고 반쯤 들어 올린 상태로 걸음을 걷는다. 입술을 빨며, 혀를 감으며 걷다가 방문을 열었다. 달큰달큰한 숨이 여자의 입에서 흘렀다. 싹싹 빨아 먹으면 여자가 어깨를 움츠리며 문도의 목을 힘주어 안았다.

어둠에 잠긴 방.

커다란 침대에 닿은 선우의 무릎이 꺾였다. 문도는 선우를 눕히며 그대로 타고 올랐다.

선우는 정신을 차려야 한다고 생각을 했다.

깊이 들어온 혀가 선우의 혀를 휘어 감았을 때에도, 팔이 들리며 티셔츠가 벗겨졌을 때에도, 스커트와 함께 속옷까지 아래로 내려갔을 때에도, 선우는 정신을 차려야 한다고 몇 번이나 생각을 했었다.

울고 싶은 건, 아마도 그 이유 때문일 거였다. 방에 들어왔는데, 무엇이 어디에 있는지 똑똑히 보고 싶은데, 어째서 남자의 아래에 누워 있는 것인지를 잊지 말아야 하는데.

저릿한 감각에 선우는 질끈 눈을 감았다. 남자의 혀가 힘 있게 가슴의 정점을 빨고 있었다. 젖꼭지가 납작하게 짓눌릴 때마다 세상이 번쩍이며 깨어져 나갔다.

아무것도 생각할 수 없었다.

남자가 가슴을 빨아 댄 그 순간부터 선우는 아무런 생각을 할 수가 없었다. 시간도 공간도 조각난 파편인 것만 같았다.

흑.

문도는 선우의 신음에 눈을 들었다. 여자는 귀 끝까지 붉어진 얼굴로 신음을 삼키고 있었다. 입술을 말아 물고 할딱할딱 숨을 삼키면서 그의 입이 젖꼭지를 빨아 댈 때마다 어쩌지 못하고 몸을 비틀었다. 처음 가슴을 쥐었을 때는 바짝 얼어붙어선 입김에도 화들짝 놀라더니 지금은 손끝만 스쳐도 몸을 떨어 대고 있었다. 사람 꼴리게 하는 방법도 가지가지지.

귀엽게 솟은 젖꼭지를 입에 넣고 뭉갠 지는 꽤 오래되었다. 손으로는 다른 쪽 가슴을 욕심껏 쥐고 선홍색 정점을 마음껏 괴롭히는 중이다. 그래도 모자라는 건 왜일까. 통째로 삼켜 보면 좀 나아지려나.

문도는 선우의 가슴을 더 깊이 빨았다. 유륜까지 당겨 물어 혀끝으로 으깼더니 선우가 숨이 넘어가는 신음 소리를 냈다. 그 소리에 단전 아래가 뻐근해질 정도로 흥분이 되었다.

여자는 그를 홀리려고 만들어진 존재 같았다. 부드러운 살결. 달착지근한 맛. 도독하게 솟은 정점의 질감. 색깔. 모양. 씹어 삼키고 싶은 입술로 뱉어 내는 신음 소리까지.

이제는 아랫배가 아플 정도로 당겨 왔다. 어지간히 젖었으면 그대로 넣어야겠다 생각하며 문도는 움츠러든 선우의 다리 사이로 손을 내렸다.

"아, 잠깐."

선우는 눈을 번쩍 떴다. 남자의 손이 다리 사이를 파고들고 있었다. 말릴 새도 없이 입술이 겹쳐졌다. 커다란 손이 능숙하게 아래를 더듬었다. 혀를 깊게 넣은 남자는 이제껏 누구의 손도 닿지 않았던 곳을 서슴없이 문질렀다.

아래로 위로, 다시 아래로 위로. 한 번씩은 숨어 있는 살점을 비비듯이 눌러 가면서.

울고 싶었다. 남자의 손이 함부로 아래를 문지를 때마다 소중한 무언가가 깨어져 나가는 기분이었다. 위로는 혀가 뒤섞이고 있어서 더욱 그랬다.

"저, 전무, 아, 잠시, 아, 잠시만."

선우는 입술이 물린 채로 남자를 불렀지만 아무런 소용이 없었다. 다시 혀가 얽혔고, 다시 입술이 물렸다.

다리를 모아 보려 해도 소용이 없었고, 허리를 들어 보아도 소용이 없었다. 서문도는 너무나 손쉽게 선우의 아래를 벌리고서 그 안의 살들을 거침없이 만졌다.

선우는 허리를 비틀며 시트를 움켜쥐었다. 연한 살이 벌어지는 느낌이, 끝이 서늘한 손가락이 아래위로 움직이는 느낌이 너무나 선명했다. 이대로 사라지고 싶다는 생각을 하는데 그보다 더 깊은 아래로 손가락이 내려오더니 불쑥, 굵은 손가락이 입구를 파고들었다.

아.

충격으로 다리를 오므리며 선우는 눈을 커다랗게 떴다. 뭐라 형언할 수 없는 충격에 숨조차 쉬지 못하고 있는데, 남자의 손가락이 빽빽한 틈을 비집으며 더 깊이 밀고 들어오려 했다. 선우는 자신도 모르게 문도의 손목을 움켜잡으며 말했다.

"잠시, 만요. 전무님, 잠시만."

선우의 절박한 목소리에 문도는 움직임을 멈추었다. 시선을 내리자 자신의 손목을 꽉 잡고 있는 가느다란 손가락이 보였다. 단정히 깎은 손톱이 살을 팰 정도로 그의 손등을 누르고 있었다.

"잠시……만요."

끝이 갈라진 목소리로 말을 하는 이선우는 며칠 전처럼 떨고 있었다. 금방이라도 눈물이 흘러내릴 것 같은 얼굴을 하고서. 웃긴 일이다. 안아 달라며 차를 돌고 다시 달랑달랑 올라온 주제에.

"왜요."

그가 묻자 입술만 벙긋거렸다. 갈색 눈동자가 이상할 정도로 처연했다.

"그만할까?"

묻고 있지만 자신은 없었다. 여자의 안으로 한 마디쯤 들어가 있는 손가락이 데일 듯 뜨거웠기에. 지금 이 순간에도 이럴 수가 있을까 싶을 정도로 그를 조이고 있었기에.

그래도 그만해야지.

떨고 있는 여자가 아무리 뜨겁다 해도, 하여 등줄기가 저릿거릴 정도로 욕망이 솟는다 해도, 여기서 멈춰 달라는 말을 꺼내는 순간 여자를 내려보낼 것이다. 웃기지도 않은 시건방진 밀당 따위 더는 받아 줄 생각은 없었기에.

"그만하고 싶어요?"

선우는 남자를 올려다보았다. 또 지난번처럼 구는 것이냐며 묻는 남자는 가볍게 웃고 있었다. 분명 웃고 있는데 남자의 눈동자는 한없이 무정해 보였다. 어쩌면 웃고 있기에 더욱 무정해 보이는 듯도 했다. 지금 그만두겠다 말을 하면 당신은 문을 닫겠지. 그리고 다시는 열어 주지 않겠지.

"아니요."

선우는 천천히 고개를 저었다.

"그냥, 너무…… 이상해서. 그래서."

선우의 대답에 문도가 피식 웃었다. 안쪽의 손가락이 비좁은 틈을 한 번 더 파고들었다. 아흡. 선우가 움츠리며 몸을 오그리자 문도가 미간을 구기며 웃었다.

넣기도 전에 싸겠네.

문도는 헛웃음을 웃으며 손가락을 천천히 밀어 넣었다. 여자의 안은 믿을 수 없이 좁았다. 어찌나 좁은지 이미 벌어진 틈으로 손가락을 넣는 것이 아니라 억지로 틈을 만들고 있는 느낌이 들 정도였다. 깊은 곳까지 밀어 넣자 선우가 두 팔을 들어 눈을 가렸다. 가녀린 팔 아래로 둥근 가슴이 보였다. 깨물어 색이 짙어진 선홍색 유두가 흔들리자 뜨끈하게 목이 조여들었다.

"젖기는 했는데."

그냥 넣을까.

문도는 손가락 끝에 느껴지는 물기를 더듬으며 생각했다. 물기가 거의 비치지 않았던 외음부와는 달리 안쪽에는 미끈거리는 물기가 고여 있긴 했다. 그래도 삽입을 하기에는 충분하지 않았다. 이대로 밀어 넣으면 다칠 수도 있었다.

문도는 물기가 느껴지는 부분을 손가락으로 눌렀다. 그 상태로 앞뒤로 문지르자 선우가 파르르 허리를 떨며 문도의 어깨를 잡았다. 만지기만 하면 떨어 대는 건 어디서 배워 온 기술인지. 문도는 피식 웃은 뒤 선우에게 말했다.

"원래 이런 식으로 남자랑 자요?"

선우가 이해를 하지 못한 얼굴로 문도를 보았다. 발갛게 익어 있는 뺨과 금방이라도 눈물이 떨어질 것처럼 느껴지는 눈동자. 예쁜 얼굴이었다. 이 모든 가식들이 욕망으로 번져 올 만큼.

"처음도 아니면서 뭘 이렇게 떨어. 컨셉인가?"

굳이 하지 않아도 되는 소리를 굳이 하며 웃었더니 이선우가 입술을 달싹거렸다. 밤새도록 빨아 먹고 싶게 생긴 입술이라는 생각을 한다.

"아니요, 그게 아니라, 긴장이…… 되어서. 그래서."

"귀엽긴 한데, 적당히 해야지."

문도는 고개를 내려 달싹이는 입술을 베어 물며 말했다. 오랜만이라서요, 여자의 작은 말소리가 입안에서 안개처럼 흩어졌다. 서툴게 맞대어 오는 혀를 깊게 얽으며 문도는 아래로 내린 손을 움직였다. 몇 번의 움직임에 물기가 고여 들었다. 문도는 손가락을 왕복하며 점점 많아지는 물기를 꺼내었다.

부드럽게 만져 주며 말라 있는 입구에 바르고, 다시 끌어와 벌어진 속살과 숨어 있는 살점에도 발랐다. 미끌거리는 점액을 작은 클리토리스에 문질렀을 때는 이선우가 새된 소리를 내며 다리를 오므리기도 했다.

"힘 빼요. 나중에 아프다 하지 말고."

규칙적으로 손가락이 드나들었다. 내벽의 어딘가를 뭉툭한 손끝이 문질러 댈 때마다, 점점 물기가 고이는 것이 느껴질 때마다 선우는 질끈 눈을 감고서 버텼다. 버틴다는 표현이 맞을 거였다.

수치심으로부터, 어딘가가 깨어지고 있는 기분으로부터, 아래에서 피어나는 이상한 감각으로부터 버티고 있는데 남자가 천천히 젖은 손가락을 빼내며 몸을 일으켰다.

일시적으로 긴장이 풀려서일까. 그다음 장면들은 토막토막 끊어진 듯 느껴졌다. 협탁으로 향한 남자가 옷을 벗었던 것. 다시 침대에 올라온 것. 선우의 다리를 벌리며 자리를 잡았던 것. 믿을 수 없는 크기의 성기 위에 콘돔을 씌우며 피식 웃었던 것.

자신의 일임에도 자신의 일처럼 느껴지지 않았던 장면들이 현실로 덮쳐 온 것은 남자의 몸이 선우의 안으로 밀고 들어왔을 때였다.

아파.

선우는 시트를 움켜쥐었다. 아파. 너무 아파요. 아, 아아. 내뱉을 수 없는 말들이 흐느낌 같은 신음 소리가 되어 허공으로 흩어졌다.

"뭐 이런……."

낮게 욕설을 내뱉은 남자는 선우의 다리를 수치스러울 정도로 활짝 벌렸다. 맞물려 있는 부분을 내려다보며 헛웃음을 웃더니 양손으로 선우의 허리를 쥐었다.

살짝 몸을 물린 남자가 쿵, 하고 단숨에 진입을 했다. 쪼개어지는 것 같은 통증에 선우는 고개를 꺾으며 허리를 들어 올렸다. 너무 아팠다. 몸이 반으로 갈라진 것만 같았다. 남자가 신음하며 몸을 비트는 선우의 허리를 잡아 눌렀다. 절반 정도 들어간 분신을 천천히 빼내더니 아래를 내려다보며 한 번 더, 쿵 하고 허리를 쳐올렸다.

아아.

남자의 분신이 온전히 들어오는 순간, 선우는 소리 없는 비명을 질렀다. 몸 안에 거대한 말뚝이 박힌 것만 같았다. 목 끝까지 치고 올라온 느낌에 숨을 쉴 수가 없었다.

그러고도 모자랐는지 남자는 선우의 허리를 당겨 뿌리까지 밀어 넣었다. 그리고 충격으로 파르르 떨리는 선우의 눈꼬리를 문지르며 말했다.

"진짜 오랜만인가 보네."

선우는 고통 속에서 천천히 눈을 떴다. 비스듬히 웃고 있는 남자가 보였다. 달빛이 어른거리고 있는 천장도 보인다. 창문 모양으로 조각조각 깨어진 달빛이 하얗게 빛나고 있었다. 조각난 달빛을 어깨에 두른 남자가 이어 말했다.

"이제 시작인데 벌써 이러면 어떡하려고 그래요."

이제 시작.

그 말에 선우는 남자가 뺨을 쥐고 있는 방향으로 천천히 고개를 돌렸다. 흐릿한 시야에 키가 낮은 가구들이 보였다. 단순한 직선 모양의 가구들. 열어야만 하는 서랍들. 내가 잊으면 안 되는 것들.

이제 시작인 것들.

몸이 반으로 쪼개진 것 같았지만 선우는 마지막 힘을 다해 팔을 들었다. 남자의 목에 팔을 감으며 입술을 맞대었다. 남자가 웃으며 허리를 움직인다. 불에 타는 것 같은 고통 속에서 선우는 다행이라 생각했다. 이렇게 시작되어 다행이라고.

10분. 5분. 다만 1분이라도.

이곳을 둘러볼 수 있다면.

몸이 조각나는 것 같은 아픔은 얼마든지 견딜 수 있었다.

시간은 정확하게 제 속도로 흘렀고, 남자는 무자비할 정도로 선우를 헤집어 놓았다.

다리를 활짝 벌어지게 했다. 가슴을 아프도록 물었다. 아래로 손을 내렸으며, 여린 살점을 뭉개듯이 비벼 댔다. 자꾸만 오므라

드는 다리를 벌려 놓고 남자는 끊임없이 허리를 쳐올렸다. 몸이 갈라지는 고통에 허리를 뒤틀면 등을 받쳐 안고서 혀를 넣었다. 선우는 정신을 차릴 수가 없었다. 풍랑의 한가운데 떠 있는 조각배가 된 것만 같았다.

다행인 점은 그래도 시간이 흘렀다는 것.

고통은 수치가, 수치는 고통이 덮어 가는 동안 영원히 오지 않을 것만 같았던 끝이 왔다. 꿰뚫을 듯 몸속 깊은 곳까지 성기를 밀어 넣었던 남자가 천천히 몸을 떼었다. 침대에서 내려가는 남자를 보며 선우는 가늘게 숨을 쉬다가 천천히 눈을 감았다.

끝인가. 정말 끝이 난 걸까.

그럼 나는 이제 무얼 해야 하지.

오래 생각할 필요도 없었다. 이 시간을 버텨 온 목적은 오로지 하나뿐이었으니.

선우는 눈을 떴다. 그리고 천천히 다리를 그러모으며 몸을 일으켰다. 그 느린 동작에도 욱신거리는 통증이 일었지만 괜찮았다. 괜찮아야만 했다. 잠시 후면 남자는 샤워를 하러 갈 것이고, 그사이에 자신은 이 방을 뒤져 볼 수 있을 테니까.

그렇게 남자가 욕실로 들어가기를 기다리는데, 문도가 협탁 위의 물병을 집으며 물었다.

"물?"

"아니요. 괜찮아요."

선우는 어서 서문도가 욕실로 들어갔으면 하는 마음에 힘겹게 고개를 저었다. 물이야 나중에 마시면 되는 거니까.

우드득.

뚜껑을 돌려 따는 소리가 들리더니 남자가 병째로 물을 마셨다. 꿀꺽꿀꺽 반병 정도를 마시고 물병을 내려놓으며 후우, 긴 숨을 쉬었다. 나른히 머리를 쓸어 올리는 남자와 시선이 닿는다. 깜빡 깜빡 눈을 두 번 정도 감았다 뜰 만큼의 시간이 흘렀고, 서문도가 피식 웃었다.

성큼 걸어온 남자는 선우의 목이 꺾이도록 깊게 입을 맞추어 왔다. 선우는 미약한 신음을 흘리며 남자의 팔을 움켜잡았다. 커다란 몸이, 강렬한 힘이 다시 한번 선우의 몸을 덮쳐 왔다.

깊이 들어온 남자의 시원한 혀가 선우의 혀를 휘어 감았다. 뿌리가 아려 올 정도로 세게 빨리며 숨이 막혀 왔다. 다리가 절로 움찔거렸지만 압도적인 힘에 꼼짝을 할 수 없었다.

바다에 빠진 사람이 물을 삼키는 것처럼 선우는 고여드는 타액을 넘겼다. 몇 번이나 강제로 타액을 넘긴 뒤에야 남자는 혀를 풀어 주었다. 느릿하게 떨어지는 입술 사이로 타액이 실처럼 늘어졌다가 허공에서 끊어졌다.

왜……. 아까 분명…….

선우는 얼이 빠진 얼굴로 협탁의 서랍을 여는 문도를 바라보았다. 찌익, 콘돔의 포장지를 뜯는 남자의 얼굴은 평온하기만 했다.

"끝난 거…… 아니었어요?"

선우의 질문에 남자가 웃는다.

"네. 아니었어요."

문도가 다시 고개를 숙였다. 뒤로 넘어가는 선우의 다리가 다시 한번 벌어지고 있었다.

다른 방법이 있었을까.

내가 조금 더 영리했더라면, 조금이라도 더 아는 것이 많았더라면, 그랬더라면.

시야가 엉망으로 흔들렸다. 형편없이 구겨져 있는 새하얀 시트를 다시금 움켜쥐며 선우는 생각했다.

내게 다른 방법이 있었을까. 이렇게 내 것이 아닌 것 같은 소리를 내지 않아도 되었을까. 간절히 끝을 바라지 않아도 되었을까.

아흑.

선우는 감은 눈을 한 번 더 감았다. 아무리 참아도 소리가 저절로 튀어 올랐다. 밭은 신음 소리 위로 살이 부딪히는 소리가 섞여들었다. 발갛게 몸에 열이 오르고 아랫배가 자꾸만 조여들었다.

막연히 벌을 받는다는 생각을 했다.

남자와 자는 것을 너무 우습게 보았던 벌. 제대로 알지도 못하면서 쉽게 몸으로 남자를 이용하려 했던 벌. 제멋대로 들이댔다가 무책임하게 도망쳤던 것에 대한 벌. 그래 놓고 감히 주제넘게, 다시 올라온 것에 대한 벌. 무감각하게 그 시간을 버텨 낼 수 있을 거라 생각했던 벌.

구겨진 시트로 가득 찼던 시야는 어느 순간 뒤집히며 달빛이 조각조각으로 부서진 풍경으로 바뀌었다. 다리를 가르고 남자가 들어온다. 턱이 붙잡히고 혀가 빨렸다.

"제발……."

전무님, 제발.

몇 번을 흐느끼듯이 말을 했던 것 같다. 짐승에게 통째로 먹힌다 해도 이보다는 덜 고통스러울 거 같은데 남자가 가슴을 움켜쥐며 말했다.

"다리 벌려요. 궁금했을 텐데 끝을 봐야지."

무감한 눈동자 안에서 타고 있는 빛은 경멸일까 욕망일까. 선우는 밀려드는 남자의 몸에 신음하며 허리를 비틀었다.

이선우의 눈시울에 눈물이 고였다. 자신의 눈에 눈물이 고인 줄도 모르고 있는 것 같았다. 문도는 붉어진 눈꼬리를 타고 흐르는 눈물을 엄지로 훔쳐 내며 몸을 밀어 넣었다.

금방이라도 울음을 터트릴 것만 같은 얼굴을 바라보며 한 번 더. 억눌린 신음 소리를 들으며 다시 한 번 더. 출렁이며 흔들리는 가슴을 바라보며 한 번 더. 가는 두 다리를 움켜쥐며 한 번 더.

발갛게 익은 몸으로 흔들리고 있는 이선우는 씹어 삼키고 싶을 정도로 예뻤다. 달랑달랑 차 한 잔을 들고 올라온 자신감이 어디에서 나왔는지 알 수 있을 정도로.

고추 달린 남자 새끼라면 환장을 하고 달려들었겠지. 몇 번이고 박아 넣으며 원하는 것을 들어주었을 것이다. 서문도 역시 그렇고 그런 새끼 중의 하나일 테고.

어차피 일회성일 싸구려 욕망. 뇌가 녹을 때까지 태워 없애면 그만이었다. 흘레붙는 개처럼 허리를 흔들면서. 문도는 그렇게 생각하다 피식 웃었다. 월급 주는 고용인에게 홀리듯 넘어간 주제에 변명이 많았다. 하룻밤에 불과한 일탈이라는 핑계로 싹싹 발라먹을 작정이면서.

"전무님. 제발."

이선우가 그의 목을 안으며 빌었다. 초점 없이 흐려진 눈동자에 마음이 약해지는 걸 보니 그리 못돼 처먹은 새끼는 아닌 듯했다. 문도는 허리를 세우며 선우의 다리를 고쳐 잡았다.

선우의 허리를 그러쥔 문도의 움직임이 거세어졌다. 상체를 세운 남자의 아래에서 다리를 벌리고 누운 선우의 허리가 허공에서 휘었다.

쿵, 쿵, 쿵, 쿵 남자가 선우를 쉴 새 없이 내리쳤다. 세상이 터져나갈 것처럼 흔들린다. 남자에게서 뿜어져 나오는 열기가 선우에게로 뚝뚝 떨어져 내렸다.

온몸이 부서질 것 같아.

이제는 그런 생각조차 할 수 없을 때 남자가 강한 힘으로 선우의 끝까지 파고들었다.

아.

견딜 수 없어 시트를 그러쥐며 허리를 비튼 순간, 남자의 움직임이 일순간 뚝 멈추었고, 허공에 들렸던 선우의 허리가 파들파들 떨렸다.

아랫배를 뚫을 것처럼 깊이 들어온 남자의 몸이 한 번 더 부푸는 느낌이 났다. 남자가 눈을 가느다랗게 좁혀 선우를 보면서 다시 한번 쿵, 하고 몸을 밀어 넣었다.

아아.

선우는 눈을 감았다. 빈틈없이 맞붙은 하체에서 뜨거운 기운이 느껴졌다. 시트를 움켜쥔 선우의 손이 바르르 떨려 왔다. 긴 한숨을 내쉰 남자가 잡고 있던 선우의 허리를 내려놓았다. 고통스럽게 아래를 가득 채우고 있었던 무언가가 빠져나가며 차가운 공기가 체액이 흘렀던 자리에 닿았다.

"밖에 욕실 있으니, 씻고 내려가요."

남자가 몸을 일으키며 말했다. 머리를 쓸어 올리며 마스터 룸에 연결된 욕실로 향한다. 숨만 쉬고 있던 선우는 바닥난 기운을 끌어올려 간신히 몸을 일으켰다. 욱신거리는 통증이 일며 다리 사이가 열상을 입은 듯 화끈거렸다.

다리를 그러모아 침대에 모서리에 앉으니 여기저기 떨어져 있는 자신의 옷가지가 보였다. 억지로 힘을 주어서 일어나다 잠시 주저앉았다. 그렇게 몇 초간 있다가 바닥에 떨어진 스커트와 속옷, 브래지어와 티셔츠를 하나씩 주웠다.

이대로 이곳에서 사라져 자신의 숙소로 숨어 버리고 싶은 마음이었지만, 선우는 솟구치려는 어떤 감정들을 애써 누르며 주변을 둘러보았다.

시간이 없어. 서둘러야 해.

침대 옆의 협탁. 책들을 올려 둔 낮고 긴 수납장. 욕실로 이어지는 복도에 위치한 파우더 룸. 아마도 그 안쪽에 있을 욕실. 커다란 방의 구조를 억지로 머리에 쑤셔 넣었다. 걸음을 디딜 때마다 통증이 일었지만, 어금니를 꽉 물고서 협탁으로 걸었다. 뒤져 보아야 하는 첫 번째 서랍이었다.

한 손으로 옷가지를 끌어안고서 다른 손으로 협탁의 서랍을 열었다. 매끄럽게 열리는 서랍 속에는 남자가 아까 꺼내었던 콘돔들이 흩어져 있었다. 무선 이어폰과 핸드폰 케이블이 보였고, 동전 몇 개가 있었다.

여기는 아니고.

선우는 서랍을 닫고서 다른 쪽 협탁을 열었다. 그 안에도 별게 없었다. 고개를 돌려 침대 맞은편에 벽과 같은 사이즈로 제작된 원목의 수납장을 보았다. 커다란 서랍이 세 개. 뒤져 볼 시간이 될까. 한 발을 딛다가 욱신거리는 통증에 걸음을 멈추고 아랫배를 움켜쥐었을 때였다. 욕실에서 들려오던 물소리가 끊겼다.

오늘은 여기까지만 하자.

선우는 입술을 깨물며 방문 쪽으로 걸음을 디뎠다. 더 이상 무언가를 할 수 있는 상태가 아니었다. 자신을 이루고 있던 무언가가 산산조각이 난 상태였다.

달칵.

방문을 닫고 나온 뒤, 선우는 어둠 속에서 속옷을 입었다. 자꾸만 떨리는 손을 진정시켜가면서 브래지어의 버클을 채우고 티셔츠를 입었다. 몸을 숙여 연노랑색의 플리츠 스커트를 입는데, 눈물이 툭 떨어졌다. 선우는 황급히 손을 들어 눈물을 밀어냈다. 울 일이 아니라 생각했기 때문이다.

눈물을 닦아 내고서 거실을 눈으로 훑었다. TV 아래의 AV장을 제외하고 물건을 수납할 만한 공간은 보이지 않았다. 반대편의 드레스 룸은 수납장이 많아 찬찬히 살펴야 할 것 같았다.

이만큼이면 잘한 거야. 어디를 찾아야 할지 알았잖아. 이제는 찾아보기만 하면 될 테니까.

들어줄 사람도 없는 말을 스스로에게 하면서, 선우는 손등으로 눈을 꾹꾹 눌렀다. 자꾸만 이유 모를 눈물이 나올 것 같아 떨리는 숨을 삼키고 천천히 심호흡을 했다.

괜찮아. 잘한 거야. 이런 것, 아무것도 아니야. 그러니까 괜찮아.

걸음마다 욱신욱신 통증이 일었지만 괜찮다고 생각했다. 통증이야말로 선우에게는 익숙한 감각이었으니까. 매일매일 시린 얼음물에 오래 발을 담가 가며 연습을 하던 때도 있었는데 이 정도쯤이야. 푹 자고 나면 괜찮아질 것이다.

숨죽여 별채를 빠져나온 선우는 숙소 동까지 쉼 없이 걸었다. 다행히 1층의 불은 꺼져 있어서 누구에게도 모습을 보이지 않을 수 있었다.

방에 들어온 선우는 탁 소리가 나도록 방문을 닫은 뒤, 잠금장치의 버튼을 눌렀다. 그제야 몸에서 힘이 빠져나갔다. 선우는 방문에 등을 기댄 채로 스르륵 바닥에 주저앉았다. 멍하니 자그마한 방을 본다. 1인용의 침대와 벽에 걸린 작은 그림. 옷장과 이어진 책상. 자그마한 스탠드. 쪼그려 앉은 선우의 눈에서 눈물이 주르륵 흘러내렸다.

바보 같아. 왜 우는 건데.

눈물을 흘리는 자신이 웃겨서, 피식 웃으면서도 흐르는 눈물을 멈추지 못했다. 뭐라고 해야 할까. 이 감정을. 이 느낌을. 대체 뭐라고 해야 할까.

강제로 당한 것도 아니었다. 자신의 선택이었고, 많이 고통스러웠지만 닿는 느낌이 불쾌하지는 않았다. 그럼에도 무언가가 산산조각 나 버린 기분이었다. 그건 무엇이었을까.

눈을 감으면 순간순간이 번쩍거렸다. 자신에게서 나온 것 같지 않았던 신음과 가슴을 핥았던 남자의 뜨거운 혀. 시트에 짓눌리던 뺨과 남자의 의지대로 벌어졌던 다리.

그건 어떤 경계가 부서지는 기분이었다. 어제의 이선우와 오늘의 이선우가 같은 사람일 수 없는, 넘어가면 다시는 되돌아갈 수 없는 어떤 경계를 남자는 단숨에 부숴 버렸다.

부수기만 했을까. 알고 싶지 않았던 감각들도 깨워 냈다. 선우는 고개를 숙여 헐렁한 티셔츠의 목 부분을 내려다보았다. 남자가 머금었던 부분들이 어둠 속에서도 보이는 듯했다.

그래도 다행이라고 생각하며 선우는 눈물을 닦았다.

몸이 닿을 때 징그럽지 않은 사람이라서, 누구라도 상관없었을 일이지만 그래도 서문도 전무라서 다행이라는 생각을 하면서 선우는 눈을 감았다.

오래된 피곤이 몰려들었다.

9. 출장

창문 너머로 푸르스름하게 동이 터 왔다. 새하얀 셔츠의 단추를 잠그며 문도는 무심히 창밖을 보았다. 하늘과 정원에 푸른색의 필터를 끼운 것만 같다. 푸른색 풍경의 모서리에 숙소 동이 있었다.

시선 끝에 걸린 2층 창가에 잠시 시선을 주었다가 다시 거뒀다. 픽, 하고 웃음이 샜다. 침대에 누웠을 때조차 어딘지 모르게 푸른 새벽을 닮은 여자는 정말이지 잠자리 실력이 형편없었다.

문도는 진열장 아래의 서랍을 열어 가지런히 수납된 타이를 훑어보았다. 3박 4일간의 중국 출장을 떠나는 날이다. 붉은 계열의 타이 중에서 하나를 골라 목에 두르다 한 번 더 실소를 흘렸다. 어이가 없어서 웃겼다. 그 어설픈 실력으로 자신에게 다가온 것도 웃기고, 올라올 때마다 무슨 신호라도 되는 양 찻잔을 들고 오는 것도 웃겼는데.

'끝난 거…… 아니었어요?'

여자는 머뭇거리며 자그마한 목소리로 물었다. 아니, 그렇게 들이댔으면서 두 번은 기대도 안 했다는 건지. 문도는 가는 웃음을 흘리며 하며 진열장 제일 윗 서랍을 열었다. 시계를 꺼내 손목에 찬 뒤, 핸드폰을 챙겨 재킷을 팔에 걸었다. 공항에는 적어도 7시까지 도착을 해야 하니, 한 시간 이내에는 출발을 해야 했다. 문도는 인터폰을 들어 본관에 호출을 했다.

— 네, 전무님.

"아침은 본관에서 할게요. 간단히 준비해 주세요."

— 오늘 출장 가시는 날이라고 하셨죠? 바로 준비할까요?

"네. 지금 건너갑니다."

문도는 1층으로 내려와 뒷문을 열었다. 새벽의 청량한 공기가 이마에 닿는다. 정원을 지나 본관의 다이닝 룸으로 들어가자 장 여사가 문도를 반기며 인사를 건넸다.

"안녕히 주무셨어요? 오늘따라 우리 전무님 신수가 훤하시네."

잘 자란 아들을 보는 듯한 눈으로 장 여사가 말했다. 문도는 장 여사에게 웃으며 말했다.

"신수 훤한 게 하루 이틀 일인가요."

"그건 그렇죠. 아침은 뭘로 드릴까요? 회장님 보리굴비 잡숫고 싶으시대서 녹찻물이랑 준비했는데, 별로시죠?"

"커피나 내려 주세요."

새벽까지 여자의 안을 파고드느라 잠이 짧았다. 꿈도 없는 깊은 잠을 자서인지 크게 피곤하지는 않았지만, 아침부터 굴비를 먹을 기분은 아니어서 간단하게 커피만 주문을 했다. 주방으로 들어간

장 여사가 잠시 후에 진하게 내린 뜨거운 커피 한 잔과 겉을 파삭하게 구운 쑥인절미에 콩가루와 꿀을 뿌려서 들고나왔다.

"부회장님은 곧 내려오신댔구, 회장님은 신경 쓰지 말고 먼저 식사하라고 하셨으니 아무래도 늦으실 것 같구요."

장 여사가 문도가 앉은 자리에 머그잔을 내려놓으며 말했다.

"서유라는요?"

문도는 핸드폰으로 일정표를 띄우며 장 여사에게 물었다. 요즘 며칠 연속으로 별채에서 가볍게 먹고 출근을 했던지라, 서유라에 대한 소식을 제대로 들은 적이 없었다.

"외출도 해, 쇼핑도 해, 요즘 뭐 신나셨죠. 낮에는 뭐야, 발레 한다고 선우 씨를 얼마나 부려 먹던지. 그걸 또 상냥하게 다 받아 주는 것도 신기해. 그러니까 운전도 시키고 쇼핑 갈 때도 데리고 가고 그러지. 막내 아가씨가 선우 씨 끼고 살아요, 요즘."

여자도 비슷한 내용으로 보고를 했었다. 쇼핑을 갔었고, 운전을 했고, 수업을 하고, 영상을 찍었다고.

"그리고요?"

"둘째 사모님이 종종 담배 피러 건너오시구."

문도는 뜨거운 커피를 한 모금 마시며 짧게 웃었다. 모녀가 쌍으로 남의 집에서 너구리를 잡고, 아주 편하게들 지내시네.

"블라인드 쳐 달라구 난린데 어떡하죠?"

"누구 좋으라고."

문도는 빽빽하게 쓰여 있는 출장 스케줄을 한 손으로 넘기며 말했다.

"숙면을 못 취한다고 그러드라구요."

"잘만 처자든데요."

문도의 말에 장 여사가 푹 하고 웃었다.

"인절미도 하나만 잡숴 보세요. 햇쑥 넣고 뽑은 거라 향이 좋아. 봄에는 그저 땅 뚫고 나온 풀을 먹어 줘야 기운도 나죠. 보약이 별 건가."

문도는 일부러 커피를 들었다. 장 여사를 보면서 보란 듯이 한 모금을 마시자, 장 여사가 밉지 않게 문도를 흘겨보면서 말했다.

"청개구리 짓 할 때 보면 어릴 때 고대로구."

"장 여사님이 먹으라면 먹어야죠."

문도는 씩 웃으며 뒤늦게 인절미를 포크로 찍었다. 꿀을 찍고 콩가루를 찍어서 입에 넣고 씹으면서 출장 관련하여 메일에 첨부된 서류들을 훑어보았다.

"이선우 씨는."

화면에서 눈을 떼지 않고서 문도는 입을 열었다.

"언제 자를까요."

장 여사가 고개를 갸웃하며 물었다.

"왜요? 어디가 맘에 안 드셔서?"

오늘따라 피식피식 김새는 웃음이 많이 나온다. 문도는 가볍게 공기를 흘리며 웃은 뒤 대답을 했다.

"안 들어요."

"어디가요?"

문도의 대답에 장 여사가 의아하다는 표정을 지으며 물었다. 문도는 어젯밤의 이선우를 떠올렸다. 어설픈 주제에 녹을 정도로 뜨거웠다. 그뿐일까. 뒷목이 바짝 설 정도로 비좁기도 했다. 그렇게 해 댔는데 또 생각이 날 만큼.

"글쎄요. 그걸 잘 모르겠네."

문도는 포크로 쑥인절미를 찌르면서 말했다. 잘 구워진 인절미를 씹자, 달콤한 꿀과 고소한 콩가루 뒤로 봄 내음이 진하게 났다. 마음에 들지 않았다.

커피를 거의 다 마셨을 때쯤, 우현희가 다이닝 룸으로 들어왔다. 커트에 가까운 짧은 단발머리를 쓱 넘기며 들어온 그녀는 출근 준비를 모두 마친 모습이었다.

"오늘 차이나 플라스 간다고 했었지?"

"네."

"평년보다 좀 늦게 열린 것 같네. 상하이?"

"네."

금융 계열사인 서도 투자 신탁의 대표이사님께서 케미컬이 참여하는 박람회의 스케줄을 꿰고 있는 게 놀랍지 않은 건, 그녀가 우현희이기 때문이었다.

명동 신사 우창규 회장의 맏딸. 서도 투자 신탁의 대표이자 생명, 증권, 자산운용의 대주주인 우신 파이낸스의 소유자. 서도 금융 그룹의 실질적 수장.

"대표님, 홍차 드릴까요, 커피로 드릴까요?"

멀리에서 장 여사가 목소리로 물었다.

"오늘은 홍차로 할까요?"

네에, 하는 장 여사의 목소리가 멀어졌다. 우현희가 핸드폰을 들어 무언가를 읽으며 문도에게 말했다.

"다녀오면 저녁이나 같이할까? 네오밸류 펀드, 알고 있지?"

안 그래도 알아보는 중이었다. 미국 헤지 펀드에 큰아버지 서용호와 사촌인 서창도가 크게 투자를 했다기에 정보를 모으고 있었다.

"조금 더 알아보고 말씀드릴게요. 다녀와서 봬요."

슬슬 공항으로 출발을 해야 할 시간이었다. 문도는 자리에서 일어서면서 말했다. 우현희가 고개를 끄덕였다.

"그래. 잘 다녀오고."

재킷과 핸드폰을 챙겨 들며 문도는 가볍게 웃었다. 홍차와 인절미 구이를 들고 들어오는 장 여사에게 인사를 하고 다이닝 룸을 나섰다. 아침은 빠르게 밝아 와, 현관문을 열고 정원으로 나왔을 때는 푸른 기가 걷히고 날이 완전히 밝아 있었다.

본관의 정원에는 봄이 완연했다. 메말랐던 나뭇가지에는 물이 한껏 올랐고, 검은 나뭇가지에 연두색 새잎이 솟았다. 산책로 옆으로 노란 꽃들이 피었고, 이름 모를 꽃나무에도 짙은 분홍색의 꽃이 피었다. 정원석 틈 구석구석까지 소박한 야생화가 피었고, 화단에는 튤립과 수국이 가득이었다.

나이가 드니 꽃이 좋아진다고 서 회장이 한마디를 한 뒤로, 상근하는 정원사가 철에 따라 꽃을 심고 거두며 만들어낸 풍성하고 조화로운 풍경이었다.

"어머, 회장님. 이제 정말 봄이야, 봄."

멀리서 들리는 목소리에 문도는 회장이 머무는 공간 쪽으로 고개를 돌렸다. 데크로 향하는 커다란 유리문이 열려 있고, 무릎에 담요를 덮은 회장과 휠체어를 밀면서 웃고 있는 박소영이 보였다.

"우리 산책해요. 꽃 냄새가 너무 좋다."

흐음~ 하고 봄 내음을 맡는 박소영을 회장이 초점이 풀린 눈으로 보면서 헤엑헤엑 웃었다. 덜덜 떨리는 손을 들어 박소영의 엉덩이를 도닥거린다. 정정. 주물럭거린다.

아니 씨발. 돈을 처들여 심어 놨으면 꽃이나 볼 것이지, 뭐 하는 짓이야.

잠깐 들러 인사를 해야겠다고 생각한 문도는 인상을 찌푸렸다. 슬슬 엉덩이를 어루만지던 회장이 손을 떼고는 말했다.

"소……소오여엉히. 저기."

회장이 손가락으로 꽃이 주렁주렁 피어 있는 산책로 쪽을 가리켰다.

"회장님, 저쪽으로 가요?"

"으응. 화, 황매, 매화가 조오하."

박소영이 휠체어를 밀어 황매화가 늘어진 가지 옆으로 회장을 옮겨 주었다. 회장이 굽은 손을 들어 연두색 이파리 사이로 피어난 노란색의 꽃을 들었다. 콧구멍을 벌름이며 냄새를 맡고는 벙글 미소를 지었다.

달달 떨리는 손으로 노란색 꽃을 똑 떼더니 박소영에게 이리 가까이 오라 손짓을 한다. 박소영이 허리를 굽혀 몸을 숙이자 흐흐흐 짓궂은 웃음을 흘리곤 손을 뻗어 가슴을 주물럭거렸다.

환장하겠네.

문도가 혀를 차는 사이 박소영이 아잉, 하면서 몸을 틀었다. 이러면 들어갈 고예요~ 하고 콧소리를 내자 회장이 으흐으흐 웃었다. 그리고는 손을 들어 박소영의 귀 옆에 노란색의 꽃을 꽂아 주었다.

“노란, 노호란, 별. 스, 슷하. 옐로우, 슷하.”

“어머 정말, 노란 별 같네?”

흐뭇한 표정의 회장이 박소영을 올려다보았다.

“자기, 나 예뻐?”

박소영이 꽃을 꽂은 쪽으로 얼굴을 돌리며 회장에게 물었다. 커다란 눈을 깜빡이며 묻는 모습에 회장이 침이 질질 흐를 것 같은 허벌 웃음을 웃으면서 말했다.

“예……예뻐. 뷰우티풀.”

“말로만?”

“아니, 아니지.”

슬슬 허벅지를 더듬는 회장의 손을 박소영이 밉지 않게 흘겨보며 아잉, 하고 콧소리를 냈다.

“이거 말구. 나 차 한 대만 더 사 줘요. 내 차 요즘 유라가 쓰잖아.”

“뽀바. 뽀오바. 예쁜 걸루, 아일 기부 유 어 카.”

그 말에 박소영이 허리를 굽혔다. 새 부리 같은 주둥이 두 개가 쪽, 하고 만났다가 떨어진다.

하. 진짜. 하나만 하지?

욕정이면 욕정, 순정이면 순정 하나만 해도 욕이 나올 판에, 추잡한 욕정 위에 피어난 꽃 같은 순정이라니. 최악의 조합 아닌가. 주변은 진흙 뻘밭을 만들어 놓고 당사자들은 좋다고 연꽃 같은 참사랑을 하고 있는 꼴이었다.

하필 진탕 여자를 탐한 다음 날이라니, 타이밍 한번 기가 막혔다. 감사하게도 이렇게 또 한 번 큰 교훈 주셨구요.

알러뷰.

사랑을 고백하는 회장의 목소리가 들려왔다. 문도는 출장길 한번 더럽게 상쾌하다고 생각하며 몸을 돌렸다.

대연회장에서 열렸던 컨퍼런스에 참석했던 문도는 늦은 오후, 부스가 전시되어 있는 박람회장으로 향했다.

아시아 최대 규모의 플라스틱 산업박람회였다. 압도적인 사이즈의 박람회장에는 세계 곳곳에서 참가한 기업들의 부스가 저마다의 기술을 뽐내고 있었다. 상하이와 광저우에서 번갈아 열리는 '차이나 플라스'에 참가하는 국내 기업 중에서 서도 케미컬은 가장 큰 규모의 부스를 운영하고 있었다.

멀리 보이는 곳에 서도 케미컬의 로고가 보였다. 서도의 상징색인 주황색의 커다란 부스를 향해 전략본부1팀장, 케미컬 부문 노승덕 사업부장이 문도와 함께 걸었다. 중국 지사장 이현태 상무와 첨단 소재 지원사업부의 정은영 부장이 맞이하러 나와 있었다. 문도는 가볍게 고개를 숙이며 인사를 했다.

"준비하느라 고생 많으셨습니다."

"아닙니다. 직원들이 고생했죠."

의례적인 인사를 나누며 안쪽에 위치한 부스를 향해 걸었다. 120평이 넘는 부스는 재생 플라스틱과 친환경 배터리를 메인 주제로 하여 4개의 테마 존으로 나누어 놓았는데, 운영위원회 소속 직원들이 부스마다 배치되어 있었다.

문도는 부스 곳곳을 돌아보았다. 전면을 커다랗게 차지하는 액정에서 서도 케미컬의 홍보 영상이 흘러나왔고, 홈 섹션과 여행 섹션에서는 재생 플라스틱을 이용한 제품을 소개하고 있었다.

"휴트론 미팅은 언제로 잡혔습니까?"

문도는 QR코드를 핸드폰으로 찍으며 정은영 부장에게 물었다. 핸드폰 안에서 신소재로 만든 헤드폰의 영상이 뜨며 제품 설명이 흘러나왔다.

"내일 오전 10시로 픽스 되었습니다."

휴트론은 문도가 눈여겨보았던 스위스의 AI 벤처기업이었다. AI를 이용한 연구는 서도에서도 이미 추진 중이었지만, 문도는 이 벤처기업의 가능성을 높게 보고 있었다.

서도의 부스를 체크한 문도는 박람회장을 둘러보았다. 경쟁 업체인 성현의 부스에서 꽤 오랜 시간을 보내며 유심히 살펴보고 있을 때였다.

"전무님, 이제 나가 보셔야 할 시간입니다."

함께 부스를 둘러보던 송정태 팀장이 다가와 문도에게 말했다.

문도는 손목시계를 바라보았다. 저녁 6시가 다 되어 가고 있었다. 저녁에는 중국 동박 제조업체인 호슨 머티리얼즈의 리샤오진 사장과 만찬을 겸한 미팅이 있다.

"고생하시고, 내일 다시 뵙겠습니다."

서도의 부스로 돌아온 문도는 직원들에게 인사를 건넸다. 이현태 지사장과 노승덕 사업부장도 비서진의 보좌를 받으며 이동할 준비를 하였다.

"오늘은…… 할 겁니다."

박람회장을 빠져나오는데, 이현태 지사장이 무어라 말했다. 광활할 정도로 커다란 공간이라 소리가 흩어지는 바람에 제대로 들리지 않았다. 잘 들리지 않았다는 표정으로 돌아보자 지사장이 목소리를 높였다.

"각오하셔야 할 겁니다. 리샤오진 사장이 바이주 애호가라서, 종류별로 내놓는데 죽는 줄 알았습니다."

"죽기야 하겠어요."

문도는 가볍게 웃으며 말했다. 박람회장을 나와 준비되어 있는 차량 쪽으로 걷는데 탁한 바람이 세게 불어왔다. 바람에 옷깃이 펄럭이고 머리카락이 멋대로 휘날렸다.

차에 오르기 전, 문도는 잠깐 거대한 건물을 돌아보았다. 끝을 가늠할 수 없는 사이즈의 건물 뒤로 낮은 하늘이 끝없이 이어져 있었다.

압도적인 풍경이었지만, 광활한 대륙이 주는 원대한 감정은 들지 않았다. 다만 이선우에게 굳이 출장을 알리는 메시지를 보내야 하나, 라는 생각이 들었다. 그러다 문득 웃겨서 웃었다. 평소라면 당연히 보냈을 것이다. 무엇이 달라졌다고 이딴 걸 주저하나.

문도는 걸음을 멈추고 핸드폰을 꺼냈다. 이선우의 번호를 찾아 간단하게 메시지를 보냈다. 전송 버튼을 누른 뒤 화면을 끄고 기사가 열어 주는 세단의 뒷자리에 올랐다.

바람에서 모래 냄새가 나는 저녁이었다.

"선우 씨, 왔어? 보리밥 비벼 먹으려고 된장찌개에 무생채 했는데, 저녁 전이면 얼른 와서 앉아."

노을이 지는 정원을 지나 숙소 동 현관문을 열자, 조리사 아주머니가 반가운 목소리로 선우에게 물었다.

"네. 저도 같이 먹을게요."

선우는 신발을 벗으며 말했다. 주방에서 된장찌개의 구수한 냄새가 폴폴 풍겨 왔다. 2층으로 올라가 핸드폰을 가지고 내려오니 식탁 위에는 양푼 가득 보리밥이 들어 있었고, 그 옆으로 무생채와 콩나물무침, 봄동 겉절이가 커다란 접시에 담겨 있었다.

"막내 아가씨랑 쇼핑 간다더니, 이제 온 거야?"

선우가 개수대에서 손을 씻는데, 옥수댁 아주머니가 숟가락을 놓아 주면서 물었다.

"네. 조금 전에 들어와서 정리 마쳤어요."

"아니, 뭘 그렇게 산대?"

조리사 아주머니가 바글바글 끓는 된장찌개가 들어 있는 뚝배기를 들어서 나르며 말했다.

선우는 대답 대신 웃으며 물컵을 꺼내 정수기에서 찬물을 가득 받았다. 시원하게 내려가는 물을 마신 뒤 자리에 앉는데, 옥수댁 아주머니가 말했다.

“뭘 사긴. 신발, 가방, 보석 뭐 그런 거지.”

“그렇게 샀는데도 또 살 게 있을까?”

비빔밥을 나누어 담을 그릇을 들고 오면서 양 여사라 불리는 다른 조리사 아주머니가 물었다. 선우는 그릇을 받아 앉아 있는 사람들의 앞앞마다 나누어 주었다.

“돈이 없어서 못 사지 물건이 없어서 못 사나. 옷장 보니까 똑같이 생긴 가방이 색색별로 있드라구. 그게 하나에 천만 원이 넘는 거라는데.”

“그럼, 막내 아가씨 쇼핑하는 동안 선우 씨는 뭐 해?”

조리사 아주머니가 선우의 옆자리에 앉으며 물었다.

“뭐 하긴, 짐 들어주고, 커피 사다 주고, 쇼핑하는 동안 짐 지키면서 기다리고 그런 거지. 그치?”

옥수댁 아주머니의 말에 선우는 대답 없이 웃었다. 오늘은 그마저도 하지 않았기에.

서유라는 아침부터 호텔로 갔다. 촬영 스케줄이 있어서 낮에만 시간이 된다고 하는 최지상 때문에 신경질을 한바탕 부리고는 선우에게 차 키를 넘겼다. 부를 때까지 차에서 기다리든, 커피를 마시든 알아서 하라는 말을 하고 서유라가 사라진 뒤 선우는 부지런히 움직였다.

백화점 안의 매장에서 스마트워치를 알아보기도 했고, 얼마 전에 밑창을 대어 달라고 맡겼던 서유라의 구두를 찾아오기도 했다. 다리 사이가 욱신거리며 쓰라렸지만 아무 일도 없었던 것처럼, 서유라와 보내는 여느 날과 다르지 않게 보내기 위해 선우는 걷고 또 걸었다.

한 번씩 몸의 안쪽에서 찌르는 듯한 낯선 통증이 일 때면 잠깐 숨을 삼키고 다시 걸었다. 그렇게 통증을 외면하며 다 떨어진 핸드크림을 사고, 사지도 않을 옷들을 구경했다. 몸을 움직이는 것만이 생각을 멈추는 길이었기 때문이었다.

"그 엄마에 그 딸이네. 작은 사모님도 나가면 그렇게 강 기사를 짐꾼 취급을 한다는데."

조리사 아주머니가 혀를 차면서 보리밥 위로 무생채를 쏟아부었다. 고추장과 겉절이와 된장찌개도 차례로 들어갔다. 마지막으로 들기름까지 한 바퀴가 둘려졌다. 커다란 양푼 가득 보리밥이 썩썩 비벼졌다.

"선우 씨, 많이 먹어. 응? 밥심이 최고라고, 잘 먹어야 잘 버티지."

"네. 감사합니다. 맛있겠어요."

선우는 그제야 자신이 점심을 걸렀다는 걸 깨달았다. 허기가 몰려오며 입에 침이 고였다. 고소한 들기름 냄새를 풍기는 비빔밥을 받아 몇 술을 맛있게 먹고 있을 때였다. 식탁 위에 올려 두었던 핸드폰이 반짝거리며 알람을 울렸다.

당분간 올라오지 말아요.

아…….

발신인은 서문도 전무였다. 선우는 자신도 모르게 숟가락질을 멈추었다. 그리고 조금 망연해진 기분으로 메시지를 바라보았다. 왜 올라오지 말라고 하는 걸까. 어제 혹시 뭔가 실수한 게 있는 걸까.

"왜, 무슨 문제 있어, 선우 씨?"

맞은편에 앉은 옥수댁이 선우에게 물었다. 선우는 고개를 들며 별일 아니라는 듯이 웃으며 말했다.

"아니에요. 스팸 문자예요."

"에이, 남자친구는 아니고?"

옥수댁의 말에 선우는 아니라고 한 번 더 웃으면서 말했지만, 신경은 온통 문자 메시지에 가 있었다.

"이렇게 예쁜데 왜 남자친구가 없어. 내가 좀 알아봐 줄까?"

"아, 괜히 오지랖 부리지 말어. 지난번에도 우리 조카 괜찮은 사람 소개시켜 준다더니, 어디서 그런 돼지 코딱지 같은 남자를 데려와선."

"아니, 그 집이 천안에 5층짜리 건물을 두 개나 가지고 있다니까. 그거면 됐지, 뭘 더 바란대?"

옥수댁 아주머니와 조리사 아주머니가 옥신각신 말다툼을 하며 대화를 이어 갔다. 그 소리를 들으며 선우는 기계적으로 밥을 떠서 씹었다. 애써 외면해 왔던 지난밤의 일을 떠올려 보았다.

사실 하나도 알 수가 없었다. 안을 쾅쾅 울려 대던 남자의 몸을 받으며 시트를 움켜쥐었던 기억이 전부였다. 세상이 깨어져 나가는 그 기분. 울고 싶을 정도로 강렬했던 낯선 감각과 때때로 위험하게 빛났던 남자의 눈빛. 그리고 참아도 참아도 터져 나왔던 소리들.

부끄러운 기억들이 역류했다. 목이 멜 듯이 아파 와서 선우는 밥을 간신히 넘겼다. 물을 한 모금 마시며 생각을 해 보았다. 서툴러서였을까. 기대보다 못해서였을까. 기분을 거슬렀을까. 왜 그러느냐고 물어봐도 되는 건가. 당분간이라는 건 얼만큼일까.

"잠깐 화장실 다녀올게요."

입술 씹으며 고민을 하기보다는 물어보는 게 낫겠다는 생각에, 선우는 자리에서 일어나 거실로 나와 핸드폰을 들었다. 왜 올라오지 말라고 하는 거냐고 직접 물어보는 건 아닌 것 같아서 생각 끝에 한 문장을 썼다.

혹시 제가 실수를 했을까요?

보내기 버튼을 누르는 손이 떨렸다. 처음도 아니면서 뭘 그렇게 떠냐고 묻던 남자의 목소리가 떠오른다. 혹시 피가 비친다면 생리를 마친 지 얼마 안 됐다는 변명을 해야 하나 생각을 했었는데, 눈에 띄는 혈흔은 없었다. 아침에 일어났을 때 속옷에 조금 묻어 있을 뿐이었다. 그래도 혹시 처음인 것을 눈치를 챈 걸까. 그래서 부담스러웠던 걸까.

거실을 서성이는 동안 마음이 바짝바짝 졸아들었다. 답장이 도착했을 땐, 고작 1분이 흘렀을 뿐인데 10분은 지난 기분이 들었다.

출장.

선우의 입에서 안도의 한숨 소리가 흘러나왔다. 별거 아닌 두 글자의 말이, 무거웠던 마음을 짐을 덜어 주었다.

네. 알겠습니다. 조심히 다녀오세요.

그대로 전송 버튼을 누르려는데 옥수댁 아주머니가 선우를 불렀다.

"선우 씨, 막내 아가씨가 찾네!"

"네, 갈게요!"

선우는 메시지 전송 버튼을 누른 뒤 서둘러 주방으로 향했다. 인터폰 안에서 서유라가 고래고래 소리를 지르고 있었다.

— 썅년아 빨리 안 튀어와?

인터폰으로 소리를 질러 대는 서유라 때문에 선우는 서둘러 별채로 건너왔다. 최지상을 만나는 날이 잦아지면서 서유라는 다시 약에 손을 대는 듯했다.

평소 서유라의 기분이 세 칸 정도를 오르내렸다면, 최지상을 만나 약을 하는 날이면 30칸을 오르내렸다. 미친 사람처럼 춤을 추며 웃다가, 우울에 취한 사람처럼 멍하니 창밖을 보다가, 기절한 사람처럼 잠을 잤다가, 사사건건 짜증을 내기도 했다.

"저 왔어요."

다급하게 신발을 벗고 안으로 들어가던 선우에게 서유라가 쿵쾅거리며 다가오더니 단숨에 머리채를 잡고 흔들기 시작했다.

"어, 그래, 내가 너 이럴 줄 알았지. 야 이 쌍년아, 내 반지 어딨어? 이 도둑년, 내 반지 어딨냐고? 팔아먹었어?"

"아, 아니요. 아!"

영문도 모른 채 머리채를 잡힌 선우는 억 소리도 내지 못하고 서유라가 휘두르는 대로 휘청거렸다. 선우를 질질 끌고 간 서유라는 대리석 벽으로 선우를 내동댕이쳤다. 머리가 쿵 소리를 내며 액자의 모서리에 부딪혔다. 눈썹 근처에 뜨끈한 느낌이 들었다.

"미친년, 너 이럴라구 나한테 잘해 줬지? 다 그래, 나한테 살살거리고 잘해 주던 것들 알고 보면 전부 도둑년들이었어. 너도 그렇지? 나한테 뭐 하나 뜯어낼라구! 내 반지 니가 가져갔지?"

"아니요. 저는……."

변명을 하기도 전에 주먹이 날아들었다. 퍽 소리가 나며 머리가 획 돌아갔다. 뒤늦게 뺨에 크고 둔탁한 통증이 느껴졌다. 터진 입 안에서 비릿한 맛이 난다. 느닷없는 폭력에 얼이 나간 선우는 아픈 뺨을 한 손으로 감싸 쥐었다.

"거지 같은 년, 너 내가 뒤져서 반지 나오면 그 길로 죽을 줄 알아! 아악! 왜케 간지러운 거야!"

팔을 북북 긁는 서유라의 눈이 희번덕거리며 돌아갔다. 이 사람은 정상이 아니야. 그러니까 내게 왜 이러냐고 묻는 건 아무 소용 없어. 북받치는 감정을 꾹 삼킨 뒤, 선우는 침착하게 물었다.

"반지 잃어버리셨어요?"

"니가 훔쳤잖아!"

"아니에요. 안 가져갔어요."

"이 썅년이!"

서유라가 다시 선우의 머리채를 잡았다. 유라가 머리카락을 쥐고 흔들자 선우의 눈에 눈물이 절로 핑 돌았다. 다리가 휘청여 바닥에 주저앉은 선우는 크게 숨을 삼킨 뒤 유라에게 말했다.

"제가 왜 유라 씨 반지를 가져가겠어요. 금방 들킬 텐데."

생떼가 난 아이라고 생각하자. 만취한 고객이라고 생각하자. 선우는 마음을 다스리면서 가능한 부드럽게 유라를 달래듯이 말했다.

"제가 가져갔으면 두 배로 물어 드릴게요. 정말로요."

그 말에 서유라의 눈썹이 치켜올라갔다. 미심쩍은 눈으로 자신을 보는 유라에게 선우는 애써 달래듯이 말했다.

"제가 다시 한번 찾아볼게요. 잠깐만 시간을 주시면 제가 찾아볼게요."

머리를 움켜쥐었던 서유라의 손에서 힘이 풀리는 것이 느껴졌다.

"한 번만……."

사정하듯 말하는데 마음속에서 울컥하고 무언가가 올라오는 기분이 들었다. 선우는 애써 침을 삼키며 말을 이었다.

"찾아볼게요."

서유라의 번뜩이는 검은 눈동자가 선우를 들여다보았다. 증명할 기회를 줘요. 선우는 자신의 간절함이 서유라에게 닿기를 빌었다.

"10분. 10분 줄 테니까 찾아. 못 찾으면 월급 한 푼 못 받고 잘리는 줄 알아."

유라가 머리카락을 놓으며 말했다. 10분 안에 못 찾을 가능성이 높았지만, 여기서 더 무슨 말을 했다간 도리어 심기를 거스를 것 같았기에 선우는 무작정 고개를 끄덕였다.

후드득 떨어지는 머리카락을 정리할 새도 없이 선우는 기억을 더듬었다. 유라가 찾는 반지는 최지상이 선물해 준 거였다. 네 개의 반지를 겹쳐 놓은 모양이었는데, 분명히 최지상을 만나러 나갈 때 끼고 있었다.

호텔에 있으면 어떡하지. 정말 어딘가에서 잃어버린 거면 어떡하지. 걱정이 밀려들었지만 선우는 고개를 흔들었다. 일단 찾아보자. 시간이 얼마 없으니까 낭비하면 안 돼.

서유라가 아침에 무슨 옷을 입었더라. 무슨 가방을 들었더라. 기억을 더듬은 선우는 서둘러 서유라의 드레스 룸으로 향했다. 서유라가 감시를 하듯이 쫓아와 문 앞을 지키고 섰다. 선우는 직접 옷걸이에 잘 걸어서 스타일러 안에 넣어 두었던 서유라의 원피스와 트렌치코트를 꺼내 주머니를 뒤졌다. 아무것도 나오지 않았다. 눈앞이 아득해졌지만 고개를 돌려 가방을 찾았다.

제발.

선우는 기도하는 심정으로 가방을 꺼내어 한 칸씩 차분히 살폈다. 어디에도 나오지 않아 눈앞이 아득해질 때, 뒤쪽의 지퍼가 보였다. 떨리는 마음으로 지퍼를 열다가 선우는 작게 소리를 냈다. 반지가 있었다.

선우는 조심스럽게 반지를 꺼냈다. 됐어. 이제 됐어. 찾았으니 되었다고 생각을 해 보았지만 눈 밑이 뜨끈해지는 것은 막을 수가 없었다. 입술을 아프게 물어 눈물을 삼킨 선우는 애써 밝은 표정을 지으며 유라를 돌아보았다.

"유라 씨, 찾았어요."

서유라가 정말이냐는 표정으로 눈썹을 올렸다.

"이거 맞죠?"

손에 쥐었던 반지를 보여 주자 서유라가 어? 하고 반지를 냉큼 집었다.

"어디 있었어?"

"핸드백 뒤에 있는 지퍼에요."

"아, 맞다. 손 씻을 때 넣어 놨었지."

서유라가 헤— 웃더니 선우를 찌릿 노려보았다.

"뭐, 지금 찾았다고 유세하냐? 내가 의심해서 기분 상했어? 맞은 거 억울해?"

선우는 고개를 저었다. 지금까지 잘해 왔잖아. 여기서 망치면 안 돼. 그런 마음으로 애써 미소를 보이며 유라에게 말했다.

"아니에요. 괜찮아요. 반지가 없어졌으니까 의심할 수 있죠."

"그치? 너 같아도 그러겠지? 암튼 뭐, 미안하게 됐다. 가서 약

발라. 아, 가기 전에 나 떡볶이 좀 시켜 주고. 매운맛으로. 순대랑 내장도 같이. 알지? 소주도 꺼내 놓고."

"네."

순순히 대답을 하던 선우의 눈에 2층으로 올라가는 계단이 보였다. 아……. 그래. 어쩌면 이게 기회일 수도 있겠다. 서문도 전무가 없는 날이니까. 잘하면…….

"저, 유라 씨."

선우는 돌아서는 유라를 조심스럽게 불렀다.

"어."

"괜찮으시면 저도 같이 먹어도 될까요?"

서유라가 빤히 선우를 보았다.

엉망으로 헝클어진 머리카락에 부어오른 뺨. 찢어진 눈썹. 선우는 자신의 몰골이 유라에게 동정심을 불러일으키기를 바라며 대답을 기다렸다.

"뭐 그르든가. 방에 있을 테니까 떡볶이 오면 불러라."

서유라가 툭 던지듯이 말했다. 다행이다. 선우는 진심으로 그렇게 생각하였다. 한 번의 기회가 더 생겼다고 생각하니 맞은 것도, 도둑으로 오해를 받은 것도 아무렇지 않아진다.

나는 괜찮아. 오히려 잘된 일이야.

주문을 외우듯이 마음을 다스린 선우는 인터폰을 들고 밝은 목소리로 서유라의 주문을 전했다.

"하……. 내가 막 그르케 나쁜 사람은 아니자나. 너도 알지? 내가 원래 좀 착하구 그래서 당한 게 많아. 왤케 이용해 먹는 년들이 많아서……. 내가 좀 순진하그든. 사람을 잘 믿어요. 근데 세상은 왤케 못돼 처먹었니?"

서유라가 탁자 위로 엎어지면서 중얼거렸다. 들어가서 주무세요, 선우는 유라를 일으켜 부축했다.

"반지가 없어져서 그런 거지……. 너 같아도 의심을 했을 거야. 그치?"

선우는 침대에 대자로 뻗은 유라 위로 조심스럽게 시트를 덮어 주었다. 잘 마시지도 못하는 술을 같이 마시느라 힘들었는데, 다행히 서유라가 먼저 쓰러져 주었다.

거실로 나온 선우는 크게 숨을 마셨다가 천천히 뱉었다. 이 넓은 별채에 드디어 혼자였다. 술을 마셔서일까. 가슴이 뛰었다. 선우는 두근두근 뛰는 가슴을 손바닥으로 꾹 누르면서 계단을 밟아 올라갔다. 어디부터 찾아봐야 하나. 2층의 메인 거실까지 다가간 선우는 어둠 속에서 주변을 둘러보았다.

'서 전무님이 그렇게 호락호락하지가 않아요. 여기 흐트러지면 바로 아셔. 부리는 사람들한테 까탈스럽지는 않은데, 칼같이 정확한 데가 있거든.'

옥수댁 아주머니의 말을 떠올리며, 서문도 전무의 공간인 중문 안쪽은 나중에 찾기로 했다. 달빛에 의지하여 넓은 홀을 둘러보니 응접용 커다란 소파와 테이블뿐이다. 소리 없이 홀을 가로지른 선우는 숨죽여 서재의 문을 열었다.

벽면을 차지한 커다란 책장과 책상으로 쓰는 긴 테이블이 보였다. 선우는 자세를 낮추고 책장 아래 칸의 문이 달린 수납장들을 하나씩 열었다. 서류와 파일, 졸업 앨범 같은 것들이 보였다. 등이 서늘하게 식는 기분에 한 번씩 뒤를 확인하면서, 다음 수납장을 또 그다음 수납장을 열었다.

일단 눈에 보이는 곳에는 핸드폰이 없었다. 주로 서류와 파일들이라 들추어 볼 것도 없다는 생각이 들었다. 선우는 쪼그려 앉았던 무릎을 펴며 조심스럽게 일어났다.

무대에서도 이렇게 조심스럽게 걸어 본 일이 없다는 생각을 하며, 컴퓨터가 놓여 있는 테이블 쪽으로 다가갔다. 정갈하게 정리가 되어 있는 테이블에는 얕은 서랍이 세 개가 있었다. 숨을 멎은 채로 첫 번째 서랍을 연다. 펜과 메모지, 가위와 칼 등의 문구류가 보였다. 두 번째 서랍에는 인공 눈물과 USB 같은 것들이 보였다. 위치가 흔들리지 않게 천천히 서랍을 안으로 밀어 넣은 뒤 세 번째 서랍을 열었다.

"흡."

엎어져 있는 핸드폰이 하나 보이는 순간 소리가 터져 나와서 선우는 손바닥으로 입을 막았다. 서랍을 조금 더 당겨 여는 순간, 크게 덜컹거렸던 마음이 순식간에 식는다. 민우의 것과 다른 브랜드의 핸드폰이었다. 바닥으로 떨어지는 것 같은 마음을 붙들고 벽을 살피는데 창으로 들어온 달빛이 비추고 있는 커다란 액자가 보였다. 서문도 전무와 부회장 부부가 찍혀 있는 가족사진이었다.

은은하게 웃고 있는 우현희 대표와 활짝 웃는 부회장. 그 뒤에서서 조금은 삐딱한 미소를 짓고 있는 서문도 전무.

좋겠다. 당신은.

눈물이 날 만큼 부러운 이 기분을 알까.

선우는 어둠 속에서 눈을 꾹 감았다. 그리운 얼굴들이 떠올랐다. 엄마. 아빠. 민우. 사랑하는 내 가족들. 술을 마셔서일까. 눈물이 순식간에 눈가로 고여 들었다.

흘리면 안 돼. 바닥에 떨어지면 안 돼. 흔적이 남을 수도 있어. 선우는 눈물을 삼키며 어금니를 꽉 물었다. 천천히 숨을 내쉬며 액자를 조심스럽게 들어 보았다. 벽 뒤의 금고 같은 것은 보이지 않았다. 옅은 한숨을 내쉬는데 커다란 창 건너편으로 불이 켜진 숙소 동이 보였다. 너무 늦게 돌아가는 것도 이상해 보일 것 같다는 생각이 든다.

오늘은 이만큼만.

선우는 천천히 문을 닫고 서재를 나왔다.

다음 날, 세수를 마친 선우는 난감한 표정으로 거울 앞에 섰다. 아침 식사를 하러 내려가야 하는데, 얼굴이 말이 아니었다. 눈썹 위의 상처는 그래도 나았다. 살이 찢어지긴 했지만 상처 위에 붙이는 재생 밴드를 사다가 붙이면 어떻게 가려질 것 같은데, 문제는 주먹으로 맞은 얼굴이었다.

선우는 고개를 돌려 푸른 멍이 든 뺨을 살펴보았다. 혀를 굴려서 볼 안쪽의 터진 부분을 더듬어 본다. 쓰라리긴 했지만 시간이 지나면 자연히 나을 테니, 멍만 잘 가려 보면 될 것 같았다.

아침 식사는 생략하고 바로 별채로 건너가야겠다고 생각하며 선우는 욕실 한편에 두었던 화장품 파우치를 열었다. 파운데이션을 찾아 조금 희미해진 멍 위로 두 번을 덧바른 뒤 에코 백을 챙겼다.

"안녕히 주무셨어요? 저는 바로 별채 건너갈게요."

인사를 하며 주방에 있는 사람들을 가볍게 스쳐 지나려는데, 현관문이 열렸다.

"본관에 국간장이 똑 떨어졌네. 양 여사님, 나 국간장 한 병만 꺼내 줘요."

국간장을 찾아 들어온 장 여사가 현관문 앞에 서 있는 선우를 보더니 눈썹을 올려 떴다.

"음? 선우 씨 얼굴이 왜 그래?"

장 여사가 눈을 크게 뜨며 선우에게 다가왔다. 선우는 자신도 모르게 손을 들어 뺨을 가리면서 대답을 했다.

"아……. 어제 넘어져서요."

빠끔한 단추처럼 생긴 장 여사의 눈이 선우의 얼굴을 살폈다. 눈썹 위의 상처와 선크림으로 가린 볼을 눈썹 한 번 깜빡이지 않고 살펴보더니 으응, 하고 대수롭지 않은 듯이 입을 열었다.

"넘어져서 그렇구나. 조심하지. 약 어디 있는지 알아요?"

"아니요. 그런데 괜찮아요. 많이 안 다쳐서……."

"약은 이쪽에."

장 여사가 신발을 벗고 안으로 들어왔다. 선우의 팔을 가볍게 잡으며 거실의 서랍장 쪽으로 이끌었다. 손수 연고를 꺼내 찢어진 상처 위에 발라 주면서 작은 목소리로 말한다.

"이런 데서 일할수록 자기 몸은 자기가 잘 돌봐야 하는 거야. 넘어질 때도 요령껏 넘어지면 덜 다치잖아. 내 말 무슨 말인지 알아요?"

무슨 일이 있었는지 눈치를 채고도 묻지 않는 거라는 생각이 들었다. 선우는 괜히 죄송한 마음이 들어 고개를 떨구면서 대답을 했다.

"네. 조심할게요."

"이건 멍든 데 바르는 연고. 가지고 다니면서 부지런히 발라요. 양 여사, 국간장 꺼냈어?"

에코 백 안으로 연고 하나를 넣어 준 장 여사가 아무렇지 않은 얼굴로 주방으로 향했다. 감사합니다, 선우는 돌아서는 장 여사의 등에 대고 작게 인사를 건넸다.

서유라가 잠든 오전은 조용하게 지나갔다.

옥수댁 아주머니가 2층 청소를 했고, 조리사 아주머니가 냉장고 정리를 하러 왔다가 그릇들을 꺼내어 푹푹 삶았다. 선우는 지난번 외출했을 때 봐 뒀던 스마트워치를 알아보았다. 오래전부터 쓰고 있는 낡은 핸드폰과는 아예 브랜드가 다르기에 핸드폰부터 장바구니에 담았다. 최신형의 워치도 모델을 골라 함께 주문을 했다.

점심 느지막이 일어난 서유라는 선우의 얼굴을 보더니 눈을 슬쩍 피했다.

"오늘 수업도 영상으로 찍을까요?"

선우는 어제 일은 없었던 것처럼 웃으며 서유라에게 말을 건넸다.

"아, 뭐, 그러든지."

"날씨가 너무 좋아요. 화면에 예쁘게 잘 나올 것 같아요."

조금 머쓱해하던 서유라는 금세 기분이 좋아져서 영상에 잘 나와야 한다며 샤워까지 하는 열의를 보였다.

"머리 말려 드릴까요?"

샤워를 마치고 나온 서유라에게 말하자, 유라가 순순히 고개를 끄덕였다. 선우는 살살 머리카락을 넘기면서 머리를 말려 주었다. 부드러운 손놀림에 서유라가 눈을 지그시 감는다. 어느 정도 머리를 말린 후에 컬을 만들어 주는 세팅 기계를 연결해서 컬을 잡아 주었다.

"넌 은근히 이런 거 잘하더라?"

서유라가 차분하게 머리를 말고 있는 선우의 손놀림을 보다가 말했다.

"대회 나갈 때나 무대에 설 때 직접 해야 할 때가 많았거든요."

"메이크업 받고 가는 거 아니야?"

"그럴 때도 있긴 한데, 매번 그러려면 돈이 너무 많이 들어서 대부분 직접 해요."

예쁘게 웨이브가 진 머리가 마음에 들었는지 서유라가 거울을 보며 만족스러운 표정을 지었다.

"메이크업도 해 봐."

선우는 군말 없이 화장대 위에 놓여 있는 파운데이션을 집었다. 서유라의 얼굴에 톡톡 펴 발라 주었다. 눈썹도 살살 그려 주고 아이라이너도 그려 주었다.

“섀도는 뭘로 바를까요? 이거 잘 어울리실 거 같은데.”

코랄색 계열로 그라데이션이 들어간 아이섀도를 들자 서유라가 그러라는 듯이 눈을 내리깔았다. 붓으로 살살 바르는데 서유라가 갑자기 입을 열었다.

“너, 그거 가질래?”

선우가 손에 쥐고 있는 섀도를 바라보면서 서유라가 말했다.

“이걸요?”

“어. 필요 없으면 말구.”

“아, 저 이 브랜드 좋아하는데. 주시면 감사히 받을게요.”

“미안해서 주는 거 아니구. 그냥 주는 거다? 알지?”

“네.”

“그, 서문도한테 어제 일은…….”

선우는 알겠다는 듯이 고개를 끄덕였다.

“보고 안 할게요. 걱정 마세요.”

“그래.”

서유라가 만족스럽다는 듯 웃었다. 화장을 마치고 나서는 수업을 하며 영상을 찍어 주었고, 밤에는 퇴근 시간이 지나도록 일부러 늦게까지 남았다. 근처에 새로 생긴, 배달이 안 되는 미국 남부식 치킨집을 궁금해하는 서유라를 위해서 차를 끌고 밖에 나가서 포장도 해 왔다.

양이 많으니 먹고 싶으면 먹고 가라는 말에 모르는 척 자리에 앉자 서유라는 조금 신난 목소리로 악플러들에 대해 하소연을 하며 소맥을 마셨다. 새벽 늦은 시간, 피식피식 웃으면서 침대에 엎어진 서유라가 잠들기를 기다렸다가 선우는 2층을 한 번 더 올라갔다.

숨을 크게 쉰 다음, 중문을 천천히 열어 서문도가 쓰고 있는 공간 안으로 들어갔다. 거실의 AV장 서랍을 열어본다. 서랍 하나하나를 열 때마다 기대감이 피어올랐다가 어김없이 사그라들었다.

거실 반대편의 드레스 룸은 벽 전체가 시스템 선반으로 되어 있어 서랍도 많고 박스도 많았다. 선우는 가운데 커다란 진열장의 서랍부터 열었다. 타이와 시계, 커프스 링크 같은 것들이 보일 뿐이었다.

조금만 더.

서문도 전무가 돌아오기 전에 최대한 많이 살펴보고 싶은 마음에 선우는 욕심을 부려 마스터 룸의 손잡이를 잡았다. 아래로 내리는데 덜컥, 걸린 것처럼 움직이지 않았다. 힘을 주어 보았지만 잠금장치가 단단하게 걸려 있었다. 서유라 때문에 잠가 놓았구나. 단번에 깨달음이 왔다.

나쁜 사람.

술기운 때문일까. 방문을 잠가 버린 서문도가 원망스러웠다. 열어 놓고 가지. 나 아직 못 찾았는데.

닫힌 방문 앞에서 한참을 서 있던 선우는 천천히 손잡이를 놓았다. 이 방에 들어가려면, 다시 잠자리를 해야 하겠구나. 이루 말할 수 없는 복잡한 마음이 들었다. 옅은 한숨을 쉬다가 선우는 실없이 웃어 버렸다.

누가 보면 억지로 시킨 줄 알겠네.

천천히 몸을 돌리며 선우는 허무하게 웃었다. 삼키지 못한 한숨이 어둠 속으로 흩어지고 있었다.

꼬리에 꼬리를 물었던 미팅과 회의. 밤늦게까지 이어졌던 접대와 쉴 틈 없이 이어진 이동. 피곤을 느낄 틈도 없었던 3일간의 강행군이 끝났다.

따뜻한 봄바람이 부는 오후, 문도는 본관에 먼저 들러 서 회장에게 출장을 다녀왔다고 인사를 올린 뒤 정원으로 나왔다. 아카시아 냄새가 짙게 풍기는 담벼락에 서서 담배를 꺼내 나뭇잎 사이로 들이치는 금빛 햇살을 가는 바라보면서 불을 붙였다.

숨을 깊이 들이마시자, 니코틴이 몸속에서 아지랑이처럼 퍼져 나간다. 오랜만에 입에 문 담배가 달았다. 문도는 나른한 기분으로 연기를 뱉으며 머리를 들었다.

하늘이 파랗고 나무는 초록인 날이다.

아버지는 박람회 마지막 날의 대미를 장식하기 위해 그와 바통터치를 하며 상하이로 건너갔고, 어머니는 제주에서 열리는 세미나에 참석 중이다. 볕 좋은 자리에 누운 회장은 졸음에 겨운 눈을 깜빡이며 낮잠에 들 준비를 하고, 박소영은 호텔 스파에서 피부관리에 한창인 시간.

얼마 만에 이른 퇴근인지.

문도는 한 번 더 깊이 니코틴을 흡입한 다음 불을 껐다. 꽁초를 가볍게 손에 쥐고 별채를 향해 걸었다. 주방의 뒷문을 열고 들어가는데 거실에 서 있는 여자 둘의 모습이 보였다. 몸에 붙는 레오타드 차림에 물결 같은 스커트를 입은 이선우가 서유라의 옆에 서 있었다. 문이 열리는 소리를 들었는지 고개를 돌린다.

두 사람의 시선이 마주쳤다.

커다란 창으로 들이치는 햇빛 속에 이선우가 있었다. 그 모습이 꼭 어느 명화 속 발레리나 같다는 생각을 하는데 선우가 먼저 살짝 고개를 숙이며 인사를 했다. 무심히 인사를 받은 문도는 뚜벅 걸어 안으로 들어가 아일랜드 옆의 쓰레기통에 담배꽁초를 버렸다. 개수대에서 물을 틀어 손을 씻는데 서유라가 그를 돌아보며 물었다.

"출장 끝났어?"

"네."

"회사는 다시 안 가?"

"피곤해서 쉬려고요."

문도가 물을 잠그며 말하자, 서유라가 빈정거리며 말했다.

"울 조카 팔자 좋네."

문도가 피식 웃으며 느슨하게 바라보자 서유라가 시선을 피하며 고개를 돌렸다. 그 모습을 보고 있던 선우가 서유라에게 말을 붙이며 화제를 돌렸다.

"유라 씨는 라벤더색이 정말 잘 받으시는 것 같아요."

상냥하게 서유라에게 말을 하는 이선우는 머리를 하나로 동그랗게 묶고 있었다.

“그치? 내가 색을 잘 받아. 이 스커트 괜찮다. 나는 이렇게 반짝이는 게 좋더라.”

소파 위에는 파스텔 톤의 스커트와 레오타드가 늘어져 있었고, 영화에서나 보았던 발레 슈즈가 그 옆에 놓여 있었다.

“사진으로 찍을까요?”

“그럴래?”

여러 번 해 보았는지 선우가 몇 걸음 뒤로 물러났다. 햇볕을 환하게 받은 서유라가 엉거주춤 발레 포즈를 잡았다.

“다 찍었어요.”

“와씨, 졸라 힘들어. 허벅지 떨리는 거 봐.”

유라의 엄살에 선우는 웃었다. 웃으며 고개를 돌리는데 주방에서서 두 사람을 보고 있던 문도와 다시 눈이 마주쳤다. 첫 밤을 보낸 뒤 처음으로 한 공간에 있게 돼서일까. 공기의 흐름이 멈추는 것만 같았다.

“왜케 더워. 야, 나 커피 한 잔만. 아이스로.”

서유라가 조잘거리며 소파에 드러누웠다. 문도의 시선은 여전히 선우에게 있었다. 선우는 잠시 숨이 막힐 것 같다는 생각을 했다.

“사이가 좋네.”

남자의 목소리가 멈추어 있던 공기를 깨트렸다. 싱긋 웃으며 미간을 문지른 남자가 선우에게 말했다.

“편하게 커피 내리세요. 저는 올라갑니다.”

주방을 걸어 나온 문도가 엘리베이터 버튼을 눌렀다. 많이 피곤한 건지 고개를 뒤로 젖히며 눈을 지그시 감는다. 그저 서 있을 뿐인데 존재감이 선명하였다. 별채의 주인이 돌아왔다고, 선우는 자신도 모르게 생각했다.

10. 1,390만 원

밤이 되었다. 선우는 퇴근을 알리기 위해 유라의 방문을 두드렸다.

"저 이만 퇴근해 볼게요."

"어. 가."

침대에 엎드려 있던 서유라가 성의 없이 대답을 했다. 그리고는 몸을 한 바퀴 굴러 똑바로 눕더니 자신의 핸드폰을 높이 들면서 화면을 보고 말했다.

"자갸, 나 지금 자기 보고 싶은뎅?"

— 아, 누나. 좀.

"보여 줘~ 지금 보여 줘~ 내 꺼 보여 달라구~"

— 하여튼 밝히긴.

웃음기 섞인 남자의 목소리도 들렸다. 키득거리는 서유라의 웃음소리가 의미심장했다. 무슨 뜻인지 갑자기 와닿는 바람에 선우의 낯이 뜨거워졌다. 문을 닫아 주려는데, 유라가 선우 쪽으로 시선도 두지 않으면서 말했다.

"야, 나가면서 문 잠가라."

선우는 잠금장치를 누른 뒤 조용히 방문을 닫았다. 닫히는 문틈 사이로 몇 마디 저속한 말이 흘러나온다. 주방으로 향한 선우는 커피포트에 물을 채워 넣었다. 전원 버튼을 누르고 물이 끓기를 기다린다. 손잡이가 큼지막한 도자기 컵을 꺼내고 카모마일 티백을 하나씩 넣었다.

탁, 하고 물이 끓었다는 소리가 났다. 보그르르— 기포가 올라오는 커피포트를 잡고 머그잔 안으로 물을 흘려 넣었다. 커피포트를 제자리에 올려놓은 뒤, 선우는 가만히 멈추어 있었다. 카모마일 꽃이 물속에서 피어나는 모습을 물끄러미 바라볼 뿐이었다.

차를 들고 서문도 전무에게 올라가는 길은, 처음보다 훨씬 더 막막하고 어렵기만 했다. 아무것도 몰랐을 때는 차라리 무모하게 집어 들 수 있었는데, 밤을 함께 보낸다는 것이 어떤 의미인 줄 아는 지금은…….

두려웠다. 무섭기도 했다. 다시 그 시간을 견딜 수 있을지 자신할 수 없었다.

선우는 천천히 눈을 감았다. 깊이 숨을 마시고 느리게 뱉어 내며 눈을 떴다. 그래도 해야지. 해내야지. 이제 막 열린 문인데. 여기서 어떻게 뒤로 물러설까.

알고 있다. 지금 자신이 하는 짓이 어떤 일인지를.

남녀 사이의 잠자리, 남들도 다 하는 별거 아닌 일이라고 스스로에게 말하며 애써 괜찮은 척을 했지만 사실은 알고 있었다. 자신이 선택한 일은 스스로에게 회복되지 못할 상흔을 새기는 일이었고, 반복될 때마다 영혼이 한 칸씩 허물어지는 일이었다.

그러니 아마도 자신은 괜찮지 않을 것이다. 오랜 후유증에 시달릴 것이고, 문득문득 참을 수 없이 수치스러워지는 순간들이 있을 것이다.

알고 있으니 괜찮아.

별거 아닌 척 외면하고 무시하다가 무너지는 것보다야 훨씬 견디기 수월할 테니까. 이제는 이 모든 노력들이 헛되지 않도록 한 번 더 마음을 굳게 먹어야 할 때였다. 마음을 단단히 먹은 선우는 찻잔이 담긴 트레이를 양손으로 들었다.

10시.

2층에 있는 서문도 전무에게 보고를 하러 올라갈 시간이었다.

중문의 안쪽에서 TV 소리가 들려왔다. 선우는 한 손으로 트레이를 받치고 다른 손으로 똑똑 노크를 했다.

"들어오세요."

문을 열고 들어가자 제일 먼저 커다란 트럭들이 황야를 질주하고 있는 TV 화면이 보이고, 느슨히 소파에 앉아 있는 서문도의 뒷모습도 보였다.

흙먼지가 그대로 뿜어져 나올 것 같은 커다란 화면에서 눈을 뗀 서문도가 소파 테이블에서 발을 내리며 볼륨을 줄였다. 한 손에 들고 있던 맥주 캔을 테이블 위에 내려놓는 남자는 평소의 슈트 차림이 아닌, 베이지색 슬랙스에 짙은 색깔의 니트 차림이었다. 상체를 세우며 앉던 남자가 선우의 모습을 보고는 눈을 크게 떴다. 그리고 어이없다는 듯이 물었다.

"지금 차를 들고 왔습니까?"

찻잔을 본 서문도가 조금 황당하다는 듯 선우를 보고 있었다. 뭔가 착각한 건가. 이대로 계속되는 거 아니었나. 선우는 왠지 잘못한 기분이 들어 기어들어 가는 소리로 대답을 했다.

"네……."

선우를, 선우의 손에 들린 두 잔의 찻잔을 번갈아 보던 남자가 크게 웃었다. 정말 웃긴 일이라도 있는 것처럼 소리 내어 웃더니 후, 하고 길게 숨을 내쉬었다.

"섹스하자고?"

어. 음. 선우는 뭐라 대답할 말을 찾지 못해 작게 고개만 끄덕였다.

"하……."

남자가 커다란 손을 들어 세수를 하듯이 얼굴을 비볐다. 그리고는 어이가 없다는 듯이 한 번 더 웃었다. 피식, 웃음이 새는 입가와는 달리 색채가 화려한 눈동자는 싸늘했다.

"잠깐 이야기 좀 하죠."

서문도가 말하며 소파에 앉으라는 듯이 선우에게 고갯짓을 했다. 선우는 트레이를 소파 테이블 위에 올려놓고 소파에 앉았다. 머뭇거리다가 머그잔을 들어 서문도 전무의 앞과 자신의 앞에 하나씩 내려놓자, 남자가 한숨을 쉬며 웃었다.

"우선."

남자가 입을 뗐다. 선우는 고개를 들어 서문도와 시선을 맞추었다. 당신의 이야기를 경청한다는 뜻으로 맞춘 시선이었는데, 남자는 선우의 눈을 마주 보기만 할 뿐 말을 잇지 않았다.

"……."

시선이 묶인 채로 침묵이 흘렀다. 그러다 남자의 입에서 욕설이 나직하게 흘러나왔다. 선우는 마른침을 삼켰다. 이채가 도는 남자의 눈동자가 나른하게 감겼다가 다시 떠지는 모습을 바라볼 뿐이다.

"하룻밤이면 될 줄 알았더니."

남자가 피식 웃은 뒤 말했다.

"그래요. 계속합시다. 일단, 이 엿 같은 차는 그만 가져오시고."

말이 거친 사람이었구나. 선우는 우습게도 그런 생각을 했다.

"몇 가지 짚고 넘어갑시다."

"네."

남자가 선우를 느리게 훑었다. 그녀의 안에 무엇이 들어 있는지 가늠이라도 해 보는 것 같은 시선이었다.

"나는 고용인이랑은 연애 안 합니다."

선우는 자신도 모르게 고개를 끄덕였다. 뭐랄까. 당연한 말 같았다. 남자의 눈동자에 서려 있는 짜증과 피곤이 납득의 근거가 되기도 했다.

"그러니 나한테 무슨 연애 감정 같은 거 원하는 거라면 내려가시고."

거기까지 말한 남자가 이마를 매만졌다.

하……. 씨발.

남자의 입에서 한 번 더 욕설이 흘러나왔다. 스스로가 웃긴다는 듯이 자조적으로 웃은 남자가 선우를 똑바로 바라보았다.

"바라는 거 있으면 말해요."

선우는 눈만 깜빡였다. 남자와 잠을 자야겠다는 결심만을 했을 뿐, 무엇을 요구해야 한다는 생각은 한 번도 해 보지 못했기 때문이었다.

바라는 것. 길게 생각할 것도 없었다. 처음부터 원했던 것은 하나였다. 남자가 가져갔다는 민우의 핸드폰. 하지만 이 자리에서 그걸 달라고 할 순 없지 않은가.

"바라는 건……."

없다는 말을 하려다가 선우는 잠시 머뭇거렸다. 아무것도 바라지 않는다고 한다면, 도리어 이상하게 생각하지 않을까. 선우가 말하기를 주저하자 문도가 대강 그 내용을 짐작할 수 있다는 듯한 표정으로 웃으며 말했다.

"계산은 확실한 게 좋죠. 보통 바라는 거 없다는 사람이 제일 바라는 게 많더라고. 그리고 공짜는 꼭 탈이 나거든."

선우는 아무 말도 할 수 없었다. 문도가 스륵 몸을 일으켜 의자에서 일어났다. 거실을 가로질러 드레스 룸으로 가더니 걸어 놓은 옷 안쪽에서 지갑을 꺼냈다.

"서로 꼴려서 하는 짓인데 돈은 좀 삭막하고."

문도가 카드 한 장을 선우의 앞에 내려놓았다.

"선물이라고 생각하고 사고 싶은 거 사요. 한도는……."

잠깐 생각을 하더니 빙그레 웃으면서 말했다.

"없으니까."

선우는 시선을 내렸다. 세련된 검은색의 카드가 테이블 위에 있었다. 서문도 전무가 말하는 바는 명확했다. 감정적인 기대는 일절 하지 말 것. 기브 앤 테이크가 분명한 거래임을 잊지 말 것. 몸을 섞는다는 이유로 선을 넘지 말 것.

이걸 받아야 거래가 성사된다.

돈을 바라고 접근한 여자처럼 보이는 게 선우에게도 나은 일이었다. 적어도 쓸데없는 오해와 의심은 사지 않을 테니까. 그럼에도 선뜻 손이 나가지 않는 이유는, 아마도 알량한 자존심 같은 것일까. 여기까지 왔어도 돈에 몸을 파는 짓은 하고 싶지 않은 건가. 아직도 그런 게 남았나. 저 카드가 서문도 전무의 곁에 머물 수 있는 통행권 같은 것이라면 어떨까. 그래도 주저할까. 아니, 감사한 일이다. 선우는 망설임 없이 손을 뻗었다.

"네, 감사합니다. 잘 쓸게요."

냉큼 카드를 집는 모습에 남자가 웃음을 터트렸다. 선우는 카드를 잘 챙겨서 카디건의 주머니에 넣었다.

"그럼 이제……."

잠자리를 가져야 하는 시간이다. 선우는 서문도를 올려다보며 물었다.

"씻고 올까요?"

남자가 선우를 빤히 보더니 웃으며 말했다.

"같이 씻죠."

마스터 룸의 욕실로 걸어가면서 문도는 입고 있던 니트티를 벗었다. 당혹스러운 표정을 짓던 이선우가 몇 발짝 늦게 문도의 뒤를 따라왔다. 문도는 상의를 벗은 상태로 욕실 앞의 파우더 룸에서 선우를 기다렸다. 조심스럽게 안쪽으로 들어온 여자가 애꿎은 손톱만 쥐어뜯는다.

웃긴 여자였다.

유혹은 무모할 정도로 적극적인 주제에 섹스는 서툴기가 짝이 없었다. 내미는 카드는 사양 한 번 없이 받아 챙겼으면서 남자와 같이 샤워하는 건 부끄러워하고 있다.

"뭐 해요. 벗지 않고."

문도의 말에 선우가 퍼뜩 고개를 들었다. 아, 네. 작게 대답을 하더니 입고 있는 셔츠형의 원피스 단추에 손을 댔다.

하나, 또 하나, 그리고 다시 하나.

문도는 벽에 한쪽 어깨를 기대었다. 이선우가 옷을 벗는 모습을 감상하듯 바라보았다. 느리게 단추를 끄를 때마다 여자의 투명한 속살이 드러났다. 봉긋하게 솟은 가슴 언저리가 보이고, 베이지색의 브래지어 윗부분도 보였다.

목덜미까지 붉게 물든 이선우는 바닥만 보고 있었다. 시선은 아래로 둔 채 손만 움직여 단추를 풀고 있다. 가늘게 떨리는 손으로 하나씩 단추를 푸는 모습이 이렇게까지 꼴릴 일인가. 배꼽 부근의 단추까지 풀어졌을 때, 문도는 벽에 기댔던 몸을 세웠다. 한 발짝

다가가 여자의 몸을 뒤로 돌렸다. 둥글게 말아 올린 머릿밑으로 길고 가는 흰 목덜미가 보였다.

문도는 고개를 숙여 목덜미에 입을 맞추었다. 달콤하고도 부드러운 여자의 냄새가 난다. 여자가 어깨를 움츠리자, 원피스가 한쪽으로 흘러내리며 가냘픈 어깨가 드러났다. 목과 어깨가 이어지는 부분을 따라 입을 맞추었다. 그때마다 이선우가 흠칫흠칫 몸을 떨었다.

문도는 입을 맞추면서 시선만 들어 맞은편의 거울을 보았다. 눈을 질끈 감고 있는 이선우의 자그마한 얼굴이 보였다. 왠지 모르게 울리고 싶은 얼굴이었다. 문도는 서슴없이 선우의 원피스를 내렸다. 브래지어도, 그리고 마지막 남은 속옷 한 장까지도.

선우를 돌려세운 문도는 여전히 눈을 감고 있는 여자를 내려다보면서 가볍게 웃었다. 그리고 말없이 몇 초의 시간이 흘렀다. 이제는 눈을 감고 있는 게 불편해진 선우가 입술을 깨물 때 문도가 말했다.

"뭐 해요."

선우는 눈을 떴다. 뭘 그렇게 숙맥처럼 구냐는 표정으로 문도가 말했다.

"뭘 그러고 서 있어."

어. 선우는 조금 당황한 얼굴로 문도를 바라보았다. 환한 조명 아래에서 알몸이 된 것만으로 어쩔 줄 몰라 하는 자신에 비해 남자는 너무나 아무렇지 않아 보였다.

남자는 선우가 무언가를 해야 하는 것처럼 말을 하는데, 무엇을 해야 하는지 퍼뜩 생각이 나지 않았다. 뭘 해야 하지? 욕실로 들어가야 하나? 먼저 들어가도 되는 건가? 당황하여 생각하는데 문도가 가볍게 한숨을 쉬며 말했다.

"남자랑 샤워 처음 해 봐요?"

"네?"

"벗겨야지."

뭐를? 이라고 생각했을 때 문도가 눈으로 까딱 자신의 하체를 가리켰다. 그제야 선우의 눈에 바지만 입고 있는 남자의 모습이 들어왔다.

"아……. 네."

옷이 벗겨지는 긴장감에 잠시 잊었지만, 자신은 남자에게 잠을 자자고 올라온 여자였다. 능숙하지는 못할지라도 숙맥처럼 굴어서는 안 된다는 생각이 들었다. 서문도는 자신이 이런 일에 익숙한 여자라 생각을 할 테니까.

선우는 숨을 한 번 마시고 남자의 허리로 손을 뻗었다. 두툼하게 올라와 있는 중심에 낯이 뜨거워졌지만 머뭇거리지 않고 바지의 버클에 손을 댔다. 조금은 빽빽하게 끼워져 있는 버클을 풀고 아래에 부풀어 있는 단단한 것이 무엇인지 생각하지 않으려 애쓰며 지퍼까지 무사히 내렸다.

다시 한번 가볍게 숨을 마신 선우는 근육이 잡혀 있는 판판한 아랫배와 베이지색의 슬랙스 사이에 손가락을 넣었다. 붙잡고 아래로 내리는데 남자가 낮은 한숨을 쉬며 말했다.

"내가 지금."

선우는 고개를 들었다. 눈이 마주치니 남자가 말을 잇지 못한 채 선우를 바라보기만 했다. 그러다 됐다는 듯 말했다.

"아니야. 그냥 하던 거 계속해요."

어딘가 포기한 것 같은 얼굴이었다. 선우는 조금 막막한 심정으로 마지막 남은 속옷 한 장을 바라보았다. 벗겨야 해. 그래야 다음이 있어. 마지막 결심을 하며 브리프의 밴드 사이로 손가락을 밀어 넣었다. 빠르게 확 내려야 하나, 조금씩 마음의 준비를 해 가며 내려야 하나. 짧은 순간 그걸 고민하고 있는데 남자가 웃었다. 고개를 들어 바라보니 어이없다는 웃음을 웃으며 남자가 말했다.

"이게 뭐라고 존나 꼴리네요."

단숨에 브리프를 벗어 내린 남자가 선우를 안았다. 내려진 곳은 짙은 회색 타일로 둘려 있는 샤워 부스 안이었다. 남자가 물을 틀자 미지근한 온도의 물이 선우의 발끝에 튀었다.

이제는 무얼 해야 하지.

물을 틀어 준 서문도는 쏟아지는 물줄기에 손을 내밀어 온도를 체크하고 있었다. 그러더니 레버를 조금 위로 올렸다. 남자처럼 자연스럽게 행동하고 싶지만, 어떻게 행동해야 하는지 생각을 할 때마다 머릿속이 까매졌다.

남녀 간에 샤워를 같이한다는 것이 정말 단순히 샤워를 한다는 것만은 아닐 거라는 것은 당연히 알고 있지만, 그렇다고 대뜸 어떤 행동을 하기엔 아직은 너무 막막했다.

"온도 괜찮아요?"

"네."

선우의 대답에 남자가 고개를 끄덕이더니 레버를 뒤로 젖혔다. 수압이 높아진 물줄기가 사방으로 뻗으며 선우의 허리까지 닿았다. 스킨십을 한다고 해도 일단은 씻고서 할 거라는 생각을 한 선우는 쏟아지는 물줄기 안으로 한 발을 걸었다. 목 아래로 따뜻한 물이 흘러내렸다.

씻으려면…….

샤워 젤이 필요할 것 같아 물을 맞으며 주위를 둘러보는데 남자가 성큼 물줄기 안으로 들어와 선우의 뒤에 섰다. 고개를 돌리기도 전에 선우를 감싸 안는 것처럼 남자의 팔이 뻗어 나오더니 앞에 있는 샤워 젤의 펌프를 눌렀다. 손바닥에 젤을 담은 남자의 손이 선우의 몸에 닿았다. 놀라 돌아보니 남자가 싱긋 웃는다. 그리고 그대로 선우의 가슴을 움켜쥐었다.

"아."

선우는 허리를 움츠렸다. 그러자 남자의 팔이 선우의 허리를 감았다. 바짝 당기는 힘에 하체가 맞붙고 엉덩이 윗부분에 뜨겁고 단단한 것이 닿았다.

앞에서는 물이 쏟아지고 뒤에서는 남자의 몸이 바짝 붙여왔다. 그것만으로 정신을 차릴 수 없는데 미끈거리는 손이 뭉클뭉클 가슴을 뭉개기 시작했다. 부드럽게 주물거렸다가 유두를 비비적거리는데 뭐라 설명할 수 없는 감각이 밀려왔다.

"제가. 제가 그냥. 아."

아, 도 아니고 앗, 도 아닌 그 어디쯤의 소리가 나왔다. 선홍색 유두가 남자의 손끝에서 비틀리며 짓이겨졌다. 그때마다 저릿한 감각이 아랫배를 때리는 것만 같았다.

"그냥 뭐."

목덜미에 닿는 남자의 목소리에도 소름이 오싹 돋았다. 선우는 가슴을 부드럽게 주물거리는 남자의 손을 자신의 손으로 잡고 몸을 비틀며 말했다.

"이제 제가. 씻겨, 씻겨 드릴게요."

남자가 웃긴 말을 들었다는 듯 선우를 보았다. 그러더니 선우를 안은 채로 한 발 앞으로 걸었다. 두 사람에게로 떨어지던 물줄기가 이제는 남자의 등 뒤로 흘러내렸다.

물줄기를 막고 선 남자가 한번 해 보라는 표정으로 팔을 가볍게 들었다. 선우는 얼른 수전에 걸린 샤워 볼을 집고 그 위에 샤워 젤을 짰다.

문도는 샤워 볼을 주무르는 선우를 흥미진진한 눈으로 보았다. 발갛게 솟아오른 젖꼭지에서 물이 똑똑 흘러내리는 줄도 모르고 열심히 거품을 낸 이선우는 샤워 볼을 조심스럽게 문도의 목 아래에 가져다 댔다.

입을 꾹 다문 모습으로 여자는 문도의 쇄골을 문지르고 가슴도 좌우로 문질렀다. 아랫배로 샤워 볼을 내리다가 흠칫 놀라곤 다시 들어 올려 팔을 닦아 준다.

어깨, 가슴, 팔에 차례로 거품이 골고루 묻었다. 아까도 그렇게 융통성 없이 옷만 벗기더니, 지금은 열심히 문질러 대기만 했다. 문도는 참으로 요령 있게 아랫배 바로 위에까지만 거품을 문질러 대는 선우에게 말했다.

"자지는?"

부지런히 오가던 선우의 손이 충격으로 멈추었다. 어버버 커진 눈동자를 보며 문도는 웃으며 말했다.

"왜 자지만 빼요. 제일 중요한 덴데."

손을 잡아다 쥐여 주니 아, 아, 할 말을 찾지 못한 선우의 얼굴이 새빨개졌다. 이게 뭐라고 또.

불끈 치받쳐 오는 욕망에 문도는 고개를 숙였다. 그리고 충격으로 벌어진 선우의 입술 사이로 혀를 밀어 넣었다.

쏴아, 쏟아지는 물줄기 아래에서 선우는 남자의 혀를 받았다. 물에 젖은 가슴을 듬뿍 움켜쥔 남자의 손이 선홍색 유두를 비벼 댔다. 오싹, 등줄기에 전기가 흐르는 느낌이 퍼져 선우는 남자의 목에 감은 팔에 힘을 주었다. 이 정도면 되었을까. 이쯤에서 그만하자고 해도 되나. 이만 침대로 가자고 해도 될까. 정말 이제는 그만하고 싶었다. 이런 이상한 느낌은 알고 싶지 않았다.

"전무님."

선우는 입술이 잠시 떨어진 틈을 타 문도를 불렀다.

"네."

대답을 한 남자는 다시 선우를 삼켰다. 아. 짧게 소리를 내는 선우의 입속으로 두툼한 혀가 밀려들었다. 목이 막힐 정도로 깊게 넣었다가 매끄럽게 훑으며 빠져나왔다. 선우는 어딘가 진저리가 쳐질 것만 같은 느낌에 발끝을 오므리며 말했다.

"전무님, 그만."

더 이상은 싫었다. 아무것도 느끼고 싶지 않았다. 아랫배가 뭉근하게 뭉쳐 드는 느낌도, 저릿거리며 오싹해지는 느낌도 느끼고 싶지 않았다. 단순한 행위, 그 이상도 이하도 아니었으면 했다.

"전무님, 그냥, 이제. 아."

침대로 가고 싶다는 말을 하려는데 남자가 가슴으로 머리를 내렸다. 끝이 뜨겁게 물리자 절로 소리가 터지며 다리 사이가 조여 들었다.

"이제 그만, 흣, 하고, 하고 싶어요."

선우는 가슴을 물고 있는 문도의 머리를 잡으며 말했다. 차라리 자신을 정신없이 몰아치는 행위가 나을 것 같았다. 삽입을 해서 아프게 되면, 그러면 이런 느낌은 없어지겠지.

"이제 그만 해 주시면 안 될까요?"

고개를 든 남자에게 부끄러움도 잊은 심정으로 물었다.

"지금?"

"네."

"여기에서?"

여기에서 가능한가. 그렇다면 그래도 좋을 것 같다. 어차피 오늘은 욕실 문 안쪽의 공간을 보려는 목적이었으니까. 고개를 끄덕였더니 남자가 한숨처럼 웃었다. 나도 넣고 싶은데 콘돔이 없네. 아쉬운 목소리로 중얼거린 남자가 선우를 반짝 안았다.

화장대 역할을 하는 서랍장이 이어져 있는 파우더 룸, 둥근 아치형 문 너머의 두 번째 드레스 룸.

잊지 말아야 하는 것들을 머릿속에 넣으며 선우는 남자의 목을 감싸 안았다.

알람이 울렸다.

흐릿하게 눈을 떴던 선우는 잠에 취한 채 다시 눈을 감았다. 조금만 더 자고 싶은데, 알람이 끈질기게 울린다.

선우는 머리맡에 두었던 핸드폰을 손을 더듬어 찾았다. 실눈을 뜨고 알람을 끈 뒤 다시 눈을 감았다. 잠에서 깨어나긴 했지만 조금 더 누워 있고 싶기 때문이었다.

일어나야지.

생각을 하지만 몸은 물먹은 솜처럼 무겁게 가라앉았다. 욕실에서 시작해 침대에서 끝이 난 정사가 선우의 기력을 쭉 빨아 먹은 듯했다. 현역 때만큼은 아니지만 그래도 학원에서 아이들을 가르치며 꾸준히 운동을 해 온 몸이었다. 체력이 달려서 무언가를 힘겨워한 적은 없었는데, 남자와의 잠자리는 그게 다가 아니라는 걸 어제 알았다.

그러니까…….

어떤 감각들이 둥글게 모이는 느낌을 견뎌 내야 하는 것. 남자의 손끝이, 입술이, 혀가 일으키는 저릿저릿한 감각들에 소리를 내지 않기 위해 노력해야 하는 것. 안쪽의 물기를 확인하는 남자의 손가락을 느끼며, 무감각해지려고 애를 쓰는 것. 그럼에도 불구하고 결국은 바르르 떨게 되는 것. 결국에는 그냥 어서 해 달라고 부탁하며 남자의 목에 매달리게 되는 것. 그런 순간들을 애써 의식하지 않으려 하는 것.

차라리 삽입을 하는 것이 나았다. 감당하기 힘든 크기를 받아 내느라 고통스러운 것이 견디기가 수월했다. 삽입이 시작되면 시트를 움켜쥐고 시간이 흐르기를 기다리면 되니까.

아니다.

사실 하나부터 열까지 쉬운 일은 없었다. 남자의 열기를 고스란히 받아 내는 건 그 어떤 말로도 표현할 수 없는 일이었으니. 마지막 순간, 목을 물 것처럼 입을 맞추면서 탁한 신음 소리를 냈던 서문도 전무를 생각하자 괜히 이마에 열이 올랐다. 선우는 이미 감고 있는 눈을 한 번 더 질끈 힘주어 감았다.

일찍 가면 마주칠 수도 있으니까 오늘은 최대한 7시에 맞춰서 가야겠다. 서문도 전무가 출근을 먼저 해 버렸으면 좋겠는데.

그런 생각을 하며 선우는 몸을 일으켰다. 세수를 하려고 욕실의 세면대 앞에 서자 볼 한쪽이 푸릇한 자신의 얼굴을 보였다. 검붉은 색깔의 멍은 아니었지만 푸릇한 색은 여전했다.

물을 틀어 세수를 하는데 문득 어젯밤에도 이 얼굴 그대로 보였으려나, 생각이 들었다. 샤워를 같이하긴 했어도, 클렌징 폼으로 선크림을 박박 닦아 가면서 씻은 건 아니었으니 잘 보이지 않았을 수도 있었다.

아마 그랬을 것 같다. 서문도 전무가 유심히 자신의 얼굴을 살핀 적도 없었고, 어쩌다 그랬느냐고 묻지도 않았으니까. 혹시라도 어째서 그렇게 되었냐고 물어본다면 넘어졌다고 하면 되겠지.

그렇게 생각한 선우는 샤워를 한 뒤 멍이 든 곳에 바르는 연고를 발랐다. 톡톡 두드려 흡수가 되기를 기다린 뒤 파운데이션을 덧발랐다. 서너 번을 발라서 최대한 흔적을 가린 뒤에 1층으로 내려갔다.

"안녕히 주무셨어요. 일찍 나오셨네요?"

선우가 인덕션 앞에 서 있는 옥수댁과 조리사 아주머니를 보면서 인사를 했을 때였다.

"응. 오늘 된장 거른다고 해서 새벽같이 건너왔지."

고개만 돌려서 선우에게 인사를 한 옥수댁이 조리사 아주머니의 팔을 어깨로 툭 밀면서 귓가에 소곤거렸다.

"내 말이 맞어. 집에까지 데려와서 재운 걸 보면 보통 사이는 아닌 거지."

옥수댁 아주머니의 말에 조리사 아주머니가 고개를 저으면서 아니라고 말했다.

"서 전무가 언제 별채로 여자 데려온 적 있어? 보통 깔끔한가. 만나도 밖에서 만나겠지. 무슨 여자를 들여."

"하이구, 참. 내가 괜히 이런 말을 하겠어? 그게 나왔다구. 그게."

"그게 뭔데."

"콘돔이 두 개나. 어? 침실 휴지통에서 나왔다구."

"허메야. 진짠갑네."

정수기에서 물을 받던 선우의 얼굴이 하얗게 질렸다. 그런 줄도 모르고 옥수댁이 조리사 아주머니에게 한 번 더 단언하듯이 말을 했다.

"보통 사이 아니야. 집에까지 데려올 정도면 꽤 깊은 사이 아니겠어?"

"장 여사는 알아?"

"아직 말 안 했지. 자기두 말하지 마. 괜히 나만 곤란해질라."

쉬쉬 소리를 내면서 옥수댁이 말했다. 조리사 아주머니가 알았다며 고개를 끄덕인다.

"선우 씨, 오늘 얼갈이 넣구서 시원하게 된장국 끓였는데 한 그릇 줄까? 사골국도 있는데. 뭘로 줄까?"

"된장국 먹을게요."

당장 어젯밤의 일이 떠올랐지만, 선우는 가능한 평소처럼 굴려고 노력하면서 말을 했다. 고개를 끄덕인 아주머니가 밥솥을 열고 밥을 펐다. 서둘러 식사를 마치고 별채로 건너가 휴지통을 확인해야겠다는 생각을 하면서 선우는 밥그릇을 받았다.

출근 준비를 마친 문도는 1층으로 내려왔다. 다이닝 룸으로 들어가자 장 여사가 상을 차리고 있었다. 며칠이 되었든 해외로 출장을 다녀온 다음 날이면 장 여사는 직접 상을 차려 주었다.

"전은 뜨거울 때 먹어야 맛있어요. 얼른 드셔 보세요."

트레이 위에 맑은 콩나물국과 조밥이 보였다. 반찬으로는 꽈리고추를 넣은 소고기 장조림, 김치가 있었고, 조금 큰 접시에는 갓 부쳐 낸 전과 찍어 먹을 장이 놓여 있었다.

"여사님."

문도는 주방 쪽으로 돌아서는 장 여사를 불렀다.

"네, 전무님."

문도는 마를 얇게 썰어 튀김처럼 바삭하게 부쳐 낸 전을 집어 엷게 희석된 간장을 찍으며 말을 이었다.

"별일 없었나요?"

바삭한 전을 씹자 얇게 썬 것임에도 마 특유의 끈끈함이 살짝 느껴졌다. 몸에 좋다는 마를 먹여야겠다는 장 여사의 필사의 의지가 느껴지는 전이었다.

장 여사가 눈을 위로 뜨면서 집안에 무슨 일이 있었더라, 생각을 한다. 그러다 특별한 일은 없었다는 듯이 중얼거렸다.

"딱히 별일은 없었는데……."

문도는 전을 삼킨 뒤 젓가락을 내려놓으며 말했다.

"이선우 씨 얼굴에 멍이 들었던데."

문도의 말에 장 여사가 아아 그거요, 운을 떼면서 이야기를 시작했다.

"막내 아가씨가 선우 씨 때린 모양이에요. 본인은 넘어졌다고 하는데, 보면 모르나. 딱 맞은 멍 자국인데. 액자에 부딪혀서 눈썹 위에도 찢어졌더라구요."

문도는 맑게 끓인 콩나물국을 한술 떴다. 퍼렇게 멍이 들어 있던 선우의 얼굴을 떠올리며 국물을 넘겼다.

"현관 앞에 그림 액자에 부딪힌 모양이에요. 오늘 살펴보니까 핏자국이 있더라구. 하여튼 옥수댁 이 양반은 손은 빠른데 꼼꼼하질 않아서 문제야. 나는 딱 보니까 보이던데."

"여사님이니까 보는 거지. 다른 사람은 모르죠."

문도의 말에 장 여사가 그건 그렇다며 웃음을 보였다. 그러다가 혀를 찼다.

"한동안 잘 지내는 것 같더니 뭐에 심보가 뒤틀렸는지. 영문 모르고 당한 사람만 억울하지, 뭐."

서유라가 사람을 팬 것은 한두 번이 아니다. 빰을 때리는 것은 물론이고 물건을 집어 정통으로 던지는 것도 예사였다. 이선우라고 피할 수 있을 리가 없지.

"약 쥐여 주고 요령껏 피하라고만 했어요. 굳이 알리고 싶어 하지 않는 것 같아서."

빰에서부터 목의 아래쪽까지 퍼렜던 이선우가 장 여사에게 괜찮아요, 라고 말하는 모습이 생생하게 그려진다.

"아무튼 담에 이런 일 있음 바로 알려 드릴게요."

서유라의 상태를 체크하는 것이라고 생각을 해서인지 장 여사가 문도에게 말했다.

"그럴 필요까지는 없어요. 고모님이 사람 패는 게 하루 이틀 일도 아닌데."

이렇게 얼굴 볼 때나 알려 주면 된다는 문도의 말에 장 여사가 알겠다고 고개를 끄덕였다.

"전이 맛있네요."

문도는 전을 하나 더 집었다. 장 여사의 눈이 웃는 모양으로 변했다.

"하여튼 내 손 닿은 건 귀신같이 아신다니까. 그럼 저는 건너갈게요. 식사 편히 하시고, 출근 잘하세요."

"네. 장 여사님도요."

장 여사가 뒷문을 열고 나갔다. 은은하게 틀어 놓은 클래식 음악이 다이닝 룸에 흘렀다. 반 공기 정도 담겨 있던 밥을 거의 다 먹어갈 때쯤, 현관문이 열리는 소리가 들렸다. 시간을 보니 6시 반이 좀 넘었다. 이 아침부터 자신을 보자고 뛰어온 것은 아닐 테고.

문도는 몸을 일으켰다. 옆 의자에 걸어 두었던 재킷을 들고 핸드폰도 들었다. 그사이 거실까지 들어온 이선우가 문도를 보고 걸음을 멈추었다.

"잘 잤어요? 일찍 나왔네요."

문도가 거실로 나오며 인사를 건네자, 여자가 멈칫거리더니 먼저 안쪽을 살폈다. 누가 보는 사람은 없는지 확인을 하더니 대답을 했다.

"네. 전무님도 안녕히 주무셨어요?"

아무도 없는 걸 확인한 이유가 무엇인지.

잠자리를 갖기 전과 다를 것 없는 담백한 인사였다. 주위를 두리번거리고 있는 여자를 웃으며 보는데 가린다고 가려 놓은 얼굴 한쪽에 시선이 간다. 화장품으로 가려 놓았어도 멍 자국이 희미하게 보였다. 시선을 올리니 눈썹 위에 손톱만 한 상처도 보였다.

"그럼."

얻어맞은 것에 대한 위로의 의미였을까. 오늘도 고생하라는 의미였을까. 문도는 자신도 모르게 손을 들어 여자의 어깨에 올렸다. 툭툭 두 번 정도 다독인 뒤 등을 돌릴 때였다.

"저……. 전무님."

이선우가 조심스러운 목소리로 문도를 불렀다. 뒤를 돌아보자 잠시 망설인 여자가 그게, 그러니까, 라며 말을 고르다가 작은 목소리로 말했다.

"침실에 잠깐 올라가도 될까요?"

무슨 소린가 싶어 바라보자, 머뭇거리며 선우가 말을 이었다.

"콘돔을……. 치워 놓아야 할 것 같아서요."

이건 또 무슨 소리인가. 정말이지 여러모로 예측이 불가능한 여자였다.

"그, 옥수댁 아주머니가, 보셨다고. 지난번에……. 전무님 침실 휴지통에서요."

선우가 힘겹게 말을 이었다. 그게 뭐 별일이라고 저렇게 기어들어 가는 목소리로 말을 하는가. 문도는 피식 웃었다.

"그게 뭐라고."

고용인들이 드나드는 게 익숙한 문도에게는 크게 신경 쓸 일은 아니기도 했거니와, 하룻밤이라 단정 지었기에 알아챈다 한들 그게 무슨 대수랴 싶었던 것도 있었다.

그때 문도의 표정을 살피던 선우가 조심스럽게 말을 건넸다.

"저……. 약을 먹고 있거든요."

"그래서요?"

"안 써도 괜찮지 않을까 해서……."

순진한 건지, 맹랑한 건지.

문도는 입꼬리를 올려 웃었다. 조심스럽게 자신을 보는 이선우의 눈동자가 맑았다. 아이러니한 일이었다.

"이선우 씨를 어떻게 믿고요."

"네?"

"아이라도 생기면 골치 아프지 않겠어요? 콘돔은 계속 쓸 겁니다. 신경 쓰이면 알아서 치우든가."

이선우가 말을 잇지 못하고 멍하니 그를 보았다. 푸릇한 멍이 희미하게 보이는 뺨을 하고서. 문도는 피식 웃으며 멍이 든 여자의 얼굴을 툭 건드린 뒤 등을 돌렸다.

뺨을 툭 건드린 서문도가 선우를 스쳐 갔다. 얼음처럼 굳어진 선우는 남자가 엘리베이터를 타고 내려가기를 기다렸다.

맞는 말이었다. 전부 다, 맞는 말이다. 아이라도 생기면 어떡하려고. 이쪽이야말로 곤란해지는 일이었다. 그럼에도 불구하고, 마음이 할퀴어진 느낌은 어쩔 수 없었다.

버려진 콘돔으로 인해 선우가 곤란해지는 일 따위 자신과는 상관없다는 말투. 그런 것까지 일일이 신경 쓰고 있는 선우를 비웃으며 지날 때의 그 냉랭한 느낌.

서문도에게 이선우는 아이를 가져서라도 한몫을 잡고 싶어 하는 기회주의자로 보이는 걸까. 돈 몇 푼에 쉽게 몸을 던지는 여자이니 그렇게 생각하는 것도 무리는 아니겠지.

모두가 선우 스스로가 자초한 일임에도 불구하고, 그렇게 보이는 게 당연한 것임을 알고 있어도, 상처가 되는 건 어쩔 수가 없었다.

딩, 소리가 나고 서문도 전무가 엘리베이터를 탔다. 남자가 내려가고 나서야 선우는 천천히 고개를 들었다. 이런 일, 이런 취급, 이런 상황들이 처음이라 그런 거지. 아직은 면역이 없어서 그래. 익숙해지면 별일 아닐 텐데. 그렇게 생각하면서 마음을 가다듬었다. 이런 일로 일일이 상처를 받으면 어떻게 민우의 핸드폰을 찾으려고.

마음을 다잡은 선우는 계단을 통해 2층에 올라갔다. 조금 있으면 조리사 아주머니가 서문도 전무가 먹었던 그릇들을 정리하러 올 시간이었다.

치우고 싶으면 알아서 치우라고 했지. 허락을 얻었으니 2층 중문을 조심하지 않고 열었다. 곧장 마스터 룸으로 들어가 휴지통을 찾았다. 파우더 룸 앞에 놓인 휴지통에서 아무렇게나 던져진 콘돔을 발견한 선우는 화장실에서 두루마리 휴지를 풀어서 몇 겹으로 감싼 뒤 집었다. 그걸 다시 몇 겹의 휴지로 감싼 뒤 주머니에 넣었다. 해야 하는 일이기에 하는 것일 뿐이다. 남자와 잠도 잤는데 쓰고 난 콘돔 하나를 못 주울까.

내일부터는 꽁꽁 묶어 둘 비닐 팩을 챙겨 와야겠다고 생각하면서 선우는 1층으로 내려왔다.

9시를 조금 넘겼을 때, 서유라가 일어났다. 크게 하품을 하면서 방문을 열고 나온 서유라가 선우를 보고 굿모닝, 하고 인사를 하고는 화장실로 들어갔다.

"아, 맞다."

변기에 앉아 볼일을 보던 서유라가 화장실 문을 열었다. 졸졸 소변을 누는 소리가 그대로 들려왔다. 서유라는 개의치 않는 표정으로 말을 했다.

"지상이 촬영 취소됐대. 만나러 나갈 거니까 매장에 예약 좀 해 줘. 지난번에 말해 놨던 재킷이랑 청바지 살 거거든. 오픈하고 바로 볼 거라구, 10시 반 타임 잡아 놓고."

"네."

"아, 글구 지상이가 스시현 초밥 좋아하거든. 도시락 포장해서 가져와. 룸 넘버는 이따 보내 줄게. 룸서비스는 왤케 맛이 다 똑같니."

서유라는 하암, 크게 하품을 하더니 변기의 물을 내렸다.

"질려서 못 먹겠드라. 특초밥으로 해서 가져와."

"네. 12시쯤 올려 드리면 될까요?"

"응."

서유라가 흡족한 미소를 지으며 문을 닫으려 했다.

"저기, 유라 씨."

"응?"

"잠깐 숙소 동에 다녀올게요. 핸드폰이랑 면허증을 놓고 와서요."

"어우, 진짜 니 핸드폰 때문에 불편해 죽겠어. 맨날 뭐가 다 거기 있는 거야. 서문도 그 새끼는 하여튼 나 편한 꼴을 못 보지."

투덜거리며 문을 닫은 서유라였다. 얼마 지나지 않아 흥얼거리며 샤워를 하는 소리가 들려왔다.

선우는 숙소 동으로 건너가 핸드폰과 지갑을 챙겼다. 휴지에 꽁꽁 싸 둔 콘돔은 주방에서 챙겨 온 작은 비닐 팩에 담고 사선으로 메면 양손을 자유롭게 해 주는 크로스백을 꺼냈다. 짐을 들고 다니기가 편해서 서유라와 외출 시에는 늘 사용했던 백이었다. 그 안으로 핸드폰과 지갑을 넣다가 선우는 문득 동작을 멈추었다.

어제 받은 카드로 뭐라도 사는 모습을 보여 주어야 하나.

'계산은 확실한 게 좋죠.'

서문도의 목소리가 생생했다. 하루 종일 서유라와 붙어 있어야 하는 일의 특성상 따로 쇼핑을 할 시간을 내기는 어려웠다. 어차피 서유라가 최지상과 호텔에 있는 동안 백화점에서 대기를 해야 하니까.

그래. 오늘이 좋을 것 같다.

계산은 확실한 걸 좋아하는 여자로, 물욕에 눈이 멀어서 남자와 잠자리를 하는 여자로 똑똑히 인식을 시켜 주려면 아이가 생기면 곤란하다는 핀잔을 들은 오늘이야말로 쇼핑하기에 제일 좋은 날이 아닐까.

선우는 옷장 한쪽에 걸려 있는 외투를 집었다. 옷깃을 뒤집어 안쪽의 주머니에 손을 넣었다. 혹시 누구에게 들킬까 싶어 작은 파우치에 담아 넣어 두었던 검은색 카드를 꺼냈다. 잠시 바라보다가 지갑에 넣고서 단단히 잠갔다.

뭐라도 사게 된다면 서유라에게 들키지 않고 가지고 와야 하니까. 선우의 시선이 숙소 동에 짐을 가지고 들어왔을 때 들고 왔던 쇼퍼백에 닿았다. 쇼핑한 물건을 담아도 표시가 나지 않을 정도로 넉넉한 사이즈였다. 선우는 크로스백에 담았던 핸드폰과 지갑, 차키와 화장지에 뭉쳐 놓은 콘돔이 담긴 비닐 팩까지 전부 꺼내어 쇼퍼백에 옮겨 담았다.

이제 다 됐다.

허리를 펴면서 쇼퍼백을 어깨에 걸치는데, 문득 참 멀리 왔다는 생각이 들었다. 이 집의 대문을 찾아 헤맸던 일이 엊그제 같고, 서유라에게 물벼락을 맞았던 날이 바로 전날 같은데, 앞으로 앞으로 노를 젓다 보니 해안선이 까마득하게 멀어진 망망대해에 떠 있게 되었다.

별채의 주인과 잠을 자고, 카드를 받고, 쇼핑을 하러 가고.

이제는 정말로 뒤로 돌아갈 수 없을 만큼 멀리 왔다는 생각이 든다. 돌아갈 수 없으니 그저 이렇게 계속, 노를 저어 앞으로 갈 수밖에. 그러다 보면 무엇이라도 알게 되지 않을까. 막연한 희망으로 선우는 옷장 문을 닫았다. 서유라가 기다리고 있는 별채로 돌아가야 할 시간이었다.

"이건 계속 품절이었다가 어제 막 들어왔는데요, 심플해도 다이아라서 포인트가 되거든요. 한번 보여 드릴까요?"

진열장 안쪽의 서랍을 열면서 매장의 직원이 선우에게 상냥하게 물었다.

"네. 보여 주세요."

서유라를 호텔로 보내고 백화점을 돌다 들어온 매장이었다. 선우는 직원이 꺼내 주는 귀걸이를 보고는 가격부터 물었다.

"이건 얼마예요?"

"234만 원입니다."

가방 안에 티가 나지 않게 넣으려면 작은 물건이 좋을 것 같았고, 반지는 왠지 꺼려져서 귀걸이를 보는 중이었다.

"더 큰 사이즈는 없을까요? 사이즈 큰 거는 얼마죠?"

"MM 사이즈는……. 잠시만요."

직원이 진열장 안쪽에서 조금 더 큰 다이아 귀걸이를 꺼냈다.

"349만 원이네요."

평소라면 억 소리가 날 가격이었지만 지금은 아니었다. 서문도 전무에게 확실한 인상을 남기고 싶었다. 조금 더 비쌌으면 좋겠는데, 라는 생각을 하며 진열장을 둘러보던 선우의 눈에 시계 하나가 눈에 띄었다.

"이 시계는 얼마예요?"

"베누아요?"

직원이 타원형의 시계를 짚으며 말했다. 선우가 고개를 끄덕이자 진열장을 열며 말했다.

"이거 어제 막 들어온 건데, 클래식 라인은 평소에는 진짜 보기 힘든 거거든요. 저도 실제로 본 건 어제가 처음인데 너무 예쁘죠?"

선우는 고개를 끄덕였다. 여기 있는 모든 것들이 다 예쁘고 비싼 것들이었다. 하지만 선우가 알고 싶은 건, 가격이었다.

"얼마죠?"

직원이 뒤집어 보더니 환하게 웃으면서 대답을 했다.

"1,390만 원입니다."

가격을 듣는 순간 선우는 망설이지 않고 직원에게 말했다.

"그걸로 주세요."

"이걸로 드릴까요? 그럼 잠시만요. 고객 등록 되어 있으시죠?"

"아니요."

"아, 그러면 등록부터 해 드릴까요?"

"아니요, 괜찮아요. 그냥 주세요."

선우는 지갑에서 카드를 꺼냈다. 직원이 상냥하게 웃으면서 카드를 받았다.

"이쪽으로 오셔서 잠시만 앉아 계시면 결제해 드릴게요."

안내된 곳은 안쪽의 소파 자리였다. 탄산수를 한 병 놓아 준 직원은 안쪽으로 들어가 한참 뒤에 나왔다.

산 것은 시계 하나인데, 박스에 보증서, 구매 영수증까지 주렁주렁 딸려 왔다. 무상 수리 보증 기간은 어떻게 되는지, 줄은 어떤 식으로 교체할 수 있는지, 이런저런 설명까지 듣고 나니 생각보다 시간이 오래 걸렸다.

"감사합니다."

붉은색의 쇼핑백을 안겨 주며 인사를 하는 직원에게 선우도 감사하다고 인사를 하며 매장을 나섰다. 그리고 그 길로 화장실로 직행을 했다.

빈칸으로 들어와 문을 닫아걸고 쇼핑백을 열었다. 보증서와 시계가 들어 있는 작은 박스만 꺼내 쇼퍼백 안에 챙겨 넣고 나머지는 쓰레기통에 버렸다. 서유라 몰래 쇼핑을 한 것뿐인데 한고비를 넘긴 것 같은 기분이 드는 건 왜인지.

선우는 긴 숨을 내쉰 뒤 문을 열었다.

핸드폰이 짧게 진동을 했을 때, 문도는 홍보 대행사의 서도 그룹 캠페인 프레젠테이션을 듣는 중이었다.

시대에 발맞춘 각종 홍보 수단과 그 효과에 대해 브리핑이 줄줄 올라오며 화면이 어지럽게 교차할 때, 문도는 테이블 위에 올려진 핸드폰을 집었다.

[web 발신]
YH카드(2594) 승인
서*도 13,900,000원(일시불)
한성백화점아뮬레뜨점

잠시 문도는 뭐지, 라고 생각을 했다. 그러다 아, 하고 생각해 냈다. 여자에게 건넸던 카드였다. 이렇게 또 착실하게 그어 주시나. 그렇게 생각하며 숫자를 보다 웃음을 터트렸다.

1,390만 원.

이야. 화끈한데.

방금 전까지 듣고 있던 홍보 캠페인의 내용을 깡그리 잊어버리게 하는 금액이었다. 말간 얼굴로 어리숙하게 굴더니 쇼핑 한번 시원하게 하셨네. 지금쯤 호구 새끼 하나 잘 물었다며 흡족하게 웃고 있으려나.

그런데 참 희한한 일이지. 탐욕에 겨운 이선우의 미소는 잘 떠

오르지 않았다. 기억 속의 이선우는 말간 얼굴을 붉히며 고개를 떨굴 뿐이다.

갈색의 맑은 눈동자와 부드러운 장밋빛 입술. 짙어지는 스킨십이 버겁다는 듯이 뱉어 내는 여린 한숨.

생각만 해도 아래로 피가 쏠렸다. 존나 비싼 욕정 아닌가. 누가 회장 손자 아니랄까 봐. 문도는 실소를 하며 핸드폰을 엎어 두었다.

밤이 기다려지는 건 처음이었다.

11. 속이지 말아요

자정이 넘은 시간, 선우는 별채의 뒷문을 열었다. 주방에만 미등이 켜져 있고 거실은 어둑했다. 멀리 복도 너머의 게스트 룸에서 빛이 새어 나오며 서유라의 깔깔거리는 웃음소리가 들려오고 있었다.

자정을 넘기고도 한참 동안 전화가 없어서 서문도 전무의 퇴근이 늦어지나 보다 생각을 했는데, 그러고도 한참 전화가 없었다, 오늘은 그냥 지나가나 보다 싶어서 막 침대에 누워 잠을 청하는데 벨이 울렸다.

'올라오세요.'

피곤을 딛고 서 있는 듯한 목소리였다. 동이 트는 새벽에 나가서 별이 뜨는 새벽에 들어오는 날이 잦은 남자다. 그런 날이면 선불리 말을 붙이기도 힘들 정도로 무표정한 얼굴로 묵묵히 시계를 풀거나 넥타이를 내리며 이야기를 듣곤 했었다.

어쩌면 오늘은 잠자리를 갖지 않을 수도 있겠다.

선우는 막연하게 그렇게 생각하며 2층으로 올라갔다. 2층 홀의 불은 꺼져 있었고, 중문이 한 뼘쯤 열려 있어 그 사이로 빛이 새어 나오고 있었다. 똑똑 문을 노크한 뒤 선우는 안으로 들어갔다.

서문도 전무는 진열장 앞에 서서 생수병째로 물을 마시고 있었다. 옆에는 대충 던져 놓은 슈트 상의와 핸드폰이 보였다. 사선으로 기울였던 물병을 내려놓는 남자와 시선이 정면으로 마주치는 순간 선우는 말문이 막혔다. 평소에 올라왔을 땐 어떻게 인사를 했더라. 보고를 시작할 땐 어떻게 했었지? 갑자기 모든 게 어색해지며 무슨 말을 해야 할지 모르겠는 기분이 들었을 때였다.

"오랜만이네요."

서문도가 먼저 말을 건넸다. 선우는 머뭇거렸다. 함께 샤워를 했던 것이 어제였고, 오늘 아침에도 얼굴을 보았기 때문이었다.

"아니네. 아침에 봤구나."

피식 웃으며 말하던 서문도가 머리를 쓸어 올렸다. 딱히 대답할 수 있는 말이 없어서 선우는 네, 하고 대답을 했다.

"그런데 왜 이렇게 오랜만에 보는 것 같을까."

혼잣말처럼 중얼거린 서문도가 물끄러미 선우를 바라보았다. 째깍째깍 흘러가는 초침 소리라도 있으면 좋으련만, 적막만이 공간을 무겁게 채웠다. 선우는 망설이다 먼저 입을 열었다.

"보고드릴게요. 서유라 씨는 오늘."

선우가 말을 하는데 서문도가 피곤한 표정으로 관자놀이를 꾹꾹 눌렀다. 눈을 지그시 감았다가 뜨고는 손짓으로 선우를 불렀다. 가까이 와서 보고를 하라는 뜻인가. 선우가 말을 멈추고 바라보자 문도가 입을 열어 말했다.

"이리 오라고."

선우는 몇 걸음을 걸어 문도의 앞으로 다가갔다. 두 걸음 정도를 남겨 놓고 멈춰 선 뒤에 다시 입을 열었다.

"기상은 9시쯤 하셨고요."

남자가 팔을 뻗었다. 아, 하고 소리를 낼 겨를도 없이 선우의 허리가 당겨졌다. 그대로 들어 올려져 진열장 위에 앉혀졌다. 눈높이가 같아진 상태에서 문도가 선우를 보았다.

"보고는……."

"해요. 계속."

서문도가 무심히 말했다. 이마로 흘러내린 머리카락 때문일까. 빈틈없이 깔끔했던 아침과는 달리 밤의 남자는 어딘가 느슨하게 흐트러진 모습을 하고 있었다. 입고 있는 카디건 스타일의 니트에 남자의 손이 닿는다. 뭐라 말을 하기도 전에 첫 번째 단추가 툭 풀어졌다.

"지금…… 보고를 하라고요?"

"그럼 뭐, 넣고서 할까."

당황한 선우의 물음에 문도가 대답했다. 눈을 들어서 선우를 보더니 싱긋 웃었다.

"오전에는 쇼핑을……."

두 번째 단추가 풀렸다. 툭, 하는 소리가 천둥보다 크게 귀를 울리는 것 같아서 선우는 손끝에 닿은 진열장의 모서리를 힘주어 잡았다.

"쇼핑을?"

남자가 세 번째 단추에 손을 대며 물었다. 선우는 마른침을 삼키면서 다시 입을 열었다.

"쇼핑을 하셨고요. 점심은 초밥을 드셨고, 오후에는……."

네 번째와 다섯 번째 단추를 남겨 놓고서 문도가 고개를 숙여 선우의 어깨에 입술을 묻었다. 앗, 하는 작은 소리를 내는 선우의 카디건을 어깨 아래로 내리며 문도가 물었다.

"쇼핑은 이선우 씨도 하셨던데."

목소리가 몸에 닿자, 자르르한 전기가 흐르며 선우의 팔에 오스스 소름이 돋았다. 문도의 간단한 손동작에 나머지 단추가 풀리고, 브래지어의 끈도 옆으로 젖혀지며 팔로 흘러내린다.

"예쁜 거 샀어요?"

브래지어의 컵을 젖히며 서문도가 물었다. 환한 조명 아래에서 한쪽 가슴이 드러났다. 노출된 선홍빛의 정점에 서문도의 시선이 닿았다가 다시 선우의 얼굴로 향했다. 선우는 입을 벌렸다가 다시 다물었다가, 간신히 네, 하고 대답을 했다. 얼굴부터 목까지 뜨겁게 익는 기분이었다. 남자에게 가슴을 보인 것이 처음이 아니었는데도 이런 상황은 당혹스러웠다. 환한 조명 아래 가슴 한쪽을 드러내 놓고 대화를 해야 하다니.

"뭐 샀는데요?"

남자의 손이 부드럽게 가슴을 쥐었다. 볼을 쓸어 보듯이 엄지로 정점을 가볍게 쓸면서 남자가 묻고 있었다. 자극을 받은 선홍빛의 정점이 단단하게 일어섰다. 야릇한 느낌이 일렁이며 차올랐다. 선우는 눈을 감아 버리고 싶은 심정이었다.

"비밀인가."

남자의 손끝에서 정점이 뭉개진다. 아랫배가 움찔거리며 수축을 하였다. 선우는 떨려 오는 목소리를 숨기려 노력하면서 대답을 했다.

"시계……. 시계 샀어요."

가슴에 머물러 있던 남자의 시선이 선우의 손목에 닿았다.

"잘했네. 다음에 보여 줘요."

고개를 끄덕이는 선우를 보면서 서문도가 고개를 기울였다. 한 손으로는 선우의 머리를 감싸며 당겼다. 입술이 겹쳐지며 부드럽게 빨려 들어갔다.

키스가 달큰하고 감미로웠다. 치열을 가르며 들어온 혀가 선우의 입안을 누빈다. 부드럽게 훑었다가 강하게 휘어 감는 혀에 아랫배가 아릿하게 조여들었다. 가슴의 정점이 남자의 손끝에서 굴려졌다. 느릿하게 비벼졌다가 꾸욱 눌렀다. 흔들 듯이 비틀다가 예쁘다는 듯 어루만졌다. 깊게 들어온 혀는 숨을 전부 뒤섞어 놓는다.

선우는 고개를 젓고 싶었다. 하지 말라고 하고 싶었다. 아랫배가 욱신거리는 이 감각이 낯설고 싫었다. 미약하게 몸을 빼려는 선우의 몸짓을 느꼈는지 남자가 선우의 뒷머리를 휘어 감았다. 숨이 붉게 달구어질 때까지 키스를 이어 가던 남자가 물고 있던 입술을 놓았다.

하아, 선우의 긴 숨이 허공을 가를 때, 문도가 고개를 내려 그대로 가슴을 베어 물었다.

흡.

짧게 숨을 삼킨 선우는 바르르 몸을 떨었다. 뜨거운 진공의 압력 속에서 정점이 이지러지며 서문도에게로 빨려 들어갔다.

싫어…….

선우는 눈을 질끈 감으며 진열대의 모서리를 힘껏 쥐었다. 더운 입김에 가슴이 물릴 때마다 다리 사이가 절로 오므라들며 몸에 힘이 들어갔다. 봉긋한 가슴이 문도의 손아귀에서 일그러질 때마다 찌릿찌릿 일어난 전류에 허리가 비틀렸고, 생각이 타들어 갔다. 차라리 정신없이 흘러가는 게 좋은데. 아프고 버거운 거, 그게 나은데. 왜 자꾸만 이렇게 이상한 느낌이 날까.

"전무님."

선우는 떨리는 목소리로 문도를 불렀다. 가슴에서 입술을 뗀 남자가 선우를 올려다보았다. 짙게 가라앉은 서문도의 눈동자에 선우의 울 것 같은 표정이 담겼다.

"내려 주시면 안 될까요."

"싫은데요."

"방으로 가서, 방에서……."

"멀어."

문도는 고개를 내리며 대답했다. 타액이 묻어 반들거리는 붉은색의 정점이 으깨어 삼키고 싶을 만큼 예뻤다. 이선우가 입술을 깨물며 어깨를 움츠렸다. 톡 튀어나온 부분을 노골적으로 혀로 핥아 올리자 이선우의 귀가 장미처럼 빨갛게 달아올랐다. 부끄러움으로, 당혹감으로 달아오른 이선우를 보자 아래에 빠듯하게 힘이 들어간다. 문도는 고개를 숙여 복숭아를 닮은 가슴을 힘있게 빨았다. 한동안 거실에는 살을 빠는 젖은 소리가 울렸다.

흣.

선우의 고개가 뒤로 꺾였다. 손등으로 입을 막았어도 소리가 흘러나왔다. 자신의 입에서 터져 나온 신음 소리가 더없이 부끄럽고 제멋대로 파르르 떨려 오는 속살도 너무나 민망했다. 몸이, 마음이 어떻게 될 것만 같아 선우는 가까스로 문도의 어깨를 밀어내며 말했다.

"잠깐만요. 잠깐만……."

밀려난 남자의 눈빛이 타는 듯이 짙었다. 정말로 여기에서 관계를 가질 수도 있을 것 같은 눈빛이었다. 이렇게 헐벗기만 하고 방에도 들어가 보지 못하면 어떡하나. 안쪽 드레스 룸의 수납장을 매일 한 칸씩은 살펴보자고 계획을 세웠는데.

선우는 남자의 목에 팔을 감으며 고개를 기울였다. 입술을 맞추며 작게 말했다.

"씻어요. 같이. 네?"

자신이 할 수 있는 최대의 유혹이었다. 낮게 웃은 서문도가 선우의 허리를 바짝 당겼다. 아랫배가 빈틈없이 맞붙으며 몸이 들렸다. 어두운 방 안에서 밤이 기다리고 있었다.

문도는 선우를 침대에 내려놓았다. 등이 비스듬하게 기울어지는 순간 여자가 그의 목을 조금 더 힘주어 안으며 묻는다.

"샤워는……요?"

작게 속삭이는 목소리에 살갗이 간지러웠다. 아니, 조금 더 깊은 곳이 간질거렸다. 굳이 표현하자면 긁을 수 없는 어느 지점. 머릿속. 내장. 아랫배에 박혀 있는 성기의 시작점 같은 곳이.

"나중에."

문도는 대답하며 선우의 입술을 베어 물었다. 이 여자는 입술의 감촉마저도 금세 사라질 환영 같다는 생각을 한다. 생생하게 기억하고 있는데도 돌아보면 문득문득 까마득히 멀게 느껴지곤 했다.

숨 쉴 틈 없이 흘러갔던 하루였다.

세 곳의 홍보 대행사 PT가 있었고, 임원 회의와 협력사 미팅이 있었다. 출장을 갔던 사이에 밀렸던 보고서가 가득이었고, 저녁에는 따로 법무 팀 미팅을 겸한 자리가 있었다.

그 와중에 틈틈이.

여자의 다리를 벌리는 상상을 했다. 1,390만 원짜리 문자 한 통이 불러일으킨 욕정이었다. 피곤이 머리끝까지 차올라 눈알이 뜨거운 지경에 이르렀을 땐 씨팔, 정말이지 그 짓을 할 생각뿐이었지.

이대로 파고들어 허리를 쳐올리고 싶은 마음이 반. 쾌락에 정신이 나가 버리도록 괴롭히고 싶은 마음이 반.

문도는 결정을 유보한 채로 달콤한 혀를 감아올렸다. 힘주어 빨았다가 부드럽게 놓아주고 거칠게 비볐다가 잘근잘근 씹었다. 이선우의 숨이 엉망으로 엉켜들 때까지.

아.

타액이 질척일 정도로 혀를 섞으니 선우가 벅차다는 듯 고개를 비틀었다. 문도는 다시 입술을 겹치며 브래지어 밖으로 꺼내 놓고 희롱을 했었던 가슴을 감싸 쥐었다.

흣.

선우가 어깨를 움츠리며 그의 입속으로 작게 소리를 터트렸다. 문도는 톡 튀어나와 있는 붉은 정점을 비비며 입술을 내렸다. 깨물기 좋은 턱. 희고 곧은 목. 반듯한 쇄골. 문도는 아래로 아래로 입을 맞추며 내려갔다. 여전히 브래지어 컵에 싸여 있는 다른 쪽 가슴에도 얼굴을 묻었다. 레이스 아래 살짝 솟아오른 정점을 천과 함께 이로 잘근 물자 선우가 허리를 비틀며 그의 어깨를 잡았다.

아흣.

문도는 선우의 신음 소리를 들으며 브래지어와 함께 정점을 물었다. 우스운 생각이 든다. 아래는 터질 것 같은데도, 영원히 이렇게 여자의 붉은 젖꼭지를 씹고 있고 싶다는 생각. 시시각각 올라오는 서류 더미도, 장소를 옮겨 가며 진행되는 빡빡한 스케줄도 잊고서 부드러운 여자 가슴에 머리나 처박고 싶다는 생각. 그딴 생각을 하며 정점을 잘근잘근 씹고 있는데 선우가 허리를 움츠리며 문도를 불렀다.

"전무님, 아. 잠시만."

문도는 선우의 부름에 답을 하지 않았다. 대신 축축해진 브래지어를 젖히고 빨갛게 솟아 있는 정점을 입으로 빨아들였다. 뜨거운 감각에 선우는 짧게 소리를 지르며 문도의 어깨를 움켜쥐었다.

"아읏. 잠시, 만, 요."

남자가 가슴을 소리 내어 빨 때마다 등줄기가 빳빳해지는 자극이 몰려왔다. 단단하게 일어선 정점이 남자의 입속에서 형체를 잃었고, 그때마다 다리 사이가 움찔거렸다.

"전, 무님."

더 이상은 안 돼.

울컥 안에서 무언가가 안쪽으로 고여 드는 느낌에 선우는 문도의 머리를 밀었다. 그러지 말아요. 내게서 조금만 떨어져. 이런 짓은 하지 마. 목 끝까지 그런 말들이 올라왔다가 느슨하게 눈을 드는 남자의 모습에 천천히 삼켜졌다.

"왜."

남자의 입에서 뱉어지는 말이 짧았다. 선우는 말없이 문도를 바라보았다. 피곤과 열기가 뒤섞인 눈이 그녀를 본다. 이런 순간에도 서늘한 냉정함을 잃지 않는 눈이었다. 얼마 지나지 않아 차갑게 식어 버릴 것 같은 눈이기도 했다.

"옷, 벗을게요."

선우는 떨리는 숨을 뱉으며 말했다. 문도의 눈매에 고였던 희미한 짜증이 옅어졌다. 허락이라도 한다는 듯 문도가 먼저 그가 입고 있는 셔츠의 단추를 풀기 시작했다.

선우도 자리에서 일어나 마지막 남아 있는 상의의 단추를 풀었다. 이미 반쯤 흘러내려 가슴 아래에 걸려 있는 브래지어도 벗었다. 벗은 옷들을 옆에 두고 스커트의 허리에 손을 댔다.

이선우, 그만 창피해해. 이제는 익숙해져야지.

어쩔 수 없는 수치심이 몰려왔지만, 선우는 스스로를 타이르며 스커트를 벗었다. 한 장 남은 속옷도 아래로 내려 다리 사이로 빼내었다. 이래야 빨리 끝낼 수 있어. 그 마음 하나로 수치스러운 마음을 물리쳤다. 벗어 놓은 옷을 한쪽에 모아 놓고 돌아서니 남자는 이미 알몸이었다.

"이리 와요."

침대에 걸터앉은 남자가 말했다. 선우가 주춤 다가가니 허리를 잡아 제게로 끌었다. 가까이 당기는가 싶었는데 아예 다리 위에 앉게 했다. 단단하게 부푼 남성이 아랫배에 닿았고, 가슴과 가슴이 맞붙었다. 따뜻한 체온이 닿는 것만으로 오스스 소름이 돋았다.

머뭇거리지 마.

선우는 스스로에게 말하며 남자의 얼굴을 두 손으로 감쌌다. 부드럽게 뺨을 만지며 고개를 기울였다. 입술을 포개며 맞대자 남자가 웃는다. 나직이 웃은 남자는 선우의 허리를 바짝 당기며 혀를 밀어 넣었다.

선우는 눈을 감고서 남자의 목을 안고 혀를 섞었다. 능숙하게 선우의 혀를 감아올린 남자는 금세 선우의 숨을 흩뜨려 놓았다. 부드럽게 얽었다가 아프지 않게 물었고, 뿌리가 아려올 정도로 세게 빨았다가 달래듯이 훑었다. 등줄기가 저릿한 느낌이 다시 찾아오려 할 때 선우는 입술을 떼었다. 가늘게 떨리는 숨을 쉬며 남자에게 말했다.

"하고 싶어요."

며칠의 경험으로 터득한 방법이었다. 이 정도가 좋았다. 이상한 느낌이 많이 들기 전에. 아픔으로 수치를 덮을 수 있을 정도가.

행위가 끝나고 나면 욕실에서 씻고 가도 되냐고 물어봐야겠다.

그런 생각을 하며 남자의 대답을 기다리는데 남자가 팔을 뒤로 짚어 느슨히 상체를 젖히며 말했다.

"그럼 넣어 보든가."

문도는 느슨한 자세로 선우를 바라보았다. 당황하여 그를 보던 이선우는 이제 바르르 떨면서 허리를 내리고 있었다.

"아."

배꼽을 향해 바짝 올라붙은 굵은 기둥 위에 이선우가 주저앉는다. 입구에 들어가기는커녕 스치지도 못했다.

어둠 속에서도 빨갛게 익은 얼굴이 보였다. 문도가 더 해 보라는 듯 가만히 있자 선우가 입술을 깨물고는 다시 허리를 세웠다. 어떻게든 입구를 맞추려 주춤주춤 한 번 더 허리를 내렸지만 갈라진 틈에 문대지던 귀두는 입구로 들어가지 못하고 튕겨져 나왔다. 손에 쥐고 맞추어도 힘들 판국에 허리만 써서 앉아 보려 하니 그게 될 리가. 웃음과 함께 뜨끈한 욕망이 올라왔다.

사타구니 부근에 주저앉은 선우가 문도의 성기를 흘끔 보았다. 손을 뻗었다가, 안 되겠는지 멈췄다가, 마지막엔 결심을 했는지 가는 손가락을 벌려 천천히 문도의 남성을 쥐었다.

문도는 잠시 어금니를 물었다. 따뜻한 체온에 뒷목이 뜨끈해진다. 그것만으로 목구멍이 조여 오는데 한 손으로는 다 쥐어지지 않는 남성을 쥐고서 선우가 다시 허리를 들었다. 가느다란 손가락이 문도의 남성을 여린 속살 사이 어디쯤에 가져다 댔다. 뜨거운 속살 사이에 귀두가 닿는 느낌에 문도는 나른히 한숨을 쉬었다.

선우는 그 상태로 애를 썼다. 두툼한 성기를 쥐고서 허리를 내리기도 하고, 자꾸만 어긋나는 입구를 맞추어 보려는지 살을 맞댄 채로 앞뒤로 움직이기도 했다. 그러다 도무지 안 되는지 울먹한 눈으로 그를 보았다. 굵직한 성기 끝에 걸터앉아 어떻게 좀 해 달라 애원하는 여자라니. 절경이긴 한데.

더 기다려 주기엔 그의 인내심도 그리 길지 않았다.

"그래서 뭘 하겠다고."

문도는 그대로 선우를 안아 다시 침대에 눕혔다. 순식간에 아래에 눕게 된 선우의 아래를 손으로 쓸어 보았다. 이러니 될 리가 있나.

겉 부분이 물기 없이 보송했다. 문도는 부드럽게 선우의 다리 사이를 문지르기 시작했다. 품에 안겨 있던 선우가 다리를 움츠리며 고개를 저었다.

"아, 저는 전무님. 그냥. 그냥 하고 싶어요."

"가만히 있어요. 이대로 하면 아파."

"저는 괜찮, 흣, 괜찮아요."

다리를 붙인 채로 선우가 괜찮다 말했다. 전혀 괜찮지 않은 얼굴이었다. 만지면 만질수록 움찔거리며 울 것 같은 얼굴을 하는데, 누가 그만두나. 문도는 끼워져 있는 손가락을 살살 문지르며 말했다.

"아, 혹시 아픈 게 취향이에요? 내가 눈치가 없었나?"

톡 튀어나온 부분을 아래위로 문지르자 선우가 대답을 하지 못하고 눈을 질끈 감았다. 문도는 느릿느릿 작은 살점을 비비며 물었다.

"엉덩이 때려 줄까? 아님 뭐, 기구라도 넣어 줘요?"

"아니, 아니요. 그런 게 아니라. 흣."

둥글리는 감각에 진저리를 치며 선우가 허리를 비틀었다. 문도는 움찔거리는 선우의 몸을 당겨 안고 손가락을 더 깊이 넣었다. 입구까지 파고들도록 넣었다가 위로 길게 끌어 올려 마지막에는 살점을 비틀었다. 아, 흡, 선우가 신음을 터트리며 그의 어깨에 얼굴을 묻었다.

"이런, 거, 하지, 아, 흣."

열이 오른 숨을 뱉으며 선우가 허리를 비틀었다.

"이런 거 싫어해요?"

문도의 질문에 선우가 고개를 끄덕였다. 네, 네에. 대답을 하는 숨이 가빴다.

"미안해서 어떡하나. 나는 좋아하는데."

물기 어린 눈으로 자신을 원망스럽게 보는 이선우의 모습에 뻐근하게 아랫배가 당겨 와 문도는 고개를 숙였다. 선우가 혀를 물린 채로도 고개를 젓는다. 피식 웃은 문도는 손을 깊이 넣어 미끈거리는 물기를 끌어와 자그마한 살점을 문대기 시작했다.

아아.

선우는 남자에게 혀를 빨리며 허리를 비틀었다. 미끌거리는 액체가 흥건해진 아래에서 질척이는 소리가 났다. 남자 손가락은 점점 빠르게 움직였고, 그 위에서 걷잡을 수 없는 감각들이 몰아치기 시작했다.

흐윽.

질끈 눈이 감겼다. 온몸에 전기가 쏘아지는 듯했다. 다리 사이가 제멋대로 움찔거리며 애액을 울컥 뱉어 냈다. 한 번씩 손끝을 튕길 때면 선우의 허리가 움찔거리며 허공에 들렸다. 울고 싶은 감각이 너무 선명한데, 남자의 혀가 집요하게 선우를 쫓아왔다.

"싫…… 이런…… 아…… 읏……."

조절할 수 없는 신음 소리가 몇 번이나 흘러나왔다. 흘러나온 신음 소리들은 남자의 혀가 거두어 갔다. 몇 번인가는 남자의 뺨에, 목에 얼굴을 비비며 몸을 떨었던 것 같다.

"시…… 아흐."

고개를 저었던가. 감각이 전부 아랫배로 쏠리려 해 선우는 발끝에 힘을 주었다. 그럼에도 소리가 나왔다. 배가 움찔거렸고 허리가 튀어 올랐다. 선우는 남자의 혀를 물고서 몇 번이나 고개를 저었다. 그럴 때마다 점점 더 남자의 손가락이 빨라졌다.

아. 아흐. 아아.

팽글팽글 세상이 도는 것 같았다. 어디론가 빨려 들어갈 것만 같았다. 어딘가가 산산조각 날 것 같기도 했다. 다리 사이가 어떻게 되었으면 좋겠는, 이상한 기분.

선우는 혀가 놓여난 줄도 모르는 채 문도의 어깨에 얼굴을 비볐다. 목을 바짝 안고서 매달렸다. 싫어. 이런 거. 이런 느낌. 아. 아아.

의지와는 상관없이 쾌감은 점점 배 속을 부풀렸다. 둥글려진 쾌감의 덩어리가 빙글빙글 소용돌이를 그리며 몸집을 키워 갔다. 선우는 다리를 오므렸다. 엉덩이를 들썩이다 허리를 비틀었다. 견딜 수 없었다. 더는. 더 이상은.

아아.

견딜 수 없이 부풀어 오른 덩어리가 펑, 하고 터져 나가는 순간 선우는 파르르 몸을 떨었다. 세상이 까맣게 덮어지는 느낌이었다.

찔꺽.

남자의 손이 다리 사이를 빠져나오며 낯 뜨거운 소리를 냈다. 선우는 그 동작에도 흐느끼며 몸을 떨었다. 문도는 바짝 안겨 있는 선우를 바로 눕히며 다리를 벌렸다. 젖은 다리 사이로 서늘한 공기가 스쳤다. 스치는 공기에도, 허벅지를 움켜쥐는 동작에도 안쪽이 움찔거렸다. 선우는 다리 사이를 가리는 대신 두 손으로 얼굴을 덮었다. 그 상태로 삽입을 기다리는데 아래를 내려다보던 문도가 말했다.

"이것도 싫어하려나?"

그 말뜻을 알게 되는 데는 시간이 얼마 걸리지 않았다. 맞다물린 속살을 남자가 손으로 벌리는 순간, 선우는 짧은 비명을 지르며 고개를 들었다.

아니야.

길게 벌어진 틈을 남자의 혀가 핥았다. 아흑, 선우는 목을 뒤로 젖히며 끝이 갈라진 소리를 뱉어 냈다. 아직 다 가라앉지 않은 쾌감이 다시 커다랗게 부풀어 오르기 시작했다.

질척이는 물기 같은 건 상관없다는 듯 남자는 얼굴을 바짝 붙여 왔다. 뜨거운 혀가 아래를 핥아 올린다. 선우는 허리를 뒤틀며 흐느꼈다. 아니야. 그만. 하지 마요.

고개를 저으며 남자의 머리를 밀었지만 소용없었다. 단호하게 아래에 입술을 붙인 남자는 붉은 팥알 같은 살점을 힘을 주어 빨기 시작했다. 질컥이는 아래로는 손가락을 길게 밀어 넣는다. 선우는 비명 같은 소리를 지르며 다리를 움츠렸다. 남자가 아랑곳하지 않고 선우의 살점을 빨면서 안쪽의 내벽 어딘가를 눌렀다.

아. 아아. 눈앞이 하얗게 바래 버린 선우는 허리를 들었다. 쾌감이 번쩍이며 다리 사이를 내리쳤다. 번쩍. 번쩍. 다시 번쩍. 쾌감의 폭죽들이 아무렇게나 터져 나갔다. 그만, 제발, 그만. 선우는 흐느끼면서 부탁을 했다. 정신이 없었다. 울고 싶었고, 멈춰 달라 말하고 싶었다. 그런데 그 모든 것을 하나의 감각이 압도했다.

더는 견딜 수 없다 생각한 순간, 문도가 살점을 압착하듯이 빨아들였다. 온몸이 펑, 하고 터져 나가는 느낌에 선우는 하얗게 목을 꺾으며 몸을 떨었다.

아아아.

몸을 일으킨 문도는 소리 없이 비명을 지르며 부서지고 있는 선우의 다리 사이에 자리를 잡았다. 젖어 번들거리는 속살이 움찔움찔 떨고 있었다. 문도는 그 안으로 터질 듯 부풀어 오른 성기를 밀어 넣었다. 살이 벌어지는 느낌에 선우가 신음하며 몸을 뒤틀었다.

"후우."

문도는 숨을 천천히 뱉어 냈다. 귀두만 들어갔을 뿐인데 뒷목이 바짝 서는 쾌감이 일었다. 미끌거리는 액체를 충분히 머금고 있음에도 이선우의 속살은 빠듯하게 문도의 남성을 물고 있었다.

"힘 빼요. 긴장 풀고."

밤은 이제야 시작이었다.

영원히 익숙해지지 않을 것만 같은 감각이 밀려들었다. 살이 빠듯하게 벌어지는 버거운 느낌. 숨이 막히는 이물감이 밀려오는 느낌.

선우는 숨을 참으며 시트를 말아쥐었다. 그 모습을 본 남자가 잠시 움직임을 멈추고 선우의 팔을 잡아 자신의 목에 두르며 말했다.

"눈 뜨고."

선우는 감고 있었던 줄도 몰랐던 눈을 떴다. 자신의 위를 덮은 남자의 얼굴이 보였다. 나른히 가라앉은 눈매. 짙어진 숨. 이마 위로 흘러내린 머리카락. 그런 것들에 시선이 배회하는데 남자가 단숨에 허리를 밀어 넣었다. 아읏. 선우는 목을 젖히며 소리를 냈다. 미끄러운 내벽을 가르며 굵은 기둥이 밀려들었다.

그게 끝이 아니었는지 남자가 얕게 허리를 물렀다가 한 번 더 안으로 깊게 밀어 넣었다. 목 끝까지 차오르는 느낌에 아흑, 선우는 남자의 목을 안고서 잘게 경련을 했다.

후.

남자가 숨을 뱉었다. 그리고 허리를 천천히 물리며 선우의 가슴을 움켜쥐었다. 남자의 손이 닿자 선홍색 정점이 기다렸다는 듯 빳빳해졌다. 남자는 선우의 유두를 비비면서 진입과 후퇴를 반복했다. 빠르지만 아주 빠르지는 않은, 쿵, 쿵, 쿵, 쿵, 선우의 몸이 흔들리며 시야가 뭉개질 정도로만 빠른 움직임으로.

아, 아아, 아.

선우의 몸에서 신음 소리가 튀어 올랐다. 아무리 말아 물어도 소리는 제멋대로 튀었다. 몸이 갈라지는 느낌은 여전한데 고통 대신 저릿저릿한 감각만이 아랫배를 울리고 있었다.

"눈, 뜨라고 했을 텐데."

어느새 다시 눈을 감았나 보다. 선우는 감았던 눈을 떴다. 어지럽게 시야가 흔들리는 와중에도 찌를 것 같은 남자의 눈동자는 선명하게 보였다. 가까스로 남자와 시선을 맞추니 남자가 빠르게 허리를 움직이기 시작했다.

"아, 응, 아, 핫."

허리를 쳐올릴 때마다 이선우가 매달려 왔다. 발갛게 열이 오른 얼굴을 그의 목에, 얼굴에 비비면서.

"전, 무, 전무, 님. 아, 흐읏."

선우가 달뜬 숨을 뱉으며 그의 목을 안는다. 발갛게 물든 몸은 처음으로 뜨끈하게 달아올라 있었다. 부딪히는 살갗에도, 안쪽의 속살에서도 열기가 피어올랐다. 문도는 애액으로 축축해진 아래로 손을 내렸다. 맞물려 있는 부분의 바로 위를 더듬어 클리토리스를 찾았다. 아흣, 선우가 그를 세게 조이며 몸을 움츠렸다.

"아, 하지, 하지 마세, 아, 싫……어, 흣."

문도는 피식 웃었다.

여자가 하는 말은 하나도 믿지 않는다. 싫다는 말도, 그만하라는 말도, 약을 먹는다는 말도 믿지 않는다. 그래도 듣기에 좋은 말을 알려 준다면 이 말이려나. 문도는 울음을 터트릴 것 같은 얼굴로 자신에게 매달려 오는 여자의 살점을 짓이기듯 굴리며 말했다.

"이선우 씨가 섹스를, 잘못 배웠네."

허리 짓에 말이 끊어져 나왔다. 몰려오는 격양감을 이기지 못하겠다는 듯 선우가 도리질을 친다. 예쁜 이마를 어깨에 비비며 허리를 들어 올렸다. 이런 모습이 귀엽기는 하지. 문도는 흐느끼며 매달려 오는 선우에게 나직하게 말했다.

"좋아."

엉망으로 젖어 있는 얼굴을 바라보며 다시 한번 말했다.

"이럴 때는 좋다고 하는 거예요."

선우가 허리를 크게 휘며 바들바들 떨었다. 귀엽다니까. 끝내기가 아쉬울지도 모른다는 생각을 하며 문도는 선우의 이마에 입을 맞추었다.

활짝 열린 창문으로 밤의 봄바람이 밀려들었다. 정사 후의 나른함이 몸을 감돌았다. 라이터에 불을 켜며 문도는 담배를 마셨다. 창가의 벤치에 앉아 후우, 연기를 내뿜으며 후원과 숙소 동을 바라볼 때였다.

달칵 소리가 들리며 파우더 룸과 연결된 문이 열렸다. 고개를 돌리자 물기 어린 얼굴로 나오는 이선우가 보였다. 말간 얼굴이 이슬처럼 예뻤다.

다시 벗길까.

그 생각을 하며 문도는 담배를 쥐고 있는 손을 들어 깊이 빨았다. 시선을 이선우에게 꽂아 둔 채로 연기를 뱉었다. 정사 후의 어색함을 숨기지 못한 표정으로 문도의 시선을 피한 선우가 머뭇머뭇 입을 열었다.

"그럼 저는 이만 내려가 보겠습니다."

예쁜 건 예쁜 거고. 짚고 넘어가야 할 건 짚고 넘어가야지. 문도는 담배를 재떨이에 비벼 끄면서 이선우를 불렀다.

"이선우 씨."

"네."

"오늘 서유라가 뭘 했다고요?"

아, 보고를 잊었구나. 이선우가 그런 표정을 지으며 입을 연다.

"저와 함께 외출하셔서 쇼핑을 하셨구요, 점심으로는 초밥을 먹었습니다. 오후에는 들어와서 낮잠을 주무셨구요."

"왜."

문도는 선우의 말을 끊으면서 자리에서 일어났다.

"서유라가 최지상 만나는 이야기는 자꾸 빼놓을까."

문도의 말에 선우가 눈을 크게 떴다. 놀라기는. 피식 웃으며 문도는 선우에게 다가갔다. 허리를 숙여 눈높이를 맞춘 뒤, 얼어붙어 있는 이선우에게 말했다.

"속이지 말아요. 시계도 사 줬는데."

여자가 긴장한 얼굴로 마른침을 삼키는 모습이 보였다.

"긴장할 건 없고. 앞으로 잘하면 됩니다."

바짝 얼어붙은 얼굴의 이선우가 네, 하고 대답을 했다. 순진하시긴. 문도는 웃으면서 선우의 뺨을 쥐었다. 물기를 머금은 입술이 달았다.

남자가 선우의 입술을 빨아들였다. 머금고서 부드럽게 당겼다가 이내 다시 고개를 틀어 거듭 머금으며 선우의 허리를 당겨 안았다.

왜…….

라는 의문은 천천히 움직이는 혀의 감각에 흐릿해져 갔다. 남자에게서 쌉싸름한 담배 냄새가 났는데 이상하게도 역하지 않았다. 대신, 그런 생각은 했다. 남자의 눈동자가 느리게 타들어 가는 담배의 불빛 같다고.

혀는 싸악싸악 안쪽을 훑고서 질척하게 얽혀 든다. 저릿하게 등줄기가 조여드는 감각에 선우는 자신도 모르게 눈을 감으면서 문도의 옷깃을 틀어쥐었다. 키스가 깊어지며 선우의 허리가 뒤로 휘었다.

하아.

문도가 입술을 떼는 순간, 선우는 파르르한 숨을 뱉었다. 선우를 잠시 바라보던 문도가 팔을 교차하여 티셔츠를 벗었다. 이어 선우의 입술을 다시 파고들면서 손으로는 카디건의 단추를 풀었다.

"아……. 전무님."

뒤로 밀리며 선우는 문도의 어깨를 잡았다. 각도를 틀기 위해 포개었던 입술을 뗄 때마다 소리 내어 문도를 불렀지만 남자는 아랑곳하지 않고 선우를 밀어붙였다. 간신히 눈을 마주하였을 때는 선우의 몸이 이미 침대에 눕혀진 뒤였다.

"아까 끝난 거……."

문도가 낮게 웃었다. 피로에 잠긴 눈이 느리게 깜빡인다. 방금 전, 무자비할 정도로 집요하게 선우를 가져 놓고는 툭 털어 내듯 몸을 일으켰던 남자였다. 뭉쳐 있던 욕망을 해소한 남자는 그녀를 버리듯이 내버려 두고 욕실로 향했었다. 그게 정사의 끝이라는 건 바보라도 알 수 있었다.

끝난 거 아니었나요.

선우의 눈빛을 읽은 문도가 피곤한 웃음을 웃었다. 가라앉은 눈동자가 선우를 향했다.

'속이지 말아요. 시계도 사 줬는데.'

태연히 웃으며 경고를 했던 남자의 목소리가 환청처럼 들려왔다. 선우는 이제 그만하고 싶다는 말을 애써 삼켰다. 대신 흐리게라도 미소를 보이려 애쓰면서 말했다.

"사실은 아까 좀 힘들었어서요."

문도는 난처한 표정으로 말하는 선우를 내려다보다 피식 웃었다. 피곤한 건 이쪽도 마찬가지라는 말을 하면 믿으려나.

"그거 알아요?"

문도는 아래에 깔려 있는 선우의 옷깃을 벌리면서 말했다. 아까 보았던 크림색의 브래지어가 다시 보인다.

"나는 피곤하면 살짝 맛이 가거든."

여자가 고개를 끄덕였다. 맛이 갔다는 것에 동조하는 건가 싶어서 웃음이 나왔다. 차분히 브래지어를 벗기면서 문도는 말했다.

"오늘이 그래요."

독한 술을 오래 굴린 뒤 목구멍으로 넘기고 싶은 밤. 그럼에도 취하지 않는 밤. 느긋하게 여자를 탐하고 싶은 밤. 뜨겁고 좁은 곳에 몸을 묻고서 느리게 움직이고 싶은 밤. 켜켜이 쌓인 피곤을 여자의 몸속으로 모두 풀어 버리고 싶은, 그런 밤.

문도는 선우의 가슴을 부드럽게 쥐었다. 머리를 내려 깊이 베어 물었다. 이선우의 허리가 허공으로 들렸다. 흠뻑 취할 만큼 여자를 맛보고 싶은 밤이었다.

기절하듯이 잠이 들었나 보다.

선우는 느리게 몸을 돌렸다. 몇 시쯤 되었나. 일어나야 하는데. 눈을 감고서 생각을 하다가 다시 한번 까무룩 정신을 놓고 잠에 빠져들었다. 수마가 발목을 감아서 잠에서 깨지 못하게 붙들고 있는 느낌이었다.

선우가 제대로 눈을 뜬 건 알람 소리가 여러 번 울렸을 때였다. 부스스 몸을 일으켜서 멍하니 창문을 바라보았다. 동이 트는 새벽의 푸른 빛이 불투명한 유리 너머로 느껴진다.

어제는.

그 생각이 드는 순간 선우는 눈을 질끈 감으며 고개를 흔들었다. 아아아. 두 손으로 얼굴을 가리고서 속으로 소리를 내었다. 귀를 틀어막고 눈을 가리고픈 심정이었다.

제 머릿속에 달라붙어 있는 끈적한 기억들을 전부 지워 내고 싶고, 무엇보다 서문도 전무의 머릿속에 남아 있을 지난밤의 기억을 몽땅 지워 버리고 싶었다.

어젯밤의 나는, 그런 나는, 내가 아닌데. 그런 건 내가 아닌데.

남자의 손길 아래에서 무방비하게 흐느꼈다. 농도 짙은 애무에 몇 번인가는 애원도 했었다. 제발 그만해 달라고. 더는 느끼고 싶지 않다고. 그런 식으로 나를 헤집지 말아 달라고.

처음 남자와 몸을 섞었을 때는 어딘가가 깨어진 것처럼 충격을 받긴 했지만, 자신을 잃어버린 기분은 들었던 적 없었는데.

'왜요, 미치겠어?'

탁하게 가라앉은 남자의 목소리가 예고 없이 귓가에 울렸다.

'네, 네에, 그러니까 제발, 제발요.'

무엇을 애원하는지도 모르고서 흐느끼던 자신의 목소리도 연이어 들려왔다. 선우는 벌떡 몸을 일으켰다. 몸을 움직여서 기억을 지워야 했다. 지워지지 않는다면 묻어 두고서 모른 척해야 했다.

"아."

책상 위에 올려진 작은 박스 두 개가 보였다. 어제저녁에 받은 택배였는데 풀어 보지도 못했다. 풀어 보니 일전에 주문한 핸드폰과 워치였다. 매번 새로운 메시지가 있을까 마음을 졸였었는데 이제는 그럴 필요가 없어진다고 생각하니 마음이 놓인다. 서유라가 자는 시간 동안 사용법을 읽어 봐야지, 라고 생각을 했을 때였다. 선우의 고개가 창문을 향해 퍼뜩 돌아갔다.

콘돔.

지독할 정도로 이어졌던 정사 때문에 잊고 있었다. 서문도 전무가 땀이 밴 몸을 일으켜 씻으러 들어갔던 것은 기억에 있었다. 그 뒤로 눈을 감았던 것 같다. 깜빡깜빡 눈을 감았다가 아주 짧게 잠을 잤다. 정신이 들었을 때는 서문도가 자신의 머리카락을 넘겨 주면서 뺨을 쓸었을 때였다. 서문도는 선우를 일으켜 세워 차분히 옷을 입혀 주었고, 친히 중문까지 배웅을 해 주었다.

'가 봐요.'

데려다줄 수 없어서 미안하네, 라고 했었다. 껍데기만 남은 것 같은 몸을 이끌고 숙소로 돌아오는 동안 완전히 잊어버리고 있었다.

선우는 시계를 보았다. 6시. 아직 서문도 전무가 별채에 있을 시간이다. 서둘러 갈아입을 옷을 꺼냈다. 최대한 빨리 별채로 건너갈 생각이었다.

서문도는 계단을 내려오고 있었다. 믿을 수 없을 정도로 말끔하게 정돈된 모습을 하고서.

"일찍 왔네요."

팔에 걸쳤던 슈트 재킷을 소파에 올려놓으며 서문도가 말했다. 눈이 부실 정도로 하얀 셔츠에 주름 하나 없이 쭉 뻗은 짙은 색의 팬츠. 흐트러짐 없이 정돈된 머리. 길고 탄탄한 몸이 내뿜는 싱싱한 기운까지. 탁하게 가라앉았던 지난밤의 모습들은 온데간데없는 말끔한 모습이었다.

"네."

안녕히 주무셨냐는 말을 하려고 선우가 입을 열었을 때 서문도가 싱긋 웃으며 먼저 인사를 건네 왔다.

"잘 잤어요?"

뭐랄까. 선우는 목이 막히는 기분이었다. 지난밤 땀이 끈끈하게 배어 나올 정도로 몸을 썼던 사람은 남자였다. 힘들다고 말했을 때도 남자가 웃으며 말하지 않았던가. 힘은 내가 쓰는데 왜 이선우 씨가 힘들다고 하는 거냐고. 주로 누워만 있었던 자신은 아직도 발목이 질척한 밤에 잠겨 있는 것 같은데, 남자는 홀로 빠져나가 더없이 개운한 표정을 하고 있었다.

유유하게 선우를 스쳐 지난 서문도가 커피머신의 전원을 올렸다.

"커피?"

지잉, 내려오는 커피 소리와 함께 서문도가 물었다. 그 목소리에 정신이 든 선우는 고개를 저었다. 여기에 급하게 건너온 이유를 잊을 뻔했다.

"아니요, 괜찮습니다. 전무님, 어제, 그, 썼던……."

커피 냄새가 짙게 퍼졌다. 뜨거운 김이 올라오는 머그잔을 서문도가 들어 올렸다. 평온한 얼굴로 느긋하게 커피를 한 모금 마신다. 선우는 잠시 하려 했던 말을 잊었다. 그리고 이상하다는 생각을 했다. 내가 저 사람과 몸을 겹쳤었나. 꿈은 아니었나. 어떻게 이렇게 멀고 멀까.

"어제 썼던 콘돔 말입니까."

뜨거운 김이 오르는 잔을 아일랜드에 내려놓으며 서문도가 말했다. 선우는 침을 삼키며 고개를 끄덕였다. 조금 있으면 식사를 차릴 아주머니가 건너올 시간이었다.

"제가 잠깐 침실에 올라가서……."

2층으로 가는 계단 쪽을 흘깃 보면서 선우가 작게 말할 때였다.

“알아서 처리할 테니까 신경 쓰지 말아요.”

서문도가 담담하게 말했다. 알아서 치워 놓겠다는 뜻일까. 선우는 잘 이해가 가지 않았다. 바로 며칠 전에만 해도 그게 뭐라고 치워 둬야 하냐고 말했던 사람인데.

“아니에요.”

선우는 고개를 저었다. 잘난 서문도 전무의 손으로 직접 콘돔을 치우게 만들 수 없어서가 아니었다. 툭 던졌던 콘돔처럼, 밤을 보낸 흔적 따위 아무렇지 않아 했던 그 무감함이 못 미더웠기 때문이었다.

남자는 언젠가 귀찮아서 안 치울 것이고, 다시금 추측성 소문이 돌 것이다. 옥수댁 아주머니, 혹은 장 여사가 여자의 정체를 알아내고 말 테고, 사람들의 시선이 선우에게 쏠릴 터였다. 그런 일은 만들고 싶지 않았다.

“제가 할게요. 신경 쓰지 마세요.”

그 말에 서문도가 선우를 물끄러미 본다. 길다 싶을 정도로 오래 보더니 한쪽 입꼬리를 올리면서 웃었다.

“내가 그렇게 못 미더운가.”

네, 하고 대답하고 싶은 마음을 꾹 누르는데 서문도가 태연히 말했다.

“그거 내 주머니에 있는데. 굳이 가져가고 싶으면 가져가고.”

선우의 입이 더듬더듬 열렸다가 닫혔다. 할 말을 잊은 선우를 보며 서문도가 피식 웃었다.

“그렇게까지 나쁜 놈은 아니에요. 내가.”

무슨 소리야. 그게. 제발 하지 말라고 부탁했던 짓들은 기어코 했으면서. 선우의 생각이 표정으로 드러났을까. 서문도가 크게 웃었다. 정말이지 어이없는 아침이 아닐 수 없었다.

서유라가 늦잠을 자는 동안 선우는 새로 산 핸드폰에 유심칩을 끼워 넣었다. 새 핸드폰에 맞추어 워치도 세팅을 하고 매뉴얼을 익혔다. 점심시간이 될 때까지 서유라가 기상하지 않아, 핸드폰도 가져다 놓을 겸 선우는 정오에 별채를 나왔다.

숙소 동으로 가는 길이 온통 초록이었다.

이름 모를 꽃들이 화사하게 피었고, 연녹색이었던 새순들이 짙게 물들어 가며 푸르름을 뽐냈다. 고개를 들어 보니 흰 구름이 바람에 밀려 흘러가고 있었다. 선우는 시간이 참 무심하게도 흐른다는 생각을 했다.

무슨 일이 있었든 밤은 지나고 아침은 왔다. 어떤 날에도 햇살은 내리쬐며 나무는 자란다. 당연하였던 일상들이 더 이상 당연하지 않게 되었을 때조차 불어오는 봄바람은 따뜻하기만 해서, 멀리 구름을 보며 눈을 가늘게 떴을 때였다.

"선우 씨!"

자신을 부르는 목소리가 들려와 고개를 돌려보니 숙소 동 전원의 텃밭에서 조리사 아주머니가 선우를 부르고 있었다.

"네."

"점심 먹으러 들어갈 거지? 잘됐다. 이것 좀 가지고 가."

파 몇 뿌리와 부추, 그 옆에는 쌈 채소와 비슷하게 생긴 것들이 소쿠리 안에 가득이었다.

"이게 뭐예요?"

"이건 부추, 삼채, 이쪽은 머위잎이랑 줄긴데 전무님이 좋아하거든."

전무님이라는 게 서문도를 말하는 걸까. 선우가 생각하는데 조리사 아주머니가 이어서 말했다.

"저녁은 본관에서 먹는대서 이따 머위잎 찐 걸로 쌈밥 올릴라구. 젊은 사람이 쓴맛을 좋아하데. 나는 이 나이까지도 쓴 건 별로던데. 비위가 좋은가 봐."

서문도 전무가 고들빼기니 씀바귀니 쓴맛이 나는 음식들을 한 번씩 찾는다는 이야기를 하면서 조리사 아주머니가 소쿠리를 건네주었다.

"막내 아가씨는 아직도 안 일어난 거지? 팔자 좋아."

선우는 흐릿하게 웃으면서 고개를 끄덕였다.

"난 이거 마저 따서 들어갈 테니까, 먼저 들어가."

"네."

선우는 소쿠리를 안고서 현관문을 열었다. 주방의 식탁으로 들고 가는데 조리대에 서서 밥을 뜨고 있는 옥수댁의 모습이 보였다. 들어오는 선우를 보지 못하고 요리를 하고 있는 조리사 아주머니와 대화를 나눈다.

"그럼 그냥 스쳐 가는 사이인가 보네."

"그런가 봐. 그 뒤로 살펴봤는데 더 나오진 않더라구."

"거봐. 내가 뭐랬어."

"아니, 그런데 희한하지. 오늘 아침엔 시트가 엄청 구겨져 있는 거야. 원래 전무님 자고 나면 안 그렇거든."

옥수댁의 말에 주방으로 들어오던 선우의 발걸음이 그대로 굳었다.

"이상한 느낌이 싹 들더라고? 그래서 여자 머리카락 같은 게 떨어졌나 싶어 잘 살폈는데 없더라구."

순식간에 얼굴에 열이 확 올랐다. 저런 부분까지 살펴볼 줄은 정말이지 상상도 못 했기에.

"으이그, 관심 거둬. 드라마 좋아하더니 그저 그런 거에만 관심이 있지."

"재밌잖아."

옥수댁이 어깨로 조리사 아주머니를 치면서 실실 웃었다. 그런 옥수댁이 웃긴다는 듯이 보던 아주머니가 입구에 서 있던 선우를 보았다.

"선우 씨 뭐 해, 들어와. 머위 가져왔구나."

"네."

굳어 있었던 선우는 소쿠리를 조리대 위에 올려놓으며 애써 둥근 미소를 지었다. 선우를 특별히 의식하지 않는 건지, 조리사 아주머니가 옥수댁에게 말했다.

"본관에서 알면 괜히 골치만 아플 텐데 뭐 하러 여기까지 데려오겠어. 널린 게 호텔인데."

"그렇긴 해. 얼마나 좋을까. 있는 집에서 남자로, 그것도 잘생기게 태어났으니. 세상이 다 제 꺼 같겠지, 뭐."

선우의 밥까지 그릇에 담으면서 옥수댁이 이어서 말했다.

"난 다음 생에 태어나면 꼭 돈 많고 잘생긴 남자로 태어날 거야. 사는 게 얼마나 재미지겠어. 전무님 봐, 가만히만 있어도 여자들이 아주 그냥 불나방처럼 몸을 던진다잖아."

선우는 숟가락을 놓았다. 자신 같은 여자들이 많았었나 보다. 그래서 그렇게 냉소적인가.

"나 같으면 죄다 후리고 다닐 텐데 말이야. 아니, 오히려 지긋지긋하려나. 하기야 하도 겪어서 감흥이 없긴 할 거야."

"선우 씨 앞에서 못 하는 말이 없다, 진짜."

선우는 그저 난처한 웃음을 보이고, 양 여사는 주책이라며 옥수댁에게 그만하라고 핀잔을 줄 때였다. 현관문이 열리며 누군가 들어오는 소리가 났다.

"안녕하세요. 오랜만에 왔습니다아."

애교 있는 목소리로 인사를 하며 들어온 사람은 박소영의 매니저인 송혜정과 본사의 대내협력실장인 명규진이었다.

"혜정 씨 오랜만. 규진 씨도 오랜만이네."

신발을 벗던 규진도 오랜만이라며 인사를 하고 주방으로 들어왔다. 선우도 고개를 숙여서 인사를 건넸다.

"어쩐 일이야. 점심들은 먹었고?"

조리사 아주머니가 인사를 건네며 식사 여부부터 확인을 했다. 송혜정이 정수기에서 찬물을 받으며 대답을 한다.

"아뇨. 아직 식사 전이에요. 오늘 사모님 새 차 나오는 날이잖아요. 새 차 뽑으면 필요하다고 이것저것 사다 달라고 하셔서요."

"아니, 근데 뭐 얼마나 대단한 차를 뽑아 주시길래 비밀에 부치셨대? 막, 뭐 그 뭐냐 람보, 그거 있잖아. 람보……."

옥수댁이 더듬거리자 송혜정이 끼어들었다.

"람보르기니요?"

"어, 그래. 그런 거 뽑아 주시려는 건가?"

"어우, 그럼 너무 좋겠당. 람보르기니 아니구 포르쉐만 돼도 좋겠어요. 실물 진짜 넘넘 예쁘던데. 지난번 비엠은 우 대표님이 타시던 거라 연식이 오래됐다고 사모님이 싫어하셨거든요."

"오래돼서 싫어했겠어? 중고를 쓰라고 하니깐 그러신 거지."

비엠이라면 서유라가 지금 쓰고 있는 차였다. 중형 세단이었는데, 서유라가 쓰고 싶다 하니 박소영이 잘되었다며 이참에 차를 바꿔야겠다고 흔쾌히 차 키를 넘겨주었다.

"차는 언제 나온대? 회장님이 뭘로 뽑으라 하셨어? 응? 아주 요란뻑적지근하게 뽑아 주셨겠지?"

명 실장을 향해 물어보면서 옥수댁은 밥을 날랐다. 선우도 상을 차리는 것을 도왔다.

"2시쯤 딜러가 가지고 온다고 했어요. 모델은 그때 보시면 됩니다."

회장 일가의 대소사를 처리하는 사람이니 차를 뽑는 것도 모두 명 실장의 손을 거쳤을 거였다. 사람들의 호기심에도 명 실장은 흔들리지 않으며 담담하게 숟가락을 들었다. 잘 먹겠습니다, 명 실장의 인사를 시작으로 다들 숟가락을 들었다.

"어떠세요, 지낼 만한가요?"

어묵볶음을 집어 드는데 명 실장이 선우를 보며 물었다. 선우는 젓가락을 내리면서 가볍게 고개를 끄덕였다. 입안에 있는 음식을 씹어 삼킨 뒤 살짝 미소를 보이며 대답을 했다.

"네. 덕분에요."

"다행이네요."

반짝, 하고 손목에 차고 있는 워치가 울린 것은 바로 그때였다.

핸드폰은 찾아봤나요?

A였다.

시계 위로 뜬 메시지를 확인한 선우는 조금 더 식사를 하고 잘 먹었노라고 인사를 건넨 뒤 방으로 올라왔다. 핸드폰을 꺼내 메시지 창을 열고서 찾고 있어요, 까지 쓴 다음에 보내기 버튼을 눌렀다.

혹시 짐작 가는 곳이라도 있나요, 라고 쓰다가 뒤로 가기를 눌러서 전부 지웠다. 메시지 창을 제일 위로 올려서 처음부터 주고받았던 문자를 하나씩 읽어 내렸다.

민우 핸드폰 서문도가 가져갔습니다.

누구세요? 민우를 아시나요? 그 말을 제가 어떻게 믿을 수 있을까요. 증거를 가지고 계신가요?

로열 크라운 호텔 주차장입니다.

저에게 왜 이런 메시지를 보내는 거죠?

제가 왜 이선우 씨에게 이런 메시지를 보냈냐면
제 핸드폰도 서문도 전무가 가져갔기 때문입니다.
범인을 찍은 사진이 들어 있는 핸드폰입니다.

선우는 한참을 뚫어져라 메시지를 바라보다가 A로 저장해 두었던 이름을 눌러서 충동적으로 통화 버튼을 눌렀다. 뚜르르르, 뚜르르르. 신호음이 길게, 오래도록 울린다. 짐작대로 A는 전화를 받지 않았다. 선우는 다시 한번 통화 버튼을 눌렀다. 길고 집요한 벨 소리가 오래오래 방 안을 맴돌았다.

한 번 더.

선우는 통화 버튼을 눌렀다. 받아. 이렇게 뒤에서 익명으로 메시지만 보내지 말고. 받아. 무슨 오기인지 모르겠다. 선우는 전화를 받을 수 없다는 안내음이 나오면 다시 통화 버튼을 누르고, 벨 소리를 듣다가 끊어지면 다시 눌렀다.

마지막으로 한 번만 더.

끝이 없이 울릴 것 같았던 벨 소리가 어느 순간 멈추었다. 달칵. 수화기 너머로 침묵이 흘렀다. 선우는 자신도 모르게 자리에서 일어섰다.

무슨 말을 해야 하나. 어떻게 호칭을 해야 하지. 무엇을 물어봐야 하나. 한꺼번에 생각이 엉켜들었다.

선우는 마른침을 삼키고 숨을 길게 뱉어 냈다. 긴장된 마음을 다스리며 입을 열었다.

"여보세요."

— …….

"이선우입니다."

— …….

상대방의 침묵이 선우에게 확신을 더해 주었다.

선우의 번호를 알 수 있는 사람. 서문도가 핸드폰을 가져갈 만한 사람. 선우가 서문도의 근처에 머물고 있다는 걸 알 수 있는 사람. 서유라와 그 밤에 같이 있었을 사람. 범인의 사진을 찍었을 사람. 당신이 누군지 알 것 같다는 말을 하려던 찰나였다.

— ……최지상입니다.

남자의 목소리를 듣는 순간 선우는 눈을 꾹 감았다. 처음부터 짐작하고 있었는데도 이렇게 목소리를 들으니 실감이 나지 않는다.

선우는 천천히 눈을 떴다. 화창한 봄날, 어룽지는 햇빛을 보는데 목이 메어 왔다.

"정말로……. 최지상 씨인가요."

— 네.

끝까지 정체를 밝히지 않을 거라고 생각했었는데 최지상은 의외로 빠르게 자신을 드러냈다. 묻고 싶은, 듣고 싶은 것들이 한꺼번에 뒤엉키면서 목울대가 울렁였다. 선우는 주먹을 꾹 쥐었다. 점심시간이 얼마 남지 않았다. 이 짧은 시간으로 무엇을 할 수 있

나. 창문 너머 초록의 정원을 바라보다가 입을 열었다.

"만나서 이야기하고 싶습니다. 시간 언제 괜찮으세요?"

거절당할 각오를 하고 건넨 말이었다. 남자가 수화기 너머에서 흐음, 하고 길게 숨을 쉬었다.

— 지금 한창 드라마 촬영 중이라서요. 도무지 시간을 뺄 수가 없어요. 어쩌다 시간이 비어도……. 아시죠? 유라 누나 봐야 하거든요. 촬영이 거의 끝나야 시간을 낼 수 있을 것 같은데, 그래도 괜찮겠어요?

"네. 저는 좋아요."

— 그럼, 촬영 끝나고 한가해지면 연락드릴게요. 이 번호로 드리면 되죠?

최지상의 목소리가 상냥하다. 그게 선우의 비위를 긁어내렸지만…….

"네. 감사합니다."

선우는 담담히 대답을 했다. 창으로 들어온 햇빛이 발밑에서 일렁거렸다.

12. 빽치니까

“야, 엄마 새 차 나왔대. 가 보자.”

선우가 서유라의 손톱을 다듬어 주고 있을 때였다. 왼손을 쭉 내밀어 선우에게 맡긴 채 소파에 누워 있던 서유라가 박소영의 전화를 받고는 벌떡 몸을 일으켰다.

“네?”

같이 가자는 말이 낯설어서 선우는 되물었다.

“빨리 가 보자. 뭘로 뽑았을까? 엄마랑 내가 궁금해서 아빠한테 물어봤거든. 근데 진짜 말 안 해 주더라. 기깔 나는 거면 나랑 바꾸자고 해야지.”

킥킥 웃으면서 서유라가 선우의 팔을 붙들었다.

“울 아빠가 얼마나 짠돌인지 모르지? 엄마 새 차 뽑는 거 처음이야. 맨날 법인 차랑 오빠들이 타던 거, 그거 그냥 쓰라고 하고. 겉으로야 뭐 번지르르하지.”

선우는 서유라와 엘리베이터를 타고 지하로 내려가면서 유라가 들려주는 이야기를 들었다.

"나중에 좋은 걸로 새로 뽑아 준다고 하면서 몇 번이나 그냥 넘어갔거든. 울 엄마 이름으로 된 재산이 하나도 없다고 하면 아무도 안 믿을걸?"

서유라가 입을 삐쭉거리며 엘리베이터의 거울을 보았다.

"엄마 살던 아파트는 둘째 오빠 명의고 나 살던 빌라도 둘째 언니 명의. 아주 부부가 쌍으로 우리를 쥐었다 폈다 한다니까."

서유라가 앞머리를 이리저리 쓸어 넘기면서 말을 이었다.

"나랑 엄마는 현금도 잘 안 줘. 맨날 그넘의 카드 실컷 쓰라고 하는데, 한도 5천짜리, 어따 쓰냐? 남들은 재벌집 딸이라 호강하는 줄 아는데 나 사실 디게 힘들게 살았다?"

그때 지하에 도착한 엘리베이터 문이 열렸다. 명 실장과 양 집사가 보였고, 커다랗게 커버를 뒤집어쓴 차가 보였다.

"저기 엄마 온다. 아주 좋아 죽네."

서유라의 말에 고개를 돌려 보니 멀리 본관 쪽의 출입구에 휠체어를 탄 서명구 회장과 휠체어를 밀고 있는 박소영의 모습이 보였다. 잡지나 기사의 사진에서만 보았던 서명구 회장을 실제로 보는 건 처음이다.

노년의 회장은 생각보다 훨씬 나이가 많이 들어 보여, 숫자로만 보았던 89세라는 나이가 새삼 매우 많은 나이라는 걸 깨닫게 했다. 사진에서 보았던 호리호리한 몸은 앙상하게 말라 있었고, 염색으로 짙었던 머리카락은 백발이었다. 축 처진 살갗과 생기 없는 회장의 낯빛에 비해 휠체어를 밀어 주는 박소영은 40대 초반이라 해도 믿을 수 있을 만큼 젊어 보여서 대비는 더욱 두드러졌다.

"아빠!"

옆에 있던 서유라가 손을 들면서 반갑게 외쳤다. 회장도 서유라를 알아보고 벙긋 웃음을 지었다. 유라가 뛰어가서 회장의 옆에 섰다. 세 식구가 만나 스스럼없이 이야기를 나눈다. 할아버지뻘의 아빠. 언니처럼 젊은 엄마. 둘 사이의 성숙한 딸. 평범하다고는 하기 힘든 조합들이 모여서 사이좋게 웃고 있었다.

불현듯 서문도 전무 생각이 났다.

늘씬하게 키가 크고 넓은 어깨가 반듯한 남자. 웃으면 화사해지고 웃지 않을 때면 서늘해지는, 대체로 무감한 눈동자를 가진 남자. 당황스러울 정도로 모습이 금방 그려지는 그 남자는 서유라의 조카다. 박소영은 그의 작은할머니가 된다. 본인보다 나이 어린 고모와 엄마뻘의 작은할머니.

이런 환경이라 무감하게 된 걸까. 아니면 무감해서 이런 환경 속에서도 태연히 살아가는 걸까. 그런 쓸데없는 생각을 하다 눈을 들자 휠체어를 밀고 있는 서유라가 보였다. 회장이 몇 미터 앞에서 있는 선우를 보며 눈을 가늘게 떴다. 선우는 고개를 숙이며 인사를 건넸다.

"안녕하세요. 서유라 씨 퍼스널 트레이닝을 맡고 있는 이선우입니다."

회장은 표정 없이 선우를 지나쳤다. 선우는 그림자처럼 뒤로 물러섰다.

"아우, 회장님 나 넘 떨린당. 회장님이 날 위해서 이렇게 준비를 하셨다니까 눈물이 날라 그래."

박소영의 눈에 눈물이 금방 그렁그렁 차올랐다. 박소영은 검지 손가락을 들어 눈 밑을 꾹꾹 누르면서 말했다.

"넘 좋아서 눈물이 다 나잖아. 이게 다 회장님 때문이야."

어깨를 흔들면서 앙탈을 부리는 박소영을 보는 서유라의 얼굴이 썩어 들어갔다.

"아빠, 빨리 까 보자. 궁금해 뒤…… 죽겠네."

유라의 말에 서 회장이 흘흘 웃었다. 그리고는 눈짓으로 명 실장에게 신호를 주었다. 꾸벅 고개를 숙인 명 실장이 양 집사와 함께 드리워져 있던 커버를 벗겨 내기 시작했다.

"아우, 아우, 나 어떡해. 떨려서 못 보겠어."

차마 못 보겠다며 눈을 가려 버린 박소영이 손가락을 살짝 벌리며 실눈을 뜬다. 차분히 벗겨지는 커버 아래로 드러난 새 차는 금빛이 도는 베이지색의 국산 고급 중형 세단이었다.

"어……."

박소영의 얼굴을 가렸던 두 손이 스르륵 내려오며 말문을 막아 버린 탄식이 흘러나왔다.

"어, 어때, 예……쁘지히? 뷰티, 뷰티이푸울. 소영이 전용이니까 그음색. 고오올드 칼라루다가."

회장이 웃으며 박소영을 보았다. 굳어 버린 박소영의 눈빛이 싸늘하게 식어 가고 있어도 회장은 아랑곳하지 않았다. 큽, 하고 숨죽인 웃음을 터트린 서유라는 박소영의 표독스런 눈빛을 받고 입을 꾹 다물었다. 허리에 손을 얹은 박소영이 어이없다는 듯 하, 하고 커다랗게 소리를 냈다. 커다란 주차장에 싸늘한 공기가 맴돌았다.

"왜, 왜 그래애, 소영이. 마음, 마음에 안 드는 거시야아?"

기분을 살피듯이 웃는 서 회장의 눈빛에 심지가 세워졌다. 눈치를 살피는 것처럼 살살 말을 하면서도 눈빛만은 빤하니 살아 있었다.

"지금 나 놀려요?"

"왜, 왜 그래 소영이."

"놀리냐구! 세상에 어쩜 회장님이 나한테 이래! 예쁜 차 사 준댔잖아! 그지 같은 중고차 던져 주면서, 내가 그렇게 뽀대 나는 차 한 대만 뽑아 달라구 그렇게 졸랐는데!"

분을 못 이긴 박소영이 소리를 바락 질렀다.

"내가 집을 사 달랬어요, 건물을 달랬어요, 그냥 차 한 대! 그거 하나 해 달랬는데에! 어? 내가 이 정도밖에 안 돼요? 이 박소영이가, 차 한 대만도 못 하냐구우우!"

얼굴이 시뻘게져서는 주먹을 꽉 쥐고 부들부들 떨었다.

"소여엉, 릐, 릴랙스으. 진정……해야지히……."

"싫어! 나 이 차 싫다구요! 이딴 국산 차를 쪽팔려서 어떻게 끌고 다니란 말이야! 창피해서 고개를 들 수가 없어!"

악을 지르는 박소영을 서 회장은 가만히 보기만 했다.

"내가, 어? 내가 대체 뭐예요? 맨날 말로만 사랑한다지! 그렇게 카페 체인 하나만 내 이름으로 해 달래두 안 해 주고! 회장님한테 내가 뭐냐고!"

회장의 눈빛이 탁하게 가라앉는다. 서유라가 눈동자를 도르륵 굴리며 천장만 보았다.

"소영이느흔…… 첩이지. 처업. 세컨드으."

느리지만 또렷하게 한 번 더 발음하는 서 회장을 박소영이 경악스런 눈으로 바라보았다.

"회장님, 지금 나보고 첩이라고 했어요?"

"처업으은, 사, 사치하면…… 못 써허어……."

"사치? 이딴 차가 사치이?"

박소영이 팔을 걷어붙였다. 서 회장이 히죽 웃으면서 말했다. 눈빛이 뱀처럼 일자로 또렷해진다.

"부회장도……. 내 새끼……도. 국사안차……를 타는데에……. 돈 한 푼…… 안 버는…… 소영이가, 외제……차아, 타며느은……."

힘에 겨운 회장이 잠시 쉬었다가 다시 입을 열었다.

"욕, 요, 요옥, 요오옥,을…… 머억어. 그르믄 아, 안 되잔하?"

"아아아악!"

박소영의 짜증 어린 외침이 주차장을 울렸다.

"그, 그래서어, 시……시른, 거야하?"

"싫어요! 싫어! 아주 그냥 지긋지긋해!"

회장의 얼굴에서 미소가 걷혔다. 싸늘한 얼굴로 명 실장에게 눈짓을 했다. 명 실장이 꾸벅 고개를 숙인 뒤 회장의 휠체어를 본관 방향으로 밀기 시작했다.

"에혀. 망했네, 울 엄마."

서유라가 나직이 중얼거렸다.

저녁 식사의 화두는 단연코 박소영의 새 차였다. 문도는 하나씩 먹기 좋게 싸 놓은 머위 쌈밥을 집으며 어머니에게 차고에서 무슨 일이 있었는지 빠짐없이 고하고 있는 장 여사를 보았다.

"회장님은 새 차 당장 치워 버리라고 하시고, 작은 사모님은 차고에서 펑펑 우시고. 자지러지게 우시는 바람에 우황청심환 들고 대기했잖아요."

안 봐도 훤히 보였다. 머리를 뒤로 한껏 꺾어 가면서 주저앉아 발을 뻗대며 울었겠지. 뜻대로 되지 않을 때 박소영은 온 힘을 다해 울곤 했다. 내 팔자, 내 서러운 팔자를 울부짖으며.

"본관 들어오신 회장님은 문 딱 닫아 버리셨고요. 작은 사모님은 별채에 머리 싸매고 누우셨고. 본인 말로는 회장님이 새 차 다시 뽑아 줄 때까지 절대 본관 안 올 거라는데……."

장 여사가 말꼬리를 흐리며 우현희 앞으로 조르륵 보리차를 따라 주었다. 우현희가 호박잎 쌈밥을 젓가락으로 집으며 장 여사에게 말했다.

"호박잎이 아직 남았었나 봐요?"

"요게 마지막. 대표님이 좋아하는 거라 김냉에 내가 잘 모셔 뒀죠."

"매번 고마워요. 덕분에 입맛이 도네."

"이럴 때 보면 대표님하고 전무님하고 아주 입맛이 판박이라니까. 돌아가신 우 회장님도 그러셨구요."

장 여사의 말에 우현희가 희미하게 미소를 지었다.

"여사님, 당분간 별채로 가셔서 작은어머님 식사 신경 좀 써 줘요."

"아무래도 그래야겠죠?"

고개 끄덕인 장 여사가 물러났다.

"며칠은 별채가 시끄럽겠다."

우현희가 문도를 보면서 말했다. 문도는 대답 없이 피식 웃고는 양배추 쌈밥을 집었다. 아주 나갈 용기는 없고 보란 듯이 시위는 해야겠고. 드러눕기에 별채가 딱이긴 했다.

"네오 펀드 건은 알아봤니?"

"대강은요. 이름을 네오&리로이로 바꿨더라고요. 서창도 영어 이름이 리로이인 거, 아세요?"

우현희가 가볍게 웃었다. 아직 별건 없지만, 서용호 일가의 자금을 운용할 것이 뻔한 헤지 펀드였다. 어떤 식이 될지는 지켜보면 알 것이고.

"우리 서용호 사장님께서 지분 정리도 시작하셨고, 지켜볼게요."

정원으로 이어지는 폴딩 도어를 열어 놓아서인지 식탁까지 바람이 살랑살랑 불어왔다. 지난밤이 만족스럽긴 했나 보다. 파르르 떨면서 울먹이는 목소리로 제발 그만 만지면 안 되겠냐고 묻던 이선우의 모습이 떠올랐다. 별채로 건너가면 바로 보고를 받으려 했는데, 박소영이 있다 하니 아무래도 하루 정도는 미뤄야 하겠지. 문도는 그렇게 생각하며 어둑해지는 정원을 바라보았다.

박소영의 한탄은 끝났다 싶으면 다시 시작이 되었다. 식탁 위에는 조리사 아주머니가 차려 놓은 음식들이 꾸덕꾸덕 말라 가고, 그 옆에는 와인 병이 하나둘씩 늘고 있었다.

"짠돌이 짠돌이 그런 짠돌이가 없어. 내가 아주 지긋지긋해. 어,

그래, 나는 이제 미련도 없고 아쉬운 것도 없어. 이 집 나가 버리면 그만이지. 명색이 재벌 회장이라는 사람이 그런 똥차를 사 줘?"

서유라가 마지막 남은 와인을 탈탈 털어서 잔에 따른 뒤에 손가락을 저으며 말했다.

"에이, 엄마 똥차는 아니지. 그거 국산 차 중에선 젤 비싼 모델이야."

"넌 내가 지금 외제 차 못 받아서 이러는 줄 알아?"

유라의 말에 박소영이 날카로운 목소리로 말했다.

"그럼 아니야?"

"내가 화가 나는 건, 회장님이 내 말을 무시해서 그런 거지! 왜 내 말을 제대로 들어주지를 않냐고."

와인을 꿀꺽 마신 박소영이 입을 닦은 뒤 크게 말했다.

"나는 외제 차가 좋다고 몇 번을! 어? 몇 번을 말했는데. 내 말을 귓등으로도 안 들었다는 거 아니야. 어쩜 그래. 내가 회장님 모시고 산 세월이 얼만데. 어떻게 나한테 이럴 수가 있어."

양 집사의 등에 업혀 별채로 실려 온 이래 시름시름 앓는 소리를 내던 박소영은 와인 두 병에 분노에 찬 소리를 내고 있었다.

"내가, 진짜 뭐 대단한 거 달랬어? 호텔을 달랬어, 병원을 달랬어? 그저 코딱지만 한 커피 프랜차이즈. 그거 하나만 달라는데 그걸 그렇게 안 들어주고. 차만 봐도 그래."

본격적으로 식탁 의자 위에 다리를 접어 앉은 박소영이 열불이 난다는 듯이 하, 하고 숨을 터트리면서 말을 이었다.

"화끈하게 하나 사 주면 될걸, 만날 자기 차 비었으니까 그거 타면 된다, 우 대표 차 바꾸니까 타던 거 타라, 내가 거지야? 내 꺼, 내 명의, 이 박소영이 명의로 차 한 대 갖고 싶다는데 왜 자꾸 지들 꺼 쓰래?"

와인 잔이 비었다. 두 병을 다 마신 서유라는 코를 훌쩍이며 일어나더니 와인 셀러를 열어 보고는 선우에게 말했다.

"야, 숙소 동에 인터폰 넣어. 와인 몇 병 가져오라고. 아, 아니다. 엄마 와인 말구 소주 따자. 야, 아줌마한테 안주 좀 만들어 오라고 해."

"네."

선우가 숙소 동에 인터폰을 하러 가는 사이, 유라는 크리스털 잔에 소주를 따라 박소영의 앞에 놓아 주었다.

"첩. 그래, 첩이지. 사모님 돌아가신 지가 몇 년인데 아직도 나는 첩년이지. 30년 첩질 끝에 가진 게 아무것도 없네. 하……. 내 팔자야."

잔에 들어 있는 소주를 단숨에 홀떡 마신 박소영은 금방 얼굴을 일그러뜨리며 울상을 지었다.

"내가, 소싯적에 내가, 정말 나 좋다고 쫓아다니던 남자들이 한 트럭이었는데. 어흐흐흑. 내가 바보지, 바보야. 멀쩡한 남자 두고 유부남한테 빠져선."

박소영의 흐느낌에 서유라가 반찬으로 놓였던 진미채를 집어 입에 넣고 씹으면서 말했다.

"그러게 멀쩡한 남자 만나지 그랬엉."

"내가, 내가……. 그 구정물을 뒤집어쓰구, 일본까지 쫓겨 가서,

아는 사람 하나 없는 땅에서 내가 어떻게 버텼는데."

"그러면 버티지 말지 그래썽."

"나느은, 안 한다고 그랬다? 사모님 불벼락도 넘넘 무섭구 눈치 보는 것도 서러워서 그만하겠다고 그랬어. 그랬는데도 회장님이 서중호를 일본 지사장으로 발령을 냈잖아아."

소영이 일본으로 쫓겨 가듯이 억지 유학길을 떠난 후에 서중호가 일본 지사의 지사장으로 발령이 났었다. 알거지로 쫓겨난 박소영에게 성의 표시를 하는 거라며 집도 내어 주고 차도 빌려주며 뜸뜸이 찾아와 편의를 봐주었고, 생활비를 대 주었다. 그 사실을 잘 아는 유라가 실실 웃으면서 말했다.

"에이, 그만하려고 했으면 받으면 안 됐지. 집이며 차며 생활비며, 다 법인 걸루 써 놓구."

"그럼, 내가 너 두고 쫓겨나는 그 수모를 당했는데 그 정도도 못 받니?"

"아 말이야 바른말로, 그래서 사모님, 아니, 큰엄마가 나 호적 올려 줬잖아. 나만 호적 올려 주면 일본으로 떠나서 다신 안 들어오겠다고 했다며. 영영 헤어진대서 올려 준 거라며. 그래 놓구 엄마가 입 싹 닦은 거 아님?"

이거 맛있네, 서유라가 다시 진미채를 입에 넣으면서 말했다. 박소영의 표정이 반쯤 일그러지는데 모르는 눈치였다.

"엄마. 주제 파악 좀 하고 살아."

"뭐?"

"그렇잖아. 나는 아빠 자식이기라도 하지. 엄마는 버림받으면

끝이라고. 정신 차려."

"이게 진짜."

찰나의 순간이었다. 박소영의 팔이 올라가는 것을 보는 순간 선우는 자신도 모르게 서유라를 감쌌다. 퍽, 하는 소리와 함께 선우의 이마에 뜨끈한 고통이 느껴지고 이어 쨍그랑 소리가 나며 크리스털 잔이 산산조각 났다.

"엄마!"

서유라가 소리를 빽 질렀다.

"유라 씨, 괜찮으세요? 안 다쳤어요?"

뜨끈한 머리를 감쌀 생각도 못 한 채 선우는 서유라에게 먼저 물었다. 서유라가 선우를 본다. 피가 흐르는 선우의 얼굴을 보고는 입을 쩍 벌렸다.

"엄마 미쳤지? 야, 괜찮아?"

"저는 괜찮아요."

"아후, 진짜."

허리에 손을 올린 서유라가 더운 콧김을 뿜었다. 선우는 상처 부위를 손으로 감싼 뒤 아일랜드에서 키친타월 몇 장을 꺼내 지혈을 했다.

"아주 딸년 대가리를 깨트릴라고 작정을 했지?"

"니년이 싸가지 없는 소리를 했잖아!"

"그렇다고 잔을 던져?"

"아, 안 다쳤잖아!"

"재가 감싸지 않았으면 내 대가리 깨졌거든?"

모녀가 다투는 소리를 들으며 지혈을 한 선우는 사방으로 튀어 버린 파편을 대강 쓸어 모았다. 엎드려서 커다란 조각들은 골라내고 눈에 보이는 가루들을 키친타월로 한곳으로 모아 놓는데 뒷문이 열리는 소리가 들렸다. 안주를 들고 온 조리사 아주머니일 거라 생각한 선우가 혹시 청소기가 어디 있는지 물어봐야겠다고 생각을 할 때였다.

"지금 이게 무슨 상황이죠?"

짜증 섞인 남자의 목소리가 들려왔다. 선우는 자신도 모르게 뒷문을 향해 고개를 돌렸다. 걸어 들어오던 남자와 눈이 마주치는 순간, 서문도의 입에서 하, 기가 막힌 소리가 터져 나왔다.

사위가 고요해진다.

서문도가 핸드폰을 들었다. 뚜르르— 신호음이 가는 동안에도 다이닝 룸을 맴도는 정적은 여전했다. 상대방이 전화를 받는 소리가 나고, 문도가 말했다.

"여사님. 주방을 좀 치워야겠는데요."

아니, 왜요. 장 여사의 목소리가 수화기 너머로 들렸다.

"별건 아니고 잔이 깨져서. 아. 비상약은 어디 있었죠?"

뭐라고 설명을 하는 장 여사의 목소리가 들려왔다. 가만히 듣고 있던 문도가 박소영을 보고는 다시 입을 열었다.

"지하 게스트 룸에 잠자리도 봐주시구요. 네. 이제 쉬시겠답니다."

문도가 전화를 끊자 기묘한 정적이 흘렀다. 입술을 깨물고 있던 박소영이 머리를 치켜들면서 입을 열었다.

"어쩌지. 난 좀 더 마셔야겠는데? 마시던 건 마저 마셔야지 않겠어? 오늘 내가 기분이 안 좋아서 그러거든? 서 전무도 한잔할래?"

박소영이 보란 듯이 와인 잔에 소주를 따랐다. 서유라가 미쳤나 봐, 혀를 찼지만 박소영은 꼿꼿하게 고개를 세우고 있었다.

"그럴까요."

문도가 대답을 했다. 문도는 엉거주춤 서 있는 선우를 스쳐 지나 수납장에서 크리스털 잔을 하나 꺼냈다. 박소영의 앞에 내려놓고는 손을 거두었다.

졸졸 술을 따르는 소리가 들렸다. 찰랑거릴 정도로 술을 따른 박소영이 문도를 도전적으로 바라보았다. 문도는 흘러넘치는 술을 아랑곳하지 않고 단숨에 마셨다.

"한 잔 더 줄까?"

"네."

박소영이 다시 문도의 잔을 채웠다. 서문도는 한 번 더 단번에 잔을 비웠다. 그리고는 다시 제 손으로 잔을 채웠다. 훌떡 마시고는 또 한 잔을 따른다. 그 모습에 박소영이 굳은 얼굴로 문도에게 말했다.

"서 전무 지금 뭐 하는 거야."

아랑곳하지 않고 문도가 한 모금에 잔을 비웠다. 그리고 다시 따랐다. 잔의 반이 찼을 때쯤, 바닥이 드러난 술병에서는 더 이상 술이 흘러나오지 않았다. 문도가 피식 웃으며 얼굴이 굳어 버린 박소영의 앞에서 술잔을 들었다. 단숨에 마셔 버리고는 내려놓으며 말했다.

"다 마셨네요. 이제 쉬시죠."

"서 전무, 지금 나 무시해? 내가 분명 더 마시겠다고."

"고모님도 들어가시고."

박소영의 말을 끊으며 서문도가 유라에게 말했다. 서유라가 어, 하는 소리를 내기도 전에 문도의 시선이 선우를 향했다.

"이선우 씨는 나 좀 봅시다."

더 할 말이 없다는 듯 문도가 발걸음을 떼었다. 소리 없이 걷고 있는데도 저벅저벅 발걸음 소리가 울리는 것 같은 착각이 들었다.

서문도 전무가 2층에 올라간 뒤 작게 소란이 있었다. 회장이 저를 무시하니 새파랗게 어린 서 전무도 저러는 거라며 박소영이 펑펑 울었고, 그러게 적당히 했어야 했다고 유라가 짜증을 내었다.

마침 청소를 하러 온 직원 아주머니들이 그 모습을 보고는 박소영을 달랬다. 짜증내는 유라에게 들어가서 쉬시라 인사를 한 선우는 화장실로 향했다. 이마에 흐른 핏자국을 대강 닦아 내며 거울을 보았다. 생각보다 피가 많이 났지만 깊게 베이지는 않았고, 살이 찢어지긴 했지만 꿰맬 만큼은 아닌 듯했다.

거울에 비친 자신을 보는데 한숨이 절로 흘러나왔다. 멍에, 눈가의 상처도 모자라서 이번엔 이마까지. 최대한 멀끔히 보이도록 정돈을 한 뒤에 선우는 화장실을 나왔다. 계단을 딛는데 서문도의 모습이 떠올랐다. 자신을 보고는 소리 없이 커졌던 눈동자가. 어이없어하는 가벼운 웃음이. 단숨에 술잔을 비우며 보였던 싸늘한 표정이. 2층으로 향하는 선우의 발걸음을 무겁게 하였다.

중문은 닫혀 있었다.

평소에는 늘 한 뼘쯤 열려 있었던 문이다. 오늘은 어쩌다 꽉 닫힌 것일 수도 있었지만, 선우에게는 왠지 닫힌 문이 남자의 언짢은 심기를 대변하는 것처럼 느껴졌다.

왜 이렇게 긴장이 되는 건지.

선우는 후우, 숨을 한 번 들이마신 뒤 황동색의 문고리를 잡았다. 그리고 조심스럽게 똑똑 문을 두드렸다. 안쪽에서 아무런 답이 없었다. 씻는 중인가. 아니면 노크 소리가 잘 들리지 않는 마스터 룸에 있는 걸까. 잠깐 생각하던 선우는 일단 들어가겠다 고하면서 문을 열었다.

"전무님, 들어가겠습니다."

예상과는 달리, 남자는 멀쩡히 진열대 앞에 서서 재킷을 벗고 있었다. 선우가 가볍게 고개를 숙이며 인사를 했지만 서문도는 묵묵히 앞만 보고 있었다. 의도적인 무시였다.

"……."

선우는 먼저 말을 건네 보려고 입을 열었다가 그대로 다물었다. 무슨 말을 해야 하는지도 잘 모르겠고, 용건을 물어보기엔 서문도 전무의 언짢은 기분이 적나라하게 느껴졌기 때문이었다.

자신을 없는 사람 취급하고 있는 남자를 앞에 두고서 선우는 그저 말없이 서 있었다. 용건이 있어서 불렀을 테니, 할 말이 있으면 먼저 입을 열겠지 싶어서였다.

얼마쯤 서 있었을까. 장신구를 모두 풀어 내린 서문도가 머리를 쓸어 올렸다. 미간을 긁듯이 문질렀다가 피식 웃는다. 그리고 다시 침묵이 이어진다. 공간을 내리누르는 것 같은 침묵에 선우의 마음도 납작하게 눌리는 것 같았다. 사람을 불러 놓고 벌을 주듯이 세워 두기만 하는 이유를 잘 모르겠지만, 그렇다고 왜 그러는 거냐고 물어볼 수 있는 신세가 아니라 가만히 서 있는데 서문도가 입을 열었다.

"내가."

선우는 눈을 들었다. 서문도가 선우를 향해서 몸을 틀었다. 낮게 가라앉은 눈을 하고서 선우에게 말했다.

"빡이 치는데. 그런데 그 이유를 모르겠거든요."

그러더니 선우를 향해 걸어왔다. 한 발짝 앞에서 멈춘 서문도가 선우의 얼굴을 빤히 보았다. 이마에서 눈썹, 눈썹에서 뺨. 남자의 시선이 선우의 얼굴에 길을 그린다. 상처들을 눈으로 짚어 본 남자가 말했다.

"이선우 씨한테 얻어터지는 취미가 있었나 싶고."

그런 취미가 있는 사람이 어디 있단 말인가. 선우가 눈을 드는데 서문도가 말한다.

"그렇다 한들, 그게 나랑 무슨 상관인가 싶은데."

서문도의 눈동자가 선우의 눈동자에 닿았다. 시선이 얽히자 잠시 시간이 멈추는 것 같은 착각이 든다. 얽힌 시선을 풀지 않으며 남자가 말했다.

"이상하게 빡이 친단 말이지."

문도의 시선이 다시 이마의 상처로 올라갔다. 눈빛이 오래 머무는 곳이 간지러운 것 같기도 하고 따끔거리는 것 같기도 했다. 가늘게 눈살을 찌푸린 문도가 몸을 돌리며 말했다.

"보고해요. 처음부터."

"아……. 네."

다이닝 룸에서 벌어진 일의 정황을 듣고 싶어서 보자고 했구나. 속으로 짐작을 한 선우는 유라의 하루를 머릿속으로 떠올리며 입을 열었다.

"서유라 씨는 오늘 1시쯤 기상하셨고요, 점심엔 샌드위치 드셨습니다. 손톱 관리를 하셨고, 작은 사모님 새 차가 도착했다는 말에 지하 주차장으로 가셨습니다. 저와 같이 새 차 구경을 했고요. 그리고……."

첩은 사치를 하면 욕을 먹는다고 했었던 서 회장의 모습이 떠올랐다. 회장이 싸늘하게 돌아서자 그 자리에 주저앉아 대성통곡을 하던 박소영과 창피하게 왜 이러냐고 타박을 했었던 서유라. 우르르 달려왔던 장 여사와 직원들까지.

선우가 어디에서부터 어디까지 이야기를 해야 할까 생각을 할 때였다. 잠시 뜸을 들이자 몸을 굽혀서 AV장의 서랍을 열던 서문도가 피식 웃는다.

"뭘 또 걸려서 말을 하려고 그러시나."

박소영에 관련해서는 어디까지 말을 해야 할지 모르겠어서 그랬다는 말을 하기도 전에 서문도가 말했다.

"의도적인 누락. 자체적인 생략. 하지 말라고 했을 텐데."

몸을 일으키며 말하는 서문도의 목소리가 건조했다. 마주친 눈빛이 온기 없이 서늘했다. 그런 게 아니라는, 생략 같은 걸 하려던 게 아니었다는 말은 하려고 선우는 입술을 달싹이다가 다시 다물었다. 오히려 변명처럼 들릴 것 같다는 생각이 든다. 다시 입을 연 선우는 보고를 천천히 이었다.

"새 차를 보신 작은 사모님께서 많이 실망하셨습니다. 새 차가 싫다고 하셨고요, 회장님께서는 그 말에 화가 나신 듯 보였습니다. 명 실장님이 회장님 모시고 들어가셨고, 사모님은 많이 우셨어요."

서문도가 피식 웃었다. 그 바람에 선우가 말을 멈추었다. 문도가 선우에게 말했다.

"계속하세요."

"직원분들이랑 유라 씨와 함께 작은 사모님 모시고 별채로 왔고, 유라 씨 쓰고 있는 게스트 룸으로 일단 모셨습니다. 그리고 저녁 식사를 하시면서 와인과 소주를 드셨고요. 두 분이 대화를 나누시다가……."

"서유라가 던졌어요?"

다시 AV장의 서랍으로 몸을 숙이며 서문도가 묻는다.

"아니요."

"박소영인가."

할머니뻘이 되는 박소영을 이름으로 부르는데도 일말의 거리낌이 없었다. 선우는 서랍을 뒤적이는 문도에게 대답을 했다.

“네, 식사 중에 유라 씨가 했던 말에 작은 사모님께서 마음이 상하셔서 소주잔을 유라 씨에게 던지셨습니다.”

그때 문도가 움직임을 멈추었다. 등을 펴며 일어선 문도의 시선이 선우에게로 향했다.

“박소영이 서유라한테 잔을 던졌는데, 왜 이선우 씨 이마가 깨졌죠?”

“아, 그게……. 제가 마침 옆에 있어서요.”

그 말에 남자의 눈썹이 꿈틀거렸다. 그게 무슨 설명이 된다는 건지 이해하지 못하겠다는 표정이었다.

“그런데요?”

“옆에 있는데 잔이 날아오니까…….”

“서유라를 감싸셨다?”

네, 하고 대답하며 선우는 고개를 끄덕였다. 서유라를 감싼 것이 질책받을 일인가. 저절로 몸이 움직였고, 본능적으로 판단했을 뿐이었다. 그건 누구라도 그러지 않았을까.

서문도는 낮게 웃었다. 기가 막힌다는 듯, 짜증이 난다는 듯 입매를 비틀어서 웃은 뒤 한숨을 쉬었다. 미간을 문지르다가 다시 한번 어이없다는 듯이 웃고는 선우를 보며 묻는다.

“왜 그러고 살지?”

조금 망연해지는 기분이 드는 질문이었다. 갑자기 맞닥뜨린 근원적인 질문이기도 했다.

“이해가 안 돼서 물어요. 멍이 들 만큼 두들겨 맞고도 감싸고 싶을까. 나 같으면 반쯤 죽여 놓고 싶을 텐데.”

맞았던 것, 알고 있었구나. 내색이 없기에 모르는 줄 알았었다. 서문도가 한심하게 선우를 보고 있었다.

나도 그래요.

선우는 문득 소리를 내어 대답을 하고 싶은 기분이 들었다. 나도 서유라를 보면 한 번씩 목을 조르면서 묻고 싶을 때가 있어요. 그렇게 하지 못하는 이유는. 무슨 짓을 해도 참으며 버티는 이유는.

짜증과 조롱을 숨기지 않는 남자를 보면서 선우는 솟구치는 마음을 삼켰다. 그리고 잠시 숨을 고른 뒤 대답을 했다.

"서유라 씨는 제 고객이니까요."

그 말에 남자가 웃었다. 그러다 선우의 눈을 바라보며 말했다.

"착각하지 말아요. 이선우 씨 고객은 나야. 월급은 내 주머니에서 나갑니다."

"제 말은 그러니까, 제가 돌보는 사람은."

서유라 씨라는 뜻이었어요. 선우의 말이 채 끝나지도 않았을 때 서문도가 서랍에서 무언가를 꺼내면서 말을 이었다.

"그리고 나는 내 물건에 누가 손대는 거 싫어합니다."

"저는……."

"알아요. 물건 아닌 거."

그리고는 픽 웃으면서 말했다.

"몸도 섞고 있으니 내 여자라고 해야 하나."

뭐라고 답을 해야 할지 모르는 선우에게 서문도가 말했다.

"맞고 다니지 말아요. 고객님 빡치니까."

설마 했는데, 서문도가 구급약이 들어 있는 상자를 들고서 선우에게로 다가왔다. 소파 테이블 위에 구급약 상자를 올려놓고는 소독약을 꺼낸다.

"이리 와요."

소파의 팔걸이 부분에 걸터앉은 문도가 선우를 불렀다.

"아, 저는 괜찮습니다."

"두 번 말하는 거 피곤하니까."

"괜찮아요. 진짜로."

거듭 말했지만 사양은 먹히지 않았다. 올 때까지 빤히 쳐다보고 있는 서문도 때문에 선우는 어색한 표정으로 문도의 앞에 섰다. 서문도가 소독약의 뚜껑을 따고 솜을 들었다. 차가운 소독제가 이마에 닿는다. 약이 스칠 때마다 선우가 조금씩 움찔거리자 아까보다 담담해진 말투로 서문도가 말했다.

"따가워서 그래요?"

물어보는 남자의 손길이 차분했다. 아까는 그렇게 무섭게 말을 해 놓고는 꼼꼼하게 약을 발라 주고 있었다. 쯧, 하고 혀를 차면서 약을 발라 주는데 선우의 기분이 이상해지려 했다.

"아니요. 괜찮아요."

선우는 일부러 소리를 내서 대답을 했다. 기분이 이상해지는 것을 막고 싶었기 때문이었다. 선우의 마음을 아는지 모르는지 무심히 약을 바르며 서문도가 말한다.

"불편해서 그런가."

네, 라고 해야 하는지 아니, 라고 해야 하는지. 선우가 쉽게 대답을 하지 못하자 서문도가 웃으며 말했다.

"솔직하네."

"아니요, 그게 아니라."

뒤늦게 입을 열어 보았지만, 뭐라고 할 수 있는 말이 없었다. 선우가 난처한 표정을 짓자 남자가 조금 더 크게 웃었다. 순간 무언가가 울렁이는 기분에 선우는 눈을 질끈 감았다. 남자가 약을 바르던 손길을 멈추며 물었다.

"많이 아파요?"

"조금……. 따가워서요."

아무렇지 않은 척 대답을 하면서 감았던 눈을 뜨는데 시야가 온통 서문도였다. 후, 하고 상처를 불어 주는 남자 때문에 선우는 차라리 다시 눈을 감고 싶어졌다.

"지혈제 뿌릴 거니까 고개 젖혀요."

"네."

말을 잘 듣는 아이처럼 선우는 고개를 젖혔다. 문도가 하얀 가루를 상처 위에 툭툭 뿌렸다. 크기가 맞는 밴드를 찾아 포장을 뜯는다. 그리고 선우의 이마에 붙여 주면서 말했다.

"가서 쉬어요. 많이 아프면 내일 병원에 가 보고."

팔걸이에서 일어난 문도가 AV장의 서랍을 열어 구급약 상자를 집어넣었다. 선우는 조금 당황한 마음으로 문도를 바라보았다.

"그럼, 오늘은……."

잠자리를 갖지 않는 건가요. 묻고 싶은 선우를 보면서 문도가 피식 웃으면서 물었다.

"왜요, 하고 싶어?"

아무렇지 않게 던진 서문도의 말에 선우의 목덜미가 붉어졌다. 쉽사리 대답을 하지 못하는 선우에게 문도의 시선이 꽂혔다. 잠시간 말이 없이 서로를 본다. 어딘가 열이 오르는 기분을 느끼며, 선우는 천천히 입을 열었다.

"네."

서문도가 뜨겁게 웃는다. 선우는 마른침을 삼켰다.

13. 푸른 밤

푸른 밤이었다.

해는 저물었고 어둠은 온전히 내려오지 않은.

불을 켜지 않은 마스터 룸은 깊은 푸른색으로 물들어 갔다. 달이 뜨고 있으려나. 별은 하늘을 오르고 있는 중일까.

이런 생각을 할 수 있는 이유는, 아마도…….

닿아 있던 남자의 입술이 천천히 떨어진다. 흘러내린 머리카락을 넘겨 주는 손길이 부드러워서 어딘가 나른한 기분이 들었다. 뺨을 감싸는 손은 크고 뜨겁다.

어둑한 방, 선우는 벽에 기대어 남자의 눈을 보았다. 내리깐 속눈썹이 길고, 눈썹은 아름다운 아치형. 시선을 조금씩 내려 본다. 매끈한 콧날과 선이 뚜렷한 입술이 보인다. 웃는 듯 아닌 듯, 끝이 올라간 입술은 도톰하고 어딘가 색스러웠다.

"하고 싶었어요?"

선우는 가늘게 숨을 내쉬며 고개를 끄덕였다. 남자가 비스듬하게 한쪽 입꼬리를 올리면서 묻는다.

"내가 그렇게 좋아?"

어둠 속에서 눈이 마주쳤다. 남자는 태양을 닮은 눈빛을 가졌다. 어둠 속에서도 찬란하게 빛나는 것 같은 느낌을 준다. 선우가 뭐라 말을 하기 전, 남자가 턱을 당겨서 입술을 머금으며 말했다.

"아니면……. 돈이 좋은가."

각도를 틀어 윗입술을 머금으면서 다시 말한다.

"그냥 밝히는 건가."

선우의 얼굴이 붉어졌다. 어쩌면 그럴 수도 있겠다는 생각을 했다. 생각지도 못했던 남자와 키스를 하는데, 상황 때문에 어쩔 수 없이 하는 건데도 싫지 않은 걸 보면.

"응? 답을 해야지."

남자가 선우의 팔을 자신의 목에 두르도록 이끌면서 말했다. 상체와 상체가 조금 더 가까워지며 두 사람 사이에 틈이 없어졌다.

정말로 대답을 해야 하는 걸까.

선우가 머뭇거리자 입술을 살짝 아프게 깨물면서 남자가 말해봐요, 라고 했다. 선우는 자신도 모르게 남자의 머리카락 사이로 손가락을 넣으며 입술을 달싹였다.

"잘, 모르겠어요."

진심이기도 했다. 왜 싫지 않을까. 늘 핸드폰을 찾으려는 마음으로 잠자리를 결심했었다. 그 목적 외의 다른 마음이 깃든 적은 한 번도 없었다. 그런데 오늘은…….

조금 더 머물고 싶다고 생각을 했다. 다친 이마는 욱신거렸고, 여전히 잠자리는 견뎌 내야 하는 무엇이고, 남자가 일으키는 낯선 감각들은 알고 싶지 않은 무엇인데도. 그런데도.

"뭐를 몰라요."

남자가 입술을 머금으면서 말했다. 아랫입술이 부드럽게 당겨지고 키스는 깊어진다. 숨이 가쁘게 쉬어질 때쯤, 선우의 입술을 풀어 준 남자가 대답해야죠, 라고 말했다.

"전무님이 좋은 건지……."

남자의 눈이 선우의 얼굴을 훑는다. 짓궂은 눈동자가 다음 대답을 기다렸다. 선우는 뺨에 오르는 열을 느끼면서 대답을 했다.

"제가 밝히는 건지를요……."

"돈 때문은 아니다?"

남자가 선우의 목으로 입술을 내리면서 말했다. 선우는 고개를 끄덕였다. 남자가 키득 웃었다. 좋네요, 라고 말하면서.

믿지 않겠지. 그럴 것을 안다.

그래도 그 셋 중의 하나는 아니라고 말하고 싶었다. 돈은 아니라고. 당신과 몸을 섞고, 키스를 하고, 기어이 이 방에 들어오는 이유가 돈 때문은 아니라고. 그렇게 오해를 하도록 유도는 하고 있지만 실은 사정이 있는 거라고. 아마도 영영 말하지 못하겠지만.

"그럴 때는 그냥, 전무님이 좋아서 그런 거라고 하는 겁니다."

남자가 친절하게도 가르쳐 주었다. 선우는 반사적으로 고개를 끄덕였다. 남자가 피식 웃었다.

"뭘 또 고개를 끄덕여."

그 말이 웃겨서 선우는 조금 웃었다. 남자도 웃는다. 부드럽게 포개지는 입술이 달고 청량했다. 이상하지. 남자에게선 늘 청량한 냄새가 났다. 아침에도, 저녁에도, 깊은 밤에도, 늘.

선우는 남자의 가슴에 머리를 기댔다. 그렇게 기대서 가만히 숨을 쉬는데 서문도가 선우의 턱을 들어 올렸다. 그리고 가볍게 입을 맞춘 뒤, 눈을 보며 말했다.

"밝히는 이선우 씨."

놀리는 말에 선우는 입술을 깨물며 고개를 저었다. 얼굴은 뜨거워지는데 왜인지 웃음이 난다.

"정정. 존나 밝히는 이선우 씨."

남자가 귓가에 대고 속삭였다. 정말이지 낯이 뜨거워지는 말인데 귓가에 간지러운 바람이 들어오자 선우는 웃음이 터졌다.

"상스러운 말도 좋아하시고요."

"아니에요."

"아니기는."

남자의 입술이 선우의 입술을 삼키듯이 물었다. 벌어지는 입술 사이로 두툼한 혀가 미끄러지듯이 가르고 들어와 선우의 혀를 감았다. 농밀하게 감았다가 싸악 훑어 먹는 움직임이 노골적이었다.

으응.

키스가 깊어지자 안쪽에서부터 끓는 소리가 올라왔다. 그 소리를 멈추고 싶은데, 아무리 참아 보아도 한 번씩 목을 비집고 튀어나왔다.

긴 키스가 끝나고 입술을 뗀 남자가 엄지손가락으로 선우의 입술을 느리게 문질렀다. 길게 내려온 머리카락을 옆으로 쓸어 넘겨 귀에 꽂아 준다. 그리고 살짝 얼이 빠져 있는 선우를 보면서 말했다.

"이마는 이 꼴을 해 놓고."

남자의 눈이 선우의 상처를 살폈다. 이마에 찢어진 상처와 눈가에 찍힌 상처. 이제는 거의 가셔 가는 푸른 멍이 든 자리까지.

그때 선우는 엄마를 떠올렸다. 차가운 얼음물에 발을 담그고 있으면 엄마는 걱정과 안쓰러움을 담은 눈으로 자신을 보았다. 아파서 어떡하니. 애틋하게 말하면서.

남자의 마음은 그저 피상적인 관심임을 안다. 엄마의 깊었던 마음과는 비교할 수 없는, 그저 스치는 가벼운 바람 같은 마음임을 알고 있지만.

상처를 살피던 남자와 눈이 마주쳤다. 마음이 몽클거리려는 순간 선우는 고개를 숙여 남자의 시선을 피했다. 남자의 긴 손가락이 선우의 턱을 가볍게 잡아서 위로 들어 올렸다.

"말해요."

뭐를요.

"안아 달라고."

하려면 할 수 있는 말이, 목적을 위해서 생각 없이 내뱉었던 그 말이 쉽게 나오지 않았다. 기어코 그 말을 듣겠다는 듯, 서로의 눈을 보는 시간 동안 끈질긴 침묵이 이어진다.

"안아 주세요."

오랜 침묵 끝에 선우는 속삭이듯이 말했다.

푸른 밤으로 물든 천장 때문인지, 눈 속에 빛을 담고 있는 것 같은 남자 때문인지, 그 남자가 발라 준 약이 마음을 따끔거리게 해서인지는 알 수는 없지만……. 짙어지는 어둠 속에서 처음으로 입을 맞추고 싶다는 생각을 했다.

선우는 발끝을 들었다. 입술에 남자의 입술이 닿는다.

부드러웠다.

담배를 빼서 입에 문 문도는 창가에 앉아 불을 붙였다. 열린 창문으로 바람이 들어와 머리카락을 날린다. 정원을 건너가는 여자의 모습을 보는데 헛웃음이 나왔다. 건너온 객식구 하나 늘었다고 조심 좀 할까 했는데, 하고 싶다는 여자의 한마디에 훅 날려 버렸다.

하기야 객식구 따위, 언제부터 신경을 썼다고.

밤이 내리기 시작한 정원을 여자가 걷는다. 바스락거리는 원피스의 소리와 카디건의 부드러운 촉감이 생생히 기억난다.

밤놀이를 언제까지 끌고 가야 하나.

담배 연기를 가늘게 뱉어 내면서 가늠을 해 보았다. 하루든 이틀이든 어지간히 몸을 섞고 나면 자연히 식어 버릴 줄 알았는데, 이선우에 대한 욕망은 날이 지나도 줄지 않았다.

'작은 사모님께서 많이 우셨어요.'

이선우의 목소리가 떠올랐다. 어처구니가 없기도 하지. 많이 우셨다니. 목 꺾고 눈 뒤집어 가며 다리를 뻗댄 채로 악을 악을 썼을 텐데, 많이 우셨단다. 포장 한번 곱게 해 준다.

문도는 재를 툭 털었다.

한편으로는 그런 미련한 성격이라 서유라가 곁을 내주었을 거라는 생각도 들었다. 누군가가 다쳤다고 해서 괜찮냐고, 병원에 가 보지 않아도 되냐고 물어보는 서유라는 처음 보았으니.

문도는 밤의 정원을 지나고 있는 여자의 뒷모습을 눈으로 좇았다. 걸음걸음마다 여자의 모습들이 책장처럼 넘어간다. 돈이 필요해서 이 일을 해야 한다던 이선우. 그런 주제에 꽤 큰 액수의 위로금을 마다하고 서유라의 만행을 미련할 정도로 견뎌 내던 이선우. 밤을 같이 보내고 싶다며 들이대던 이선우. 파고드는 그를 어쩔 줄 몰라 하며 견디기만 하는 이선우. 카드를 받아 챙기는 이선우. 수줍은 듯 웃는 이선우.

뭐랄까.

여자는 도통 앞뒤가 맞지 않는다. 사람에게는 다양한 모습들이 있다고는 하나, 하나의 뿌리에서 나오는 결이라는 것이 있기 마련일진대 이선우가 보이는 모습들은 마치 제각기 다른 사람인 것처럼 하나로 합해지지 않았다. 유일하게 일맥상통하는 점이 있다면, 욕망을 불러일으킨다는 점일까.

"잘라야 하는데……."

다시금 담배를 깊게 마셨다가 길게 내뿜은 뒤에 문도는 중얼거렸다. 이제 여자의 뒷모습은 아치형의 문을 지나고 있다.

'안아 주세요.'

별것도 아닌 말을 힘겹게 뱉어 내던 여린 목소리를 생각했다. 흰 목덜미와 목덜미를 타고 흐르던 푸른 정맥을. 가늘게 내쉬던 여린 숨을.

필터 가까이 타오르는 붉은 불빛을 보면서 문도는 서유라의 외출을 떠올렸다. 서유라는 최지상을 만난다. 최지상은 여전히 약을 하고 있고, 그 말인즉 서유라 역시 다시 약을 시작했다는 뜻이다. 그렇다는 건 조만간 사고를 치는 날이 곧 올 거라는 것.

곪다 못해 터지게 되는 그날이 되면 서유라는 아웃이었다. 그렇게 되면 서유라의 트레이너로 고용한 이선우도 더 이상 머물게 할 필요가 없을 터.

'정정. 존나 밝히는 이선우 씨.'

여자의 귓가에 대고 속삭였던 순간을 떠올렸다. 이선우가 웃음을 터트렸던 순간. 민망한 듯 얼굴을 붉히면서 예쁘게 눈을 휘었던 순간을.

어차피 끝은 정해졌으니, 그때까지는…….

문도는 담배를 비벼 껐다. 건너편 숙소 동에 불이 반짝 켜진다.

내일 뵐게요.

이선우의 마지막 인사를 떠올리며 문도는 피식 웃었다.

박소영이 별채로 가 버린 뒤, 회장이 곡기를 끊었다.

"안 드시겠대요."

장 여사가 미음을 올린 쟁반을 도로 들고나오며 고개를 절레절레 저었다. 우현희가 가볍게 한숨을 쉬었고, 서중호는 어이없다는 듯이 웃었다.

"징글맞네, 징글맞아."

서중호는 숟가락 가득 밥을 펐다. 한입에 욱여넣고 알타리 김치를 통째로 입에 넣었다. 우걱우걱 씹으면서 나 원 참, 헛웃음을 터트렸다.

"어찌 그리 30년을 한결같이 징글맞으실까. 울 어머니 무덤 속에서 지긋지긋하다고 돌아누우시겠어."

손주까지 본 환갑의 나이에 사랑 타령을 했던 회장이다. 그때는 뭐라 했더라. 첫사랑이 살아 돌아온 것 같다고 했던가. 싱싱한 물고기 같이 팔딱거리는 젊은 여자를 보니 정욕이 끓었다는 게 차라리 낫지. 그룹을 이끄는 총수라는 사람이 첫사랑 타령을 하는 순간부터 파란은 예고되어 있던 것과 마찬가지였다.

"그놈의 곡기는 어찌 그리 잘도 끊으시는지. 아주 그냥 밥 안 먹는 게 유세지. 아이구, 예예, 고만 드십시오."

허허 웃으면서 서중호는 밥을 크게 떴다. 이놈의 징글맞은 집에서 살아남으려면 밥심이라도 있어야 했다. 예전부터 그랬다. 서중호는 마음에 꼿꼿한 심지가 설 때면 숟가락을 잡고 머슴밥을 먹었다. 아비는 여자를 주물럭거리느라 정신이 없고, 어미는 장남만 싸고도니 찬밥 신세인 차남은 어찌할까. 뜨신 밥 든든히 챙겨 먹고 스스로 살길을 찾을 수밖에.

"박소영이도 그래. 첩 주제에 어디서 싫다 좋다 따지고 드나. 주는 대로 받을 것이지. 건방지게."

중호는 국물을 후루룩 마시며 말했다. 아주 저놈의 사랑놀음에 진저리가 나는 것이다.

"이러다 죽을 때 관짝에 같이 묻어 달라 하시겄어. 거 뭐야, 거.

같이 묻어 주는 거."

"순장이요."

우현희의 말에 서중호가 고개를 끄덕였다.

"그래요, 그거. 거 좋네. 순장. 저승길도 염병 떨면서 같이 가시라 하면 노친네 좋아라 하겠어."

중호가 낄낄 웃었다. 그러더니 씨팔, 하고 욕설을 뱉었다. 사나운 마음이 좀처럼 가라앉지 않는 모양이다. 수만 명의 생계를 짊어진 실질적인 수장 역할을 하면서 어떻게든 회장 자리를 물려받아 보려 노력 중인데, 정작 그룹의 회장이라는 작자는 여자 때문에 드러누웠으니 화가 날 법도 했다. 우현희는 장 여사에게 눈짓으로 쟁반을 제게 달라고 신호를 주었다.

"제가 가 볼게요."

우현희가 자리에서 일어나려는데 중호는 손을 휘휘 저었다.

"됐어요. 당신은 신경 쓰지 말고 그냥 식사해요. 내 이런 일 처리하는 데는 이골이 난 것을. 여사님."

서중호가 우현희에게로 다가가던 장 여사를 불렀다.

"별채 가서 아버님 곡기 끊었다고 고하세요. 어어, 그래. 낼모레 돌아가시게 생겼다고. 오 원장님 호출했다고도 하고."

"네."

장 여사가 고개를 끄덕이며 걸음을 옮겼다. 중호는 젓가락을 들어서 큼직한 알타리를 크게 베어 먹고는 핸드폰을 들었다. 신호음이 끊기고 목소리가 들리자 호들갑스럽게 인사를 한다.

"아이구, 오 원장님. 아침은 드셨습니까. 이른 시간에 이게 무슨 실례인가 싶은데……. 예예, 한번 걸음 해 주셔야겠습니다. 아니, 아니, 회장님께서 갑자기 식사를 안 하시네. 네, 네, 수액 한 병만 꽂아 주세요. 아이구, 감사합니다."

전화를 끊고는 다시 밥숟가락을 들던 중호에게 우현희가 말했다.

"고생이 많네요."

그 말에 서중호는 씩 웃었다. 이 그룹을 움켜쥐기 위해 못 할 것이 무엇이 있단 말인가. 바닥을 기라면 길 수도 있고, 똥지게를 지고 춤을 추라면 출 수도 있는 것을. 다 늙어 빠진 노친네 비위 맞추는 것쯤이야.

"이까짓 게 무슨 고생이라고."

"아마 수액도 안 맞는다 하시겠죠."

"그렇겠죠. 당신은 신경 쓰지 말고 어서 밥 먹어요. 바깥일 하려면 배가 든든해야지. 아, 그러고 보니 요즘 울 아들을 못 봤네. 한번 건너오라고 할까요? 이러다 얼굴 잊어버리겠어."

중호의 농담에 현희가 답했다.

"어제 집에서 저녁 같이했어요. 헤지 펀드 하나 인수할까 싶어서."

"잘하셨네. 기왕 먹는 거 밖에서 맛있는 것 사 달라 하시지."

"안 그래도 다음에는 밖에서 먹자 했어요."

"그래요, 잘했어요. 자, 이제 그럼……."

서중호가 냅킨으로 입가를 쓱 닦으면서 몸을 일으켰다. 문안 인사를 드려 볼까나아, 타령을 하듯이 흥얼거리며 미음이 담긴 쟁반을 들고 걸음을 옮긴다.

우현희는 가만히 턱을 쓸었다. 밥풀 하나 없이 깨끗하게 비워져 있는 밥그릇이 보였다. 서용호 일가의 자금이 해외로 흘러가고 있다는 이야기는 아직 하지 않기로 한다. 무엇을 어떻게 하고 있는지 조금 더 명확해지면 논의할 일이었다.

쨍그랑.

대리석 바닥으로 숟가락이 떨어졌다. 새파랗게 얼굴이 질린 박소영이 손을 바르르 떨었다.

"정말이야? 정말 회장님이 밥을 안 드셔?"

"예에. 어제저녁부터 안 드세요. 몇 번을 올려도 다 물리시네요. 딱 돌아누우셔서 아무 말씀도 안 하시는데, 안색이 허옇게 질리신 거예요. 부회장님께서 식겁하셔서 오 원장님 호출하셨잖아요."

장 여사가 숟가락을 주워서 아일랜드의 개수대로 가져가며 말했다. 새 수저를 꺼내 다시 놓아 주었지만 박소영은 자신은 그것도 모르고 염치도 없게 아침을 먹은 거냐며 울상을 지었다. 긴 식탁의 맞은편에 앉은 문도는 커피를 한 모금 마셨다. 이 촌극이 며칠이나 가려나. 입가심으로 나온 자그마한 쿠키를 반으로 툭 가르면서 말했다.

"심장 수술받은 지 얼마 되지도 않으신 분이, 큰일이네요."

히익, 하고 숨을 삼키는 소리가 다이닝 룸을 울린다. 저래서야 외제 차를 얻어 낼 수 있을까. 문도는 속으로 혀를 찼다. 쌍꺼풀이 진하게 진 박소영의 커다란 눈이 울멍울멍했다.

"장 여사, 회장님 전복내장죽 좋아하잖아. 그거 올려 봤어? 잣 죽은? 타락죽도 좋아하시는데, 올려 봐봐."

"아시잖아요. 마음 상하시면 눈 감으시고서 아무 말씀도 안 하시는 거."

에휴, 하고 장 여사가 길게 한숨을 내쉬었다. 그때 멀리서 삐리릭— 하고 현관문이 열리는 소리가 들려왔다. 무심했던 문도의 시선이 거실 쪽으로 향했다. 얼마 지나지 않아 유리 파티션 너머로 이선우의 모습이 보인다.

"안녕하세요, 전무님. 좋은 아침입니다."

끄덕, 이선우의 인사를 받으며 똑바로 쳐다보자 이선우가 자연스럽게 시선을 피하며 아일랜드 쪽에 서 있는 장 여사를 향해 묵례를 했다.

"안녕히 주무셨어요."

마지막으로 멀리 앉은 박소영에게도 인사를 건네는 이선우였다. 자신을 좇는 문도의 시선을 알았는지 어색하게 머리카락을 귀에 꽂는다. 속으로 피식 웃으면서 문도는 커피 잔을 들었다.

"서 전무, 본관 한번 가 봐. 응? 회장님 어떠신가 한 번만 보고 와 봐. 가서 뭐라도 좀 드시라고 해 봐. 회장님이 서 전무 예뻐하잖아."

박소영은 인사를 건네는 이선우에게는 눈길 한 번 주지 않고 문도에게 말했다. 아주 애가 닳는 표정으로 징징거리고 있었다. 문도는 박소영을 물끄러미 보다가 거실로 물러나려는 선우를 불렀다.

"이선우 씨."

거실로 향하던 이선우가 흠칫 놀란다. 고개를 돌려 그를 보면서 네, 하고 대답하는 선우에게 문도는 담담히 물었다.

"이마는 좀 어때요?"

"아……. 네. 괜찮습니다."

이선우의 뺨이 희미하게 붉어지는 것 같은 것은 착각이려나.

"아니, 서 전무. 그러지 말고 본관에 한번 가 보라니까. 응? 회장님이 곡기를 끊으셨다잖아."

박소영이 재촉을 했다. 딱 한 치 앞에 놓인 제 먹이만 볼 줄 아는 사람답게, 굳이 이선우를 불러 세운 이유를 모르고서. 문도는 시선을 박소영에게 꽂아 둔 채 선우에게 말했다.

"어제 일은 제가 대신 사과를 할게요."

문도의 말에 다이닝 룸이 조용해진다. 조용조용 움직이며 반찬 그릇을 정리하던 장 여사가 쓱 눈치를 보면서 움직임을 멈추었다. 이선우는 눈에 띄게 당황을 하고, 박소영은 뒤늦게 얼굴이 붉어졌다.

"앞으로는 그런 일, 없기를 바랍니다."

두 사람 모두에게 하는 경고라는 듯 문도는 박소영을, 이어 이선우를 보았다. 얼굴이 붉으락푸르락해진 박소영을 가리며 이선우가 답을 했다.

"네. 주의하겠습니다."

긴장이 서린 얼굴이었다. 둘만 있는 자리였다면 뭘 또 그렇게 긴장하냐며 톡 하고 뺨을 건드렸을 테지만.

문도는 건조한 목소리로 선우에게 말했다.

"가서 고모님 깨우고, 회장님 뵐 준비하라고 하세요."

"네."

이선우가 고개를 깊이 숙인 뒤 물러났다. 문도는 느릿하게 시선을 돌렸다. 맞은편에 앉은 박소영이 보였다. 회장님 살펴봐 달라고 부탁은 해야겠고, 고용인 앞에서 망신 준 것에 분통은 치밀고. 이러지도 저러지도 못하는 표정으로 주먹만 꽉 쥐고 있었다.

"회장님 뵈면, 뭐라고 전해 드릴까요?"

문도는 아무렇지 않게 박소영에게 물었다. 갑자기 바뀐 주제에 당황한 것인지, 거기까진 생각을 해 두지 않았던 것인지 박소영의 동공이 흔들렸다.

"응? 그게……."

"작은할머님께서 걱정 많이 한다고 전해 드릴까요?"

문도는 친절하게 물었다. 박소영이 더듬더듬 말을 이었다.

"아, 아니, 그냥, 일단 괜찮으신지 좀 봐줘."

"그리고요?"

"진지, 진지를 잡수라고 해 보고. 내가…… 내가……."

갈팡질팡하는 표정 속에 잘못했다고 말할까 말까 고민하는 망설임이 보인다. 고개를 힘껏 저은 박소영이 결심했다는 듯이 문도를 보면서 말했다.

"내가 부탁했다는 말은 말고."

"알겠습니다."

문도는 대답을 하면서 자리에서 일어났다. 박소영을 스치며 뒷문으로 향하는데 박소영이 문도의 옷깃을 잡는다.

"꼭 진지 잡수시라고 하고. 응?"

애절하다 애절해.

문도는 한숨을 쉬었다. 그깟 투정 좀 부렸다고 팩 토라져서는 곡기 끊는 회장이나, 그렇다고 눈물 글썽이는 정부나. 이 촌극의 시작이 차 한 대의 쪼잔함과 옹졸함이라는 점이 정말 아이러니하지 않은가.

"노력해 보겠습니다. 건너가 볼 테니 식사 마저 하세요."

"응. 응. 어서 가 봐."

문도는 가볍게 묵례를 한 뒤 후원으로 나왔다. 비가 올 것처럼 하늘이 낮고 흐린 날이다. 빠르면 오늘, 길어 봤자 내일. 이 촌극의 막이 내릴 시간을 예상하면서 문도는 본관을 향해 걸음을 옮겼다.

선우는 터덜터덜 계단을 내려가는 유라를 따라서 걸음을 옮겼다. 엘리베이터에는 지하 1층이라고 표시되어 있는 곳. 정면에서 보면 땅보다 서너 계단 정도 낮게 존재하는 곳. 지층으로 내려가는 건 처음이었다.

지층이라고는 하나, 지하라는 이미지가 강했기에 어두울 것 같다는 막연한 이미지가 있었는데 전혀 아니었다. 통창으로 보이는 잔디의 푸르름이 제일 먼저 눈에 띄었다.

서유라가 쓰는 게스트 룸의 아래로 짐작되는 위치에 유리 벽으로 되어 있는 커다란 트레이닝 룸이 있고, 주방이 위치한 아래에 세탁실과 커다란 창고가 있었다. 푹신한 소파가 드문드문 놓인 선큰 거실을 지나 안쪽으로 들어가면 또 다른 게스트 룸이 나왔는데, 작지만 단정하게 꾸며진 전통 한실이었다.

"엄마."

서유라가 들어가자 좌탁 앞에 찻잔을 들고 앉아 정원 쪽을 보고 있던 박소영이 휙 하고 뒤를 돌았다.

"회장님은 어떠셔, 뭐 좀 드셨니?"

에혀, 얄게 한숨을 쉬면서 서유라가 껌을 딱딱 씹고는 방 안을 한 바퀴 휘 둘러보았다.

"방 꼬라지 하고는. 가정부 쓰던 방 쓰니까 좋아?"

"진지 드셨냐니까."

"아, 먹었겠어? 아빠 몰라? 말 한마디도 안 해. 고개도 안 돌려. 눈 감고 누워서 앓는 소리만 내드라."

서유라가 탁자 앞에 앉으며 말하자 박소영이 바짝 붙어 앉으며 서유라에게 물었다.

"수액은? 응? 오 원장이 수액 꽂아 주고 갔지?"

"꽂아 놓으면 뽑아 버린대. 혈관도 약해져서 여러 번 못 찌르잖아. 저녁때 다시 오겠다고 했대."

"어머. 어머머. 수액도 안 꽂아 주고 갔대? 어떻게든 꽂아 줬어야지!"

서유라가 후, 하고 한숨을 쉬었다.

"엄만 그래서 안 돼. 몇 끼 굶는다고 아빠 죽어? 저거 다 쇼잖아. 알면서 뭘 그렇게 안달을 내?"

"얘, 내가 무슨 안달을 냈다고 그래. 몸 상하실까 봐 걱정을 하는 거지."

아닌 척 말을 하던 박소영이 선우를 보고는 흥, 하면서 고개를 돌렸다. 아침에 괜한 불똥이 튄 것을 탓하는 것이다. 미안한 마음에 선우는 고개를 숙이며 바닥을 보았다.

"야, 가지고 온 거 꺼내 봐."

서유라의 말에 선우가 들고 내려왔던 쇼핑백을 여는데 박소영이 입을 삐쭉거리며 말했다.

"걘 자꾸 왜 데리고 다녀?"

"아, 그럼 내 손으로 엄마 시중들어?"

고재로 만든 긴 좌탁 위에 예쁜 접시가 놓이고 색색깔의 마카롱이 꺼내졌다. 보온병에 담아 온 커피도 따라 주었다.

"이게 다 뭔데?"

"뭐긴. 아빠가 엄마 준다고 사다 놓으라 했던 마카롱이지. 엄마가 지난번에 맛있다고 했다며. 장 여사가 챙겨 줬어."

울상을 짓는 박소영을 서유라는 한심히 내려다본다.

"엄마. 더도 말고 딱 이틀만 버텨. 아니다. 짐 싸서 나가. 한 일주일 어디 가 있어."

"그랬다가 영영 안 찾으시면 어떡하라구."

"새 남자 만나서 새살림 차리는 거지, 뭐."

심드렁한 서유라의 말에 박소영은 눈을 들더니 창문 너머 먼 곳을 보다가 가볍게 한숨을 쉬고는 말했다.

"그러면 큰돈을 못 벌잖니. 30년을 버텼는데 이제 와서 어디를 가."

"뭐야. 언제는 사랑이라더니."

박소영은 커피를 호르르 마시더니 천천히 말했다.

"사랑 맞아. 그런데 사랑만으로는 못 버텼지. 내가 너를 왜 낳았는데."

"한몫 잡으려고 낳아 놓구선."

"여자는 갈아 치울 수 있어도 자식은 못 그러거든."

그러더니 나른한 목소리로 유라에게 말했다.

"얘, 유라야. 나는 회장님 돌아가실 때 꼭 옆에 있을 거다? 내 손 잡고 돌아가시게 할 거야. 받을 거 다 받구, 내 옆에서 나만 보다가 돌아가시게 할 거야. 그래서 사람들이 서명구 회장을 말할 때 이 박소영이를 빼지 못하게 할 거야. 성공한 인생이 별거니. 그게 성공이지."

어딘가 등골이 서늘해지는 말이다. 선우는 해사하게 웃는 박소영을 바라보았다. 집착과 욕망. 순정과 집념. 연민과 회한. 박소영에게 사랑이란 무얼까 생각을 해 보는 순간이었다.

건너오라는 전화는 자정이 넘어서 울렸다. 꾸벅 졸았던 것 같기도 했다. 선우는 머리맡에 두었던 핸드폰을 들었다. 바로 전화를 받자, 서문도의 목소리가 들려왔다.

— 건너올래요?

약간 잠에 취한 상태에서도 선우는 남자의 가라앉은 목소리가 부드럽다고 생각을 했다. 거기다 선우에게 선택지를 주는 질문이어서일까. 끝이 올라가는 의문형이어서일까. 이상하게 다정하게 느껴졌다.

자정을 넘겨 버린 늦은 시간. 피곤이 실려 있는 낮은 목소리. 건너오겠냐는 질문. 세 가지를 더하니 힘든 날이었을 거라는 결론이 나왔다. 선우는 바로 건너가겠다는 대답을 하기가 어려웠다.

"많이 피곤하신 것 같아요."

— 피곤합니다.

남자는 순순히 인정을 했다. 주차장에 있는 건지 목소리가 살짝 울렸다. 삐릭, 차의 잠금장치가 걸리는 소리가 난다. 선우는 누운 채로 생각을 하다가 문도에게 말했다.

"오늘은 전화로 말씀드릴까요?"

— 최악인데.

그렇게 말한 남자의 목소리에 웃음기가 묻어 있었다. 무엇이 최악인지 모르겠어서, 선우는 되물을 수밖에 없었다.

"네?"

— 내가 보고 듣자고 이 시간에 전화를 했을까?

"어……."

— 건너올 거냐고 전화로 물어본 건 늦은 시간이지만 같이 자겠느냐는 질문인 건데.

"아……."

어, 와 아, 로 이어지는 선우의 목소리에 서문도가 피식 웃었다.

— 피곤합니다. 근데 하고 싶기도 하고. 그냥 자는 거랑 하고 자는 거랑 둘 중에 뭐가 더 나은지를 모르겠네.

남자의 직설적인 말들이 선우를 민망하게 한다. 이렇게 아무렇지 않게 일상의 대화를 하듯이 남녀 간의 잠자리에 대해서 말해 본 적이 없었다. 하긴 그런 경험만 없을까. 선우의 모든 경험은 전부 서문도가 처음이었다.

연습과 공연으로 이어지던 일상이었다. 연애를 생각할 수 있을 즈음에 부모님이 돌아가셨고, 그 뒤로는 생활을 책임져야 한다는 생각에 학원 일에 매달렸다.

— 어쩔래요. 그냥 잘래요, 하고 잘래요.

그래서 이런 남자의 질문을 받으면 바로바로 대답을 하기가 어려웠다. 그러니까, 배우지 못한 부분의 답을 내놓아야 하는 기분이었다. 선우는 잠시 생각을 하다가 희미하게 웃었다. 내게 선택지가 있을까. 천천히 몸을 일으키며 선우가 말했다.

"괜찮으시면, 건너가고 싶어요."

건너편에서 남자가 웃는다. 담담한 척 말을 했지만 사실 아무렇지 않은 건 아니다. 창피함에 희미하게 이마에 열이 오르는 것을 느끼며, 선우는 남자의 대답을 기다렸다.

— 건너와요.

남자의 목소리가 몸 안으로 흘러든다. 낮게 고여 드는 목소리가 어딘지 모르게 나른해서 선우는 발가락을 오므렸다.

숙소 동을 나서려고 문을 여니 부슬비가 내리고 있었다. 선우는 우산을 써야 하나 잠깐 생각하다가 그대로 걸었다. 불이 꺼진 1층을 지나 2층으로 오른다. 중문을 노크한 뒤 안으로 들어가니 서문도 전무가 소파에 앉아 캔맥주를 들고 있었다.

"왔어요?"

흘깃 뒤를 돌아 선우를 확인한 문도가 말했다.

"맥주?"

소파 테이블 위에 캔맥주가 하나 더 있었다. 선우가 고개를 젓자 서문도가 가볍게 웃으며 맥주 캔을 들었다. 달칵, 캔을 따는 소리가 나고 이어 꿀꺽꿀꺽 맥주를 넘기는 소리가 났다. 느슨하게 타이를 내린 모습으로 목을 젖히며 맥주를 마시는 서문도의 모습은, 영화 속의 한 장면처럼 느껴졌다.

서문도가 캔을 내려놓으며 선우를 본다.

이럴 때면 선우는 뭔가 어색했다. 몸 둘 바를 모르겠는 기분. 시선을, 표정을 어찌해야 할지 잘 모르겠는 기분. 전에는 느껴 보지 못했던 어색함이었다.

그저 서유라의 일상을 보고하기만 하면 됐을 때는 한 번도 이런 적이 없었다. 서문도가 자신을 볼 때 담담히 마주 볼 수 있었고, 정해진 말을 하면 되었다. 서 있는 자세, 얼굴 표정, 손의 위치, 눈동자가 향하는 곳, 이런 것들을 의식한 일이 없었는데.

"왜 그러고 서 있지."

나른한 듯 빤한 서문도의 시선이 선우에게 꽂힌다. 선우는 뭐라도 말을 하고 싶은 기분이 들었다. 이 어색한 분위기를 깨고 싶은, 긴장감을 깨고 싶은 그런 마음에 입을 열었다.

"왔으니까, 보고부터 할까요?"

서문도가 웃었다. 그러더니 가까이 다가오라고 손짓을 한다. 가까이에 서자 손목을 잡아 가볍게 당겼다. 조금 더 가까워지면서 문도의 다리 사이에 선우가 서게 되었다.

"하세요."

문도가 말하며 선우의 허리를 안으로 당겼다. 어쩔 줄 몰라 하는 사이 남자의 무릎 위에 앉게 되었다. 마주 보는 남자의 얼굴은 너무 가깝다. 눈을 마주치지 못할 만큼, 지나치게 가까웠다.

"왜 안 해요? 보고한다면서."

이 자세로 어떻게, 라는 말을 삼키면서 선우는 더듬더듬 입을 열었다.

"그, 서유라 씨는 오늘, 그러니까. 회장님 뵈러 본관에……."

남자의 손이 선우가 입은 티셔츠 안으로 들어왔다. 선우가 말을 멈추자 남자가 눈썹을 들어 올린다. 계속하라는 뜻이었다.

"본관에…… 다녀오셨."

아, 하고 선우는 신음을 뱉으며 몸을 움찔거렸다. 티셔츠 밑의 남자의 손이 이리저리 움직였다. 그때마다 선우의 입이 벌어졌다가 다시 다물렸다.

"그리고?"

"오후, 에는…… 박소여……. 아, 잠깐, 잠시만……. 흣."

선우는 다리를 오므리며 남자의 어깨를 잡았다. 고개가 절로 숙여지며 더운 숨이 터져 나왔다. 낮게 웃는 남자의 소리가 마주 댄 몸을 통해 선우의 몸을 울렸다.

"건너오고 싶었어요?"

남자의 눈빛에 나른한 열기가 감돈다. 무슨 대답을 어떻게 할까. 선우는 말없이 고개를 끄덕였다. 그 와중에도 커다란 손은 선우의 몸을 어루만졌다.

"하고 싶어서?"

가슴 위의 정점을 부드럽게 비비면서 묻는다. 선우는 이번에도 고개를 끄덕였다.

"기다렸어요?"

다시 한번 끄덕. 붉어지는 선우의 귀를 보며 서문도가 만족스럽다는 듯이 웃는다.

"그런데 왜 가만히 있어."

태양을 가둔 것 같은 눈동자가 밤하늘을 닮은 눈동자를 들여다본다.

"……."

침묵이 흘렀다. 낮고, 고요한.

뭐라도 해야겠지. 밤을 건너왔으니까. 하고 싶다고 했으니까. 기다렸다고 했으니까. 선우는 두 손으로 남자의 얼굴을 감쌌다. 천천히 다가가자 남자의 목울대가 위로 솟았다가 가라앉았다. 입술을 포개는 선우의 허리를 바짝 당겨 안으며 서문도가 웃었다.

맥주맛이 나는 입맞춤이었다.

14. 곤드레밥

문도는 느리게 눈을 떴다. 열리는 눈꺼풀 사이로 흰색의 시트가 보였다. 엎드려 누운 채로 눈만 감았다 뜨기를 몇 번.

'시트가 구겨져 있었대요.'

어젯밤, 이선우가 했던 말이 생각나 웃음이 나왔다. 시트를 움켜쥐지 않으려고 노력했던 여자는 밤사이 긴 머리카락 서너 가닥을 남겼다. 부스스 몸을 일으킨 문도는 긴 머리카락을 주워 욕실로 향했다. 욕실에도 여자의 흔적들이 있었다. 쓰고서 한쪽에 얌전히 둔 수건, 작은 거품이 남은 비누, 항상 찬물 방향으로 내려놓는 수전의 손잡이.

흘려 놓은 머리카락은 모아서 변기에 넣고 물을 내렸다. 수건은 자신이 쓴 수건 안으로 섞어 두고, 수전의 손잡이를 들어서 물을 틀고 간단하게 샤워를 했다.

여자가 남긴 흔적은 하나가 더 있다.

화장지에 돌돌 말아 놓은 콘돔. 혹여 그가 잊을까 싶어서인지, 그의 손으로 허물 같은 비닐을 집게 하는 게 미안해서인지 욕실을 쓰고 나온 이선우는 꼭 화장지로 콘돔을 감싸 놓았다.

화장지에 감싸 놓은 콘돔을 주워서 챙길 때면, 이게 뭐 하는 짓인가 헛웃음이 나기도 했지만 헛웃음을 감수할 만큼의 시간이었으니, 깊게 생각하지 않기로 한다. 출근 준비를 마치고 1층으로 내려가니 주방에는 벌써 장 여사가 와 있었다.

"전무님 나오셨어요?"

"일찍 오셨네요. 잘 잤어요?"

문도가 인사를 건네자 장 여사가 저쪽을 보라는 듯 고갯짓을 했다. 거실의 커다란 창 앞에 박소영이 등을 돌린 채로 우두커니 앉아 있었다.

"어떡할까요?"

장 여사가 문도에게 슬그머니 물었다. 문도는 디스펜서에서 물을 한 잔 받으며 장 여사에게 물었다.

"회장님은요?"

"어제 점심부터 수액은 맞고 계시긴 한데, 밥은 아직 안 드시죠."

문도는 웃었다.

단단히 화가 났음을 보여 주려 하면서도 아예 이 집을 나가지는 못하는 박소영이나, 곡기를 끊어 버릴 정도로 마음이 상했다는 것을 표현하면서도 수액은 꽂고 있는 회장이나, 정말이지 천생연분인가 싶다.

"새벽부터 저러고 있어요."

장 여사가 속닥거렸다. 문도는 웅크린 박소영의 뒷모습을 보았다. 박소영은 자신이 이쯤에 출근하는 것을 안다. 일부러 보란 듯 저러고 있는 거지. 자존심 상해서 차마 내 발로는 못 들어가겠으니 어떻게 해 달라는 무언의 시위인 것이다.

"빨랑 본관으로 들여보내요. 아주 그냥 눈 뜨고 못 보겠어. 전무님도 불편하잖아."

"나는 괜찮은데?"

빙글 웃으면서 청개구리처럼 말하자, 장 여사가 밉지 않게 눈을 흘기며 말했다.

"짠하잖아요."

문도는 웃었다. 기업의 총수가 애첩과의 사랑 다툼으로 곡기를 끊은 것이 짠하다고 할 일인가. 평생 가정이 있는 남자에게 들러붙어 있으면서 외제 차 타령을 하는 여자를 불쌍하게 봐주어야 하나. 문도는 냉소하며 물을 한 모금 마셨다. 성격 같아선 저러다 말라죽든 말든 내버려 두고 싶었지만.

'작은 사모님도 계셔서요.'

마음이 쓰이는 건 얼굴이 발갛게 익은 여자였다. 거실에서 그대로 안으려 하니 침대로 가고 싶다며 했던 말이다.

'침대에서는 되고, 여기서는 안 되고?'

젖어 있는 안쪽을 둥글리며 물으니 그의 어깨에 고개를 묻으며 끄덕였었다. 발갛게 익어서 어쩔 줄 몰라 하는 그때의 표정이. 파르르 떨리는 여린 몸이. 신음을 참으려 깨문 입술이. 그러다 터져 나오는 탄식 같은 숨이. 문도는 고개를 젖히며 목을 쥐었다. 지그시 눈을 감았다가 뜨면서 말했다.

"아침은 본관에서 먹을게요. 차리지 마세요."

장 여사가 잘했다는 표정을 지었다. 박소영에게 다가간 장 여사가 뭐라 말을 하니 박소영이 울먹거리는 얼굴로 문도를 돌아본다. 장 여사가 눈을 끔뻑하며 문도에게 신호를 주었다. 문도가 고개 숙여 묵례를 하자, 박소영이 애써 웃더니 급히 눈물을 닦으며 아래층으로 내려갔다.

"준비하고 올라오시겠대요. 전 먼저 건너가서 준비할게요."

장 여사가 뒷문을 열고 나갔다. 문도는 물을 마저 마시다가 픽 웃었다. 섹스 한번 맘 편히 하자고 별짓 다 한다 싶었기 때문이었다.

놀랍게도 서유라가 깨어 있었다. 아침에 별채의 문을 열고 안으로 들어온 선우는 크게 하품을 하는 서유라를 발견하고 놀랐다. 하품을 하던 서유라도 깜짝 놀라며 말했다.

"아이 깜짝이야."

"일어나 계셨어요?"

"어. 엄마가 깨워서. 하암."

서유라는 다시 하품을 크게 했다. 멍한 얼굴로 소파에 앉더니 눈을 끔뻑거렸다. 다이닝 룸이 썰렁한 걸 보니 서문도 전무는 출근을 한 것 같고, 박소영은 지층에서 올라오지 않은 것 같았다.

"아침 식사 하셔야죠? 작은 사모님은 드셨어요?"

인터폰으로 가면서 물어보는 선우에게 서유라가 손을 휘휘 저었다.

"아냐. 아오, 하품 왤케 나와. 나도 먹고 엄마도 먹었어."

전에 없던 일이라 의아해서 서유라를 바라보니 서유라가 눈꼬리에 매달린 눈물을 비비면서 말했다.

"몰랐구나? 엄마 다시 건너갔잖아. 엄마 아빠 화해했다고 새벽부터 깨워서는, 아침 먹으러 건너오라고. 어후. 난리도 난리도 그런 난리가 없었다. 야."

서유라의 말에 따르면 서 회장은 박소영을 보자마자 소영이, 라고 흐릿하게 발음을 했고, 그에 박소영은 눈물을 줄줄 흘렸다고 한다.

'차 탈게요. 그냥 내가 그 차 탈게요. 회장님 식사해야지. 응?'

회장은 박소영의 한마디에 비실비실 일어나서 박소영이 떠먹여 주는 미음을 한 그릇 모두 비웠다고 했다. 그 기념으로 모두 모여서 사이좋게 아침을 먹었다고.

"하여튼 울 엄마 물러 터졌다니까. 야, 나 담배 좀."

창가에 앉은 서유라에게 담배와 재떨이로 쓰는 소주병을 가져다주니 서유라가 담배에 불을 붙였다.

"서문도 그 새끼가 악랄한 거지. 엄마가 딱 본관 들어가서 처음 들은 소리가 뭔 줄 알아?"

알 리 없다. 선우가 모르겠다는 표정으로 쳐다보자 유라가 픽 웃으며 말을 이었다.

"둘째 오빠 곡하는 소리. 아이고 아버지, 이러다 병나십니다아아아. 제발 한 숟갈만 드세요오오오."

그게 왜 서문도 전무의 악랄함과 연결이 되는 것일까. 선우는 의아했다.

"서문도가 엄마한테 본관에서 아침 먹자고 한 게 그냥 한 말이 아니라는 거야. 그 새끼가 우리한테 뭘 하자고 할 리가 없잖아?"

서유라가 담배 연기를 길게 내뿜었다. 퉷, 하고 소주병에 침을 뱉더니 말을 잇는다.

"왜 하필 문 열자마자 작은오빠가 곡을 하고 있었을까. 시간 딱 맞춰서. 나 커피 한 잔만."

아. 선우가 이해를 하고서 주방으로 향하는데 서유라가 입술을 비틀면서 말했다.

"그 새끼가 그래서 재수가 없다니까. 사람 가지고 노는 데 도가 튼 새끼야 그 새끼가. 지난번만 해도 그래. 집으로 가자 그래 놓구 앰뷸런스에 처넣어서는. 아니, 사람 죽은 게 내 탓이냐구."

그 순간 선우는 스르르 고개를 돌렸다. 서유라가 선우를 보더니 어이없다는 듯한 표정을 지으면서 말했다.

"황당하지 않냐? 아니, 내가 지 고몬데, 어? 새끼가 위아래가 없다니까? 나이 몇 살 많으면 다냐고. 나쁜 새끼. 내가 걔 때문에 개고생한 얘기 안 했지?"

선우는 애써 평소처럼 미소를 지었다. 떨리는 마음을 숨기며 주방으로 향했다. 커피머신의 버튼을 누르고 심호흡을 했다.

"개새끼. 나 퇴원시켜 달라고 엄마가 그렇게 빌었다는데. 두 번이나 처넣구. 아오, 열받아."

얼음이 가득 들어 있는 아이스커피를 내밀자 서유라가 목이 탔다는 듯 벌컥벌컥 마셨다. 선우는 부디 목소리가 평범하게 나오기를 바라면서 유라에게 물었다.

"서 전무님께서 병원에 강제로 넣으신 거예요?"

"완전 어이없지?"

고개를 끄덕이니, 서유라가 기막힌 표정을 지으면서 커피를 마셨다.

"사람이…… 죽었어요?"

선우의 말에 유라가 건성으로 고개를 끄덕였다.

"아니 지들끼리 싸우다 죽었다는데 왜 날 처넣냐구. 아니, 막말로 내가 약을 하든 말든, 사고를 치든 말든, 지가 무슨 상관이야. 나 서유라야. 서도 그룹 막내딸 서유라라구. 경찰이든 검찰이든 나 함부로 못 건드려."

서유라가 담배를 병 속으로 툭 던져 넣었다. 바닥에 고여 있던 물에 치직 소리를 내며 담뱃불이 사그라들었다. 선우는 눈을 감았다 떴다. 불과 몇 달 전에 보았던 이름을 떠올려 본다.

서유라.

어떻게 했어도 닿을 수 없었던 사람이었다. SNS만이 유일하게 연락할 수 있는 방법이라 다이렉트 메시지를 보냈었는데, 바로 변호사에게서 연락이 왔었다. 이런 식의 사적인 연락은 받지 않노라고. 무고한 사람을 괴롭히면 어쩔 수 없이 법적 대응을 할 수밖에 없다고. 서유라 씨가 기분 나빠 하니 다이렉트 메시지를 지우라고.

그저 물어보고 싶은 것들이 있어서 그러니 한 번만 만나게 해달라고 몇 번이나 부탁을 했어도 변호사의 대답은 늘 같았다.

서유라 씨는 일반인과 만나지 않으십니다.

"그나저나 둘이 아주 생쑈를 하더라. 누가 보면 이산가족인 줄.

뭐, 다음엔 외제 차 사 준다고, 조금만 기다리면 커피 체인점도 엄마 명의로 돌려준다고 손가락 걸고 약속하든데…….”

서유라는 핏, 하고 코웃음을 쳤다.

“그게 왜 엄마 꺼야. 내 꺼지.”

아마도 흐릿하게 웃었던 것 같다. 선우는 그 뒤로 나누었던 대화가 잘 기억나지 않았다. 서유라가 떠들면 들어주다가 한 번씩 고개를 끄덕였다.

“하암……. 나 넘 졸리다. 자러 갈 테니까 놀고 있어. 야, 너 진짜 편하게 돈 벌지 않냐? 완전 꿀 빤다. 그치?”

선우는 간신히 웃었다. 생각이 없는 여자처럼, 돈만 바라고서 이 집에 들어온 여자처럼 고개를 끄덕였다.

“고맙습니다, 한번 해 봐.”

서유라가 거드름을 피우며 말했다. 거만한 서유라의 표정 위로 집을 나서며 신발 끈을 묶었던 민우의 뒷모습이 떠올랐다.

‘누나, 우리 내일은 엄마 아빠한테 가자. 나 제대하고서 같이 납골당에 가 본 적 없잖아.’

마지막에 너는 웃으면서 나갔는데. 운동화를 신은 발걸음이 힘찼었는데. 꽃집에 들렀던 나는 엄마가 좋아했던 라넌큘러스를 듬뿍 사 놓았었는데.

“고마워요. 유라 씨.”

마음이 찢기듯이 아팠지만, 선우는 웃었다. 아프게 웃으며 빌었다. 이 시간들이 헛되지 않기를. 웃어도, 울어도, 슬퍼도, 아파도 좋으니 부디 이 시간들이 헛되지 않기를. 그리하여 반드시 진실을 알게 되기를.

선우는 오래도록 빌었다.

박소영과 화해를 한 기념으로 서 회장은 아주 오랜만의 외출을 결심한 모양이었다. 박소영의 마음이 풀릴 정도로 쇼핑도 하고, 근사한 곳에서 세 식구만 오붓하게 저녁을 먹겠노라고 했단다.

"오늘 라이브 방송은 미뤄야겠다. 아으, 귀찮아."

한숨 푹 자고 일어난 서유라가 머리를 긁으며 말했다.

"이런 날 아빠 기분 나쁘게 만들면 완전 삐지거든. 카드 한도를 싹 줄여 버린다니까. 뒤끝 존나 길잖아."

1년에 한 번 있을까 말까 한, 인색한 서명구 회장이 큰마음을 먹은 날. 이런 날에 귀찮게 무슨 쇼핑이냐고 심기를 거스르면 회장은 크게 삐진다고 했다.

"나 머리 좀."

"굵게 말아 드릴까요?"

"어. 우아하게 해죠. 울 아빠 취향이야."

선우는 샤워를 마치고 나온 서유라의 머리를 말려 주었다.

"나이 들더니 점점 속이 좁아져서는, 차림새 보고도 뭐라 한다니까?"

커다란 롤을 꺼내서 말아 주는 동안 서유라가 종알종알 떠들었다.

"자기가 기분 내서 나가자고 했는데 대충 입고 나가잖아? 그럼 표정 존나 구려지는 거 알지? 아마 엄마는 샵 갔을걸?"

"샵 만큼은 아니어도, 컬이 잘 나올 수 있게 말아 볼게요."

선우는 거울을 통해 서유라를 보면서 말했다.

"응응. 넌 잘하니깐."

선우에게 대답한 서유라가 거울 속 자신의 얼굴을 살피면서 말했다.

"가서 또 빡세게 웃어 줘야 해요. 애교 부리면서 기분 맞춰 줘야 좋아하거든. 근데 또 그때 좋은 것도 있어. 사 달라는 거 다 사 주잖아. 아빠 기분 내는 날이 득템하는 날이야."

그러니까 회장의 마음 씀씀이에 고마워하면서 예쁘게 차려입고 비위를 한껏 맞추어 주는 것이 중요한 듯했다.

"나 눈썹 다듬어야겠다. 서랍에 눈썹 칼 있거든."

점점 자신의 손으로 하는 것이 줄어드는 서유라였다. 당연한 듯 선우에게 맡기는 것들이 늘어나고 있다. 가까이 더 가까이 선우를 제 영역 속으로 들이는 중이다. 선우는 눈썹을 세심히 살핀 뒤 부드럽게 말했다.

"모양은 손대기 힘들어서요, 가볍게 정리만 해 드릴게요."

"응."

굵게 컬을 말아 주고 나서 선우는 눈썹 칼을 들었다. 서유라가 얌전히 선우에게 얼굴을 맡기며 눈을 감았다.

너무나 평화로운 오후였다.

사각사각 눈썹이 잘리는 소리가 들려오는, 눈을 감고 있는 서유라의 얼굴이 한없이 무방비한, 하여 정말 당신이 그런 것일까 의문이 드는, 그런 오후.

서유라와 시간을 보내는 동안 선우의 절반은 서유라가 범인이라 확신을 하고, 절반은 아닐 수도 있지 않을까 의심을 하였다. 절반과 절반이 엎치락뒤치락하며 자리를 바꾸었다가 다시 바꾸기를 거듭하는 동안에.

"이 정도면 괜찮으세요?"

진심으로 위하는 척, 선우는 상냥한 가면을 썼다. 고개를 이리저리 돌려 본 서유라가 흡족한 미소를 지었다.

"머리도 부탁해."

"네."

선우는 굵게 컬이 진 머리를 예쁘게 손질해 주었다. 옷을 골라주고 화장을 도와주었다. 인증샷도 찍어 주었고, SNS에 올리는 것도 지켜봐 주었다.

"오늘은……. 아빠라앙……. 외추울……. 라방은……. 내일……. 해요오……."

사진과 함께 글을 올린 뒤 유라가 선우에게 확인을 해 달라는 듯이 핸드폰 화면을 내밀었다.

"네. 괜찮은 것 같아요. 사진도 잘 나왔고요."

"그치?"

서유라가 환하게 웃으며 선우를 보았다. 선우도 기꺼이 웃어 주었다.

아무도 없는 별채에 선우는 홀로 있었다.

서유라도, 일하는 아주머니들도 오가지 않는 별채는 시간이 멎은 것처럼 고요했다. 평소 같았으면 2층으로 올라갈 생각을 했을 터였다. 누가 오지는 않을까 가슴을 졸이면서, 어떻게 하면 서랍 한 칸이라도 더 열어 볼 수 있을지를 고민하면서 2층에 한 번이라도 더 올라가볼 생각을 했겠지만.

그래야 하는 시간에, 들킬 위험에 뒤져 보지는 못해도 마음이라도 타들어 갔어야 하는 그 시간에, 선우는 소파에 웅크려 앉아 있었다. 오늘은 그럴 기분이 아니라고 생각하면서.

그 생각을 하면서 선우는 웃었다. 사치스러운 생각이라서. 한 줌의 시간이 소중한 이때 기분 타령이라니. 그런데 정말로 그랬다. 지친 것도 같았다. 서유라를 한껏 예쁘게 꾸며서 보낸 뒤에 혼자가 되니 무기력이 찾아온 듯했다. 그래서인지 게을러진다. 움직여야 하는 것을 알지만 움직이기가 싫었다.

잠깐은 괜찮지 않은가 생각하게 된다. 밤이 시작되기 전에, 남자의 품에 안겨 드는 낯선 여자를 연기하기 전에, 잠깐은 쉬어도 괜찮지 않을까.

그래서 낮의 소란스러움들이 사위어 가는 동안, 선우는 소파에 가만히 앉아 있었다. 무릎에 턱을 괴고서 커다란 창을 본다. 오후의 햇살이 비스듬히 기울어 가는 것을, 마침내는 자신의 발끝까지 몸을 눕히는 것을 가만히 응시하며.

문득문득 떠다니는 생각들도 했다.

엄마와 아빠는 천국에 갔을까. 그때의 우리 집에는 누가 살고 있을까. 민우는 엄마랑 아빠를 만났을까. 최지상은 언제쯤 연락을 할까. 토끼 같은 지젤 학원 친구들은 잘 지내고 있을까. 서유라는 쇼핑을 하고 있을까.

통창 너머의 시간이 흘러가는 것을 멍하니 바라보기를 한참. 선우의 눈꺼풀이 느리게 깜빡거리기 시작했다. 깜빡, 눈을 감았다 뜨면 해는 저쪽으로 기울었고. 깜빡, 눈을 감았다 뜨면 구름은 자리를 바꾸었다.

깜빡.

눈을 감았다 떴을 때.

"깼어요?"

저녁 어스름 속에 남자가 서 있었다.

"죄송합니다."

몇 번 눈을 깜빡인 후에, 선우는 황급히 말했다. 무릎을 내리고 손으로 입을 닦으며 얼른 자리에서 일어섰다. 꿈인가 싶었던 풍경 속에 서문도가 우뚝 서 있었다.

"잠깐 졸은 걸로 죄송할 것까지야."

노을을 등진 서문도가 웃었다. 그리고는 손을 뻗어서 선우의 뺨을 가볍게 쥐었다. 무엇을 하려고, 라는 생각을 하기도 전에 고개를 숙인다. 입술이 부드럽게 포개어졌다가 느리게 떨어졌다.

"아……."

아직 정신을 제대로 차리지 못한 선우가 당황한 소리를 내자 서문도가 입꼬리를 올리며 웃었다. 그렇게 잠시 동안 물끄러미 보더니 선우의 얼굴을 양손으로 감싸며 제게로 당겼다.

"누가, 누가 오면."

선우의 당황한 목소리를 문도의 입술이 덮었다. 머금고, 다시 머금고, 방향을 바꾸어 거듭 머금으면서 부드러운 꽃잎 같은 선우의 입술을 탐했다. 어느새 선우의 숨은 가느다랗게 떨렸고 뺨은 노을빛으로 물들어 갔다.

노을을 닮은 입맞춤이라고 선우는 생각했다. 부드럽게 비벼지는 혀가, 가끔씩 장난처럼 깨무는 입술이, 뒷머리를 감싼 커다란 손이 선우를 붉게 물들였다. 발끝부터 서서히 물들어 마침내 남자에게 모두 잠겨 가는 느낌이었다.

남자는 어쩌면 바람둥이일지도 모르겠다. 수백 번, 수천 번의 입맞춤을 해 보았던 사람이리라. 그렇지 않고는 이렇게 감미로운 입맞춤을 할 수는 없지 않을까.

몽롱하게 생각하며 선우는 남자의 옷깃을 쥐었다. 그것이 어떤 신호라도 된 듯, 남자의 키스가 깊어졌다. 선우의 허리에 남자의 팔이 감기며 몸이 바짝 맞붙었다.

숨과 숨이 하나로 흐르는 기분이었다. 발끝이 들리며 아랫배가 저릿저릿해질 때에 남자가 가만히 선우의 입술을 놓았다. 천천히 눈을 든 선우를 문도가 내려다보았다. 상기된 선우의 뺨을 엄지로 쓸다가 귓바퀴를 문지르듯이 비볐다. 파르르 떨리는 선우의 눈꺼풀에 가볍게 입맞춤을 한 뒤에 말한다.

"다행히 아무도 안 왔네."

올 수도 있었어요. 그렇게 말을 하고 싶은데 남자가 웃었다. 선우는 남자의 웃는 얼굴은 반칙이라는 생각을 했다. 생각이 멎고 말문이 막히는 얼굴이란, 정말이지 불공평했다.

"저녁은 먹었어요?"

목 끝까지 노을에 잠기는 것 같았던 입맞춤을 선우에게 남겨 놓은 서문도가 아무렇지 않게 걸음을 걸으며 물었다.

"아, 니요. 이제 먹으러 가려고요."

뒤에 말은 생각에도 없었던 말이었다. 시간이 가는 줄도 모르고 졸았고, 저녁을 먹어야 한다는 생각은 하지도 못했었다. 어디서 튀어나온 말인지.

"나도 아직 식사 전인데."

"아직이시면, 그럼, 장 여사님께, 아니, 숙소 동에."

갑자기 바뀐 분위기에 적응 못 하는 바보가 된 기분이었다. 말은 두서없이 엉키는 바람에 선우의 얼굴은 달아올랐다. 문도가 대수롭지 않게 묻는다.

"같이 먹을래요?"

이건 또 무슨 소리일까. 문도의 말에 선우는 눈만 깜빡이다 소심하게 거절의 말을 더듬었다.

"어, 그건, 아직, 그러니까……."

남자가 웃었다. 농담이었나 보다. 선우는 질끈 눈을 감고 싶었다. 말까지 더듬으니 정말 바보가 된 기분이었다. 요즘 이 남자 앞에서 왜 이리 자주 실수를 하는 건지 모르겠다. 서문도가 슬리퍼를 끌고서 주방으로 향하였다. 아무 말이나 뱉는 실수는 그만. 선우는 숨을 깊게 들이마셨다.

"전무님, 그럼 저는……."

선우의 말에 대답은 하지 않고 서문도가 손만 가볍게 들었다가 내렸다. 잠깐 기다리라는 뜻인가. 선우가 생각할 때 남자는 인터폰을 들었다.

"별채입니다. 이선우 선생님과 식사를 같이 할까 하는데. 메뉴는 뭐가 가능하죠?"

선우가 깜짝 놀라서 문도를 쳐다보았다. 서문도는 태연한 표정으로 건너편의 말을 듣고 있었다.

"거창하게는 말고, 간단하게요. 네. 곤드레밥 좋네요. 네. 그럼 부탁드립니다."

통화를 마친 서문도가 수화기를 내려놓았다. 선우는 갑작스러운 상황에 당황하여 말을 잇지 못했다.

"저녁 전이라면서요?"

"그렇긴 한데, 저는 건너가서 먹으면 돼요. 건너가서 먹을게요."

"왜요? 불편해서?"

당연히 불편하다. 잠을 자는 사이이긴 하나 엄연히 고용인과 고용주였다. 한 식탁에서 격 없이 밥을 먹을 사이는 아니지 않나. 보이지 않는 선이 두 사람 사이에는 그어져 있는데.

선우가 대답을 하지 못하자 문도가 피식 웃었다.

"마침 할 말도 있으니 면담이라고 생각해요."

그렇게 말하면 거절할 수가 없었다. 선우는 어색하게 문도의 맞은편 자리에 앉았다. 문도가 그런 선우를 보더니 담담히 말했다.

"좋네요. 집에 일찍 오니까. 같이 밥도 먹고."

눈이 마주치자 서문도가 가볍게 웃는다. 선우는 목이 막히는 기분이 들었다. 저 가벼운 웃음으로 얼마나 많은 여자들을 들었다 놓았을까. 이제야 조금, 서문도 전무를 향한 장 여사의 찬양이 이해가 되는 순간이었다.

옻칠을 입힌 사각 트레이가 선우의 앞에 놓였다. 면기보다 조금 작은 백자 그릇에 고슬고슬하게 지은 곤드레밥이 담겨 있었다. 그 옆으로는 따뜻한 김이 오르는 된장국이, 위쪽의 자그마한 반찬 접시에는 양념장과 무장아찌, 낙지젓과 김치가 정갈하게 놓여 있었다.

상을 차려 준 양 집사가 물러가고 나자 문도가 선우에게 말했다.

"들어요."

"네."

선우의 대답에 남자가 먼저 양념장을 떠서 밥을 비볐다. 자신에게는 참 어려운 자린데, 남자는 태연해 보였고 심지어 편안해 보였다. 선우는 잠시 수저를 드는 남자의 움직임을 바라보았다. 반듯한 자세며 움직이는 동작들이 군더더기 없이 우아하다는 생각을 한다.

"곤드레밥 싫어해요?"

수저를 들지 않고 가만히 있자 서문도가 물었다. 선우는 고개를 저으며 대답을 했다.

"아니요. 좋아해요. 잘 먹겠습니다."

선우도 양념장을 덜어 곤드레밥에 비볐다. 나물 향이 솔솔 풍기는 밥을 떠서 입에 넣은 선우는 따끈한 된장국도 한술 뜨고 시원하게 담근 김치에도 젓가락을 댔다.

"괜찮아요?"

"네. 맛있어요."

고요한 다이닝 룸에 그릇과 수저가 닿는 소리가 간간이 울렸다. 할 말이 있으니 식사를 하자고 했던 서문도는 별다른 말을 하지 않았다. 용건을 꺼내기를 기다리던 선우가 먼저 입을 열었다.

"식사하면서 하실 말씀이 있다고 하지 않으셨어요?"

조심스러운 물음에 문도가 선우를 보더니 아, 그거, 라며 대답을 했다.

"없습니다."

"네?"

"밥이나 같이 먹을까 해서, 그냥 한 말이지."

선우는 어이가 없었다.

"먹어요. 맛있다며."

선우의 시선을 느낀 서문도가 피식 웃었다. 남자의 미소가 가벼워서일까. 정갈하게 차려진 곤드레밥의 소박한 맛이 좋아서일까. 선우에게서도 헛웃음이 흘러나왔다.

이제 와 먹지 않겠다고 말할 수도 없는 일.

선우는 다시 수저를 들었다. 양념장을 넣고 조금씩 비벼 가며 밥을 먹는데, 식탁을 건너오는 시선이 느껴졌다. 고개를 드는 선우에게 문도가 물었다.

"그게 내가 사 준 시계인가요?"

"아, 아니요. 이건 스마트워치예요."

평소 보고를 하러 올라갈 때는 풀어서 주머니에 넣었다. 워치를 사용해도 되냐고 물어본 적 없으니 어찌 보면 몰래 차고 다닌 셈이다. 지레 찔린 선우는 설명을 덧붙였다.

"간단히 메시지만 확인하려고 샀는데요. 마음에 걸리시면 빼고 오겠습니다."

"긴장할 것 없어요. 그냥 궁금해서 물어본 거니까."

선우의 말에 답을 한 뒤 서문도가 다시 수저를 들었다. 다음에 보여 주겠다는 말만 해 놓고 지키지 않았다는 생각이 이제야 든다. 대충 골랐지만 천만 원이 훌쩍 넘는 시계였다. 고맙다 인사도 건네고 예쁘다 칭찬도 했어야 했는데. 다음에 보고를 하러 올 때는 잊지 말고 차야겠다는 생각을 하는데 서문도가 말을 잇는다.

"소개받았다고 했었나요? 서유라 트레이너 자리."

"아, 네. 일하던 학원 원장님께서 소개해 주셨어요."

"전에는 그럼 학원에서?"

가벼운 말투로 문도가 물었다. 적당한 관심이 섞인 의례적인 질문에 선우도 선선히 대답을 했다.

"네. 아이들 가르쳤습니다."

"애들이 좋아했겠어요."

"그렇다기보다 제가 아이들을 많이 예뻐했어요."

"그랬을 것 같아요. 서유라한테 하는 거 보면."

뭐라 대답을 하기 애매한 선우에게 남자가 말했다.

"많이 먹어요. 부족하면 말하고."

"네. 감사합니다."

선우는 대답하며 다시 숟가락을 들었다. 맛깔스러운 곤드레밥도, 오독오독 씹히는 무장아찌도 맛있어서 자꾸만 손이 갔다. 서문도 역시 별다른 말 없이 식사를 이어 갔다. 오랜만의 평온한 식사라고 생각하며 선우는 고개를 돌려 커다란 창을 보았다. 푸르른 정원 위로 밤이 느리게 내리고 있었다.

햇볕이 한창 뜨거울 오후 시간이었다.

"아니, 어째 여름처럼 덥대? 밭에서 풀 좀 뽑았다고 땀이 다 나네."

조리사 아주머니가 주방으로 들어오면서 말했다. 늦은 점심을 먹으러 이제 막 건너온 선우를 보더니 웃으며 인사를 건넨다.

"막내 아가씨가 이제사 나갔나 보네. 선우 씨도 이제라도 뭐 좀 먹어야지? 회장님이 콩국수 드시고 싶대서 콩국수 했는데, 그걸로 줄까?"

"네."

선우는 대답을 하면서 물컵을 꺼냈다. 오후 2시를 넘긴 시간이었다. 어제 거하게 쇼핑을 마치고 밤늦게 돌아온 서유라는 아침 늦도록 낮잠을 잤고, 점심을 대충 먹은 뒤에는 박소영과 마사지를 받겠다고 외출을 했다.

"김치 하시나 봐요."

선우는 널찍한 주방 바닥 한쪽에 쌓여 있는 절인 배추를 보면서 말했다. 냄비에 물을 받던 조리사 아주머니가 가스레인지 불을 켜면서 대답을 했다.

"응. 이제 주말이잖아. 식구들 전부 집에서 식사하실 텐데 김치도 하고 밑반찬도 해 둬야지. 양 여사 오면 시작하려고."

"어디 가셨나 봐요?"

그러고 보니 옥수댁과 양 여사가 보이지 않았다.

"응, 배부르다고 한 바퀴 돌고 온대."

조리사 아주머니가 막 말을 하는데 옥수댁과 양 여사가 현관문을 열면서 들어왔다. 옥수댁 아주머니의 커다란 목소리가 주방까지 들려왔다.

"아주 명품 관을 쓸어 왔다며?"

"강 기사가 차에서 꺼내는데, 꺼내도 꺼내도 끝이 안 보였다잖아. 트렁크 가득 넣었는데도 다 넣질 못해서 오늘 따로 보내 준다고 했대. 어, 선우 씨 왔어?"

수다를 떨면서 들어온 두 사람이 선우를 보며 인사를 하고는 다시 말을 이었다.

"모녀가 아주 기분을 제대로 냈겠지. 회장님 퇴원하시고는 처음이잖아."

"아니, 근데 그럴 거면 그냥 차를 사 주는 게 낫지 않아? 그 돈 보태면 외제 차는 너끈하게 뽑았겠구만."

"내 말이."

어제 회장 일가의 외출에 대해 품평을 하면서 들어온 두 사람이 개수대에서 손을 씻었다. 그사이 다 삶아진 국수를 찬물에 헹구며 조리사 아주머니가 선우에게 물었다.

"선우 씨, 어제 저녁 식사는 잘했어? 긴장돼서 무슨 맛인지도 모르고 먹었지?"

그 말에 옥수댁 아주머니가 무슨 이야기인가 궁금하다는 표정으로 물었다.

"선우 씨가 왜?"

"어제 전무님이 선우 씨랑 저녁 식사 같이했잖아. 식사 안 하셨다면서 간단하게 준비해 달라고 하시더라고."

"그으래?"

조리사 아주머니가 완성이 된 콩국수를 선우 앞에 놓아 주었다. 옥수댁과 양 여사도 냉커피가 마시고 싶다며 커피를 타서는 식탁에 같이 앉았다.

"전무님이 뭐래? 무슨 말을 하려고 밥을 다 먹자고 했대?"

"별말은 없으셨고요. 그냥 저 일하는 거 물어보셨어요."

선우가 애꿎은 콩국수를 들었다가 놓으며 말하자, 옆에 있던 조리사 아주머니가 중간에서 말을 가로챘다.

"뻔하지, 뭐. 막내 아가씨 어떠냐고 물었겠지. 마침 외출 나갔겠다, 선우 씨한테 물어볼 게 그거밖에 더 있어? 선우 씨, 먹어. 먹고 천천히 말해도 돼."

"네."

"막내 아가씨 병원에 언제 보낸다, 그런 말은 없어? 자기가 얘기 좀 잘 하지. 상태가 영 안 좋다고. 병원 가야겠다고. 내가 아주 그놈의 소주병 치우는 데 이골이 나. 아니, 왜 담배를 거따 버리고 그럴까."

옥수댁의 말에 으이그, 소리를 내면서 양 여사가 옥수댁의 팔을 쳤다.

"막내 아가씨 병원 가면, 응? 선우 씨는 잘리는 건데, 그런 말을 왜 해?"

"어마, 그런가? 내가 너무 내 생각만 했나?"

그 뒤로도 서유라에 대한 이야기가 이어졌다. 서문도가 서유라를 언제까지 두고 봐줄지에 대해서 추측도 하고, 언제 잘릴지 모르니 마음의 준비도 하라고 선우에게 충고도 해 주었다. 선우는 적당히 대답을 해 가며 국수를 먹었다. 이런저런 이야기를 하다가 커피 잔이 비워지자 양 여사가 먼저 자리에서 일어나며 말했다.

"아유, 우리 때문에 제대로 먹지도 못하네. 선우 씨, 편히 먹어. 우린 김치 담글 준비할게."

"네. 먹고서 저도 도울게요."

선우는 대답을 하며 숟가락을 들었다. 고소한 콩국물을 떠서 먹는데 워치에서 지잉— 하고 진동이 울린다. 화면을 보니 메시지가 보였다.

다음 주 금요일 시간 어떠세요?

최지상이었다.

다음 주 금요일이면 일주일 뒤였다. 일요일이 아니면 시간을 내기 어려운 선우에게는 약속을 잡기 힘든 날이다. 워치로는 긴 대답을 보내기 힘들어서 선우는 자리에 일어났다. 그릇을 들어 개수대로 가는데 옥수댁이 묻는다.

"벌써 다 먹었어?"

"네. 잘 먹었습니다. 잠깐 방에 갔다 와서 도와 드릴게요."

"아유, 괜찮아. 쉬어. 막내 아가씨 없을 때 쉬어야지."

옥수댁의 목소리를 들으며 선우는 2층의 방으로 올라왔다. 핸드폰을 찾아서 최지상에게 답장을 썼다.

평일은 외출하기가 힘들 것 같아요. 일요일이 편한데, 이번 주 일요일은 안 되시나요?

메시지를 보내고 답을 기다리는데 벨이 울렸다. 액정에 'A'라는 이름이 뜬다. 선우는 숨을 한번 크게 들이마신 뒤에 전화를 받았다.

— 최지상입니다.

"네."

선우가 대답을 하자, 수화기 너머에서 최지상이 잠시 머뭇거리다가 부드러운 목소리로 인사를 건넸다.

— 그동안 잘 지내셨어요?

잘 지냈냐니.

너무 무책임한 질문이 아닌가. 내가 어떻게 잘 지낼 수 있냐는 말을 누르며 선우는 심호흡을 했다. 그리고 최지상에게 바로 용건을 건넸다.

"일요일은 안 되시나요?"

— 일단 촬영이 계속 있거든요. 금요일에 인터뷰 잡혔던 게 캔슬이 돼서 시간을 낼 수 있을 것 같아 연락드린 건데, 유라 누나는 캔슬된 거 모르고요. 아니면 다다음 주? 이게 참 빨리 만나서 도움

을 드리고 싶은데, 시간이 잘 안 나네요.

최지상은 나긋나긋하게 선우에게 말했다. 부드럽고 온화한 이미지로 여심을 저격하는 배우라는 수식어를 본 적이 있다. 선우에겐 전부 위선으로 느껴질 뿐이지만.

"그럼 금요일에 만나요. 시간을 내 볼게요."

— 네. 대신 제가 그 근처로 갈게요. 그럼 훨씬 수월하겠죠?

나긋한 목소리에 선우는 건조하게 대답을 했다.

"가능하면 오전에, 11시 정도에 봬요. 정확한 시간은 목요일에 메시지로 알려 드리겠습니다."

— 네 그럼, 다시 연락할게요.

최지상이 전화를 끊었다.

금요일. 외출을 하려면 서문도 전무에게 허락부터 맡아야 하는 날이다. 선우는 다이어리에 동그라미를 그렸다.

2권에서 계속